달과칼 3
글쓴이 홍성원

달과 칼 3

- 글쓴이 : 홍성원
- 초판1쇄 인쇄일 2005년 10월 15일
- 초판1쇄 발행일 2005년 10월 23일

- 만든이 : 임성렬
- 만든곳 : 도서출판 신서원
- 주소 : 서울특별시 종로구 교남동 47-2(협신빌딩 209호)
- 등록 : 제1-1805(1994.11.9)
- 전화 : (02)739-0222 · 0223
- 팩스 : (02)739-0224
- 이메일 : sinseowon@korea.com

ISBN 89-7940-973-7
      89-7940-970-2(전5권)

신서원은 부모의 서가에서
자식의 책꽂이로
'대물림'할 수 있기를 바라며
책을 만들고 있습니다.

글쓴이 홍성원

도서출판 신서원

11. 첫싸움 옥포해전 · 7

12. 칼 끝의 원귀들 · 67

13. 한산대첩 · 135

14. 피 난 · 191

15. 진주성 · 257

11. 첫싸움 옥포해전

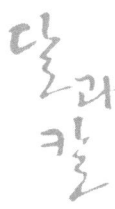

어슴푸레한 새벽 골짜기에 안개가 자욱히 깔려 있다.

날은 이미 샌 듯한데 안개 때문에 동트는 시각이 늦은 모양이다.

"스님 기침허셨습니까?"

안개 깔린 상수리숲 사이로 기골이 장대한 중 하나가 사발에게 다가온다. 시냇가 돌 위에서 양치질을 하던 사발은 입에 머금은 물을 뱉고 그에게로 다가오는 선승 자산慈山을 돌아본다.

"오랜만이구먼. 자네가 절에는 언제 돌아왔나?"

"소승 문안이오. 어제 승석僧夕〔중이 저녁 먹을 때. 곧 이른 저녁〕 때쯤 돌아왔지요. 스님께 인사가 늦었소이다."

"그래 어제 승석에는 어디서 오는 길이든가?"

"초계 진양 단성을 거쳐 열 나흘 만에야 본사루 돌아오는 길이오이다."

사발이 수건에 물을 축여 얼굴과 목덜미의 물기를 닦는다. 알머리의 물기까지 말끔히 닦은 뒤에야 사발은 고개를 젖혀 앞을 막아선 자산을 올려다본다.

"진종일 그렇게 섰을 겐가?"

"스님 일어나시길 기다리구 있었소이다."

"게 앉게. 암자를 빼앗겨서 내가 요즈막에는 객사에 내려와 새우잠을 자구 있네."

자산이 맞은편 돌 위에 앉으며 장난스레 되묻는다.

"누가 감히 우리 큰스님의 암자를 빼앗아 들었습디까?"

"자네가 내 말을 농으루 아네그려. 엊그제 진주성에서 선비 한 집안이 들이닥치더니 방 하나를 치우라구 해서 내 암자를 비워주었네."

"그렇기루 큰스님 드신 암자를 빼앗아 드는 법이 어디 있소?"

"자네가 물정을 모르네그려. 절방에 지금 중보다는 피난 온 양반네가 더 많이 들어 있네. 태평세월에는 발걸음두 않던 양반네가 병화兵火가 터진 뒤루는 쉰밥에 파리 꾀듯 하루에두 수십 가구씩 줄을 이어 절루 찾아드네. 양반은 그나마 절방에라두 들었네만 힘없는 고을 백성들은 산골짜기에 땅을 파구 움을 지어 살구 있네. 산으루 올라오면서 자네는 피난 나온 백성들을 보지 못했든가?"

"온 산이 허옇습디다. 진주 성중이 텅텅 비었더니 성안 백성들이 온통 이 산에 숨었더이다."

잠시 말들이 없다.

인적 없던 깊은 산중이 요즘은 오히려 흰옷 입은 상사람들로 북적거린다. 인근 고을의 갈 곳 없는 백성들이 무서운 왜적을 피해 우선 급한 대로 가까운 산중으로 몸을 피한 때문이다. 어쩔 수 없는 백성들이다. 왜적의 병화가 가까이 이르자 경상우도의 크고 작은 고을들은 싸움 한번 해보지 않고 스스로 성문을 열어 왜적에게 성을 내주었다.

백성들의 잘못이 아니었다. 먼저 성을 떠난 것은 관아의 수령과 아전들이었다. 백성을 지켜야 될 수령과 관군이 고을 양반네와 뇌동하여 가장 먼저 피난짐을 꾸린 것이다. 혼자 떠나기가 민망했던지 수령들 중에는 삼문 밖에 백성에게 알리는 방을 써붙이기도 했다. 왜적의 세가 강해서 관군으로는 대적하기가 어려우니 성하거민城下居民〔성 아래 사는 백성〕은 병화를 피해 서둘러 산중으로 피난을 떠나라는 내용이었다.

들리는 소문도 흉흉했다. 원래가 흉포한 왜적들이었다. 그들이 이르는 곳에는 살인과 겁간과 약탈 방화가 뒤따랐다.

서전에 승기勝機를 잡은 그들은 여러 읍성을 지나면서 싸움다운 싸움 한번 하지 않았다. 먼빛으로 그들을 보고도 조선 군사들은 개미떼처럼 흩어져 달아났다. 도무지 조선 군사들은 그들을 맞아 싸울 생각들을 하지 않았다.

싸울 뜻이 없는 조선 군사들을 겪으면서 왜적들은 여남은 명씩 패를 지어 작은 고을은 물론이요, 거읍 거성巨城에까지 거침없이 드나들었다. 간혹 많은 숫자의 조선 관군을 만나기도 했으나 왜들은 아랑곳 않고 성에 들어가 보란 듯이 분탕질을 했다. 머리 숫자가 아무리 많아도 조선 군사는 허깨비들이나 마찬가지였다. 조총을 놓아 겁을 주거나 칼을 뽑아들고 고함을 치며 달려들면, 조선 군사들은 아무리 그 무리가 커도 마치 쫓기는 쥐떼들처럼 뿔뿔이 흩어져 사방으로 도망쳤다.

그러나 왜들은 다행히도 경상우도 쪽으로는 큰 군사를 보내오지 않았다. 처음 바다를 건너 부산포에 오른 그들은, 서울 도성을 바라고 중로와 좌도 쪽으로만 큰 군사를 올려보냈을 뿐, 우도 쪽에는 갈 길이 바빠 미처 큰 군사를 쪼개 보낼 여유가 없었던 것이다. 그 덕에 경상우도 백성들은 좌도와 같은 큰 병화를 당하지 않았다. 크면 수백에서 작으면 여남은 명에 이르는 왜들이 텅텅 빈 이 고을 저 고을을 노략질을 위해 마구 쏘다닐 뿐이었다.

사발이 물수건을 목에 걸더니 한참 만에 다시 자산에게 묻는다.

"그래, 자네가 보니 왜적의 세가 어떻든가?"

"시승이 본 왜적들은 세가 크게 강하지 않더이다."

"허면 어째 우리 조선 군사들이 왜를 막지 못허는가?"

"왜가 흉포하다는 소문만 듣구 지레 겁을 먹은 탓이지요."

"겁만 먹어 될 일이 아니지. 딱한 것은 백성을 이끌 당찬 주장主將이 없는 것일세."

"시승 소견두 같사오이다. 왜가 아무리 포악허다 해두 우리가 죽기루 한다면 못 막을 적두 아니외다. 이왕 저들에게 칼맞아 죽을 목숨이라면 저들과 맞붙어 힘이나 한번 겨루어 봐야지요."

마주 앉은 자산의 눈에서 사발은 언뜻 살의와 같은 사나운 눈빛을 발견한다. 사문의 눈이 살의를 품었다면 그것은 곧 측량할 수 없는 죄업을 짓는 일이다. 웅크렸던 윗몸을 일으켜 세우며 사발은 다시 선승 자산을 건너다본다.

"상감이 이미 북행을 했다던데 그리되면 이 나라 백성은 장차 누가 돌볼 겐구?"

"상감이야 이제 더 믿을 것이 없소이다. 언제는 이 나라 백성이 상감 믿구 살았소이까?"

"피난살이두 하루 이틀이지 양식이 떨어지면 백성들은 다시 산을 내려가지 않을 수가 없지."

"왜적이 읍성들을 점거하구 있는데 백성들이 산을 내려간들 어디를 찾아간단 말이오이까?"

"굶어죽지 않으려거든 왜적에게 빌붙어 목숨이나마 부지할밖에."

"왜가 조선 백성들을 받아주기나 헌답니까?"

"아무리 왜가 포악허구 악독하더라두 백성들의 울타리가 없이는 오래 견디지를 못하는 법일세. 소문 들으니 왜가 차지한 고을에서는 왜들이 새 수령을 뽑아 왜의 벼슬을 내린다지?"

"초계땅을 지나오는 길에 시승도 왜가 내붙인 방문을 보았습지요. 피난 떠난 백성들을 설유하는 방이었는데 그 글이 해괴해서 다 읽을 수가 없었소이다."

다시 말들이 끊긴다. 깊은 생각에 잠겨 있다가 이번에는 자산이 먼저 입을 연다.

"왜적의 세가 원체 강성해서 이대루 가다가는 이 산중두 온전치가 못할 것이외다."

"가엾은 중생들을 사나운 도적들의 칼 아래 버려두구 우리 중들만 온전하대서야 그게 무슨 열락이라든가."

II. 첫싸움 옥포해전 11

"시승 이번 탁발길에 우리 백성들이 왜적에게 당하는 참혹한 꼴들을 수두 없이 보았소이다."

"올바른 마음을 지닌 사람은 눈을 감구두 그 꼴들을 다 볼 수 있네."

"이 나라에는 이제 주장두 주인두 없소이다. 백성들을 이대루 왜적의 칼 아래 버려두어두 좋소이까?"

"나라가 버린 백성들인데 산에 사는 우리 불도가 달리 어찌허라는 겐가?"

"왜적이 아직 이르지 않은 고을에서는 뜻있는 선비들이 격문을 띄워 창의倡義〔의병모집〕한다는 소문이 있더이다."

"창의라면 선비들이 사사로이 의병을 일으킨다는 이야긴가?"

"삼가三嘉 고을을 지나오면서 시승이 창의를 알리는 격문까지 보았소이다."

"창의가 쉬운 일이 아닐세. 잘못 군사를 일으켰다가는 역모루 몰리기가 십상이지."

"왜적이 코앞에 이르렀는데 역모는 당치 않는 말씀이오이다."

사발은 눈을 감은 채 갑자기 말이 없다. 자산이 다시 말을 잇는다.

"상감은 이미 북행을 했구, 관군은 다 깨어져 영문營門을 지키는 군사 한 명이 없소이다. 왜적이 고을에 들어 사람 죽이기를 밥먹듯 하는 판에, 내가 죽지 않으려거든 백성들 스스로가 칼을 들 수밖에 없지 않소이까?"

"관군두 못 막은 왜적을 백성 한둘이 어찌 막을 수 있다든가?"

"한둘이 아니오이다. 뜻있는 장수가 창의만 하면 따를 백성은 얼마든지 있소이다."

 "뜻만 가지구 기병헐 수는 없는 일일세. 군사를 일으키자면 미리 여러 가지루 방책과 마련이 있어야 허네."

 자산이 고개를 내두른다. 윗사람 대접으로 그는 사발에게 할 말을 참는 듯한 얼굴이다.

 "한가헌 말씀두 허십니다그려. 지금은 왜적이 턱밑에 이르러 적의 칼날이 번뜩이는 난중이외다. 앞뒤 살피구 칼 가는 동안에 왜적이 먼저 이르러 우리 목을 칠 것이외다. 당장 기병이 급한 마당에 사리 따지구 형편 가릴 경황이 어디 있습니까?"

 사발이 돌 위에서 몸을 일으킨다. 자산이 뒤따라 일어서자 사발은 앞서 절 쪽으로 내려간다.

 "오는 길에 산중에 들러 다른 절들은 찾아보았는가?"

 "예, 고을이 텅텅 비었기루 오히려 절을 찾아야만 주림을 면할 수 있었소이다."

 "딴 절들에서는 이번 왜란에 달리 방비나 마련이 없는가?"

 "방비나 마련은 아직 없었으나 젊은 스님네가 더러 일어나 방비 마련을 말하는 것을 들었소이다."

 "어쩔 작정들을 허구 있든가?"

 "관군이 무너져 왜적이 무인지경에 드나들 듯허구 있으니, 절만이라두 산을 등지구 왜적을 막아야 하지 않느냐는 공론들을 하더이다."

 "삼악도三惡道에 떨어질 공론들이군."

 "삼악도에 떨어지다니 어찌허시는 말씀이오이까?"

"산중에서 왜적을 맞아 싸운다니 그게 바루 절의 중들을 떼죽음시키자는 공론이 아닌가? 참구參究하는 중을 죽이면 삼도三途에 떨어진다는 말을 자네는 모르는가?"

"스님은 삼도를 꺼리시어 칼 숲에 든 중생을 못 본 체허시렵니까?"

"왜두 사람이라 불성佛性이 있을 게야. 아무려면 절의 중까지 까닭없이 도륙하겠나."

"나는 본래 법기法器가 작아 큰중 되기가 틀린 놈이외다. 눈앞에 벌어지는 살생을 보구는 다리 꼬구 도량에 앉아 참구헐 수가 없소이다."

"자네가 나보다 큰중일세."

사발의 동그란 고리눈이 자산을 빤히 돌아본다. 속뜻을 헤아릴 수 없는 맑고 천진한 눈빛이다. 이 천진한 눈빛을 한 채 사발은 지금 딴청을 쓰고 있다. 그것을 잘 아는 자산이기에 그는 신새벽에 사발을 골짜기로 찾아나선 것이다.

"어디루 가시렵니까?"

불전이 굽어뵈는 갈림길 복판에서 자산이 발을 세우며 사발을 돌아본다.

"암자를 빼앗겼으니 모우당 조실한테나 들러볼까."

"모우당은 지금 절에 아니 계시오이다."

"어딜 갔기에?"

"간밤에 절을 떠난 채루 가신 곳을 아무두 모른답니다."

자산은 속연으로 따져 운해사 조실인 모우당의 당질이 되는 사람이다. 그러나 불도가 된 지금의 그들에겐 당숙질간이라는 속세의 인연은 별다른 의미가 없다. 머리를 깎고 사미계沙彌戒를 받은 것도 당숙인 모우당에게서가 아니라 사명당 송운 유정惟政에게서다. 따라서 자산은 운해사의 모우당을 만날 때면 속연의 당숙이 아닌 절의 조실 큰스님으로 깍듯이 대한다.

안개가 걷히기 시작한다. 골짜기가 환해지면서 날이 비로소 부옇게 밝아진다. 절의 행각行閣 쪽으로부터 내림 목탁 소리가 두 번 거푸 들려온다. 조공朝供[아침 공양]이 끝난 이른 아침부터 사람들을 부르는 목탁 소리다. 절 안에 급히 해야 될 울력이라도 있는 모양이다.

"피난 온 대중들이 시끄러워 조실께서 사람을 피해 잠시 자리를 뜨신 것 같소이다."

"피헌다구 될 일인가."

"시봉하던 상좌의 말을 들으니 그제 저녁에 선비 하나가 무리를 거느리구 모우당을 찾아왔더랍니다. 그 선비가 모우당께 무슨 말인가를 하는 것 같더니, 잠시 후 선비가 문을 박차고 크게 화를 내며 절을 떠나더랍니다. 상좌 얘기가 모우당이 선비의 청을 거절하자 선비가 두구 보자며 험한 언사까지 내뱉더라구 하더이다."

"선비가 무슨 청을 했기에 조실께서 내치셨다든가?"

"자세히 듣지는 못했으나 선비가 양식을 꾸어달라구 하는 것 같더랍니다."

"모우당이 원래 박정치 않은 사람인데 양식 꾸러온 선비님네를 홀대해서 돌려보내?"

"한두 말 양식이면 거절할 모우당이 아니지요. 군사 먹일 군량이라구 절양식 여러 섬을 내놓으라구 허드랍니다."

"군사 먹일 군량을 어째 그 선비가 절에 와서 구한겐가?"

"군량은 무슨 군량, 스님께선 아직두 일의 속내를 모르시오?"

세속의 일에 밝은 사발도 이 때만은 자산의 말이 무슨 뜻인지를 모르겠다는 얼굴이다. 자산이 야트막한 요사채 돌담을 끼고 돌면서 사발을 외면한 채 혼잣말처럼 입을 연다.

"지금 각처 고을과 산간에는 온갖 사람들이 무리를 지어 별의별 짓을 다하구 있소이다. 고을 수령들이 피난을 떠나 관아가 비구 읍성이 휑뎅그렁해서 상사람 네댓만 작당을 하면 그 자들이 곧 그 고을 군사요, 때로는 백성들을 터는 떼도둑이 되기두 하오이다. 내 짐작엔 모우당을 찾아온 그 선비란 자두 바루 그런 도둑 무리의 우두머리가 아닌가 싶소이다. 이제 내가 무슨 까닭으루 스님을 찾아뵈었는지 짐작이 가시오이까?"

자기를 찾아온 자산의 뜻을 모를 리 없는 사발이다. 자산은 몸이 장대하여 비력臂力이 남다르고 봉술 또한 뛰어난 선승이다. 그는 왜적들이 짓쳐오자 절만이라도 방비를 하여 왜적을 막아야 된다고 생각하는 눈치다. 그러나 절에서는 노장대덕老長大德[덕망이 높은 큰중]은 물론이고 젊고 결기 있는 중들조차도 아무도 그의 뜻에 따르려 하지 않는다. 대중이 따라주지 않는 터에 조실 모우당을 움직이기는 더욱 어려운 일이다. 결국 자산이 생각해낸 것은 모우당과 막역한 사발을 통해 조실의 마음을 움직여보자는 것이다. 그러나 사발 역시 쉽게 움직일 눈치가 아니다. 빈 구석이 많은 듯하면서도 사발은 역시 신중하고 눈이 밝은 중이다.

"지금 형편으루는 왜적보다두 도적의 무리가 더 큰 화요 걱정이외다. 이 곳 본사는 사람이 많아 도적들이 함부루 집적대지 못하겠지만 산중의 말사나 작은 암자는 화를 면키가 어려울 듯싶소이다."

사발이 말없이 요사채 뜰로 들어선다. 이른 아침이라 요사에는 많은 중들이 방마다 들어앉아 있다. 사발과 자산이 들어서는 것을 보고 젊은 중들이 몸을 일으켜 곱다랗게 합장을 해보인다. 자기 암자를 선비에게 빼앗기고 요사채 판도방으로 내려온 사발을 같은 절의 젊은 중들은 딱해 하는 얼굴빛이다.

"이눔이 어딜 갔누?"

거처방에 다다른 사발이 신을 벗고 방에 든다. 큰방머리에 딸려 있는 한 칸 크기의 지대방〔행구 등을 넣어두는 곁방〕이 그의 거처다.

"이눔이 누구오이까?"

"데리고 있는 짝쇠라는 아이눔일세."

"그 아이를 아직두 데리구 계시오이까?"

"자네가 그 아일 어찌 아나?"

"본 적이 있지요. 그 아이 소문이 아주 망측하더이다."

"망측한 소문 나두 아네. 그 아이가 내 자식이라는 소문이 나돈다지?"

"그런 소문을 들으시구두 어째 그 아이를 내치시지 않는 겝니까?"

"내치지 못할 까닭이 있네. 내가 전생에 그 아이한테 큰 빚이 있는 게야."

자산이 쪽마루에 걸터앉는데 옷갖한 상사람 하나가 중 한 명을 앞세우고 요사채 뜰로 들어선다. 사내를 인도해 온 젊은 중이 사발을 보고 뜰 아래 서서 합장을 한다.

"스님 찾아오신 객이오이다."

"나를 찾아와?"

쪽마루로 나오는 사발을 보더니 사내가 앞으로 다가와 어정쩡하게 허리를 굽힌다.

"오랜만이외다."

"자네가 황새등 사는 박서방 아닌가?"

"예."

"옷갓을 해서 몰라보겠구먼. 그래 지금 어디서 오는 길인가?"

"드릴 말씀이 있소이다. 잠시 자리 좀 내주시오."

눈치 빠른 자산이 쪽마루에서 일어나 사발을 올려다본다.

"시승 허면 물러갑니다. 오래 못 뵐 듯싶소이다."

"오래 못 뵈다니 무슨 소린가?"

"유점사楡岾寺루나 건너가서 오래 못 뵌 큰스님이나 뵈올까 헙니다."

"송운松雲대사를 찾아가려는가?"

"예."

사발이 잠시 말이 없더니 내뱉듯이 불쑥 입을 연다.

"자네마저 여길 떠나면 이 절은 누가 지킬 겐가?"

"금강역사가 지키겠지요."

"모우당을 만나보겠네. 며칠만 더 예 있게나."

"안 보이거든 떠난 줄 아십시오. 시승 이만 물러갑니다."

자산이 뜰을 나가자 옷갓한 사내가 대신 쪽마루로 다가온다.

"짝쇠가 뵈질 않는구먼요?"

"나무하러 갔을 겔세. 방으루 올라오게."

사냥꾼 박두산이 신들메를 풀고 방에 오른다. 피물옷 걸친 것만 보아온 사발에게 옷갓한 두산의 모습이 낯설기도 하고 수상쩍기도 하다. 두산이 방 안을 두리번거리더니 예사롭게 말을 꺼낸다.

"암자루 찾아갔더니 웬 지체 높은 양반네가 들어 있습디다. 절에 중들은 뵈질 않구 웬 양반네만 득시글거린답니까?"

"난리 피해 온 사람들일세. 그래 자네는 어디서 오는 길인가?"

"산에서 내려오우."

"산에서 내려오는 사람이 옷갓은 어디서 차려입었는가?"

"우리 골에두 피난 온 사람들이 들었기루 알곡 두어 말을 내어주구 나두 옷 한 벌을 지어 입었소."

"자네들 사는 산골에두 난 피해 온 사람들이 많은가?"

"아직은 별루 많은 편이 아니오만 왜적이 가까이 닥치면 골짜기가 아마 미어지리다."

"귀찮겠구먼?"

"우리네 무자리들이야 사람 축에나 든답니까. 귀찮기는 뒷전이구 사람 박대나 없었으면 좋겠소."

사발이 잠시 말을 끊고 무자리 두산을 뚫어지게 쏘아본다. 눈빛 사나운 두산조차도 지금의 사발의 눈길은 견디기가 쉽지 않은 모양이다. 눈을 돌리는 사냥꾼을 향해 사발이 내지르듯 불쑥 입을 연다.

"단성 고을서 얼마 전에 살인났다는 소문을 들었네. 내 그렇게 일렀건만 자네가 그예 일을 저질러?"

두산이 다시 눈을 들어 사발을 똑바로 바라본다.

"단성 고을에 살인이 났다면 그건 나허구 상관없는 일이우."

"상관이 없어?"

"나는 사람을 엮어가긴 했어두 죽인 일은 없수."

"살인 소문이 자자헌 데두 자네가 끝내 발뺌을 하려는가?"

"내가 이번에 헛걸음을 한 것 같소. 스님헌테는 소문만 중하구 내 말은 모두 발명으루만 들리시오?"

살인 얘기를 하면서도 두 사람의 음성은 높낮이 없이 잔잔하다. 옆방에 중들이 있기도 하지만 지금은 두 사람 모두 다툼질할 처지가 아니다.

"그래 나헌테는 무슨 일루 찾아왔나?"

"스님한테 욕을 먹더라두 내가 길가 그놈을 아예 물고를 낼 걸 그랬소."

"허면 자네가 단성에서 살인을 허지 않았다는 겐가?"

"내가 원래는 길가놈을 물고를 내버릴 작정이었소만 황새등 숯막의 짝쇠 어멈이 생각나서 그 놈을 죽이지 않구 산 채루 엮어 산으루 끌구 갔더랬소."

"산에는 무슨 일루?"

"짝쇠 어멈이 낳은 젖먹이가 과연 그놈의 씨인가를 알아보기 위해서요."

"그래 알아보았는가?"

"짝쇠 어멈과 무릎맞춤을 시켜보니 짜정 그놈의 씨가 틀림이 없습디다."

사발이 고즈넉이 무자리 두산을 건너다본다. 이 미끈하게 생긴 사내는 세상에 도무지 꺼릴 것이 없다. 건드리지만 않으면 그는 세상에 아무 위해도 고마움도 끼치지 않는다. 산에 사는 짐승처럼 그는 얼마든지 세상을 등지고 홀로 살아갈 수 있다. 그러나 세상이 그에게 위해나 고통을 가해 오면 그는 가차없이 그에 대한 철저한 앙갚음을 한다. 그의 복수는 단호하고 철저해서 아무도 그의 손에서 놓여날 수가 없다. 어쩌면 그는 이 세상에 가장 정직하면서도 무서운 사람인지 모른다.

"그래 산으루 끌구 와서는 그 자를 어찌했든가?"

"처음엔 아예 후환을 없애려구 그 자를 죽일 생각을 했는데, 짝쇠 어멈이 내 손을 잡구 한사쿠 목숨은 붙여달라고 사정을 헙다. 웬수 같은 사내기는 해두 낳아놓은 젖먹일 생각해서 차마 죽는 꼴은 보기 어려웠던 모양이우."

"그래서 어찌했든가?"

"그놈의 눈알 하나를 뽑구는 곱게 살려서 내려보냈소."

"눈알을 뽑아?"

"죽을 목숨을 살려주었으니 그눔으루야 그만 은덕이 어디 있소?"

"큰 은덕 베풀었네."

비아냥대는 듯한 사발의 말에 두산은 잠시 말이 없다. 사발은 그러나 아랑곳 않고 다시 그에게 말을 묻는다.

"그래, 그 자를 돌려보내구 자네는 그 뒤루 무사했든가?"

"그눔이 염의없는 놈입니다. 목숨 살려준 건 생각 않구 되레 내게다 앙갚음을 해오구 있소."

당연한 앙갚음이다. 조선땅에서 가장 무서운 것이 바로 양반들의 상사람에 대한 보복이다. 꺼릴 것 없는 무자리 사냥꾼 두산조차도 양반의 앙갚음은 피할 수가 없다. 어쩌면 그의 말대로 두산은 길가를 죽여 없애는 것이 좋았을지 모른다.

"그래, 그 자가 자네헌테 어떤 앙갚음을 해오든가?"

"내 없는 새에 마을을 덮쳐 내 곁쪽이 되는 사람들을 여러 명 잡아갔수."

"그게 언제 적 일인가?"

"지난 달 스무 사흗날인데 내가 알기는 나흘 전이오."

"그 새에 벌써 죽이지나 않았는지 모르겠군?"

"다녀온 사람의 말을 들으니 아직 죽이지는 않았다구 헙디다."

"자네가 지각없는 사람일세. 양반이 어떤 사람들이라구 자네가 언감생심 손찌검을 헌단 말인가?"

한다 하는 두산조차도 대꾸할 말이 없는 모양이다. 하긴 제 한 몸을 지키는 일이라면 세상에 두려울 것이 없다. 그러나 무자리 마을의 한 동아리 사람을 잡아가는 데야 아무리 두산으로서도 달리 어쩔 수가 없는 모양이다.

"스님이 한 행비 해주어야겠소."

"한 행비가 웬 말인가?"

"스님께서 단성 고을루 길가 놈을 만나러 한 행비 해달라는 말이외다."

"왜 내가 자네 일에 그 어려운 걸음을 해야 되나?"

"그 집안 안식구들을 스님이 안다구 허지 않았소?"

"관등날 불공드리러 오는 걸 한두 번 보기는 했네. 허나 잔뜩 독오른 그 집안에 안식구들 믿구 내가 어찌 찾아간다는 겐가?"

"길가놈에게 잡혀간 사람들이 하나는 할아버지뻘이 되구, 또 한 사람은 아재비뻘이 되우. 급히 손을 쓰지 않으면 그 사람들 목숨이 바람 앞에 등불이오."

"지금이 난중일세. 그 자가 아무리 악독허기루 설마 이런 난중에 사람을 해꼬지[해코지]할까."

"눈알 뽑힌 분풀이루 사람이 아주 상성喪性을 한 듯 허답니다. 상성한 미친 눔이 난리 난 것은 안답디까?"

"그러게 내가 뭐라든가. 자네가 참았으면 이런 일이 있었을까?"

두산이 삭막한 얼굴로 멀뚱히 방 밖을 내다본다. 믿고 찾아온 사발로부터 그는 도움은커녕 핀잔만 들은 셈이다. 사발의 도움을 얻을 수 없다면 남은 방법은 하나뿐이다. 자신이 다시 단성 고을로 내려가 길가 일족을 도륙해서라도 잡혀간 동아리들을 구해 올 수밖에 없다.

"나 가우."

두산이 돌연 몸을 일으켜 방에서 마루로 나간다. 신을 꿰는 두산을 향해 사발이 내뱉듯 한 마디 한다.

"짝쇠 녀석이나 보구 가게. 그 녀석이 자네 오기를 목이 빠지게 기다리구 있네."

"어디 있수, 그 아이가?"

"절 부엌에 내려가 보게. 나무하러 갔거나 물을 긷구 있을 게야."

두산이 잠시 멈칫하는 사이에 사발이 뒤따라 방에서 나와 신을 신는다. 앞서 뜰을 빠져나가면서 사발이 다시 두산을 돌아본다.

"지금 그래 어디루 갈 겐가?"

"단성으루 곧장 내려갈라우."

"또 사람을 해칠 생각인가?"

"잡아간 사람들을 돌려주지 않으면 칼부림을 해서라두 찾아와야지요."

"내 근간에 한번 진주성엘 내려갈 게야. 가는 길에 단성 고을에 들러 길초시 집을 찾아봄세."

"근간이 언제요? 서둘지 않음 사람이 죽소."

"모레쯤 떠날 생각일세. 왜적이 가까이 이르렀는데 서둘지 않을 재주 있나."

"이번 일만 좋게 아귀가 지면 내 스님께 큰 보답을 해올릴 게요."

"어떤 보답을 해줄 텐가?"

"지금은 말할 수 없수. 일이 끝나면 알게 되리다."

무자리란 원래 천한 백성이라 상사람들과도 가까운 왕래가 없다. 따라서 그들은 세상으로부터 천대와 홀대를 받는 대신, 자기들 나름으로 별도의 생활이 있어 거칠고 고집이 셀뿐더러 때로는 달랠 수 없는 사나움이 있다. 특히 두산은 사냥질이 생업이라 털가죽 피물을 팔 때 외에는 여염이나 읍성으로 내려오는 일이 거의 없다. 이를테면 세상을 등지고 살아, 사람들 사이의 정이나 의리를 도통 모르고 살아오는 사람이다. 한데 그 두산의 입에서 사발에게 은혜를 보답하겠노라는 신통한 말이 나오고 있다. 이번 일이 원체 사람의 목숨이 달린 터라 무자리 사냥꾼 두산조차도 급할 수밖에 없는 것이다.

솔숲 사이로 절 부엌이 보인다. 샘가에 먹물옷 입은 중보다 흰옷 입은 상사람이 더 많이 눈에 띈다. 누더기 납의衲衣(중이 입는 검정 옷)에 머리 기른 사내는 절에서 부리는 절종들인 모양이고, 흰옷 입고 머리 동인 사내들은 역시 여염에서 올라온 대갓집의 아랫것들인 모양이다.

"저게 모두 웬 사람들이우?"

"피난 나온 양반네들이 거느리구 온 행랑 사람들일세."

"초파일 관등날말구는 상사람들이 절 안에 이렇게 많은 건 처음 보우."

운해사가 대찰이라 절 살림의 규모가 워낙 크다. 그러나 요즘은 피난 나온 백성들까지 들이닥쳐 절 부엌에 부목負木 외에 상사람의 출입이 번다하다. 더구나 지금은 아침나절이라 늙은 아낙들까지 밥쌀을 씻으러 한꺼번에 몰려와 있다. 샘가에 둘러앉은 상사람의 모습이 사냥꾼 두산의 눈에는 낯선 풍경일 수밖에 없다.

"자네 아침은 어찌했나."

"아직 식전이우. 새벽길을 떠나오느라 밥 챙겨먹을 경황이 없었소."

"단성 고을을 다녀와서 내가 어디루 자네를 보러 가야 허나?"

"날 보러 오지 않아두 되우. 내가 스님 따라 단성 고을에 같이 갈 게요."

"자네를 잡자는 단성 고을에 자네가 나를 따라가겠다는 겐가?"

"지난번에 길가놈을 잡으러 갔을 때두 내가 변복으루 어렵잖게 고을루 숨어들었수. 지금은 난리 중이라 관아가 비어 오히려 더 수월할 게요."

"그래 대사골 길초시 집에 들러 날더러 그댁 사람들에게 무슨 말을 허라는 겐가?"

"애초에 잘못은 길가놈에게 있으니 죄없이 잡아간 부곡 사람들을 돌려달라구 설도說道를 해주시오."

"……."

"길가놈의 아비 되는 늙은 길초시가 사람이 무던하구 속이 깊은 모양입디다. 자식놈이 지은 죄를 소상히 일러주면 잡아간 우리네 사람들을 자식놈 대신 풀어줄 게라구 말들 헙디다."

"일이 어긋나서 길초시를 못 만나면 내가 되레 젊은 길가에게 되잡히지나 않을지 모르겠네."

"스님을 길가놈이 무슨 까닭으루 잡는답디까?"

"자네 부탁으루 설도하러 온 걸 알 테니 자네 있는 곳을 대라며 나를 잡아둘 수도 있지 않은가?"

"일이 그 지경이 될짝시면 내가 미리 손을 쓰지요."

부엌 모퉁이를 돌아들자 여러 칸 넓이의 네모 반듯한 마룻방이 나타난다. 방 안에는 중들 여러 명이 띄엄띄엄 떨어져 앉아 아침밥들을 먹고 있다. 사발이 방 안을 기웃거리다가 지나가는 행자 하나를 불러세운다.

"말 좀 묻세. 예서 일하는 짝쇠라는 아이가 어디 있나?"

"저리루 돌아가십시오. 고방 앞에서 산채 다듬구 있사외다."

"알았네. 일 보시게."

마룻방을 옆으로 지나자 공터 저쪽에 빗장이 질린 고방이 보인다. 행자 말대로 고방 앞에는 사내아이 둘이 산채를 다듬고 있다.

두산이 사내아이에게 다가가며 커다랗게 소리를 친다.

"짝쇠야, 나다!"

산채 다듬던 손을 멈추고 사내아이 하나가 이쪽을 바라본다. 몸을 부스스 일으키더니 아이가 대뜸 이쪽으로 뛰어온다.

"두산이 아재!"

어른과 아이가 덥석 서로를 끌어안는다. 절에 얹혀 살면서도 짝쇠는 여염의 아이들처럼 머리를 길게 기르고 있다. 옷갓한 두산이 눈에 낯설던지 짝쇠가 이윽고 몸을 풀고 물러선다.

"아재가 무슨 일루 갓 쓰구 상옷을 입으셨소?"

"그럴 일이 있다. 왜 나는 옷갓허면 동티라두 난다드냐?"

"아니오, 보기가 좋소. 그래 어디서 오시는 길이오?"

"산에서 내려오는 길이다. 황새등 숯막에서는 두 어른 다 잘들 기시다."

짝쇠의 표정이 굳어진다. 제 어미의 소식이 궁금하련만 그는 오히려 소식 듣기가 어색한 모양이다. 두 사람의 수작을 지켜보던 사발이 말참견하듯 짝쇠에게 묻는다.

"네가 요즘은 아침 저녁으루 내게 문안두 않는구나?"

"부엌일이 원체 바빠 스님 뵈올 짬이 없었소."

"핑계가 좋다. 나무허러 가는 길에 잠시 들리지두 못 헌다드냐?"

"잘못되었소."

"박서방이 아직 식전이다. 너 부엌에 내려가 밥 한 사발 얻어오너라."

"예."

짝쇠가 두산을 한번 보고는 뛰듯이 부엌으로 내려간다. 산채를 말리는 긴 목상에 걸터앉으며 사발이 다시 두산에게 입을 연다.

"저눔이 머리 깎기를 한사쿠 싫어하네."

"까닭이 무어랍디까?"

"머리만 깎으면 중 되는 줄 알구 중 되기 싫다구 머릴 깎지 않겠다는 게야."

"스님은 그래 저 아이를 중 만들 생각이시오?"

"되기를 기다릴 뿐이지 억지루 만든다구 될 일인가."

"아이 손등이 많이 튼 걸 보니 여기 일이 고된 모양이오그려?"

"내 밑에 있으면 편하련만 함께 있을려구 허질 않네."

"스님의 높은 법력으루두 저 아이 마음을 못 잡으시오?"

"고집이 여간 세어야지. 그래두 요즘은 심심허면 강원講院에 가끔 얼굴을 디민다네."

"강원이 무어요?"

"절에서 불경을 설하는 곳일세."

인기척이 들리더니 짝쇠가 두 손에 바가지를 들고 다가온다. 한 바가지에는 조밥이 담겨 있고, 또 한 바가지에는 더운 젓국이 담겨 있다.

달빛이 어슴푸레하다.

방갓 쓴 사내 하나가 허물어진 궁궐 담을 끼고 훤한 공터를 질러 온다. 사내는 손에 지팡이를 들었고 몸에는 걸레 같은 긴 옷을 걸치고 있다. 인적이 끊긴 괴괴한 달빛 아래 사내는 홀로 걸으며 간혹

발을 세우고 주위의 훤한 빈터를 둘러보곤 한다.

궁궐이 있던 이 근처 북촌 일대가 지금은 잿더미가 되어 길을 분간하기 어려울 지경이다. 사내가 발을 세우는 것은 불타버린 잿더미 사이에서 옛날 길을 찾아내기 위해서이다.

사내가 다시 걸음을 옮긴다. 어디를 둘러보아도 인기척이라곤 전혀 없다. 그 붐비던 고루거각高樓巨閣의 북촌 일대가 지금은 거의 다 불에 타서 집 한 채 보이지 않고 인기척도 없다.

담을 끼고 걷던 사내가 다시 멈칫 발을 세운다. 인적 끊긴 괴괴한 달밤에 총통의 불질하는 소리가 커다랗게 들려온다. 왜적이 도성에 들어온 이래 이 요란한 불질 소리는 이제 조금도 귀에 설지 않다. 5월 초이튿날 도성에 들어온 왜적들은 불타버린 북촌은 버려두고 목멱산 아랫녘의 남촌 일대에 머물러 있다.

왜적이 미처 닿기도 전에 도성의 북촌은 이미 폐허가 되어 있었다. 텅 빈 도성에 남아 있던 도적들이 궁궐에 불을 질러 북촌 일대를 잿더미로 만든 것이다.

경강을 건너 도성에 들 때까지 왜적들은 조선 군사와 싸움 한번 하지 않았다. 도성에 입성을 하면서도 그들은 전혀 조선 군사들을 보지 못했다. 아니 군사들만 보이지 않은 것이 아니라 그 넓은 도성 안에 도무지 사람의 그림자가 없었다. 임금과 군사와 백성 모두가 다가온 왜적에 겁을 먹고 성을 완전히 비운 것이다.

성안을 한 차례 둘러본 뒤 왜적들은 곧 남촌 일대에 그들의 군사를 둔취했다. 궁궐과 큰 공해公廨가 있는 북촌 일대는 잿더미가 되어 남아 있는 집채가 별로 없었다. 비를 피하고 밥을 끓이기 위해 왜적들은 집채들이 남아 있는 목멱산 아래 남촌 일대를 주둔지로 정한 것이다.

왜적 입성 후 여러 날이 지났건만 도성을 떠난 조선 백성들은 좀처럼 제 집으로 돌아오지 않았다. 불한당 몇이 왜진(倭陣)으로 찾아가 항복을 아뢰고 머리 조아려 아첨을 할 뿐, 정작 도성의 그 많은 백성들은 여러 날이 지나도록 모습을 나타내지 않았다.

빈 성을 지키던 왜적의 둔취군도 이제는 성문과 성벽에 방문을 내걸어 조선 백성들을 설유하기 시작했다. 왜장이 모든 백성을 보호하고 위무할 것이니 조선 백성들은 아무 걱정말고 도성으로 돌아와 각자의 생업에 진력하라는 내용이었다.

숨어 있던 백성들이 하나둘 나타나기 시작했다. 그들은 도성에 남아 있는 주인집을 지키던 하례(下隸)들이거나 오갈 데 없는 천민들이었다. 간혹 피난길을 떠났던 백성들도 지니고 나간 양식이 떨어지자 겁을 내면서도 슬금슬금 도성으로 돌아왔다. 양식이 떨어져 이왕 밖에서 굶어죽을 바에야, 왜적들이 무섭기는 해도 우선 집에 돌아와 주린 배부터 채워보자는 생각들인 것이다.

왜란 초에 떠돌던 흉흉한 소문과는 달리 왜적들은 뜻밖에도 백성들을 심하게 괴롭히거나 욕보이지 않았다. 더러 술주정 끝에 매질을 하거나 장난질을 하기는 해도, 애꿎은 사람의 목을 치는 따위의 심한 포악은 없었다. 그러나 여전히 도성에 살던 백성들은 왜적이 둔취한 도성에는 쉽게 돌아가려 하지 않았다. 먹을 것이 없어 산채로 배를 채울 망정 그들은 사납고 흉포한 왜적에게는 선뜻 찾아갈 용기와 배포가 없었다.

연거푸 울리는 총통 소리에 사내가 다시 발을 세운다. 멀리 목멱산 아래쪽으로는 붉은 불덩이가 여럿 보인다. 남촌에 둔취한 왜적들이 진중에 지핀 화톳불들이다.

왜적의 큰 무리는 이미 도성을 떠나 상감의 어가를 쫓아 북으로 올라갔다. 도성에 남은 왜적의 무리는 이제 불과 수천에 불과할 뿐이다. 그들은 도성에 둔취한 채 종일 하는 일이 먹고 마시고 빈집들을 뒤지는 것이다. 그들이 주로 빈집에서 찾는 물건은 도기陶器와 자기瓷器 유기鍮器 등의 기명器皿(그릇)들과, 상목 초피貂皮 인삼 따위의 피륙과 약재 등속이다. 그러나 이미 이런 귀물貴物(귀중품)들은 도성이 비었을 때 도적들에 의해 한 차례 털린 뒤다. 다시 터는 왜적들에 의해 도성 안의 큰 대가들은 남아난 물건이 거의 없다.

돌담이 둘리어진 큰 집터 앞에서 사내가 드디어 천천히 발을 세운다. 문짝이 떨어진 대문 안으로 불타다 남은 집채의 일부가 어수선하게 들여다보인다. 도적들의 손길이 한 차례 거쳐간 듯 불탄 집채들 안팎으로 가구들과 집기들이 어지럽게 뒹굴어 있다. 사내가 이윽고 문 안으로 들어선 뒤 행랑 마당을 가로질러 중문을 향해 걸어 들어간다.

중문 역시 문짝이 깨어져 안행랑이 훤히 보인다. 안행랑의 오른쪽 날개가 불에 타서 공터처럼 되어 있다. 별당이 있던 안행랑 너머도 눈에 띄는 집채가 없다. 오른쪽에 있던 모든 집채들이 불에 타 없어진 것이다.

사내의 발끝에 가구 하나가 툭 채인다. 달빛 속으로 굽어보니 내당에 있던 낯익은 병풍이다. 이미 몸체가 불에 타서 병풍은 앙상하게 틀과 뼈대만 남아 있다. 지팡이 끝으로 병풍을 치우고 사내는 다시 내당을 바라고 걸어 들어간다.

내당 섬돌 위에 이층장 하나가 엎어져 있다. 휑한 대청마루에도 온갖 세간들이 낭자하게 널려 있다. 사내가 섬돌 위에 올라선 채 망연한 표정으로 방들과 마루를 둘러본다. 어느 것 하나 온전하게 남은 것이 없다. 하긴 집채의 일부라도 불에 타지 않은 것이 다행이다. 안국방安國坊과 양덕방陽德坊 집들이 거의 다 불에 탔건만 그의 집은 반쪽이나마 불을 면한 것이 다행이다.

사내가 마루에 올라 열린 방문으로 방 안을 들여다본다. 달빛도 없는 어둠 속이건만 사내는 쉽사리 방 안 구조를 짐작할 수 있다. 도적이 한바탕 휩쓸고 지나갔건만 방 안의 구조만은 옛 모습 그대로다. 세간과 집기 문짝들만이 제자리를 떠나 어지러이 흐트러졌을 뿐이다.

한동안 방 안을 들여다본 뒤 사내가 이윽고 내당 섬돌에서 뜰로 내려선다. 주저하는 빛도 없이 사내는 곧바로 왼쪽 담 중간의 일각문 쪽으로 내려간다. 문을 지나 안행랑 안뜰로 들어서니 이 곳은 뜻밖에도 흩어진 세간이나 집기가 없다. 어지러운 내당 쪽과는 달리 뜰안이 옛날처럼 말끔하고 깨끗하다.

집안 구조를 잘 아는 듯 사내는 휘적휘적 뜰 귀퉁이의 반빗간 쪽으로 다가간다. 그러나 무심히 빈 뜰을 질러가던 사내가 다리를 끌 듯하면서 천천히 발을 세운다. 어디선가 물건이 부딪치는 작은 인기척이 들려왔기 때문이다.

사내가 주위를 둘러본다. 눌러 쓴 방갓을 약간 쳐들고 사내는 아주 천천히 중문 안 방들을 둘러본다. 서둘지도 않고 그렇다고 느리지도 않게 사내는 집 구경하듯 방들과 고방들과 쪽마루 쪽을 차례로 둘러본다.

그러나 한 차례 작은 기척을 울리고는 집 안은 다시 쥐죽은듯 고요하다. 너무 집 안이 적막하고 고요해서 사내는 멈춰 선 자기가 쑥스럽게 느껴질 정도다.

얼마쯤 뜰 복판에 서 있던 사내가 다시 몸을 틀어 걸음을 옮기기 시작한다. 이번에는 그러나 반빗간 쪽이 아니고 방금 무슨 기척이 들려온 행랑 쪽을 향해 다가간다. 경계하는 빛도 없고 멈칫거리는 기색도 없이 사내는 안행랑에 이르러 얕은 섬돌 위로 천천히 올라선다.

이 곳은 원래 유모 침모 찬모 등의 계집 하인들이 기거하던 곳이다. 사람이 없는 빈방들이긴 해도 사내는 이쪽 방들에는 낯이 선 모양이다. 한 가지 신통한 일은 이 곳 방들이 하나같이 문들이 모두 닫혀 있는 것이다. 주인이 기거하는 내당 쪽에는 도둑이 들었어도 하인들이 살던 행랑 쪽에는 아직 도둑들이 손을 대지 않은 듯하다.

"뉘시오?"

사내가 느닷없이 행랑채를 보고 입을 연다. 방들이 여럿이라 그는 어느 방 하나를 지칭해 묻는 것도 아니다. 마치 눈앞에 사람을 대하듯 그는 집채를 향해 예사롭게 묻는다.

한동안 기다렸으나 집채 쪽에서는 기척이 없다. 방마다 문들이 꼭꼭 닫힌 채 쥐죽은듯 고요할 뿐이다.

"방에 뉘시오이까? 내 노형한테 여쭈어 볼 말이 있소이다."

사내가 다시 입을 연다. 그는 방 안에 누군가가 있다는 것을 진작부터 알고 있다는 말투다. 마치 지척에 사람을 두고 인사말을 건네는 듯한 예사로운 목소리다.

"내 이틀 동안 도성 안을 헤맸소이다만 보이느니 왜적뿐이라 조선 백성 보기가 원이외다. 나를 어려워하지 마시오. 왜적의 세상이 된 지금에 같은 조선 백성끼리 무엇을 더 꺼리시오?"

끽소리 없던 집채 쪽에서 사람의 기척이 들려온다. 닫힌 방문이 열리더니 사람 하나가 방에서 쪽마루로 걸어나온다. 잠시 사내 쪽을 바라보더니 그 사람이 뜻밖에도 급히 마당에 내려 사내를 향해 부복한다.

"서방님, 쇤네이오이다. 쇤네 병막의 연이란 년이오이다."

이번에는 사내 쪽에서 망연히 말이 없다. 집 안에 사람이 든 것은 알았으나 그 사람이 제가 부리던 계집종 연이일 줄은 병인 찬홍도 미처 예상치 못했던 모양이다. 찬홍이 좀처럼 말이 없자 계집종이 다시 부복한 채 입을 연다.

"쇤네 도성에 머문 지 오늘루 벌써 여드레째가 되오이다. 서방님을 예서 뵈옵다니 정녕 하늘의 도우심인 듯싶소이다."

찬홍이 그제야 비자婢子 연이에게 다가간다. 보고 싶던 아이다. 비접나간 강촌 병막에서 시탕과 더불어 그를 끔찍이 따르던 아이다. 한 차례 베푼 은혜를 잊지 못해 그녀는 대풍창의 자기에게 제 몸까지 스스로 내어준 아이다. 찬홍이 병막을 떠나 행방을 감춘 이래, 오늘 다시 도성 본가에서 여러 달 만에 만나보는 그녀인 것이다.

"네가 여드레씩이나 왜적이 들끓는 이 도성에 머물렀다는 말이냐?"

"예……"

"여드레 전이면 왜적이 아직 도성에 들기 전이 아니냐?"

"예……."

"허면 네가 큰대감 마님께서 피난길 떠나신 것두 이 집에서 뵈었드냐?"

"뵙구 말굽시오. 스무 닷샛날 내행을 먼저 떠나보내시구 큰대감 마님께옵서는 스무 이렛날 도성을 떠나셨사옵니다."

"어디루? 집안이 모두 어디루 난을 피해 떠났더냐?"

"황해도 평산平山 고을을 바라구 떠난 것으로 아오이다."

사내가 다시 말이 없다.

평산이라면 부친 김참찬의 동접 한 사람이 부사府使로 있는 고을이다. 왜적을 피해 북행을 하다보니 동접이 수령으로 있는 평산 고을을 난 피할 곳으로 택한 모양이다.

넋 나간 듯 서 있던 찬홍이 이윽고 발걸음을 옮겨 집채 쪽으로 다가간다.

"일어나거라. 내가 먼길을 걸어 우선 다리부터 쉬어야겠다."

부복했던 연이가 일어나 방문 하나를 급히 열어준다. 그녀는 남장을 해서 두건을 쓰고 사내 바지를 입고 있다.

"어서 방에 드시옵소서. 쇤네가 쓰던 방이오이다."

불빛이 없어 방 안이 캄캄하다. 방갓을 벗어 손에 들고 찬홍은 불 없는 캄캄한 방으로 몸을 디민다. 따라 들어올 줄 알았던 연이가 방 밖에 선 채 다시 그에게 말을 건네온다.

"더운 진지를 해올리려 해두 부엌에 불을 지필 수가 없사옵니다. 왜적이 볼까 두려워 쇤네두 여러 날째 생식으루 지내옵니다."

"생식할 알곡은 있었드냐?"

"도적과 왜적이 들기 전에 쇤네가 고방을 열어 알곡 여러 섬을 미리 감추어 두었사옵니다."

"도적들이 내당에는 분탕질을 해두 이쪽 안팎 행랑 쪽에는 손을 대지 않았던 모양이구나?"

"쇤네 혼자 힘으루는 도적들을 막을 수가 없었사옵니다. 도적들의 무리가 어찌 성한지 대갓집 사노私奴들두 집을 털리기가 예사였습니다."

"네가 그간 고생이 많았구나. 들어오너라. 내 너랑 할 얘기가 많다."

"잠시만 기다려 주옵시오. 쇤네 곧 서방님 곁에 뫼시오리다."

열린 방문을 밀어닫고 연이가 총총히 방 앞을 떠난다.

빈방에 홀로 들어 있자니 찬홍은 비로소 온갖 감회가 가슴속을 메워온다. 배가 갈린 강시僵屍를 보고 찬홍은 홀홀히 강촌 병막을 떠났다. 그의 병을 잡으려는 오직 한 가지 극진한 생각으로 집안 식구 중 누군가가 시신의 배를 가른 것이었다. 시신은 열려 있었다. 그러나 산 사람의 배를 갈랐는지 송장의 배를 갈랐는지는 찬홍으로도 알 수 없는 일이었다.

사람의 간肝을 약으로 써야만 그의 대풍창은 낫는 것으로 되어 있었다. 찬홍은 살아 있음이 욕스럽고 참괴했다. 내가 살기 위해 남을 해쳐야 하는 그의 모진 병이 끔찍했고 저주스러웠다. 차라리 병으로 죽을지언정 그는 더 이상 그런 처방은 원치 않았다.

부인 윤씨를 경강의 윗바람드리(風納) 나루에서 만나 은자 몇 닢과 상목을 받아 그 길로 강촌으로 내려가 얼어죽은 강시를 장사지냈다. 비접에 더 이상 뜻이 없어진 찬홍은 강시를 후히 장사지낸 뒤 정처없이 길을 떠났다.

사람의 간이 제 병의 약으로 쓰여진 것을 알고 찬홍은 처음에는 미련없이 목숨을 버리리라 생각했다. 대풍창의 썩어가는 몸으로 살아 있음이 부질없었고, 오히려 살아 있음으로 해서 집안에 욕이 되고 가족에게 고통이 될 뿐임을 알았기 때문이었다.

그러나 죽음은 생각보다 쉽지가 않았다. 아직은 젊은 그의 나이가 세상에 대한 미련을 쉽게 끊지 못하게 했다. 한번 죽기로 결심했던 찬홍은 죽을 생각을 버리고 나자 오히려 마음이 날 듯이 홀가분했다. 여벌로 사는 목숨이기에 그는 아무것도 꺼리거나 겁낼 것이 없었다. 체면과 자존과 양반의 지체를 팽개치자 그는 비로소 거칠 것 없는 한 몫의 오롯한 사람이 된 듯한 기분이었다.

과객질이 시작되었다. 양반의 체모를 버린 그여서 그것은 차라리 비럭질이라고 해야 옳았다. 한뎃잠과 악식惡食에 길들여지지 않은 그의 몸은, 비럭질 열 이틀 만에 그를 기어이 몸져눕게 했다. 그는 어느 작은 마을의 동구 밖 개천가에 쓰러졌다. 주리고 지친 그의 몸은 열까지 올라 가물가물 의식을 잃곤 했다. 그는 얼마나 오랫동안 앓았는지 알 수 없었다. 그러나 어느 날 깊은 잠에서 깨어나자 누군가가 머리 위에서 그를 물끄러미 굽어보고 있었다. 드리운 거적 사이로 비쳐든 햇빛이, 그 사람의 눈의 흰창과 잘 생긴 이틀만을 하얗게 비추었다. 병들어 쓰러진 선비 김찬홍을 열 일곱 된 거렁뱅이 아이가 우연찮게 구해 준 것이었다.

몸이 쾌차하자 찬홍은 다시 출이라는 거렁뱅이 아이와 길동무하여 비럭질을 떠났다. 그는 이제 죽고 사는 것을 하늘의 뜻에 맡겨버렸다. 악식과 한뎃잠이 몸에 익으면서 그는 출이에게서 비럭질의 재미와 미립을 얻었다. 그러나 해토가 되고 다시 온 누리에 봄이 한창인 무렵이었다. 찬홍은 어느 충청도 고을에서 왜적이 바다를 건너 조선땅에 짓쳐 올라온 소식을 들었다.

세상을 등진 찬홍에게 왜적의 침공인들 별 의미가 있을 리 없었다. 소문이 날로 급박했으나 찬홍은 여전히 비럭질로 날을 보냈다. 그러나 어느 날 그의 눈에 왜적에게 화를 당한 어느 마을의 끔찍한 모습이 보였다. 사내들은 모두 머리 없는 송장으로 남아 있었고, 아낙들은 모두 겁탈을 당해 아랫도리가 시뻘겋게 피로 물들어 있었다.

세상을 버린 찬홍에게도 기어이 한 가닥 남을 위한 걱정이 일었다. 그는 우선 도성에 있는 그의 가권의 안위가 걱정되었다. 왜적은 이미 충주성을 떨구고 중로와 우도를 거쳐 경강변에 이르렀다는 소문이었다. 찬홍은 그제야 충청도 땅에서 비럭질을 치우고 서둘러 발걸음을 도성 쪽으로 재촉했다.

그러나 경강에 닿고 보니 도성은 이미 왜적의 차지가 되어 있었다. 급히 찾아온 보람도 없이 도성은 텅텅 비어 조선 사람을 볼 수가 없었다. 궁궐과 관아와 큰 사가들이 불에 타고, 왜적들은 집들이 성한 남촌 일각에만 머물러 있었다. 도성에 나타난 찬홍을 보고도 왜적들은 시비를 걸거나 행패를 부리는 일이 거의 없었다. 생각보다는 수월하게 찬홍은 도성의 그의 본가로 찾아올 수 있었던 것이다.

인기척과 함께 방문이 열린다. 목쟁반 위에 사발 하나를 얹어 계집종 연이가 방 안으로 들고 들어온다. 쟁반을 방바닥에 내려놓으며 연이가 문 옆에 무릎을 꺾고 내려앉는다.

"드시어요. 꿀물이에요."

"꿀이 웬 게냐?"

"찬간 고방 안을 살피자니 오래된 단지 하나가 보이더이다. 봉한 주둥이를 열고 보니 그 안에 묵은 꿀이 가득히 들어 있더이다."

찬홍이 사발을 집어들어 천천히 꿀물을 마신다. 여러 끼니를 주렸던 배다. 도성에 사람이 살지 않아 그는 비럭질도 할 수가 없었다.

"숯이 있었으면 밥을 지을 수도 있으련만……. 쇤네가 내일은 산에 들어가 밥을 지어올리겠습니다."

"밥은 일 없다. 불기를 왜적에게 보였다가는 네가 목숨을 부지하기 어려울라. 나두 너처럼 생식을 할 테니 밥지을 생각은 아예 마라."

"꿀물을 한 사발 더 타올릴까요?"

"아니다. 그만 되었다. 밖에 자주 드나드는 것이 아무래두 긴치 않구나."

홑창문 아랫도리에 달빛이 어슴푸레 비쳐든다. 갑자기 말들을 잃은 채 두 사람은 한동안 우두커니 어둠 속에 앉아 있다. 불빛이 없어 어둡기는 해도 비쳐든 달빛으로 사람의 윤곽은 볼 수가 있다. 벽을 지고 앉아 있던 찬홍이 한참 만에 입을 연다.

"온 집안이 난을 피해 떠났는데 너는 어찌 이 집에 남았드냐."

"……."

"설마 내당마님께서 네게 집을 맡기지는 않았을라?"

"집을 맡기기는 복이 내외와 자근쇠 형제들이었습니다만 왜적이 이르기 하루 전인 5월 초하룻날 모두 집을 떠났습니다."

"허면 너는 어느 녘에 이 집에 들어왔느냐?"

"내당마님께 청을 드려 쇤네는 처음부터 집에 남아 있었습니다. 자근쇠 형제가 집을 떠나자 쇤네 혼자 남아 있게 된 것이오이다."

"네가 사내 몸두 아닌 터에 무슨 배포루 흉악한 왜적을 기다렸드냐?"

"쇤네가 기다린 것은 왜적이 아니옵구 집 떠나신 서방님이옵니다."

말끝이 떨리는가싶더니 연이의 고개가 앞으로 숙는다. 이 아이를 도성 본가에서 만난 것이 우연이 아님을 찬홍은 진작에 알고 있었다. 닥치는 대로 여인을 겁탈하는 왜적의 흉포함을 이 아인들 어찌 모르랴. 그러나 그녀는 죽음을 무릅쓰고 혹시 도성에 나타날지 모르는 주인 찬홍을 기다리고 있었던 것이다. 유난히도 그를 따르고 섬기는 계집종이었다. 대풍창의 무서운 병도 이 아이 연이에게는 두렵지 않은 듯했다.

더구나 병막에서 찬홍과 한 차례 몸을 섞은 후로는 마치 아낙이 지아비 섬기듯 그를 정성으로 극진히 구완했다. 한데 그 계집종 연이가 지금은 다시 왜적이 들끓는 도성 본가에서 그를 기다리고 있다. 왜적의 포악이 무서워 사내들도 감히 머물지 못하는 도성에, 그녀는 정인을 그리는 일념으로 지금껏 빈집에 숨어 찬홍이 돌아오기를 기다리고 있었던 것이다.

"내가 다시 도성에 올 것을 네가 어찌 알았드냐?"

"서방님이 중한 병인이라 필시 왜적을 기이지 않으실 줄 알았습니다. 내당마님두 제게 이르시길 어쩌면 서방님께오서 도성 본가에 오실지 모른다 하시더이다."

 지친 윗몸을 벽에 기대며 찬홍은 지그시 눈을 감는다. 생각이 극진하면 남의 마음속도 꿰뚫어볼 수 있나보다. 공교롭게도 그를 아끼는 두 여인은 그가 도성에 돌아올 것을 미리 예측하고 있었던 모양이다.

 "이 집은 언제 불이 났느냐?"

 "상감께오서 도성을 떠난 4월 그믐날 불이 났사옵니다."

 "궁궐 셋이 모두 탔던데 불을 누가 놓은 게냐?"

 "쇤네가 짐작컨대는 관노와 사노 따위 아랫사람들이 불을 놓은 듯싶더이다."

 "왜적은 며칟날 도성에 들어왔느냐?"

 "5월 초이튿날 들어온 것으루 아옵니다."

 "네가 왜적을 보았느냐?"

 "먼빛으루 잠시 보았습니다."

 "무섭지 않드냐?"

 "무섭지 않을 까닭이 없습지요. 허나 서방님 뵈올 생각으루 무서운 생각을 한사쿠 눌러 참았습니다."

 어쩔 수 없는 계집아이다. 어떻게 해야 이 아이의 마음을 바로 돌려놓을지 찬홍은 알 수가 없다. 남녀간에 기우는 뜨거운 정은 사람의 힘으로는 어쩔 수 없는 모양이다.

 "왜적이 네가 여잔 줄을 알면은 필시 네 몸을 탐할 게다. 네가 장차 왜적들 틈에서 어찌 살아갈 작정이냐?"

 "서방님을 뵈었으니 쇤네 이제는 달리 여한이 없습니다. 서방님

가시는 길이라면 쇤네 어디까지건 따라뫼실 생각이오이다."
"네가 나를 잘못 보았다. 나는 지금 내 몸 하나두 건사하기가 귀치 않은 사람이다. 병막을 떠난 나를 보구두 네가 아직두 내 속뜻을 헤아리지 못허겠느냐?"
"서방님, 거두어 주십시오. 이 아이를 가여이 여기어 내치지 마옵시구 곁에 거두어 주십시오. 쇤네는 서방님 뫼시기가 평생의 소망이오이다. 쇤네가 그예 긴치 않으시면 먼 발치라루 따라뫼시도록 허락해 주십시오."
계집종 연이의 말끝이 다시 애절하게 떨려나온다.
세상을 이미 등지기로 작정한 찬홍이건만 이 철없는 비자 아이는 아직도 그를 주인으로 섬기고 싶어한다. 말로 타일러 될 일이 아니다. 찬홍은 다시 벽에서 윗몸을 뗀다.
"내가 병막을 떠난 뒤루 큰사랑의 대감마님께서는 나를 어찌 말씀허시드냐?"
"서방님을 두고는 아무 말씀두 아니 계셨습니다. 하오나 서방님이 병막 떠나신 걸 아시구는 이틀 간을 곡기를 끊으신 채 아무것두 잡숫지를 않으셨다구 하더이다."
세상에 둘도 없는 불효다. 살아 있는 까닭에 불효는 더욱 커질 뿐이다. 그러나 이제 그의 집안에 다시는 걱정을 끼치지 않으리라. 도성의 본가를 둘러보는 것도 이번이 마지막이 될 것이다.
"너는 내가 무슨 까닭에 병막을 떠났다구 생각허느냐?"
"황공하오이다. 아무리 미욱한 쇤네기루 그만 까닭을 짐작하지 못하리까. 하오나 쇤네두 그 탕湯이 무엇인지는 미처 깨닫지 못했습니다."

"네게 그 탕을 끓이도록 한 것이 누군지 내게 말해 줄 수 있느냐?"

"그 약이 병막에 당도하기는 작은댁 서방님의 행탁에서인 듯하 옵니다. 허지만 쇤네가 알기루는 작은댁 서방님두 그 약이 무엇인지 모르는 듯싶었습니다."

"인홍이두 아니라면 혹 명례방의 성의원이 그 약의 처방을 낸 게 아니냐?"

"명례방 성의원은 아니오이다. 훗날 병막에 내려와서는 노여운 빛을 보이더이다. 한 사람의 병을 고치기 위해 또 한 사람을 해치는 처방은 어느 의서에두 없노라구 몹시 노여워했사옵니다."

시장기가 천천히 가시면서 찬홍은 비로소 온몸으로 피로를 느낀다. 명례방 성의원도 서제庶弟 인홍도 아니라면 그 탕을 주선한 사람은 부친 김참찬이 분명하다. 한동안 말이 없다가 찬홍이 다시 말을 묻는다.

"왜적이 둔취한 도성에 너는 언제까지 머물러 있을 생각이냐?"

"이제 서방님을 뵈었으니 쇤네 도성에 남아 있을 까닭이 없습니다."

"내가 딴 곳으루 떠나지 않구 도성에 있겠다면 어쩌겠느냐?"

"쇤네두 도성에 남아 서방님을 뫼실 것입니다."

"네가 비럭질을 해본 일이 있느냐?"

"아니오."

"남의 집 처마 밑에서 한뎃잠을 자본 일이 있느냐?"

"……"

"너는 내가 지난 몇 달 동안 어디서 무얼 하며 어찌 지냈는지 알구 있느냐? 네가 나를 따르려거든 우선 비럭질과 한뎃잠 자는 것부터 익혀야 된다."

어슴푸레한 달빛 속으로 연이의 몸이 크게 흔들린다. 방바닥에 엎드린 여인의 몸에서 이윽고 작게 숨죽인 흐느낌 소리가 흘러나온다.

"쇤네 비럭질두 익히옵구 한뎃잠두 익히오리다. 서방님과 함께라면 쇤네 무어든 배우오리다."

"말하기는 쉽다마는 비럭질두 한뎃잠두 졸연히 배워지는 게 아니니라. 더구나 나는 병인이라 비럭질하기가 수월허다마는 너는 아직 처녀 몸이라 비럭질하기가 쉽지 않아."

"쇤네 거두어만 주십시오. 서방님 곁에 거두어만 주시면 쇤네 무엇이든 못할 것이 없사옵니다."

"허면 네가 우선 내 말 한 가지부터 들어야겠다. 내 며칠간 도성에 머물 테니 너는 먼저 강촌 병막에 내려가 있거라."

"그리는 못헙니다. 쇤네 다시는 서방님 곁을 떠나지 않을 것이옵니다."

"병막에는 지금 누가 있느냐?"

"삼수 할아범이 있습니다."

"내 너와 약조를 허마. 이번에는 일 끝내구 필히 병막에 내려갈 게다."

"서방님 용서허십시오. 쇤네 결코 그 명만은 거행할 수 없사옵니다."

흐느낌이 다시 이어진다. 엎드린 여인의 몸이 어둠 속에서 끊임없이 들먹인다. 한동안 말이 없다가 찬홍이 이윽고 엎드린 연이의 어깨 위에 손을 얹는다.

"아무래두 너와 내가 전생에 크게 연이 있나보다. 아무려나 네 뜻대루 해라. 내 이제는 너와 다툴 기력이 없다."

엎드린 몸을 일으키더니 연이가 와락 찬홍의 무릎에 엎드려진다. 어깨만 세차게 들먹일 뿐 그녀는 좀처럼 말을 잇지 못한다. 잠시 연이를 굽어보더니 찬홍이 이윽고 연이의 몸을 안아 일으킨다. 얼굴을 더듬는 그의 손에 여인의 눈물이 만져진다. 눈에서 눈물을 닦아낸 뒤 찬홍은 다시 손길을 내려 여인이 입은 저고리의 옷고름을 풀어낸다.

"내 너를 잊은 적이 없다. 아직두 네가 나를 병인이라구 기이지 않을 테냐?"

"서방님……. 기이다니요. 서방님을 침소에 뫼시기가 쇤네의 크나큰 소망이오이다."

연이의 작은 몸이 사내의 큰 가슴에 안겨온다. 머뭇거리던 사내의 손길이 그제야 서둘러 여인의 몸에서 옷들을 벗겨낸다. 창으로 비쳐든 달빛 속에 연이의 몸이 하얗게 드러난다. 참으로 오랜만에 품어보는 여인의 따뜻한 몸이다. 몸은 병으로 썩어가건만 사내의 기운만은 조금도 시들지 않는 찬홍이다. 여인 역시 그리던 정인이라 사내 못지않게 뜨거운 몸으로 부딪쳐온다.

무서운 병화의 와중이기에 그들의 정염은 더욱 뜨겁고 황황한지 모른다. 마치 땅을 꿰뚫을 듯이 사내는 거칠게 여인을 탐하고, 여인은 또 휘몰아치는 폭풍처럼 사내의 거친 욕망을 뜨겁게 감싸 안는다.

해가 높이 떴다.

새벽에 송미포松未浦를 떠난 병선들이 거제 동편 바다를 덮어 옥포를 바라고 까맣게 올라가고 있다. 날씨는 쾌청, 구름 몇 점이 둥실 떴을 뿐 하늘도 바다도 온통 푸르고 맑기만 하다.

"예가 어디유?"

치를 잡은 복만을 향해 선복船腹에 서 있던 수군 하나가 말을 물어온다. 복만이 뭍 쪽을 돌아본 뒤 수군을 향해 장난스레 되묻는다.

"어디라면 자네가 알겠는가?"

"거제섬인 것은 알구 있수. 내가 이 곳 거제섬에는 옛적에 한번 와본 일이 있수."

"여기가 지세포知世浦 앞일세. 옥포가 바루 저 길게 내민 곶 너머에 있네."

전라도 수군들이라 이 곳 경상도 바닷길에는 하나같이 캄캄한 그들이다. 상고선을 타던 협선의 선두 서복만이 이군관 강득과 함께 이 곳 바닷길에 밝을 뿐이다.

지난 5월 초나흗날 매성梅城[전라좌수영의 별칭] 본영을 발선한 전라좌수영의 군선들은 소비포所非浦 당포唐浦 송미포에서 각각 하룻밤씩을 자고, 나흘 만인 오늘에는 옥포를 바라고 올라가고 있다. 판옥전선이 스물 여덟 척, 협선과 포작선이 각각 열 일곱과 마흔 여섯 척, 그리고 크고 작은 배들이 50여 척에 이르는 큰 함대다.

본영을 떠나 함대가 처음 발행할 때는 수사 이하 모든 장졸들이 닥쳐올 싸움에 대비하여 굳은 각오와 긴장에 휩싸였다. 그도 그럴 것이 육전에서는 이미 왜적이 5월 초이튿날 서울 도성을 떨군 형세다. 지금쯤은 왜군의 선봉이 임진강을 건너 개경을 떨구었을지도 모를 일이다. 그러나 뭍에서는 왜의 군세가 강대해도 아직 이쪽 남녘 바다에는 왜의 수군들이 크게 움직이지 않고 있다. 좌수영을 떠나 벌써 나흘이 지났는데도 왜적의 그림자는 어느 바다에서도 보이지 않았다. 이렇게 되자 수졸들은 물론이요, 각 전선의 군관들조차 처음의 긴장을 풀고 이제는 제법 여유있는 얼굴들이다. 아직은 왜적과 부닥치지 않아 왜의 적세가 어떠한지를 올바로 모르는 때문이다.

그러나 어제 저녁 경상우수사 원사또(元均)를 만난 뒤로는 전라좌수영 수군 장졸들은 다시 낯색이 달라졌다. 이미 경상좌우도의 수군들은 왜의 수군에 크게 패해 군사와 배들을 모두 꺾였다. 왜적의 장대함을 원수사로부터 전해 듣고서 새삼스레 전라도 수군들은 놀라움과 긴장과 불안감에 휩싸인 것이다.

바다 날씨가 좋은 대신 바람이 별로 좋지 않다. 배마다 돛을 높이 올렸건만 바람이 약해 사람의 노질로 배들이 나가고 있다. 나흘째 계속되는 고된 노질로 전선의 노군들은 물론이요, 협선의 격군들조차 손에 모두 물집들이 잡혀 있다. 태평세월 오랫동안 놀고 지낸 그들의 손들이 모처럼 군선의 큰 노를 잡자 사흘을 견디지 못하고 물집들이 잡힌 것이다.

"노군 집노(執櫓)!"

뱃머리 덕판에 앉아 있던 탐후선 선두 이군관이 장선(將船)(대장선)의 깃발을 바라보고는 뒤를 보고 소리를 친다. 쉬고 있던 노군 여덟이 일제히 제자리에 앉아 뉘어놓은 노들을 놋좇에 끼우고 노들을 젓는다. 노군장櫓軍長이 덕판 밑에 앉았다가 노군들을 향해 푸른 기를 좌우로 내두른다. 여덟 개의 노들이 물을 가르면서 용골龍骨을 들고 빠른 속도로 앞으로 나간다.

"무슨 일인가?"

선수에서 내려오는 강득을 보고 치를 잡고 있던 복만이 급히 묻는다. 강득이 장선 쪽에 눈길을 준 채 복만이 묻는 말에 건성으로 대답한다.

"장선에서 우리 배에 탐망을 명하는 기를 올렸네."

"탐망이 무어야?"

"왜적이 가까이 있는지 먼저 나가 살피라는 말일세."

"허면 왜적의 배가 가까운 바다에 있는 게로군?"

"있는지 없는지는 우리가 나가 살펴야 알지."

판옥선 따위의 굵은 배들이 이쪽 탐후선에서 점점 뒤로 멀어진다. 배가 작고 가벼운 편이어서 탐후선은 노질에 따라 능히 다른 배들의 두 배 속력을 낼 수가 있다. 뒤에 처진 큰배들과는 상거가 이미 한 마장은 됨직하다. 복만이 잔뜩 긴장된 얼굴로 다시 강득에게 말을 건넨다.

"옥포가 자네 고향이지?"

"응."

"지난번 자네가 들렀을 때는 옥포 포구가 성했든가?"

"성안은 더러 불에 타두 포구와 굴강은 별로 상허질 않았네."

"굴강이 상허질 않았다면 왜의 큰배들이 들어 있을지두 모르겠군?"

"내 생각엔 아무래두 옥포 포구에 왜의 수군이 있을 듯싶네. 배를 바싹 뭍 쪽으루 몰게. 그래야 왜들이 보더라두 배를 섬 그늘에 숨길 수 있지."

배가 한쪽으로 기우뚱하더니 뱃머리를 돌려 뭍 쪽으로 급히 다가간다. 노군들은 이미 노질에 지쳐 입으로 헉헉 가쁜 숨들을 내뿜고 있다. 그러나 노군장의 매질이 두려워서 그들은 누구 하나 꾀를 피우는 자가 없다. 배가 뭍으로 열 장 가까이 다가가자 복만이 고개를 돌려 다시 강득을 바라본다.

"이번 출진에 거북배 구선은 왜 아니 떴는가?"

"배 만든 지가 얼마 안되어 첫번 싸움에는 아껴두려는 뜻두 있지만, 아직 수군들의 조련이 덜 되어 행선이나 방포 따위를 더 가르친 뒤 출진시킬 모양일세."

"그눔이 둔하기는 해두 웃덮개가 있어서 싸움허기는 편할 게야."

강득이 대꾸없이 선창을 열고 병기고 속을 들여다본다. 잠시 무언가를 찾는 듯하더니 강득이 이내 활과 살 몇 대를 집어든다.

"싸움 채비를 하려는 겐가?"

"이 살은 싸움살이 아닐세. 신기전神機箭이라구 적세를 알릴 때 쓰는 살이야."

듣고 보니 화살허리에 꼬리 달린 염초통이 달려 있다. 아마 화살을 날릴 때 불을 당겨 날리는 모양이다.

강득이 살을 든 채 뒷덕판에 올라 왼편 쪽을 바라본다. 바다로 길게 내민 곶부리가 어느 틈에 눈앞으로 다가왔다. 곶부리만 왼편으로 돌면 바로 경상우도의 만호진이 있는 옥포 포구다.

"서행!"

강득이 고개를 돌려 노군장을 보고 소리를 친다. 노군장이 기를 아래위로 흔들자 바삐하던 노군들의 노질이 갑자기 느려진다. 그래도 배는 관성에 의해 미끄러지듯 물을 차고 나가고 있다. 덕판에 올라서서 주위를 살피다가 강득이 다시 복만 쪽을 돌아본다.

"배를 뭍으루 바싹 붙이게."

"뭐가 보이나?"

"옥포진에 왜적이 있다면 우리 배를 숨겨야 허네. 우리 장선에 알리기 전에는 왜가 우리 배를 못 보두룩 허려는 겔세."

바다는 넓다. 하긴 상거가 세 마장만 되어도 바다에 뜬 작은 배들은 서로를 알아볼 수 없다. 판옥선 같은 몸체 큰 배라야 겉에 드러난 외장外裝을 보고 겨우 서로를 알아볼 수 있을 뿐이다.

"저 배는 어디 밴가? 우리를 보구 오는 것 같네."

복만이 옆으로 다가오는 협선 한 척을 가리킨다. 돛을 내리고 노질을 급히 하여 협선은 이미 이쪽 배에 네댓 장 거리로 다가왔다.

"척후장 사도蛇島첨사 나으리 밸세."

"배 세우라는 기가 올랐네. 장선에서 새 명을 받은 모양일세."

미끄러져 나가던 탐후선이 노를 누이고 천천히 멈춰 선다. 구군복具軍服 한 장수 하나가 뱃머리로 나와 소리를 친다.

"이군관 게 있는가!"

"예, 소관 예 있소이다."

강득이 응대와 함께 첨사를 맞아 역시 뱃머리로 올라선다. 두 배가 좀더 가까워지자 척후장 김첨사가 다시 입을 연다.

"장선에서 자네에게 새 명이 내렸네. 탐망은 우리헌테 맡기구 자네는 유군遊軍으루 처져 장선을 가까이 뫼시라는 명일세."

"알았소이다. 소관은 허면 명 받들어 배를 뒤루 뽑습니다."

"예까지 오면서 혹 별스런 기척은 없든가?"

"포민浦民〔갯마을 백성〕의 잔배들이 통 없는 것이 이상헙니다. 소관 생각에는 이 근처 바다에 왜적이 곧 나타날 듯싶소이다."

"이만큼 깊이 들어왔으니 머잖어 왜적이 보일 때두 됐네."

"소관 허면 물러갑니다."

"알았네. 다음에 보세."

 치를 잡은 타공 복만이 어느 틈에 뱃머리를 돌리고 있다. 첨사가 탄 협선에는 노군이 무려 스무 명은 됨직하다. 척후장을 태운 배라 탐망을 하려면 배가 특히 빨라야 한다. 배를 빨리 몰기 위해서는 힘 좋은 노군을 많이 쓸밖에 없다.

 두 배 사이가 멀어진다. 척후장의 배는 어느 틈에 곶부리 가까이 접근했다. 강득의 탐후선은 장선을 기다려 노들을 뽑아들고 파도 따라 흔들리고 있다. 뒤처진 장선과 전선들을 바라보며 복만이 다시 이군관에게 말을 묻는다.

"탐망을 나가라구 허더니 자네를 별안간 왜 유군으루 물리는 겐가?"

"이 곳 바닷길이 익숙지 않아 장선에서 나를 곁에 잡아두구 싶은 모양일세."

"중부장 광양 사또두 이쪽 바다를 소상히 알지 않나?"

"중부장두 제 할 일이 있는데 제자리 지키지 않구 장선 곁에만 머물러 있을 수는 없지."

바람결에 문득 연기 냄새가 풍겨온다. 갑작스런 연기 냄새에 배 안의 수군들이 일제히 강득을 바라본다.

"나으리, 연기요! 저게 연기가 아니오이까?"

수군 하나가 고함과 함께 곶부리 너머를 손으로 가리킨다. 과연 수군의 말대로 한 줄기 연기가 곶부리 위로 솟고 있다. 연기는 엷은 청색으로 보일 듯 말 듯 희미하다. 지금껏 아무도 보지 못한 것은 연기가 너무 멀리 있어 산색과 구별하지 못한 때문이다.

"저기가 어디쯤 되나?"

복만이 강득에게 묻는다.

"옥포진일세."

"연기 냄새가 여염의 밥짓는 냄새가 아닐세."

"성안의 집들이 타는 게야."

"허면 바루 저 연기가 왜적이 놓은 불이란 말인가?"

강득은 대꾸가 없다. 배 안의 수군과 노군들이 그제야 모두 낯빛들이 하얗게 질린다. 뒤처져 떠오던 좌수영 군선들도 연기를 발견한 듯 서로 번잡스레 영하기숑下旗들을 올리고 있다. 수사가 탄 장선에서도 역시 커다란 기가 오른다. 누런 바탕에 북두칠성이 그려진, 잔 배들을 부르는 초요기招搖旗다.

"장선에서두 연기를 본 듯허네. 중군에 딸린 순령선巡令船들을 부르구 있네."

"우리는 왜 아니 부르는 겐가?"

"기다려 보세. 심상치가 않네. 저 연기가 왜적이 피운 것이라면 이제 곧 왜적들과 큰 싸움이 있을 게야."

앞쪽의 곶부리 끝에서 문득 흰 꼬리가 달린 살(矢) 한 대가 날아오른다. 날아오른 살을 바라보더니 강득이 급히 복만에게 입을 연다.

"왜적일세, 배를 지금 곧 장선 쪽으로 돌려뽑게."

신기전이다. 앞서 올라간 척후장의 배가 옥포에서 왜적을 발견하고 본진 장선에 적세를 알려온 것이다.

수사가 있는 장선에서 다시 큰 초요기가 오른다. 이번에는 소선이 아닌 각 진의 전선을 부르고 있다. 그 동안에 또 하나의 신기전이 연기 꼬리를 달고 하늘 높이 오르고 있다. 배들이 장선을 향해 영을 받기 위해 구름처럼 모여들고 있다.

유군으로 장선을 옹위하라는 영을 받아 이강득 군관의 탐후선 역시 노질을 급히 하여 장선 가까이 다가간다.

드디어 왜적이다. 전라좌도에서 경상우도까지 여러 날을 찾아다닌 왜적들이다. 처음 발행 후 곧 왜적을 보지 못해 장졸들은 그 동안에 알게 모르게 긴장과 사기가 풀려 있었다. 그러나 막상 왜적을 눈앞에 발견한 지금, 조선 수군의 장졸들은 낯빛을 잃을 만큼 겁에 질린 얼굴들이다.

흉포하고 잔혹하기로 소문이 난 왜적들이다. 더구나 육전에서는 들리느니 연이은 패보뿐이다. 상감이 몽진을 떠나고, 서울 도성까지 한달음에 둘러 뺀 왜적이라, 막상 그들을 눈앞에 둔 조선 수군들은 간이 떨리고 입술이 말라 넋들이 나간 얼굴들이다.

그러나 아직은 왜적만 보았을 뿐 그들이 세(勢)가 얼마나 큰지를 알 수가 없다. 만일 적세가 웅장하다면 지금의 조선 함대로는 대적하기가 어려울지 모른다. 육전을 연달아 이기고 있는 왜적이라면 수군 역시 그 세력이 웅장할 것은 뻔한 일이기 때문이다.

"배를 세우게. 멈추라는 영이 내렸네."

장선에 오른 기를 보더니 강득이 노군장에게 영을 내린다. 노군들이 노질을 멈추고 겁에 질린 얼굴로 선두 이군관을 올려다본다. 당돌하고 겁이 없던 서복만 역시 지금은 해쓱한 얼굴로 장선 쪽만 뚫어지게 쳐다볼 뿐이다.

"나으리, 배오이다!"

이번에는 뱃머리에 있던 사수 하나가 소리를 친다. 배 두 척이 노를 저어 날듯이 이쪽으로 오고 있다. 앞서 옥포로 올라갔던 사도첨사와 여도呂島 권관의 협선들이다.

고물에 있던 이군관이 급히 이물로 건너간다. 마주 오던 협선의 뱃머리에서 척후장 김첨사가 소리를 친다.

"왜적일세! 왜의 수군이 옥포만 가득히 둔취해 있네!"

"적세가 어떻더이까?"

"대단허네. 포구 안에 왜의 전선들이 누선樓船〔다락배〕을 합쳐서 5·60척이 넘을 듯싶네."

"알았소이다. 내려가십시오!"

협선 두 척이 파도를 가르며 용골龍骨을 높이 들고 살같이 지나간다. 두 배의 용골에서 튀어오른 물이 하얀 거품으로 한 길 가까이나 치솟고 있다. 흩어져 떠오르던 군선들이 장선의 영을 받아 행선을 늦춘 채 느릿느릿 떠오고 있다. 아마 적정을 자세히 듣고야 장선에서 다시 새 영이 떨어질 모양이다.

장선에 가까이 다다르자 외치는 소리가 들려온다. 척후장이 배를 세워 수사 사또께 적세를 고하는 모양이다. 이쪽 배는 낮고 장선은 높아 척후장은 위를 보고 고함치듯 외치고 있다.

"눈어림으루 적선은 대충 5·60척이 넘는 듯싶구. 왜적이 노략질을 하는지 성에서 몇 가닥 연기가 오르더이다! 떠드는 소리두 간혹 크게 들리는 것이 아마두 저희들끼리 분탕질 후에 놀이를 하는 듯싶소이다."

"척후장이 적세를 살필 동안 왜적은 우리 배를 보지 못헌 겐가?"

"우리가 갑㟓 그늘에 숨은 탓으루 왜적은 우리 배를 보지 못헌 듯허오이다."

"왜적이 혹 포구 어간에 복병선이나 묻지 않았든가?"

"분탕과 노략질에 마음을 빼앗겨 전혀 방비라고는 없는 듯싶더이다."

"왜의 배들이 5·60척이 넘을 게라 했는데 그 중 싸움하는 큰배는 몇 척이나 될 듯 싶은가?"

"소관이 대충 보기루는 굵은 배가 여남은 척 되더이다. 허나 왜적의 굵은 배라두 우리 판옥선에는 크기가 많이 뒤지더이다."

"배 위에 적의 수군은 보이지 않던가?"

"더러 몇 놈이 보이기는 해두 싸움 채비를 하는 게 아니라 빈 배를 지키는 수직 군사루 보였소이다."

"장선이나 굵은 배에 화포나 총통 따위는 아니 뵌든가?"

"굵은 배들은 배 둘레에 온통 울긋불긋한 장막들을 둘러쳤더이다. 화포나 총통은 뵈질 않구 배 복판에 높다랗게 다락집들이 보였소이다."

이수사가 잠시 묻기를 그치고 곁에 있는 군관들에게 무언가를 알아보는 눈치다. 그러나 곧 이수사 순신이 척후장 김첨사를 향해 소리쳐 물어온다.

"왜적의 방비가 없다 하니 우리가 지금 적을 친다면 적을 깨치기가 수월치 않겠는가?"

"소관 생각두 그러하오이다. 지금 곧 발진하여 적을 치는 것이 유리할 듯 싶소이다."

"왜적의 방비가 없다는 것을 김첨사는 군령을 두고 확언할 수 있으렷다!"

"예, 소장 군령 놓구 확언하오이다."

주장선 주위에 몰려든 각 진의 군선들이 잠시 영을 기다려 쥐죽은듯 말이 없다. 노들을 뽑아 든 모든 배들은 뱃머리를 장선으로 향한 채 파도에 실려 조용히 떠 있을 뿐이다. 그러나 곧 장선으로부터 이수사가 다시 커다랗게 영을 내린다.

"제장은 들으시오! 방금 척후장의 치보를 들었듯이 흉악한 도적의 무리가 바로 우리 눈앞의 옥포진에 둔취해 있소. 우리가 왜적을 찾아 나흘이나 바다를 떠돌다가 오늘에야 흉한 도적을 눈앞에 보게 되었오. 이제 흉적을 눈앞에 찾았으니 우리는 기운을 떨쳐 한번 죽기로 싸우는 것이 있을 뿐이오! 내 새삼 이르거니와 장졸들은 왜적을 만나 터럭만큼도 두려워 말며, 오직 장선의 영에 따라 들고나기를 산과 같이 무겁게 할 것이오! 왜적의 세가 비록 장하고 크다 하나 우리에게는 적을 깨칠 싸움배 판옥선과 화포가 있소! 특히 이번 싸움이 왜적과의 처음 싸움이라 제장은 싸움에 당해 한 치의 물러섬도 머뭇거림도 없어야 하오! 적을 맞아 죽기로 싸워 필히 이번 싸움에 적의 간담을 찢어놓아야 될 것이오! 자 이제 각 진의 전선들은 제자리에 들어 영에 따라 발행할지라!"

이수사의 영을 받들어 각 진의 배들이 장선을 떠나 제자리로 흩어진다. 각 배에는 배를 행선하는 행선 군관이 따로 있어, 장선에서 내리는 영을 수시로 받아 자기 배의 선장에게 전한다. 가까운 배들은 소리를 쳐서 군관들이 직접 장선의 영을 전하기도 하지만, 멀리 있는 배는 기를 올리거나 뿔고동 바라 소리 따위로 발선과 산개散開와 정선停船 영을 내리는 것이다.

지금은 그러나 왜적을 눈앞에 두고 있어 바라나 뿔나발 소리 대신에 장선의 영하기令下旗만으로 각 전선에 영을 전할 뿐이다. 노군들이 노질할 때 울리는 북소리도 지금은 일제히 그쳐 깃발 신호로 대신하고 있다.

발선령을 받은 50여 척 배들이 옥포진을 바라고 까맣게 떠가고 있다. 큰배 옆구리로 길게 내민 노들이 바닷물을 긁어당기느라 물속에서 꿈틀꿈틀 용트림을 하고 있다.

앞서 나가던 광양현감 전부장前部將의 전선이 이윽고 옥포진 어귀에 길게 내민 곶부리로 돌아든다. 옥포진 포구가 눈에 들어오며 뒤미처 굴강에 닻을 내린 왜의 군선들이 까맣게 눈에 들어온다.

척후장의 치보[급히 달려가 알림]대로 왜적의 배는 50여 척이 넘을 듯하다. 장선으로 보이는 큰배에는 높은 다락집이 지어졌고, 다락집 아래 현장舷檣으로는 붉은 천의 휘장이 드리워졌다. 장선이라 해도 그 크기는 조선 수군의 판옥선에 미치지 못하고 다만 밖에 치장만 요란할 뿐이다.

　조선 수군들이 들이닥쳤건만 포구 안의 왜선들은 아직도 그 사실을 모르는 모양이다. 옥포진 진성鎭城에서는 연기 두 가닥이 피어오르고, 굴강 안에 늘어선 왜선들은 닻을 내린 채 아무런 움직임이 없다.

　앞서 가던 전부장의 판옥선이 장선의 영을 받아 노질을 멈추고 뒷배들을 기다린다. 뒤따르던 50여 척 조선 군선들이 옥포진 포구를 바라고 기다랗게 가로 늘어선다. 늘어선 전선들 사이에서 돌연 짓자포地字砲의 방포 소리가 크게 울린다. 뒤미처 10여 척 전선들이 노질을 급히 하여 굴강을 바라고 바다를 덮어 짓쳐 들어간다.

　바다가 떠나갈 듯하다. 전고戰鼓 소리가 둥둥 울리고 수군들이 내지르는 고함이 하늘과 바다에 가득하다. 전선들은 이미 장선으로부터 적을 깨칠 영을 받았다. 방비가 없는 왜적을 향해 장선은 각 판옥선에 당파撞破〔부딪쳐 깨침〕와 충살衝殺을 명한 것이다.

　조선 수군의 방포 소리를 듣고 왜적들은 그제야 일의 다급함을 깨달았다. 뭍에 올라 노략질을 하던 왜적들이 조선 수군이 짓쳐옴을 알고 그들의 배가 있는 굴강으로 쏟아져 내려오고 있다. 조선 수군을 맞아 싸우려면 그들은 우선 각자의 배에 올라야 한다. 적과 싸울 장비와 병기가 모두 그들의 배 안에 있기 때문이다.

　그러나 조선 수군은 왜적들보다 한 발 빨랐다. 원래 당파란 우리 배를 급히 몰아 적의 옆구리를 들이받아 적선을 엎어버리거나 깨뜨리는 전법을 말한다. 따라서 당파를 하기 위해서는 이쪽 배가 크고 튼튼해야 하며, 무엇보다 급히 들이닥쳐 적선이 미처 피할 틈을 주지 말아야 한다. 지금 굴강으로 내닫는 조선 전선들은 바로 그 당파전을 위해 풍우같이 달려들고 있는 것이다.

급습을 당한 왜적들로서는 실로 다급하고 황황하지 않을 수 없다. 그들은 배에 올라 우선 닻을 올려 굴강을 벗어나려 급히 서둔다. 좁은 굴강 안에서는 배를 쉽게 움직일 수도 없을뿐더러 적이 화포를 쏘아오더라도 피할 수가 없기 때문이다. 그러나 조선 수군이 포구 앞을 막고 있어서 그들은 포구로도 못 나오고 뭍으로 바싹 붙어 해안을 따라 달아날 뿐이다.

화포 소리와 납함 소리〔여럿이 함께 지르는 소리〕가 천지를 진동한다. 처음에는 잠시 멈칫거리던 조선 수군들도 이제는 왜적을 향해 앞을 다투어 벌떼처럼 달려들고 있다. 연달아 쏘아대는 짓자 현자 등의 화포는 물론, 각 전선에서 날아오른 화살들이 흡사 메뚜기떼처럼 왜선들 위로 쏟아지고 있다. 굴강과의 거리가 가까워지자 각 판옥선의 사수射手들이 장전長箭〔긴 화살〕 편전長箭〔아기살〕 유엽전柳葉箭〔살촉이 버들잎처럼 생긴 화살〕 따위의 살들을 한꺼번에 날리기 시작한 것이다.

앞선 왜선 몇 척이 굴강을 빠져나가 동쪽을 바라고 달아나기 시작한다. 그들은 달아나는 한편 총통과 화살을 빗발치듯 쏘아대고 있다. 그러나 달아나는 왜선은 겨우 몇 척에 불과하고 대부분의 왜선은 굴강 안에 갇혀 필사적으로 응전한다. 아니 조선 수군의 짓쳐옴이 급박해지자 왜의 수군은 절반 이상이 아예 배를 버리고 뭍으로 도망쳐 올라간다. 그 흉포하고 영악한 왜적도 조선 수군의 급습에는 목숨을 구해 도망치기에 급급한 것이다.

굴강 안에 불길이 인다. 조선 수군의 판옥선에 받혀 크게 깨어진 왜선에서 불길이 솟고있다. 깨어진 배의 왜적들은 거개가 바다로 떨어져 필사적으로 헤엄들을 치고 있다. 그러나 그들 역시 조선 수군에겐 좋은 표적될 뿐이다. 활을 쏘아 맞히어 죽이거나 자루 긴 장병겸長柄鎌으로 목을 베어 죽이는 것이다.

동편을 바라고 도망치는 왜선들은 50여 척 왜선단 중에 겨우 여섯 척에 불과하다. 그들은 조선 수군의 추박이 급해지자 배 안의 여러 물건들을 닥치는 대로 바다로 버리고 있다. 좀더 급히 도망치기 위해서는 배 안의 무거운 짐들을 버려 배를 가볍게 하자는 뜻이다.

조선 수군들은 전에 없이 용맹하고 사나웠다. 왜적이 조선에 짓쳐온 이래 조선군은 한번도 싸움에서 이겨본 일이 없다. 이기기는커녕 왜적이 1백 리 밖에 이르렀다는 말만 듣고도, 조선군은 미리 겁을 내어 전의戰意를 잃고 도망치기에 급급했다. 그만큼 왜적에 대해 조선군은 큰 당혹감과 두려움을 느껴왔던 것이다.

그러나 오늘 바다에서 만난 왜적들은 조선 수군들이 듣던 것처럼 강하지도 않았고 사납지도 않았다. 그들도 역시 세가 궁해지자 제각기 살길을 찾아 뿔뿔이 도망치는 초라한 인간들에 불과했다. 그토록 흉포하고 용맹한 왜적들도 막상 세가 불리하자 걷잡을 수 없이 무너지기 시작한 것이다.

살길을 찾아 허둥대는 왜적을 보고 비로소 조선 수군들은 기운을 떨쳐 용맹하게 대어들었다. 한에 사무친 왜적들이었다. 잔혹하고 흉포해서 말만 들어도 몸이 떨리던 왜적들이었다. 그러나 이제 그 사나운 왜적들이 조선 수군의 공격을 받아 궁지에 몰린 쥐떼들처럼 어지러이 도망치고 있었다.

전라좌수영 수군들에게 그것은 놀라운 사실이었다. 왜적과의 싸움에서 자기네도 이길 수 있다는 사실이, 전라좌수영 수군들에게 힘을 솟게 했고 용맹을 떨치게 했다. 더구나 그 싸움은 전라도 수군들에게는 처음 겪는 싸움이었다. 그들은 바로 왜적과의 초전에서 저 흉포한 왜적들을 보기 좋게 때려부순 것이었다.

돌격장 이군관(李彦良)의 본영 제1선은 굴강 깊숙이 앞서 들어갔다. 전선의 좌2번 노군 막개는 고수(鼓手)의 북소리에 맞춰 숨가쁘게 노를 저었다. 상판 아래 늘어선 좌우 여든 명 노군들은 급박한 북소리에 맞춰 혼신의 힘으로 노를 저었다.

밖은 연이은 화포 소리와 함께 수군들의 납함 소리가 천지를 진동했다. 바로 머리 위 상판에서 쏘아대는 화포 소리로, 상판 아래 여든 명 노군들은 이미 귀들이 반 넘어 먹어 있었다. 천지를 진동하는 납함과 화포 소리에도 불구하고 상판 밑의 노군들은 밖의 상황을 조금도 볼 수 없었다. 적의 총통이나 화살을 막기 위해 지금은 현창(舷窓)(뱃전에 낸 창)마저도 모두 굳게 닫아버린 때문이었다. 그들은 오직 행선 군관의 지시에 따라 고수의 북소리에 맞춰 정신없이 노를 저을 뿐이었다.

땀이 비 오듯 했다. 노군은 노 하나에 둘씩 마주서서 네 사람이 달려 있었다. 장선으로부터 당파전의 명이 떨어지고부터 상판 밑의 노군들에게는 지옥과 같은 노역(櫓役)이 명해졌다. 출진 이후 나흘째 계속되는 노질로 노군들은 이미 몸들이 파김치가 되어 지쳐 있었다. 헌데 지금은 당파전의 명이 떨어져 전선을 어느 때보다 급히 적진으로 몰아가야 했다.

고수의 북소리가 한층 빨라지고 노군장들의 고함과 욕설이 한층 크게 선실을 울렸다. 밖은 내다볼 수 없었지만, 노군들은 발 밑으로 전선이 물을 박차며 내닫는 것을 느낄 수 있었다. 노군들의 물집 잡힌 손바닥은 이미 짓물러서 가죽이 해어졌다. 쉴 틈 없는 급한 노질로 노군들의 전신은 삽시간에 땀으로 젖었다. 짓물러 터진 손바닥은 불에 덴 듯 쓰리고 아팠다. 그러나 짓무른 손바닥보다 더 힘겹고 고통스러운 것은 어깨와 팔과 허리로 전해 오는 마비감과 비슷한 저릿저릿한 힘살의 통증이었다.

싸움에 이기고 지는 것이 바로 노군들의 노질에 달렸다. 그러기에 행선 군관의 호령은 불과 같고 추상같았다. 군관의 영이 떨어질 때마다 고수의 북소리는 급해졌고, 다시 고수의 북소리에 맞춰 노군들의 노질도 급해졌다.

이윽고 노군들 중에 지쳐 허덕이는 자들이 생겼다. 연달아 명하는 급한 노질로 그들은 기운이 진해 땀을 비 오듯 흘렸고 입으로는 단내를 풍겼다. 그러나 아무리 지쳐도 노군들은 노를 손에서 놓을 수가 없었다. 노를 쥐고 쓰러질지언정 그들은 결코 노를 놓아서는 안되었다. 만일 노를 손에서 놓으면 이내 그들에게는 무서운 매가 떨어졌다. 노 하나에 한 명씩 딸린 사나운 노군장들이 네 명의 노군을 감시하여 매를 들고 지켜보기 때문이었다.

힘 좋은 총각 노군 막개에게도 노질은 역시 숨가쁜 것이었다. 듣지 못하는 귀머거리 막개는 화포와 납함 소리를 몸에 부딪치는 충격으로 짐작할 수 있었다. 그는 소리를 듣지 못하는 탓으로 고수의 소리 대신 북채의 움직임으로 노질의 급함과 느림을 알았다.

그러나 그보다 먼저 막개는 사태의 급박함을 눈치로 알고 있었다. 그는 행선 군관의 해쓱한 얼굴을 훔쳐보았다. 고수와 노군장과 동료 노군의 얼굴빛도, 행선 군관의 얼굴처럼 해쓱하게 핏기를 잃었다. 낯빛을 잃은 여든 명 노군들을 보고, 막개는 왜적과의 싸움이 멀지 않았음을 눈치로 알았다.

노군장들의 매가 노군들의 등어리로 떨어지기 시작했다. 꾀를 피울 줄 모르는 막개는 물론 노군장의 매질을 당하지 않았다. 그러나 앞뒤의 수많은 노군들은 숨가쁜 노질을 하면서도 간혹 노군장의 매를 맞거나 호통을 들었다. 늘 당하는 매질과 호통이라 노군들은 별로 매를 피하는 기색도 없었다. 하긴 그들은 사노私奴들과 죄인이 대부분이라 노상 상전과 옥리로부터 매를 맞고 살아온 사람들이다. 노군장들의 웬만한 매질에는 눈도 꿈쩍 않는 것이다.

그러나 지금은 달랐다. 당파전을 위해 왜적을 향해 내닫는 지금은 노질도 급할뿐더러 노군장의 매질도 사납고 매서웠다. 더구나 본영 제1전선은 조선 수군의 선봉을 맡은 돌격장 이군관의 판옥선이었다. 누구보다 앞서 나아가 적의 예봉을 꺾어야 될 배였다.

막개에게도 매가 날아왔다. 매를 휘두르는 노군장의 얼굴은 야차처럼 사납게 일그러졌다. 고수의 북소리가 점점 빨라졌고 군관의 깃발이 미친 듯이 앞으로 펄럭였다. 빨라진 북소리에도 불구하고 노군들의 노질은 한 치의 흐트러짐도 없었다. 노 하나라도 삐끗하면 물속에 박힌 노들이 서로 부딪치고 뒤엉켜 더 이상 노질을 할 수 없었다. 아니 그보다 노를 잡은 배 안의 노군은 노가 엉키는 바로 그 순간 몸 한 곳이 크게 상하거나 노를 부러트려 더러는 목숨을 잃기도 했다. 부러진 노가 사람의 머리나 허리를 쳐서 한 순간에 돌이킬 수 없는 큰 사고로 이어지는 것이다. 따라서 노군장의 호통이나 매질이 없더라도 열여섯 개 노들은 잠시도 쉬거나 정신을 놓을 수가 없는 것이다.

머리 위 상판 위에서는 연달아 화포가 불을 토했다. 한 번 화포가 발사될 때마다 집채만한 판옥선의 선체가 부르르 몸을 떨었다. 마치 산이라도 떠받을 듯이 전선은 물을 박차고 질풍같이 적진으로 내달았다.

막개의 몸이 갑자기 크게 기울었다. 엄청난 충격이 전해져서 그는 간신히 노에 매달려 몸을 가누었다. 주위를 둘러보았다. 노군들 여든 명 중에 반수 이상이 뱃바닥에 나뒹굴었다. 고수와 노군장들도 모두 자빠진 채 넋 나간 얼굴로 상판 쪽을 올려다보았다.

배는 더 이상 나가지 않았다. 상판의 화포와 납함 소리는 한층 크게 배를 흔들었다. 현창의 작은 틈 사이로 화약 냄새가 코를 찌를 듯 풍겨왔다. 노들은 모두 뒤엉켜서 뽑히지도 않았고 뉘여지지도 않았다.

문득 막개의 눈에 행선 군관의 나뒹군 모습이 보였다. 노군장들도 그제야 정신을 차려 삭구索具〔밧줄〕 곁에 나뒹군 행선 군관에게 다가갔다. 뒤엉킨 노 사이에 끼여 군관은 쓰러진 채 입을 크게 벌리고 있었다. 노군장들이 노를 치우려 했으나 노들은 서로 엉켜 꼼짝도 하지 않았다. 아랫도리가 노 사이에 물려 있어, 군관은 덫에 갇힌 듯 꼼짝도 할 수 없었다. 누군가가 도끼를 들고 왔다. 그러나 도끼로 노를 내려치자 군관은 이내 비명을 내질렀다. 노에 물린 두 다리가 도끼질을 하자 뼈에까지 울리는 모양이었다.

상판 위에서는 배를 뒤흔들며 여전히 납함 소리와 화포 소리가 진동했다. 막개가 갑자기 제자리를 떠나 쓰러진 군관 쪽으로 다가갔다. 둘러선 사람들을 옆으로 밀치더니 막개가 곧 몸을 굽혀 엉킨 노 밑으로 등을 디밀었다. 꾸부정히 허리를 굽힌 자세로 막개가 천천히 힘을 쓰기 시작했다. 막개의 얼굴이 검붉어지면서 맞물린 노들이 조금씩 위로 뽑혀 올라왔다. 그러자 곧 곁에 선 노군들이 벌어진 틈 사이로 쓰러진 군관을 뽑아내려 했다. 그러나 사람을 뽑아내기에는 아직 틈 사이가 충분하지 않았다. 노를 쳐드는 막개의 얼굴은 이제 완전히 푸르뎅뎅한 가짓빛이었다. 기둥과 같은 굵은 노들이 다시 조금씩 뽑혀 올라왔다. 곁에 선 노군장과 노군들은 막개를 보고 힘을 내라고 소리를 쳤다. 그러나 귀가 먹은 막개는 한 마디도 대꾸가 없었다. 이마로 굵은 땀방울을 흘리며 그는 말없이 노를 등으로 떠받칠 뿐이었다.

이윽고 노군들 여럿이 벌어진 틈 사이로 군관을 무사히 뽑아냈다. 군관이 무사히 노 밖으로 나오자 막개는 그제야 엉킨 노에서 물러나왔다. 그는 노 밖으로 빠져나온 뒤로도 한동안 숨을 헐떡이며 우두커니 서 있었다. 흥양의 총각 장사 막개에게도 뒤엉킨 노를 쳐드는 일은 힘에 부쳤던 모양이었다.

어둡던 배 안이 갑자기 밝아졌다. 시원한 해풍과 함께 코를 찌르는 화약 냄새가 풍겨왔다. 상판의 덮개가 벗겨지면서 누군가가 크게 선실을 향해 고함을 쳤다.

"승전이다! 왜적이 도망친다! 배를 물려라! 왜적의 뒤를 쫓아라!"

고수가 다시 북을 친다. 넋 나간 듯 서 있던 노군들이 그제야 다시 제자리로 돌아간다. 막개 역시 삭구 옆에 섰다가 느린 걸음으로 자기 노를 찾아 돌아간다.

12. 칼 끝의 원귀들

눈 아래로 연기가 보인다. 초여름 한낮의 뜨거운 더위에 연기 몇 가닥이 비스듬히 솟고 있다. 소나무 숲의 작은 등성이가 가로막고 있어서 이쪽에서는 그러나 연기의 원인을 알 수가 없다. 마치 서로 경쟁이라도 하듯 연기는 파란 하늘 위로 여러 가닥이 한꺼번에 치솟고 있다.

야트막한 산모퉁이를 돌아 탁발승 하나가 터덜터덜 숲길을 내려온다. 걸망 메고 대삿갓 쓴 중은 가끔씩 고개를 들어 하늘로 솟고 있는 연기들을 올려다보곤 한다. 그러나 솔숲과 산모퉁이에 가려 중은 아직도 연기의 원인을 알지 못한다. 그는 연기 따위는 아랑곳없다는 듯 등나무 지팡이로 땅을 찍으며 서두름 없이 느릿느릿 숲길을 내려오고 있다.

산모퉁이를 돌아들자 숲이 끝나고 버덩 사이로 자드락길이 좁게 뚫려 있다. 중은 그러나 들이 열리는 지점에서 갑자기 발을 세우고 눈 아래 마을을 우두커니 내려다본다. 하늘로 치솟는 연기의 정체를 중은 그제야 제 눈으로 똑똑히 본다.

마을이 불타고 있다. 아니 온 고을의 크고 작은 집들이 이미 다 불에 타고 한낮의 더위 속에 꾸역꾸역 연기들만 피워올리고 있다. 불이 온 부락을 휩쓸고 지나간 듯 지금은 더 탈 것이 없어, 집이 있던 집터에서 타다 만 불더미들이 푸른 연기들만 피워올리고 있다.

멈췄던 걸음을 다시 옮겨 중은 서둘러 마을 초입으로 들어선다. 집터만 남은 휑뎅그렁한 부락이 탁발승의 눈에는 도무지 낯설기만 하다.

그는 이 부락을 예전부터 잘 알고 있다. 안거安居가 끝나 해제解制 때가 되면 그는 절을 나와 이 부락을 지나갔고, 어느 해 겨울에는 입산하는 길이 눈으로 막혀 길이 다시 열릴 때까지 부락에서 여러 날을 자고 가기도 했다. 그러나 지금 그의 눈에 보이는 것은 숯덩이로 남은 여러 무더기의 집터들과, 이곳저곳에 깨어져 흩어진 여염의 세간들과 자욱한 연기뿐이다. 알 수 없는 재앙에 의해 온 부락은 불에 타서 인적 없는 폐동廢洞이 되어 쥐죽은듯 고요하다.

바람결에 문득 역겨운 냄새가 풍겨온다. 짐승의 털이나 살가죽이 타는 숨막히도록 역겨운 누린내다. 익숙지 않은 강렬한 냄새여서 중은 자신도 모르게 눈살을 찌푸린다.

마을 복판으로 들어올수록 연기와 냄새는 더욱 심하다. 불은 이미 사위고는 있지만 한낮의 더위와 함께 견디기 힘들 만큼 뜨거운 열기를 내뿜고 있다. 벽과 토방과 주춧돌만 남은 집터에서도, 서까

래와 기둥들이 숯으로 남아 있어 좀체로 열기 때문에 가까이 접근할 수가 없다. 변두리에 불과 서너 집만을 남겨두고 50여 호가 넘는 큰 부락이 깡그리 불에 타 폐허가 된 것이다.

　탁발승의 홑겹 납의가 삽시간에 땀으로 젖는다. 자주 다녀서 눈에 익은 부락이건만 집들이 모두 불에 타버려서 탁발승 사발은 좀처럼 방향을 잡을 수가 없다. 하긴 그는 이 부락에 특별히 볼 일이 있는 것도 아니다. 운해사를 내려와 단성 고을에 잠시 들른 뒤, 난리 뒷소식을 알아보기 위해 그는 가야산으로 총림 해인사海印寺를 찾아가는 길이다. 왜적의 출몰이 빈번하다는 소문을 듣고 사발은 급한 마음에 큰 고을을 피해 지름길인 이 길을 잡았다. 그러나 진주성을 거쳐 쉬엄쉬엄 산길을 가는 중에 그는 우연찮게 이 부락에 닿아 이 끔찍한 재앙을 만나게 된 것이다.

　마을 복판쯤에 큰 느티나무 한 그루가 잎과 잔가지들을 불에 그을린 채 폐허 속에 우뚝 서 있다. 수세樹勢[나무의 크기]가 워낙 장한 나무여서 사나운 불길도 이 나무만은 다 태우지 못한 모양이다. 열기를 피해 그늘을 찾다가 사발은 서둘러 나무 그늘로 들어선다.

　그러나 나무 그늘에 들어선 채 사발은 문득 한 곳을 뚫어지게 바라본다. 그가 들어선 느티나무 반대편 큰 가지에 사람 하나가 목을 바에 걸고 땅에서 두 자쯤의 높이로 대롱대롱 매달려 있다. 파리가 송장 주위를 안개처럼 뿌옇게 날고 있다. 웃통이 벗겨진 송장의 등허리를 큰 상처가 어깨에서 허리까지 비스듬히 가로질렀고, 그 검푸른 상처와 혈흔 위에 파리떼가 새까맣게 깨강정처럼 달라붙어 있다.

　송장의 얼굴을 올려다본 순간 탁발승 사발은 침을 한번 꿀꺽 삼킨다. 풀어헤쳐진 상투머리로 반쯤 가려진 송장의 얼굴은 놀랍게도 코와 귀가 없는 끔찍한 모습을 하고 있다. 누군가가 예리한 흉기로 코와 귀를 베어버린 것이다.

잿더미로 변한 마을을 본 순간 사발은 이미 불길한 예감에 사로잡혔다. 산 속 깊숙이 들어앉긴 해도 이 마을은 전장田庄이 많아 살림이 제법 포실했다. 특히 이 마을의 동임인 박첨지는 천량도 많고 품성도 너그러워 마을을 찾는 객이나 손에게는 인심 좋기로 소문난 사람이다. 그러나 그 포실하고 인심 좋던 산골 마을이 지금은 알 수 없는 재앙으로 불에 타버렸고 끔찍한 송장만을 남기고 있다. 세상사에 좀처럼 놀라지 않던 사발조차도 지금은 넋이 나간 듯 멍한 표정으로 사방을 살필 뿐이다.

매운 연기가 사발의 눈을 찌른다. 하늘에 높이 뜬 해는 눈이 부실 만큼 밝고 강렬하다. 불타버린 마을의 송장 옆에 선 채 사발은 그제야 일의 전말을 어렴풋이 짐작한다.

왜적이다. 소문으로만 들어온 왜적의 만행을 사발은 지금 비로소 자기 눈으로 똑똑히 보고 있다. 흉악한 소문으로 떠돌던 왜적들은 과연 소문에 걸맞게 끔찍한 만행을 저지르고 떠난 것이다.

시체의 목에서 바를 풀어낸 뒤 사발은 시체를 안아 나무 그늘 밑에 얌전히 뉘어놓는다. 코와 귀를 베어버려 시체는 전혀 얼굴을 알아볼 수 없다. 머리털이 반백인 것과 걸친 옷이 험하지 않은 것으로 미루어, 이 시체가 천민이 아닌 상사람 중늙은이인 것을 어렴풋이 추측할 뿐이다.

송장을 한동안 굽어보다가 사발이 이윽고 나무 그늘에서 빠져나온다. 송장을 땅에 묻으려면 연장도 필요하지만 그는 우선 있을지도 모를 살아 있는 사람을 만나고 싶다. 마을을 에워싸고 있는 알 수 없는 적막감이 탁발승 사발에게 무엇보다 궁금하다.

동임 박첨지의 집터 역시 집채의 네 벽들만 남고 지붕과 기둥들은 숯이 되어 연기를 뿜고 있다. 불이 난 지가 여러 시각이 경과한 듯, 그 큰 박첨지의 초가 집채들이 하나같이 숯과 재로 남아 있다. 바람도 없는데 집채들이 모두 탄 것은 누군가가 불씨를 들고 마을을 돌며 모든 집채에 불을 놓은 것이 분명하다. 왜적들은 분탕질 후에 온 마을을 장난질하듯 불태워 버린 모양이다.

심한 갈증을 느끼고 사발은 주위를 둘러본다. 샘이 있던 것을 기억해내고 사발은 눈짐작으로 샘을 찾아 박첨지의 집터를 지나간다. 그러나 샘을 찾아낸 사발은 자신도 모르게 또 한번 우뚝 멈춰 선다. 세 구의 끔찍한 송장들이 샘터 주위에 흩어져 있다. 하나는 사내, 둘은 여자로 모두 칼들을 맞아 눈뜨고는 볼 수 없는 참혹한 모습들이다. 특히 아랫도리가 벗겨진 두 여인의 시체들은 무수히 칼질을 당해 형체조차 알아보기 어렵다. 여인들의 은밀한 몸의 일부분은 아예 칼의 난도질로 피범벅이 되어 있다.

시체에서 흘러내린 피가 샘의 물을 선홍색으로 물들여놓고 있다. 이 곳 역시 시체 주위에 파리떼가 구름처럼 날고 있다. 목이 말라 샘을 찾았다가 사발은 오히려 더 큰 갈증을 느낄 뿐이다. 그는 다시 샘가를 떠나 아무 생각없이 사방을 두리번거린다.

난감하다. 이 많은 시신들을 사발 혼자서 끌어묻기는 불가능하다. 살아 있는 사람을 찾아야 할 텐데 마을에는 움직이는 것이라고는 아무것도 볼 수가 없다. 개나 닭 같은 짐승이라도 있으련만 그것들 역시 불에 쫓겼는지 한 마리도 보이지 않는다. 눈부신 햇빛과 매운 연기만이 텅 빈 마을의 하늘을 적막하게 떠돌 뿐이다.

분탕질한 세간들의 일부가 길과 텃밭 등에 어지럽게 흩어져 있다. 옷궤 고리 부담롱 옷가지들이 타다 만 토담 모서리와 마당 복판에 아무렇게나 팽개쳐져 있고, 사발 도깨그릇 항아리 따위 부엌 세간들은 장독대와 부엌 바닥에 박살이 난 채 나뒹굴어 있다.

사발이 특히 눈여겨보는 것은 텃밭과 젖은 땅에 찍힌 어지러운 말편자 자국이다. 마을을 분탕질한 왜적들은 보졸이 아닌 마병馬兵들인 모양이다. 땅에 찍힌 말발굽 자국들이 바로 그들이 마병임을 말해 주고 있다.

어디선가 인기척을 들은 듯하다. 마을 복판은 깡그리 불에 타도 푸성귀 밭이 있는 마을 변두리는 더러 성한 집채들이 남아 있다. 사발이 인기척을 들은 곳은 바로 그 성한 집채 쪽이다.

주위를 분주히 살피다가 사발은 다시 발을 세운다. 옷갓한 사람 하나가 어느 허름한 토방 앞 평상에 앉아 있다. 다가오는 사발을 보고도 그는 멍하니 넋 나간 얼굴이다. 큰갓에 소매 넓은 옷차림을 한 것이 예사 상사람이 아니고 글을 읽던 선비 차림이다. 얼굴빛이 흰 것 역시 반가의 선비임을 간접으로 말해 주고 있다.

"객승 문안이오."

사발이 인사말을 건넸지만 선비는 여전히 앉은 채로 말이 없다. 눈자위가 붉은 것으로 보아 선비는 방금 전까지도 눈물을 흘렸던 모양이다. 사발은 다시 합장을 하며 선비를 향해 정중히 묻는다.

"빈도 산을 내려오다가 우연찮게 이 마을에 들렀소이다. 마을에 재앙이 닥친 듯헌데 그 연유를 선비께서 일러주실 수 있겠는지요?"

한참 동안 말이 없다가 선비가 고개를 젓고는 한숨처럼 입을 연다.

"시신들을 보시었소?"

"예. 샘가에서 셋을 보았고, 나무 밑에서 하나를 보았소이다."

"그뿐이 아니오……."

"아니면……?"

"저 위에 둘이 더 있고 이쪽 돌담 밑에도 아마 여럿이 있을 게요."

선비가 가리킨 위란 용케 불을 면한 어느 외딴 초가집이다. 사발이 선비 옆 평상에 앉으며 다시 그에게 말을 묻는다.

"선비께서는 이 마을에 언제쯤 들르셨습니까?"

"해가 동녘에 높이 떴으니 아마 사시巳時(오전 10시)쯤이 될 거외다."

넋 나간 표정과는 달리 선비는 제법 말하는 품이 또렷하다. 적막한 폐허에 홀로 있다가 산사람 사발을 만나 그는 비로소 기력을 되찾은 모양이다.

"허면 지금이 미시未時(오후 2시)쯤이니 하마 여러 시각이 지났습니다그려?"

"거세던 불길이 사윈 걸 보면 시각이 많이 흐른 듯싶소."

"선비께서는 이 마을 분이 아니시지요?"

"내가 이 마을에 살지 않는 것을 승도가 어찌 아시오?"

"제가 자주 탁발을 다녀 이 마을 사람들과는 면이 많은 편이지요. 헌데 마을의 이 재앙이 누구 탓인지 알구 싶소이다."

선비가 사발을 외면한 채 한숨처럼 입을 연다.
"왜적의 무리가 마을에 들었소."
"왜적이 언제 들었소이까?"
"내가 마을에 이르고 보니 왜적들이 막 분탕질을 끝내고 무리를 지어 마을에 불을 놓고 있습디다."
"왜적이 모두 몇이나 들었더이까?"
"자세히 보지 않아 몇인지는 모르겠소만 대강 눈짐작으로는 여남은 명이 넘는 듯했소."
"땅에 말발굽이 찍힌 걸 보니 이 마을에 든 왜적이 보졸이 아니구 마병인 듯싶소이다만?"
"맞소. 말 탄 왜적이오. 말을 몰아 온 마을에 불질을 했고, 도망다니는 우리 백성을 말로 뒤쫓으며 보는 대로 칼로 찍었소."
"마을 사람들을 다 죽이지는 못했을 터인데 나머지 사람들은 모두 어디루들 갔소이까?"
"원래 마을에 사람이 별로 없었든 모양이오. 왜적이 가까이 이르렀다는 말을 듣고 미리 깊은 산중으로 피난들을 떠난 것 같소."
"허면 왜적에게 죽임을 당한 사람들은 피난을 아니 떠나구 왜 마을에 남아 있었답니까?"
"양식을 가지러 마을에 들렀거나 빈집을 지키다가 불각시不覺時〔갑자기〕에 변을 당한 듯싶소."

사발은 잠시 생각에 잠긴다. 선비가 마을에 이르렀을 때는 왜적들이 분탕질을 끝내고 마을에 불을 지르는 무렵이라 했다. 그렇다면 왜적의 무리는 그보다 훨씬 전에 마을에 이르러 분탕질을 했을지도 모른다. 샘가에 있던 부녀자의 겁탈당한 시체들이 바로 그들의 오랜 행악을 말해 주고 있다.

"선비께서는 그래 이 마을에 무슨 일루 들르셨더이까?"

"내 처가가 예 있기로 잠시 다니러 왔다가 이 흉한 꼴을 보게 되었구려."

"처가가 뉘댁이십니까?"

"이 마을 동임으로 있는 박첨지가 내 처남이오."

박첨지라면 사발도 잘 안다. 관후하고 사람 좋기로 인근 산골에 소문난 사람이다. 어느 핸가는 눈으로 길이 막혀 사발도 여러 날을 박첨지 행랑에서 묵어간 일도 있다.

"헌데 선비께서는 종자두 없이 홀루 길을 떠나셨더이까?"

"경마잡힌 종자가 있었소만 왜적을 보고는 나를 버리고 도망쳤소."

"도망을 쳐요?"

"왜적이 말을 몰아 사람을 칼로 찍는 걸 보고는 그 길로 말고삐를 놓고 어딘가로 가버렸소이다."

"허면 선비께서 타구 오신 말은 어찌 되었소이까?"

"하례가 말고삐를 놓는 바람에 말도 나를 떨구고는 어딘가로 가버렸소."

잠시 말들이 없다. 선비는 물론 사발에게도 눈앞의 이 참혹한 재앙은 난생 처음 보는 광경이다. 당장 서둘러 해야 될 일은, 마을 안에 버려진 시신들을 하나씩 수습해서 땅에 묻는 일이다.

주인 없는 송장들이다. 피난 떠난 시신의 가족들은 언제 돌아올지 알 수 없다. 더구나 지금은 여름철이라 반나절만 지나도 시신은 벌써 시취屍臭를 풍기기 시작한다. 산 사람의 도리로 시신들을 보고는 그대로 모른 체하고 떠날 수가 없다.

"허면 선비께서는 이제부터 어찌하실 의향이시오이까?"

"어찌했으면 좋을지를 모르겠소. 처가가 이미 이 지경이니 집으로나 돌아갈밖에."

"사시는 고을이 어디신지요?"

"진주 성중이오."

진주성은 이 곳으로부터 7·80여 리나 떨어져 있다. 종자도 말도 잃은 선비에게 70여 리 길은 수월치 않은 작로가 될 것이다. 사발이 다시 얼굴을 돌려 선비를 빤히 바라본다.

"주인 없는 시신들이 마을 안에 그득한데 선비께서는 시승과 함께 잠시 머물러 시신들을 수습허구 떠나시는 것이 어떨지요?"

"내가 그러고는 싶소만 몸과 마음이 뜻대로 따라주질 않소이다. 왜적의 흉악한 행패를 본 뒤라 내가 간이 떨려 큰 속병을 얻은 것 같소."

"시신이 한둘이라면 시승 혼자서두 수습할 수가 있습니다만 마을에 워낙 시신이 많아 아무래두 혼자서는 다 거두기가 어려울 듯싶소이다. 우리가 이 시신들과 만난 것두 예사 인연은 아니지요. 선비께서 두 시승과 더불어 마을 안 시신들을 함께 수습해 주셔야 되겠습니다."

선비의 얼굴에 곤혹스러운 빛이 떠오른다. 너무 큰 충격을 받아 선비는 아직도 혼이 뜨고 넋이 나간 얼굴이다. 마을 안의 시신들을 치우는 일은 생각만 해도 끔찍한 일일 것이다.

"나는 집에서 글만 읽던 사람이라 시신을 수습하기는커녕 가까이 본 일도 없는 사람이오. 승도 말씀이 백분 온당키는 하나 지금의 내 형편으로는 아무 도움도 될 것 같지가 않소이다."

"허면 시승과 함께 마을이나 한번 둘러보십시다. 혹 왜적의 눈을 피해 집 안이나 인근 숲에 숨어 있는 사람이 있을는지두 모르잖소."

"아무려나 좋소이다만 살아 있는 사람이 있을는지……."

반허락 비슷한 말을 듣고 사발이 그제야 평상에서 몸을 일으킨다.

선비의 낯이 어딘가 눈에 익어 사발은 아까부터 옛 기억을 더듬고 있다. 어디선가 한번 본 듯한 얼굴인데 좀처럼 기억이 되살아나지 않는다.

"선비께서는 혹 빈도의 얼굴이 눈에 익지 않습니까?"

초가의 허물어진 바자울을 나오며 사발이 그예 선비에게 묻는다. 선비가 뒤따라 집을 나오며 의아한 듯 되묻는다.

"승도를 내가 본 일이 없는데 눈에 익을 까닭이 있소?"

"선비께서는 혹 진양 성중에 사시는 최참의댁의 셋째서방님이 아니시오이까?"

"맞소이다. 내가 그댁 사람인 것을 승도가 어찌 아시오?"

"빈도가 연전에 어떤 아이 일루 진주성 참의댁에를 두어 번 들른 일이 있지요. 그 때 행랑에 머물면서 선비님을 먼빛으루 뵈온 적이 있소이다."

"옳거니, 승도가 바로 짝쇠라는 아이를 큰댁에 데려왔던 중이오 그려?"

"그댁이 선비님께 큰댁이 되는 집안이오이까?"

"그렇소. 그댁이 바로 우리 장형長兄의 집이외다."

바람결에 다시 매운 연기 냄새가 풍겨온다. 뜻밖의 만남이다. 최참의댁이 큰집이 된다면 이 선비는 바로 짝쇠의 숙부뻘이 된다. 황새등에 사는 숯구이 최처사와도 적서嫡庶의 차이는 있을지언정 같은 항렬의 형제뻘이 되는 것이다.

"짝쇠라는 아이는 요즘 어디 있소?"

"절에 있지요."

"제 어미에게 아니 있고 산중의 절에 있단 말이오?"

"빈도가 방부房付〔들어 삶〕 들어 있는 운해사에 잠시 얹혀 살구 있소이다. 참의댁에서 무슨 소리를 들었는지 숯 굽는 제 어미에게는 아니 가겠다구 하더이다."

연기 냄새가 짙어지면서 다시 집터들에서 뜨거운 열기가 전해진다. 불꽃은 이미 사위었어도 불타버린 빈 집터에는 숯으로 남아 있는 불기가 아직 많은 모양이다. 느티나무에 가까워지자 사발이 다시 선비에게 묻는다.

"처가인 이 곳 박첨지댁에는 무슨 일루 찾아오셨더이까?"

"내자가 곧 몸을 풀게 되어 빙모를 뫼시러 오는 길이었소."

"선비께서 마을에 닿았을 때 박동임댁에두 이미 불길이 닿았습디까?"

"불길은 이미 사위어서 마을이 온통 푸른 연기로 가득합디다. 마을 초입에서 연기 오르는 걸 보고는, 나는 게서 몸을 숨기고는 왜적이 떠나길 기다렸소."

시체가 있는 느티나무 앞이다. 발을 세우는 사발을 따라 최선비 역시 시체 앞에 멈춰 선다. 아까 나무에서 내려놓은 그대로 시신은 끔찍한 모습을 한 채 반듯하게 하늘을 보고 누워 있다. 코 없고 귀 없는 시신을 가리키며 사발이 다시 선비에게 묻는다.

"혹 저 시신이 누구의 것인지 짐작허시겠습니까?"

선비가 대답 대신 등을 돌리고 주저앉는다. 등이 크게 들먹이더니 선비가 이내 어지러이 토악질을 시작한다.

"속이 불편하신 모양이오그려?"

거푸 해대는 토악질 때문에 선비의 얼굴이 핏기를 잃어 새하얗다. 묻는 말에 대답도 없이 선비는 쭈그려 앉아 거푸 토악질만 할 뿐이다. 사발이 물끄러미 선비를 굽어본 뒤 한참 만에 다시 입을 연다.

"쉬셔야겠소이다. 시승이 부액해 드릴 테니 선비께서는 잠시 저 아래 초가에서 쉬십시오."

사발이 팔을 잡으려 하자 선비가 손을 내젓는다. 백짓장 같은 얼굴을 한 채 선비가 문득 마을 위쪽을 가리킨다.

"저 위루 올라가 보시우. 아까 계쯤에서 사람의 기척을 들은 것 같소이다."

"저 위라니 대밭 앞의 외딴집 말이오?"

다시 토악질이 시작되는지 선비가 몸을 돌리며 고개만 급히 끄덕인다. 사발은 곧 선비를 버려두고 느티나무 곁을 떠나 대밭을 바라고 올라간다.

풍향 탓일 것이다. 온 마을이 불에 탔건만 위쪽 대밭에는 불탄 흔적이 전혀 없다. 아마 바람이 위로부터 내리 분 때문일 것이다.

텃밭과 채마밭에 말 발자국이 어지러이 찍혀 있다. 어지러운 발자국과 함께 싱싱한 말똥까지 여러 무더기가 흩어져 있다. 유난히

이 근처에 말 발자국과 말똥들이 많은 것은, 왜적이 어떤 연유인지는 몰라도 이리로 올라와 잠시 머물렀던 때문일 것이다.

대밭 앞에 초가 한 채가 있고 초가 둘레로는 울바자가 둘리어 있다. 말들이 여러 번 넘나든 탓인지 울바자는 이미 반 넘어 쓰러져 있다. 너른 마당에 들어서니 뜻밖에도 마당에 멍석 한 닢과 이부자리들이 흩어져 있다. 사발은 잠시 발을 세웠다가 마당을 질러 초가 봉당으로 올라선다.

초가의 방문이 열려 있다. 어두운 방 안을 들여다보다가 사발은 이내 조용히 문을 닫는다. 시체 두 구가 방 안에 있다. 역시 아랫도리가 피에 젖은 낭자머리의 젊은 아낙들의 시체다.

방을 등지고 돌아선 채 사발은 잠시 파란 하늘을 올려다본다. 이 참혹한 여인들의 시신은 전생에 무슨 업을 지어 이런 응보를 당하는지 알 수가 없다. 왜적의 포악이 잔혹하다고 듣기는 했지만, 이토록 끔찍하리라고는 사발도 미처 생각 못한 일이다. 아랫도리가 피로 젖은 시신은 여러 명 왜적들에게 거푸 욕을 당한 때문일 것이다. 더구나 시신들은 욕을 당한 뒤 왜적의 칼질까지 당한 듯하다. 어깨와 가슴 아랫도리에 시신들은 칼질에 의한 커다란 상처까지 지니고 있다.

봉당에서 뜰로 내려서다가 사발은 멈칫 발을 세운다. 어디선가 인기척을 들은 듯하다. 바자울 같은 건조한 물건이 발에 밟혀 부서지는 조심스런 인기척이다.

잠시 귀를 기울이다가 사발은 조심스레 초가 뒤로 돌아간다. 인기척이 들린 곳은 초가 뒤편인 헛간 쪽이다. 마른 나무를 쌓아둔 헛간은 바로 초가와 대밭 사이의 중간쯤에 있다.

기척은 한 번 들리고는 두 번 다시 소리가 없다. 사발은 그러나 다시 없는 기척이 틀림없는 사람의 기척임을 마음속으로 다짐한다. 누군가가 실수로 기척을 내고는 스스로 제 기척에 놀라 더욱 조심하고 있는 것이다.

벽이 없어 사방이 터진 헛간은 밖에서도 안이 훤히 보인다. 헛간 안쪽에는 땔나무로 쟁여둔 마른 풋나무가 그득하게 쌓여 있다. 사발은 짐짓 기척을 내며 헛간 속으로 한발 두발 들어선다. 숨어 있는 사람에게 자신의 존재를 미리 알리자는 뜻이다.

"이놈! 가까이 오지 마라! 가까이 오면 자문하여 죽을 것이다!"

새된 여인의 고함소리다. 사발은 자신도 모르게 그 자리에 우뚝 발을 세운다. 고함소리가 들린 곳은 헛간 안쪽의 풋나무 쌓인 덤불 속이다. 궁지에 몰린 짐승의 비명처럼 여인의 새된 고함은 날카롭고 급박하다. 다음 말이 있을 것을 기다려서 사발은 멈춰선 채 꼼짝도 하지 않는다. 그러나 기다려도 뒷말이 없자 사발이 덤불을 향해 조심스레 입을 연다.

"뉘신지 모르겠으나 이 사람은 길 가던 탁발승이외다. 해칠 생각은 조금두 없으니 시승을 믿구 얼굴을 좀 보여주십시오."

대답이 없다. 그러나 곧 풋나무 덤불이 위로 솟더니 헝클어진 쪽머리의 여인이 풋나무 사이에서 윗몸을 드러낸다.

"게 멈추시오! 가까이 오면 나는 죽소!"

여인의 손에 세 치쯤 되는 파란 날의 장두칼이 들려 있다. 헝클어진 머리에 고름 떨어진 저고리를 여민 채 여인은 오른손에 칼을 들어 자기 목을 겨누고 있다. 사발이 조금만 몸을 움직여도 여인은 손에 든 칼로 자기 목을 찌를 기세다. 사발이 그윽이 여인을 보더니 두 손을 합장해 보이며 부드럽게 입을 연다.

"허허, 나무관세음. 시승은 운해사에 있는 사발이라는 중이외다. 해인사 총림을 찾아가는 길에 시승 우연찮게 이 마을엘 들르게 되었지요. 마을에는 지금 죽은 사람뿐 산 사람이 한 명두 없소이다. 시승이 이리루 올라온 것은 오직 산 사람을 만나보자는 뜻이오이다."

목에 겨누었던 칼을 내리고 여인이 그제야 흐트러진 머리카락을 손으로 쓸어넘긴다. 얼굴빛이 희고 회장 저고리가 깨끗한 것이 상사람의 아낙이 아니고 어느 반가의 사녀士女인 모양이다.

풋나무 덤불 속에 아랫도리를 감춘 채 여인이 한참 만에 또렷하게 입을 연다.

"왜적들은 어찌 되었습니까?"

"떠나구 없소이다."

"운해사에 계신 스님이 예까지는 어인 일루 오시었소?"

"해인사 총림을 찾아가는 길에 지름길을 더터 이 곳에까지 이르렀지요."

"마을은 모두 어찌 되었더이까?"

"왜적이 불을 놓아 성한 집은 예닐곱 채뿐이오이다."

"혹 스님께선 마을 복판의 느티나무 밑에서 코 없고, 귀 없는 시신 한 구를 보시지 못했습니까?"

"보았소이다. 나무에 달려 있는 것을 시승이 줄을 풀어 땅에 뉘어놓았지요."

여인의 검은 눈에 문득 눈물이 가득하게 괴어온다. 두 손을 모아 합장을 하면서 여인이 사발을 향해 간절한 눈빛으로 입을 연다.
"그 시신이 이 아낙의 지아비 되는 어른의 것이오이다. 부탁이오니 스님께서 이 아낙을 게까지 좀 데려다 주실 수 없을는지요? 왜적에게 욕을 당해 이 아낙은 다리를 쓸 수가 없습니다."
사발은 그제야 이 여인이 왜 자기를 눈앞에 보고도 그대로 덤불 속에 앉아 있는지 깨닫는다. 어쩌면 이 여인의 아랫도리도 왜적들에게 겁간을 당해 피로 물들어 있는지 모른다. 그러나 한 가지 알 수 없는 것은 이 여인이 딴 아낙들과는 달리 칼을 맞지 않은 것이다. 샘가와 방 안에 있는 아낙들의 시신은 모두가 욕을 당한 뒤 몸에 칼을 맞아 죽었는데 이 여인만은 욕만 당했을 뿐 왜적에게 죽임을 당하지 않았다.
"뫼시구 가는 것은 어렵지 않으나 게까지는 무슨 까닭으로 내려가려구 허십니까?"
"왜적에게 욕을 당한 몸으로 이 아낙이 아직 죽지 못하고 살아 있는 것은, 먼저 죽은 지아비의 시신을 수습치 못한 때문이오이다. 이제 왜적이 마을을 떠났다니 지아비의 시신이라도 내 손으로 수습하구 싶소이다."
사발은 잠시 말이 없다. 살아 있기가 죽기보다 더 괴로웠던 여인이다. 지아비의 시신을 장사지낸 뒤에는 이 여인은 분명 자문하여 죽을 것이다. 죽는 모습을 뻔히 보고도 구할 수 없는 자신이 사발에게는 서글프고 한스럽다. 물끄러미 여인을 굽어보다가 사발이 그예 느릿느릿 입을 연다.
"나무 아래 그 시신이 어느 어른의 시신이오이까?"

"이 마을의 권농勸農으로 계신 윤첨지 어른의 시신입니다."
"시승이 부인을 뫼시자면 어찌해야 되겠습니까?"
"두 다리를 쓰지 못합니다. 이 아낙을 스님께서 마을 아래까지 업어다 주시면 되겠습니다."
"소승 허면 등을 돌릴 테니 부인께서 알아서 허십시오."

 땅거미가 깔리기 시작한다. 토성과 이어진 야트막한 등성이에 올라 키 훤출한 사내 하나가 잠시 성안을 굽어본다. 한 차례 병화가 휩쓸고 지나가서 성의 누문과 성가퀴는 반 넘어 불에 타고 무너졌다. 관아 앞에 세워진 홍살문과 삼문도 불에 그을리고 망가져서 지금은 추한 모습인 채 아무렇게나 버려져 있다.
 허물어진 성을 타고 사내가 훌쩍 성안으로 뛰어내린다. 얕은 초가들 너머로 사내는 잠시 관아 쪽을 바라본다. 삼문이 불타 검은 기둥으로 남은 관아는 먼빛으로 보더라도 옛날의 그 삼엄한 권위와 위엄이 없다. 사람들로 들끓던 수백 호의 부중 역시 지금은 인기척이 없어 오래 묵은 흉가처럼 썰렁하다. 땅거미 속에 가끔 들리는 것은 관아 내정 안 동헌에 들어 있는 수백 명 왜적들의 웃고 떠드는 방자한 소리뿐이다. 그들은 자기네가 점거한 고을에는 반드시 유군留軍 (주둔군)을 두어 고을을 방비하거나 지키고 있고 있다.
 사내가 다시 걸음을 옮긴다. 관아 쪽을 멀리 보며 사내는 초가들이 밀집한 여염 사이의 좁은 길로 걸어 들어간다. 왜군들의 방자한 웃음소리가 들리건만 사내는 조금도 두려워하는 빛이 없다. 마치 제 집을 찾아가듯 텅 빈 거리를 휘적휘적 걸어가고 있다.

　길가의 모든 집들이 대문이 깨진 채 텅텅 비어 있다. 왜적이 유군한 지 벌써 한 달이 지났건만 백성들은 아직도 산중에 숨어 고을로는 내려오지 않고 있다. 조선 백성들을 불러들이기 위해 왜적들은 오래 전부터 그들의 장군 이름으로 백성을 안무하는 방들을 내걸었다. 조선왕이 이미 왜장에게 항복을 드렸으니 조선 백성은 속히 고을로 돌아와 왜장의 은혜를 입어 생업을 안온히 하라는 내용이었다.

　방을 내건 이후로는 왜적도 조선 백성을 함부로 해치거나 죽이지 않았다. 간혹 고을에 찾아드는 거렁뱅이 같은 조선 백성을 만날 때도 그들은 멀리서 바라볼 뿐 달리 행패나 포악이 없었다.

　그러나 아무리 방을 내걸어 조선 백성을 안민하려 해도 산에서 고을로 돌아오는 백성은 열에 하나도 될까 말까 했다. 돌아온 백성들 역시 없이 사는 천민들로, 처음에는 산에 숨어 왜적의 칼을 피했으나 날이 가며 양식이 떨어지자 어쩔 수 없이 다시 돌아온 사람들이었다. 목숨밖에 더 잃을 것이 없는 그들은, 왜적에 대한 두려움보다도 산중에서의 굶주림이 더 견디기 어려웠던 것이다.

　그러나 고을에 돌아오긴 했어도 이들은 자기들이 살던 성밖 변두리에 집단으로 머물렀다. 성안은 그들에게는 여전히 거북하고 어려운 곳이었다. 왜적이 점거하여 세상이 비록 바뀌었어도 그들은 제 집에 머물러 왜적들과는 결코 가까이 하지 않았다.

　여염 사이를 걷던 사내가 이윽고 어느 평대문 앞에 발을 세운다. 성안이기는 해도 관아와는 반대편이라 이 곳에서는 유군한 왜적들의 떠드는 소리가 들리지 않는다. 집채들이 모두 성한 채로 남아 있는 것은 이 곳이 왜적과 도적들의 분탕질을 덜 당한 탓일 것이다.

평대문을 잠시 바라보던 사내가 흙담을 끼고 몇 걸음 걷다가 문득 몸을 솟구쳐 담을 가볍게 뛰어넘는다. 몸이 땅에 닿는가 싶더니 사내는 어느 틈에 대추나무 박힌 어느 큰 초가의 안뜰에 우뚝 서 있다.

뜰 안이 괴괴하다. 땅거미가 깔리고 있어 집 안은 더욱 음침하고 썰렁하다. 집은 비록 초가라 해도 안팎의 서너 채 집채들이 기와집 못지않게 크고 장하다. 시골에서 흔히 보는 천량(재산) 넉넉한 중농의 집이다.

뜰 안을 잠시 둘러본 뒤 사내가 이내 몸을 움직여 담을 끼고 집 안 깊숙이 들어간다. 바깥채를 돌아 안뜰로 들어서자 역시 초가로 된 기역자 집의 안채가 나타난다. 사내는 그러나 안채를 버려둔 채 안채 뒤로 잇대어 지은 처마 얕은 달개집으로 다가간다.

달개집 방문 앞에 발을 세우더니 사내는 가만히 방 안의 기척에 귀를 기울인다. 이쪽의 기척을 들었으련만 방 안에서는 전혀 소리가 없다. 사내가 이윽고 몸을 굽히더니 꾸부정한 몸으로 방 안을 향해 입을 연다.

"날세. 금홍이 있는가?"

기척이 들린다. 아니 기척이 들리는가싶더니 방문이 열리고 여인 하나가 방 밖으로 머리를 내민다.

"간이 다 졸아들었어요. 왜 이리 늦으셨세요?"

"그리 되었네. 잠시 딴 데를 들러오느라 해를 지우구 이제 오네."

한서방 덕대가 방 안으로 들어선다. 어둑발이 짙어지는 시각이라 불없는 방 안이 굴속처럼 캄캄하다. 사내가 앉기를 기다렸다가 관기 금홍이 뒤따라 방에 앉는다.

"해를 지워가며 그래 어디를 다녀오세요?"

"산에 잠시 들어갔다 오네."

"어느 산엘 무슨 일루?"

"공산성公山城으루 분동이를 찾아갔네. 긴히 의논할 일이 있어서 잠시 그 아일 만나보구 오는 길일세."

대구 부중과 가까운 공산성에는 거의 모든 성민이 왜적을 피해 숨어 있다. 부사를 비롯해 양반과 상민의 가림없이 온 산성이 희게 보일 만큼 대구 부민들로 가득 찬 것이다. 그러나 날이 지나면서 이제는 산성도 푸른빛을 되찾고 있다. 양식이 떨어져 산채와 풀뿌리로 주림을 참던 난민들이 하나둘 산을 내려가 여러 고을로 흩어지기 시작한 것이다.

잠시 말들이 없다. 그러나 다음 말이 없더라도 금홍은 이미 정인덕대의 깊은 속셈을 알고 있다. 공산성으로 아우 분동을 찾아간 것은 조만간 그들 형제가 이 곳을 떠날 생각임을 말해 주는 것이다. 하긴 이 고을 대구 부중에 이제는 딱히 볼일이 없는 그들 형제다. 원수 같은 정풍헌과도 셈이 대강 끝난 터라 거칠 것 없는 그들 형제들은 이제 어디든 마음 내키는 대로 떠날 수가 있다.

"오늘은 몸이 좀 어떤가?"

"입맛이 돌아온 걸 보면 이제 병은 다 나은 것 같아요."

"왜적의 순행과 기찰이 심해서 앞으루는 부중에 오래 머물기가 어려울 듯싶네."

"왜적이 순행두 합디까?"

"난리 초와는 많이 달라서 요즘은 우도 각처에서 왜적이 더러 조선 백성에게 당허는 모양일세. 네댓씩 어울려 시굴루 노략질을 다니는 왜적들을 우리 백성이 숨어 있다가 갑자기 들이쳐서 활루 쏘아 죽이거나 때려죽인다는 소문이야. 해서 왜적두 요즘 들어서는 부중에 야순두 돌구 나루터에서는 기찰두 심한 모양일세."

이 곳 부중에 몸을 숨긴 지 어언 이레째가 되는 그들이다. 난리 초에 관군을 따라 밀양에서 대구로 올라온 관기 금홍은 패군들과 함께 정풍헌의 집에 들어 곳간을 깨고 재물을 털어간 뒤, 다시 왜적에 쫓겨 산중으로 들어갔다. 그보다 먼저 정풍헌의 집에서는 잡아가둔 정풍헌과 함께 종으로 박힌 분동이가 없어졌다. 오합지졸의 관군에 잡혀 죽을 곡경을 치를 정풍헌을, 운종가 상단의 차인差人 한덕대가 밤에 월장하여 분동과 함께 구출해 간 것이다.

왜적에게 쫓기는 패군들이라 정풍헌의 집에 묵었던 관군들은 명색이 군졸일 뿐 떼도둑이나 진배없었다. 그들은 하룻밤을 자고 나자 뿔뿔이 흩어져 그 수가 여남은 명으로 줄어들었다. 이미 싸울 뜻도 기백도 없던 그들인지라 왜적이 가까이 이르자 제각기 살길 찾아 뿔뿔이 도망친 것이다.

밀양 부중의 관기 금홍은 그러나 딱히 갈 곳이 없었다. 분동과 정풍헌이 간밤에 함께 없어진 것을 보고, 그녀는 일의 속내를 어렴풋이 짐작하긴 했다. 덕대가 밤에 담을 넘어와 집 안에 크게 불을 놓은 뒤, 그 틈에 아우와 정풍헌을 구출해 간 것으로 짐작한 것이다.

다음날 날이 밝으면서 그녀의 짐작은 사실임이 드러났다. 패졸 몇 명과 함께 정풍헌의 집에 남아 있던 그녀는, 뜻밖에도 과객 차림의 한덕대의 방문을 받은 것이다. 여러 달만에 다시 보는 덕대는 의지할 곳 없는 금홍에게는 반갑고 믿음직한 사내였다. 더구나 덕대는 관기가 된 금홍이건만 조금도 꺼리는 기색없이 가까워진 왜적을 피해 자기를 따라 함께 떠날 것을 권유해 왔다. 아우 분동의 입을 통해 금홍이 정풍헌의 집에 패졸들과 함께 어울려 있다는 말을 듣고, 덕대는 날 밝기를 기다려 다시 끝내(尾川)로 그녀를 찾아온 것이다.

그러나 관기 금홍은 덕대의 권유를 물리쳤다. 특히 그녀가 꺼린 것은 덕대 형제가 정풍헌을 구출하여 그 일족과 함께 얼려 공산성에 머물러 있다는 것이었다. 정풍헌을 원수로 아는 그녀는 이러한 덕대 형제의 행동이 괘씸도 하고 의아스럽기도 했다. 그녀에게 원수인 정풍헌은 한씨 형제에게도 원수일시 분명했다.

그러나 원수 같은 정풍헌을 한씨 형제가 구출해 간 데는 그들 나름의 생각 깊은 까닭이 따로 있었다. 분동을 서울에서 잡아다가 문서까지 꾸며 종으로 박은 정풍헌이었다. 종이 된 아우를 속량(종을 풀어 양민으로 만듦)하자면, 덕대는 정풍헌을 구해내 그의 손으로 쓴 속량 문권을 받아내야 했다. 정풍헌의 수결(手決)이 든 속량 문권을 받아내기 위해 덕대는 난리 중에도 원수 같은 풍헌을 산중에까지 구출해 간 것이었다.

이런 속셈을 알 리 없는 금홍은 덕대의 권유를 물리친 뒤 패졸들을 따라 어딘가로 떠나갔다. 그러나 왜적의 추박이 급해 패졸들도 나흘 만에 공산으로 다시 피해 들어왔다. 미리 산중에 들어 있던 덕대는 산중에 머문 난민들의 움집을 지나다가 우연히 병들어 쓰러진 관기 금홍을 발견했다. 우연찮게 다시 찾은 금홍이 덕대에게는 놀랍

고 반가울 뿐이었다. 그러나 금홍은 병이 깊어 거의 죽어가는 몸이
었다. 패군들과 어울리는 동안 몸이 많이 쇠한데다가 심한 토사(吐瀉)
와 열을 만나 목숨이 경각에 달려 있었다.

다행히 산중의 난민들 중에 대구 부중의 의원이 있어 그녀는 기
진한 몸으로 의원의 진맥을 받았다. 그러나 의원은 진맥 후에 덕대
를 향해 고개를 가로 내저었다. 병과 약을 알고 있으나 산중이라 약
이 없어 병인을 구할 수가 없노라는 것이었다.

덕대는 그러나 의원에게 약을 구할 수 있는 길을 물었다. 산중에
서 구할 수 없으면 산을 내려가서라도 구해 오겠다는 것이었다. 간
곡한 덕대의 부탁에 의원은 이윽고 대구 부중의 그의 집을 일러주었
다. 약방문을 써서 첩약의 세목들을 적어준 뒤 부중의 그의 집을 찾
아가서 방문대로 병인에게 약을 써보라는 것이었다.

그 길로 덕대는 병든 금홍을 들쳐업고 왜적이 주류해 있는 대구
성중으로 내려갔다. 왜적에게 잡히는 경우 그는 죽음도 각오해야 했
다. 그러나 금홍에 대한 정이 왜적에 대한 두려움보다 더 깊었다.
그는 초저녁에 산을 내려와 밤이 되기를 기다린 뒤, 한밤에 성을 타
고 넘어 부중의 의원집을 찾아간 것이다.

의원의 집은 찾기가 수월했고 다행히 도적과 왜적들의 분탕질도
심하지 않았다. 방 하나를 치워 금홍을 누인 뒤 덕대는 곧 의원이
적어준 방문대로 어렵게 약재를 찾아 첩약을 지었다. 글을 몰라 약
초의 모양새와 냄새만으로 약들을 찾아 탕제를 지어야 하기 때문에,
의원의 약방문대로 약을 짓기가 매우 어렵고 조심스러웠다. 두어 식
경이 지나서야 겨우 탕제가 지어졌고, 탕약은 숯불에 올려 다시 한

참 후에 병인에게 먹여졌다.

심한 토사로 기진해 있던 병인은 약첩과 함께 곡기를 들고부터 차차 기력을 되찾기 시작했다. 도적의 분탕질이 심하지 않은 의원집에는 귀한 건재乾材뿐 아니라 조석을 끓일 알곡도 넉넉했다. 기력을 되찾기 시작한 병인은 곡기를 들고부터 하루가 다르게 병세를 잡아갔다. 수백의 왜적이 유군한 부중이건만 덕대도 병인도 아무런 두려움을 느끼지 않았다. 그들은 오히려 왜적들 복판에 몸을 둔 채 식어 버린 옛정을 되살려 뜨거운 정인으로 다시 어울리게 된 것이다.

부중에 문득 불질 소리가 거푸 들려온다. 술에 취한 왜적들이 하늘에 대고 총통을 놓는 소리다. 밖은 이미 어둠이 짙어 먹장처럼 캄캄하다. 왜적들의 복판에 들어사는 두 사람은 날이 저물어도 방 안에 불을 밝힐 수가 없다. 언제 왜적이 닥칠지 몰라 그들은 밤만 되면 아예 어둠 속에 살고 있다.

"왜적들이 요즘은 어디까지 이르렀답니까?"

"평양에까지 닿았다는군."

"허면 나라님은 어디루 몸을 피하시구요?"

"말들이 하두 여러 갈래라 나두 게까지는 모르겠네."

"오늘 산에 드셨다니 풍헌네 일족두 보셨겠구려?"

"보았네."

"어찌 지내구 있습디까?"

"거느린 식솔이 워낙 많아 그 집두 하마 양식이 다 되어가는 모양이야. 마름으루 있는 박가의 처가 풍헌이 내준 은자를 들구 양식을 팔러 산을 내려가는 것을 보았네."

여러 개 고방마다 겉곡식을 산처럼 쌓아두고 살던 정풍헌이다. 그러나 이제 난리를 만나 그들은 하루 두 끼의 끼니를 걱정하는 처지들이 되고 말았다. 난을 피해 산에 있는 한 그들은 더욱 험한 주림과 고통을 당할 것이다.

주림과 가난 앞에는 귀천도 없고 반상도 없다. 오히려 양반의 체면이 주림 앞에는 장애가 될 뿐이다. 그들은 천민이나 상민처럼 악식惡食을 해본 일도 없고 심한 주림이 닥쳤을 때 그것을 구하는 방도도 알 리 없다.

"긴히 의논할 일이란 게 무엇인지 알구 싶어요."

지척의 거리에 마주 앉은 채 금홍이 그예 난처한 말을 물어온다. 덕대는 그러나 기다렸다는 듯 예사롭게 입을 연다.

"내 아무래두 일간 먼길을 떠나야 될까보네."

미리 짐작했던 일이어서 금홍은 별로 놀라는 기색이 없다. 덕대의 말이 끝나기 무섭게 그녀가 다시 재우쳐 물어온다.

"먼길이라면 도성에를 올라가신다는 말인가요?"

"내 상단에 몸을 둔 사람으루 그간 집안일에만 너무 붙잡혀 있었던 것 같네. 자네 병두 대강 잡힌 듯허니 일간 날을 잡아서 도성엘 한번 올라가 볼 생각일세."

"나라 안에 온통 왜적이 깔렸는데 천릿길 도성에까지 어찌 올라간다는 말씀이오?"

"나두 그게 걱정이라 쉬이 떠나지 못허구 있네. 허나 길을 알아보니 왜적을 피해 달리 올라갈 방도가 있데."

"왜적을 피할 방도라니 그게 무슨 방도랍디까?"

"전라도 땅에는 왜적이 아직 미치지 않았으니 예서 먼저 전라도루 건너간 뒤 배를 타구 강도江都(강화)를 거쳐 경강을 따라 올라갈 생각일세."

금홍은 더 이상 말이 없다. 막연하게만 짐작했던 덕대의 발행發行은 뜻밖으로 작로까지 정한 구체적인 결심이다. 그녀의 간병을 위해 읍성과 산을 번갈아 드나들면서도 덕대는 한편으론 도성에 올라갈 자잘한 계획까지도 미리 마음속에 그려두고 있었던 것이다.

"왜적이 이미 도성에 들었는데 도성에를 올라간들 상단 사람을 만날 수가 있을는지요?"

"상단 사람은 만나기가 어려울 게야. 허나 몇 군데 수소문을 허면 상단이 어찌 되었는지 소식 몇 마디는 얻어들을 수 있을 듯싶네."

방 안이 너무 적막해서 금홍의 숨소리가 들릴 정도다. 덕대가 길을 떠나면 금홍은 당장 몸 붙이고 살 곳이 없다. 그러나 이미 머리 얹은 관기 금홍은 미어지는 가슴인 채 덕대의 발행을 붙잡을 염의가 없다. 한참 동안 말이 없다가 금홍이 다시 입을 연다.

"분동 오라버니는 공산성에 그대루 남겠지요?"

"그 아이두 함께 가네."

"상단 사람두 아닌 터에 그 오라버니는 어째 도성에를 올라간답니까?"

"다섯이던 우리 식솔이 이제 우리 형제밖에 남지 않았네. 이번에 도성에를 올라가면 내가 그 아이두 상단 사람을 만들 생각일세."

땅 부쳐먹던 농투성이 자식들이 이제는 땅에서 놓여나 장삿길로 들어설 모양이다. 장삿길을 천히 여기는 세상이지만 제 땅 없는 백성에게는 궂고 천하고를 가릴 형편이 되지 않는다. 관기로 팔린 금홍보다는 그래도 덕대 형제는 덜 천한 편인 것이다.

"우리 형제 떠나구 나면 자네는 혼자 어쩔 텐가?"

갑작스런 덕대의 물음에 금홍은 묵묵히 대답이 없다. 이름이 이미 기적에 올라 그녀는 관노나 구실아치처럼 나라에 매인 몸이다. 그러나 지금은 나라가 위태로워 그녀 스스로가 제 몸을 추슬러야 한다. 밀양 부중이 왜적의 손에 떨어졌으니 그녀는 이제 돌아갈래야 돌아갈 곳이 없다.

"나를 따라가세."

금홍의 대답을 기다리다가 덕대가 문득 입을 연다.

"병이 아직 덜 잡힌 것이 한 가지 마음에 걸리네만 이번에 우리 형제 길 떠날 때 자네두 함께 묻어가세."

대답을 기다렸으나 금홍은 여전히 말이 없다. 하긴 어둠이 짙은 탓으로 덕대는 볼을 타고 흐르는 금홍의 눈물을 볼 수가 없다. 금홍이 당장 대답을 않는 것은 덕대의 고마운 말에 잠시 설움이 복받친 때문이다.

처음 덕대가 도성에 간다는 말을 했을 때 금홍은 가슴 내려앉는 커다란 절망을 느꼈다. 이제 겨우 두 사람 사이에 애틋한 정분이 싹트는가 싶었더니, 마치 그 정분을 떨치기라도 하듯 덕대는 느닷없이 도성으로 먼길 떠날 뜻을 비친 것이다. 그러나 뒷말을 듣고 보니 덕대는 애초부터 그녀와의 동행을 작정하고 있었던 듯하다. 그는 아우 분동은 물론이고 금홍까지도 함께 거느리고 도성에 올라갈 생각을 했던 것이다.

"대답이 없는 걸 보니 자네가 우리랑 같이 갈 생각이 없는 게로군?"

"오라버니……."

"자네가 나라에 매인 몸이라 수이 이 곳을 떠날 수 없는 것은 나두 아네. 허나 나라가 위태로운 지경인데 자넨들 어찌 난리 중에 법도대루만 산다든가. 우선은 나를 따라 잠시 난을 피했다가 병화가 좀 숙어들거든 그 때 다시 돌아오게나."

"오라버니, 야속두 허십니다. 제 속마음을 그리 몰라주십니까……."

떨려나오는 목소리를 듣고 덕대는 그제야 금홍의 울음을 알아차린다.

"이 사람 무엇 허는 겐가. 자네가 지금 울구 있지 않나?"

"산중에 쓰러져 죽을 목숨을 내가 오라버니 만나 용케 다시 살았습니다. 그 은공 하나만두 갚을 길이 막막한데 이제 다시 나를 거두어 주신다니 내가 달리 무슨 말을 더 하리까. 다만 내가 걱정인 것은 두 분 형제분 가는 길에 짐덩이나 되지 않을까 하는 것뿐입니다."

허우대 큰 몸값을 하느라고 덕대는 원래 말씨도 수작도 남들처럼 자상치가 못하다. 그러나 지금 금홍의 울먹이는 말을 듣고 보니 목석 같던 덕대의 가슴에도 한 가닥 뭉클한 감회가 없을 수 없다. 더구나 그간 금홍의 병수발을 해오면서 덕대는 알게 모르게 그녀에게 새로운 정분을 느껴온 터다. 이제 그는 울먹이는 금홍에게 가슴속에 깊이 묻어둔 제 속뜻을 비쳐보일 차례다.

"자네가 오늘 이런 곤경에 빠진 것이 따지구 보면 이웃에 살던 우리 집안의 빚보를 잘못 선 탓일세. 내가 정풍헌네 집구석에는 이런저런 셈을 말끔히 가렸네만, 자네의 노씨 집안에게만은 빚만 졌을 뿐 가린 것이 도무지 없네. 해서 내가 자네를 산에서 만난 것이 자네 빚을 갚게 하려는 하늘의 뜻이 아닌가구 생각했던 적두 있네. 허나 이제 내 뜻을 알았으니 자네는 달리 생각 말구 나를 따라 나서야겠네."

 잠시 울먹임이 멎는 듯하더니 금홍이 뜻밖에도 차분한 목소리로 물어온다.

 "이번 일을 공산성에 있는 분동이 오라버니와두 의논하셨소이까?"

 "함께 먼길을 떠날 아인데 의논 않구 어쩐다든가. 자네와 함께 길 떠나는 것을 그 아이두 무척 반겨하데."

 "내가 이번에 두 분 형제분을 따라나서면 다시는 밀양 관아로는 돌아가기가 어려우리다. 당장은 두 분께 몸을 의탁해 살아간다지만 난리 끝난 태평세월에는 어찌 살아갈지 앞일이 걱정입니다."

 "자네가 이번에 우리 따라 도성으루 올라가면 앞으루 살아갈 일은 크게 걱정을 안 해두 되네. 그 때는 내가 딴 마련이 있으니 자네는 내 하자는 대루 따라만 주면 되는 게야."

 "나를 혹 두 분 형제분은 고깝게 생각지나 않으시오?"

 "고깝다니?"

 "내가 기생된 것이 요즘처럼 부끄러워 본 적이 없소. 혹시 두 분 형제분께서는 기생된 나를 역겹게 생각지는 않나 해서……."

 "자네가 되구 싶어 기생이 되었든가? 그리구 기생이 되었기루 그게 어찌 역겹게 여길 일이든가?"

 말들이 없다. 칠흑 같은 어둠 속이라 덕대도 금홍도 서로의 표정을 살필 수가 없다. 그러나 문득 덕대의 가슴에 금홍의 몸이 무너지듯 부닥쳐온다. 엉겁결에 금홍을 끌어안은 채 덕대는 비로소 신음 같은 긴 한숨을 토해낸다.

그간 금홍의 병수발을 하면서도 덕대는 그녀의 몸에 손 한번 깊이 댄 일이 없다. 기진한 그녀를 안아 일으키고 누이면서도 그는 짐짓 눈길을 돌려 그녀의 흐트러진 몸을 보지 않으려 애쓴 것이다. 그러나 한창 나이의 덕대에게 무르익은 금홍의 몸은 견디기 어려운 유혹이었다. 더구나 금홍은 어려서부터 덕대가 마음속에 점을 찍어둔 처자였다. 비록 몸이 팔려 기생이 된 금홍이지만, 그녀에 대한 애틋한 정은 오히려 세월 따라 더 깊어진 느낌이다. 헌데 그 멀리만 있어 뵈던 금홍이 지금은 스스로 몸을 허물어 덕대의 가슴에 안겨오고 있다. 오래 참아온 덕대의 정염이 이제는 거친 불길로 사납게 타오를 기세다.

"자네가 이래두 되는 겐가?"

덕대의 입에서 무심히 튀어나온 말이다. 금홍을 나무라는 말이 아니다. 머리얹은 관기 금홍이 덕대에게는 아직도 어렵기에 하는 말이다. 금홍은 거친 숨결일 뿐 아무런 말이 없다.

정염을 눌러오기는 금홍 역시 덕대에 못지않다. 가까운 이웃에 살아오면서 그녀인들 어찌 덕대의 속뜻을 몰랐을까. 덕대를 다시 본 그 시각부터 그녀는 기생된 자신이 부끄럽고 원망스러웠다. 깨끗한 몸으로 덕대를 맞을 수 없는 자신이, 그를 반기는 속마음과는 달리, 한편으로는 오히려 더 서럽고 야속했다. 그러나 지금은 야속함도 서러움도 없다. 정염이 시키는 대로 사내의 가슴에 뜨겁게 안기고 싶을 뿐이다. 사내의 저고리를 벗기는 손길이 자신도 모르게 떨리는 금홍이다. 탄탄한 사내의 가슴살이 만져지자 금홍이 다시 잰 말씨로 입을 연다.

"내가 기적에 몸을 두었어두 마음속에 정을 둔 사람은 세상에 오직 한 사람뿐이에요. 오늘 내 그 사람을 만났으니 이제 죽더라두 여한이 없을 것 같아요."

목석 같은 덕대의 입에서도 이내 맞장구치듯 농 한 마디가 튀어나온다.

"그놈이 언놈이라든가. 내 만나면 다리몽두릴 꺾어놓을라네."

"이를 어째, 내 정랑이 다리병신 되게 생겼네."

주고받는 말수작과는 달리 남녀의 손길이 몹시 바쁘고 황황하다. 이토록 가깝고 쉬운 일을 그들은 왜 지금껏 이루지 못했던가 안타깝다.

남녀의 만남이 쉽지 않은 것도 따지고 보면 양반들의 횡포 때문이다. 허우대 멀쩡한 젊은 사내들이 장가들 처자가 없어 총각으로 늙는 일이 한둘이 아니다. 그들은 머리털이 백발이 되도록 평생 여자 한번 품어보지 못하고 삶을 마친다. 태생이 천하거든 천량이라도 넉넉해야 될 터인데, 그들은 재물도 없어 여자 살 형편도 아니다. 어쩌다가 재수가 좋아 꿈에 떡 맛보듯 여인을 한두 번 품어볼 뿐, 대부분의 없이 사는 백성들은 평생가야 제 계집이라고 방 안에 들어앉힐 아낙이 없는 것이다.

그러나 상사람에게는 이토록 귀한 여인들을 도포 입고 큰갓 쓴 양반네는 이런저런 구실을 달아 한 사내가 적게는 한둘에서 많게는 서넛씩이나 소실로 거느리곤 한다. 결국 양반들은 전장과 재물만 상사람들로부터 쓸어가는 것이 아니라, 하늘이 점지한 남녀의 짝까지도 하나가 여럿을 거느려 하늘의 뜻을 거스르고 있는 것이다.

이윽고 남녀의 몸에 걸친 입성이 하나도 없다. 여름밤의 문 닫은 방이라 벗은 몸이 춥지 않고 오히려 선선하다. 하얗게 드러난 여인의 살갗 위로 사내의 뜨거운 입김이 풀무처럼 뿜어진다. 서른이 다 된 노총각 덕대는 사납게 내닫는 한 마리 생마生馬 같고, 열 아홉의 꽉 찬 나이인 금홍은 가쁜 숨을 주체하지 못하는 뜨거운 화덕 같다.

유난히 허우대가 크고 힘이 좋은 거한 덕대다. 불길이 당겨진 사내의 몸은 이제 먹구름을 뚫고 오르려는 한 마리의 검은 용처럼 사납고 황황하다. 달힌 여인의 몸을 열기 위해 사내는 그러나 정성스레 여인의 온몸을 쓸고 있다. 거칠고 급한 욕망과는 달리 사내는 뜻밖에도 여인의 몸을 여는 방법을 알고 있다. 마치 비파 같은 악기를 다루듯 사내는 무릎을 꿇고 여인의 은밀한 몸에 입술과 혀를 가져간다. 그는 금홍과의 이 소중한 밤을 훗날까지 오래 기억할 수 있는 열락의 밤으로 간직하고 싶은 것이다.

밤이 깊어졌다. 왜적과 함께 머문 읍성이 덕대와 금홍에게는 오히려 신방처럼 아늑하다. 한껏 달아오른 금홍의 몸이 이윽고 뜨겁게 사내를 맞이한다. 금홍은 이미 사내를 품어본 경험이 있다. 그녀의 머리를 얹어준 사람은 방술房術이 뛰어난 밀양 부중의 어느 늘그막한 비장이었다. 처음으로 사내 품에 안긴 밤이건만 그녀는 고통 대신에 몸이 뜨는 듯한 황홀한 열락을 느꼈다. 이제 그녀는 덕대를 맞아 다시 그날의 열락을 되살리는 기분이다.

바자울 하나를 사이에 두고 함께 자란 그들이다. 나이 들어 수줍음을 타면서 그들은 언젠가는 부부가 되리라고 막연하게 믿었었다.

그러나 모진 세월을 만나 그들은 다 큰 나이에 서로 다른 길로 뿔뿔이 헤어졌다. 이제 다시 여러 곡절 끝에 어렵게 만난 그들이라 두 사람은 옛정 때문에라도 뜨거운 몸으로 얼크러질 수밖에 없다.

사내의 뜨거운 입김을 받아 여인의 살갗 위로 빈틈없이 소름이 돋는다. 사내를 맞는 여인의 몸은 이제 터질 듯한 팽팽한 열락에 가득 차 있다. 맹수의 뿔처럼 사납게 일어선 사내의 힘이 이윽고 열락 속에 잠겨 있는 여인의 몸을 꿰뚫듯 짓쳐 들어간다.

반쯤 열린 여인의 입에서 문득 짧고 급한 외마디 외침이 흘러나온다. 그러나 그것은 작은 시작일 뿐 방 안은 이내 거친 숨결과 여인의 뜻 모를 외침 소리로 가득 찬다. 가리고 숨기고 참을 것이 없다. 남녀간의 합궁合宮처럼 사람의 사람됨을 정직하게 드러내는 행위도 없다. 눌려사는 백성일수록 합궁은 그래서 더욱 건강하고 아름다운 것인지 모른다.

열락의 까마득한 고개를 넘긴 채로 여인은 한동안 죽은 듯이 움직임이 없다. 사내가 먼저 자리에서 일어나 여인의 볼을 손으로 천천히 쓸어준다. 서너 차례의 매만짐 뒤에야 여인은 깊은 잠에서 깨듯 한숨과 함께 사내의 손을 마주 잡는다.

"애쓰셨세요……."
"자네가 참으루 곱게 생겼네."
"이제는 날 어찌하실 작정이세요?"
"어찌했으면 자네는 좋겠는가?"
"내가 물었으니 그쪽부터 먼저 대답허세요."
"자네를 내 각시루 삼을 생각일세."

"나를 각시루 삼으려다가는 오라버니가 크게 경을 치게 될 터인데요?"

"무슨 일루 경을 친다든가?"

"관기를 아낙으로 취했으니 오라버니가 나라 물건을 도적질한 도적이지요."

"도적이 되어두 할 수 없네. 자네를 오늘부터는 내가 아무에게두 내주지 않을 작정일세."

마치 누가 빼앗기라도 하듯 덕대는 말끝에 다시 금홍을 끌어안는다. 어둠에 잠긴 좁은 방 안에 다시 남녀의 거친 숨소리가 높아진다.

해가 높이 떴다.

골짜기에 볕이 들면서 더위가 한층 기승이다. 갓 쓴 사내들과 장옷 쓴 여인 하나가 소나무 울창한 숲길을 따라 폐사(廢寺)가 있는 산중턱을 바라고 올라온다. 아낙은 사내들 뒤로 서너 걸음 뒤쳐져 따라오고 앞서 가는 사내들은 먼길을 온 듯 여름 홑것들이 땀에 젖어 후줄그레하다.

소나무숲 사이로 폐사의 절터가 언뜻 보이자 봇짐 진 젊은 사내가 오십 줄의 노인에게 절터 쪽을 턱짓해 보인다.

"다 온 듯싶소. 저 위가 절터외다."

노인이 고개를 들어 절터 쪽을 올려다본다. 중들이 살지 않아 오래 전에 폐사가 된 절이라더니, 과연 말 듣던 대로 길도 희미하고 절터 앞뜰에 잡초들도 무성하다. 해진 갓테를 위로 조금 밀어올리면서 노인이 동행해 온 젊은 선비를 의아스레 돌아본다.

"절 안에 난 피해 온 백성들이 많다더니 아무리 둘러보아두 사람 그림자가 보이지 않소그려?"

"우리를 먼빛으루 보구 잠시 몸들을 피한 듯싶소이다."

"우리가 왜적두 아닌 터에 몸을 숨길 까닭이 있소?"

"난리 후 도처에 도적이 들끓어 사람을 못 믿는 탓이지요. 내 먼저 올라가 사람들을 찾으리다. 객은 숨두 고를 겸 천천히 올라오시구려."

노인이 무춤한 사이에 선비가 몸을 돌려 절터를 바라고 걸음을 빨리한다. 뒤쳐져 따라오던 장옷 쓴 아낙도 앞서 가는 선비의 뒤를 부지런히 따라간다. 그들이 서너 칸쯤 앞서간 뒤에야 노인은 숨을 고르며 느적느적 걸음을 옮긴다.

성의원 기준이 젊은 선비 내외를 만난 것은 해주 못 미쳐 청단靑丹 역말에서 시오 리쯤 떨어진 어느 밋밋한 고갯길 아래서다. 왜적이 도성에 들기 직전, 회현방 집에 들러 아들 인욱과 옥섬을 만난 성기준은, 이튿날 인욱의 만류를 뿌리치고 북행한 상감의 어가 뒤를 따라 개경을 향해 길을 떠났다. 상감에게 어의가 따로 있어 기준은 굳이 상감을 호종하겠다는 뜻은 없었다. 왜적이 코앞에 다다랐고 딱히 피할 곳도 마땅치 않아 왜적에게 등을 떠밀리듯 북쪽으로 길을 잡은 것이다.

추박은 급하고 길은 먼데다가 비마저 세차게 뿌려 어가를 따라 잡기는 애초부터 틀린 일이었다. 그러나 다행히 임진나루에서 예전에 병을 보아준 어느 대감의 행차를 만나 그들 도중과 어울리면서 기준은 멀리 황해도 평산 고을에까지 이르렀다. 평산에서 기준은 그러나 북행을 멈추고 발걸음을 되돌렸다. 왜적이 바로 지척에 이르러 뒤를 잡힐 위험이 있는데다가, 도성과 개경이 이미 떨어지고 상감이 평양성마저 버렸다는 소문이 들려와 더 이상 북행하는 것이 별 뜻이 없다고 생각한 때문이다.

졸지에 갈 곳이 없어진 기준은 다시 산을 타고 남으로 내려와 연안을 바라고 길을 잡았다. 연안에서 배를 빌려 타고 교동도喬桐島를 거쳐 강화로 들어갈 생각이었다. 강화에는 그의 처가가 있었다. 그의 가족들이 왜적을 피해 강화로 진작에 들어간 것을 아는 까닭에, 그는 집안의 소식을 알아보기 위해서도 우선 바다를 통해 강화로 건너갈 생각을 한 것이다.

그러나 배천白川 고을을 거쳐 연안 성에 이르고 보니 그 곳 역시 성중이 텅텅 비어 인적 없는 공성이었다. 더구나 그 즈음엔 이미 왜적이 벽란도碧瀾渡를 거쳐 황해도 지경에 짓쳐 들어온 판이었다. 말 탄 왜적들이 수십 명씩 무리를 지어, 드는 고을마다 불을 지르고 보이는 백성마다 칼로 찍거나 총을 놓아 죽이곤 했다.

기준은 그 틈에도 배를 얻기 위해 여러 끼니를 굶어가며 갯가 마을을 찾아다녔다. 연안은 원래 강화 교동도와 뱃길이 가까웠다. 더구나 교동도에는 조선 수군의 진보鎭堡도 있었다. 건너갈 배만 구할 수 있다면 강화 처가를 찾아가는 것은 어렵지 않은 일이었다. 그러나 갯마을마다 배는 고사하고 사람을 볼 수가 없었다. 이미 왜적들의 분탕질을 당한 듯 어떤 마을은 불에 탔고 어떤 마을에는 송장들이 버려져 있었다. 크고 작은 인근 마을들에 도무지 인기척을 찾아보기 어려웠다.

갯가 마을에서 뭍으로 들어와 기준은 다시 해주를 바라고 길을 잡았다. 그는 차라리 해주 감영을 찾아가서 옥섬의 서방이자 그의 도제徒弟인 심약 유지평을 만나볼 생각이었다. 해주에는 아직 왜적이 들지 않아 잘하면 지평을 통해 강화로 건너갈 배를 구할 수도 있을 듯싶었다.

그러나 난감한 일은 연안에서 해주에 이르는 1백50리가 넘는 먼 길이었다. 고을에 사람이라도 있으면 과객질이라도 한다지만 드는 고을마다 십실구공十室九空[열에 아홉이 빔]이라 주린 배를 채우기가 무엇보다 난감한 일이었다. 그나마 기준이 지금까지 견딘 것은 생업이 의원이라 들과 산에 나는 풀잎과 뿌리를 뜯어먹거나 캐어먹은 덕이었다. 과객 기준에게 지금 당장 두려운 것은 왜적도 병화도 아닌 주림이었던 것이다.

공성空城 연안을 떠난 지 이틀 만에 성의원은 해주와 연안의 중간인 큰 역마을 청단을 눈앞에 두게 되었다. 그러나 마을 앞의 긴 고갯길 아래에 이르렀을 때 기준은 길가 잔솔밭 사이에서 사람의 흰옷을 언뜻 보았다. 그 즈막에는 무엇보다 두려운 것이 으슥한 산길에서 낯모르는 사람을 만나는 일이었다. 나라 안의 온 산과 들에 도둑의 무리가 들끓었다.

그들은 대부분 관아의 관노나 대갓집의 사노들로, 난리가 나자 주인에게서 도망쳐 나와 여럿이 작당을 하여 행인을 털거나 부녀자들을 겁탈했다. 죄를 다스릴 힘이 없는 세상이라 그들의 행악과 작폐는 말로 다할 수 없을 정도였다. 재물을 털거나 양식을 빼앗는 정도가 아니고, 그들은 걸핏하면 아녀자를 욕보이고 사람의 목숨을 빼앗았다. 특히 그들이 큰 해를 입히는 것은 피난 나온 양반의 일족과 그들이 거느린 젊은 사녀士女들이었다. 훗날 세상이 바로 되어 자신들의 죄가 드러날 것을 두려워해서, 그들은 재물을 털거나 아녀자를 욕보인 뒤 아예 양반의 무리는 도륙을 하는 것이 보통이었다.

잔솔밭 속에서 흰옷을 언뜻 보자 의원 성기준은 그들이 틀림없이 고개에 숨어 행인을 터는 명화적의 패라고 짐작했다. 더구나 이곳 일대는 기준이 아직 어렸을 때 명화적으로 세상에 이름이 난 임꺽정의 패거리가 자주 출몰하던 고장이었다. 왜적이 지척에 이르러 온 나라가 난중이라 요즘 다시 이 고을 일경에 새로운 도적떼가 생긴 것으로 생각한 것이다.

그러나 도적떼가 숨은 것을 알면서도 기준은 오히려 그들에 대한 두려움과 불안이 없었다. 그는 폐포파립에 몸에 도무지 지닌 것이 없었다. 설혹 도적들이 나타난다 하더라도 그에게는 목숨밖에는 달리 빼앗길 것이 없었다. 그는 오히려 주림을 구하기 위해 스스로 도적들을 찾아갈 생각이었다. 하루를 꼬박 솔잎만 씹으며 견딘 그는, 지금은 당장 누구라도 찾아가서 주린 배부터 채우는 것이 급한 일이었기 때문이다.

기준은 이윽고 길을 벗어나 숲을 찾아 들어갔다. 서너 칸쯤 안으로 들어가니 숲 안에 과연 한 무리의 흰옷 입은 사람들이 앉아 있었다. 노구솥[여행용 작은 솥]과 밥 바가지와 옷 보퉁이들을 지닌 것으로 보아 그들은 인근 고을에서 난을 피해 나온 백성들 같았다. 다가오는 사내가 폐포파립의 혼자인 것을 알자 그들 중의 한 사내가 먼저 기준에게 말을 물어왔다.

"손은 어디루 가는 길이시오?"

"해주 감영을 찾아가는 길이외다."

"여기까지는 어디서 오는 길이시오?"

"연안 고을에서 왔소이다."

"오는 길에 혹 왜적을 보지 못했소?"

"먼빛으루 왜적이 피운 듯한 검은 연기는 더러 보았지요. 허나 갯고을을 거쳐오는 길이라 왜적을 가까이서는 본 일이 없소이다."

사내와 계집들과 노인 어린애들을 모두 합쳐 숲 안에는 무려 서른 명 가까운 사람들이 앉아 있었다. 이미 먼길을 걸은데다가 얼굴에 모두 두려운 빛이 가득해서 그들의 몰골과 표정은 혼이 떠난 공허한 것이었다. 주림을 구하기 위해 그들을 찾아온 기준이건만, 오히려 기준의 행색과 안색이 그들보다 한결 밝은 편이었다.

갓 쓰고 도포 입은 선비 차림의 젊은 사내가 다시 의원 기준에게 따지듯이 말을 물어왔다.

"해주 감영에는 그래 무슨 일루 찾아가오?"

"강화 교동도루 건너갈 작정으루 배를 알아보러 감영을 찾아가는 길이외다."

"감영에 누구를 찾아가려 하시오?"

"해주 감영에 심약으루 있는 유지평이라는 사람이외다."

"심약이 지인이시오?"

"예, 이 사람이 의술을 가르친 사람이외다."

선비가 잠시 기준을 살피더니 난민들을 돌아보며 고개를 천천히 내두른다.

"어려운 걸음 하셨소이다만 지금 해주로는 길이 막혀 갈 수가 없소이다."

"길이 막히다니요?"

"왜적이 청단 역말에 들어 지금 관군과 접전 중이외다."

기준은 그제야 왜 난민들이 두려운 빛으로 숲속에 몸들을 숨기고 있는지 깨닫는다. 왜적은 이미 그를 앞질러 청단 역말에 들어와 있다. 망연히 선비를 바라보다가 기준이 그예 사정하듯 입을 연다.

"부탁이오이다. 내가 하루를 내처 굶어 몸을 지탱키가 어렵소이다. 요기할 음식이 혹 있거든 이 사람을 좀 구해 주십시오."

아무도 대답하는 사람이 없다. 서른 명 가까운 난민들이 모두 땅을 볼 뿐 말들이 없다. 음식이 없는 것이 아닐 것이다. 제 입치레도 어려운 판국이라 그들은 낯모르는 객에게 나눠줄 음식이 없는 것이다. 기준은 그러나 단념치 않고 다시 한번 난민들에게 공손히 입을 연다.

"익힌 음식이 아니라두 좋소이다. 알곡이라두 한 줌만 주시면 이 사람이 조금은 주림을 면할 듯싶소이다."

"갑시다."

선비가 돌연 기준을 앞질러 난민들을 떠나 숲을 나간다. 기준이 곧 선비를 따라 역시 솔숲을 빠져나온다. 길로 올라와 고갯길을 오르면서 선비가 그제야 뒤따르는 기준을 돌아본다.

"나두 실은 일이 있어 해주로 나가려던 사람이외다. 허나 난민들을 만나 청단 역말이 결단났다는 말을 듣구는 해줏길을 작파허구 산으루 다시 돌아가려던 참이지요."

"허면 선비께서는 숲속의 저 사람들과는 일행이 아니신가요?"
"예, 나는 왜적을 피해 어느 산중의 폐사에 들어 있다가 오늘 해주 고을을 바라구 잠시 산을 내려온 길이외다."

이장회李章會라는 이름의 이 젊은 선비는 등에 진 봇짐에서 흰무리 한 덩이를 꺼내어 기준의 굶주림을 구해 주었다. 급한 주림을 구한 기준은 그 길로 선비를 따라 산중의 폐사를 찾아 들어왔다. 그가 지금 눈앞에 보는 절이 바로 그 선비가 난을 피해 일족과 함께 숨어 있는 폐사인 것이다.

허물어진 돌층계를 오르자 눈앞에 훤한 절 마당이 나타난다. 석탑 두 기基가 금당 앞에 자리 잡았고 뜰에는 잡초가 자라 무릎에 이르렀다. 절집은 금당 외에도 여러 개가 눈에 띈다. 그러나 대부분의 절집들이 비바람에 퇴락해서 기둥 한두 개가 뽑혔거나 벽이나 처마가 무너졌다. 어떤 절집은 총총한 기왓골에 한해살이 풀이 무성히 자라 온 지붕을 뒤덮고 있다.

인적 없던 폐사 안쪽에서 사람들이 기준을 향해 걸어나온다. 한 사내는 아까의 그 젊은 선비이고 또 한 사람은 흰 수염의 늙은 선비다. 기준이 뜰을 지나 행각터 쪽으로 다가가자 앞서 오던 젊은 선비가 늙은 선비에게 입을 연다.

"아버님 이 사람이올시다. 면이 있으신지 한번 살펴보아 주십시오."

노인이 고개를 들어 기준을 뚫어지게 바라본다. 마주 노인을 바라보던 기준이 문득 노인을 향해 허리를 굽혀 절을 한다.

"대감마님 문안인사 여짜오이다. 예서 대감마님을 뵈올 줄은 몰랐소이다. 도성 안 숭교방의 좌찬성 대감마님이 아니십니까?"

"자네가 나를 알아보네그려. 자네가 아마 혜민서 있던 성의원이지?"

"예, 대감마님. 찬성대감 마님께서 이런 산중에는 어인 일이시오이까?"

"내가 지금 이 세상에 짝이 없는 불충일세. 몸이 늙어 호종[임금을 따라 뫼심]두 못허구 이렇듯 절에 엎디어 구차한 목숨을 잇구 있네."

"댁내는 두루 강녕들 하옵신지요? 직제학 대감께오서는 함께 아니 계시오이까?"

"웬걸, 강녕치를 못허네. 직제학은 우리와 길이 갈려 함길도 쪽으로 혼자 올라갔네."

잠시 말들이 없다. 젊은 선비가 기다렸다는 듯 다시 늙은 선비에게 조심스레 입을 연다.

"아버님 침소루 드시지요. 이 의원은 소자가 암자루 인도하겠습니다."

늙은 선비가 아들의 말에 보일듯 말둥 고개를 끄덕인다. 팔을 잡혀 몸을 돌리다가 노인이 다시 기준에게 입을 연다.

"우리 액내에 큰 재앙이 있었네. 자네를 예서 만난 것이 하늘의 도우심이 아닌가 싶네."

"재앙이라니요? 댁내에 병인이라두 계시오이까?"

"여러 사람이 몸을 상했네. 저 위 암자루 가보게. 칼 맞은 사람이 여럿일세."

기준이 미처 되묻기 전에 젊은 선비가 팔을 잡고 노인을 숲길로 뫼시어 들어간다. 기준은 곧 몸을 돌려 노인이 가리킨 암자를 바라고 올라간다. 잡목들이 어우러진 숲길 사이로 과연 암자 둘이 나란히 붙어 있다. 암자 뜰에는 약탕기가 끓고 있고 방 둘레에는 병인들이 네댓이나 누워 있다.

여름철이라 방문을 열어놓아 방 안의 병인들이 방 밖에서도 훤히 보인다. 방 안에는 남자 여자 병인들이 각기 따로 누워 있다. 오른쪽 큰방에는 사내 병인 셋이 누워 있고, 왼쪽의 작은 발을 드리운 방 안에는 아낙네 둘이 누워 있다.

"올라오셨군요?"

성의원의 뒤로 젊은 선비 이장회가 다가온다. 방 앞에서 두어 걸음 물러서며 기준이 선비에게 말을 묻는다.

"이게 어인 일들이오? 병인들이 모두 창상槍傷과 도상刀傷을 입지 않았소?"

젊은 선비가 기준을 끌고 방에서 떨어진 그늘 밑 돌 위로 걸터앉는다. 기준이 앉기를 기다려 선비 장회가 입을 연다.

"큰방에 뫼신 세 병인 중에 이 사람의 차형次兄과 셋째형님이 계시오이다. 밤을 틈타 벽란도나루를 건너다가 강변에서 왜적을 만나 칼을 맞구 저렇듯 중상을 당했소이다."

"상처가 크게 성이 나서 병인들이 운신을 못하는 듯한데 지금까지는 무엇으루 상처에 약을 대어드렸습니까?"

"상처를 꽁꽁 동여만 두었을 뿐 달리 약이라곤 쓰지 않았소이다. 이 사람이 해주로 가려던 것두 실은 해주 고을에서 의원을 청해 오려던 뜻이었지요."

"작은 방의 내행들께서두 왜적의 칼을 맞았소이까?"

"예, 술 취한 왜적들이 닥치는 대루 칼루 찍더랍니다. 상처가 저만 가벼운 것두 천행이라구 하더이다."

"상한 사람이 저렇듯 많으니 죽은 사람두 한둘이 아니겠지요?"

"강변 나루에 칼맞은 시체가 셀 수두 없을 만큼 즐비허니 누웠더랍니다. 이 곳에까지 업혀와서두 상처가 커서 세 사람이 목숨을 잃었지요."

선비의 눈에 눈물이 맺힌다. 한동안 말이 없더니 기준이 훌쩍 몸을 일으킨다.

"우선 동인 것을 풀어내어 칼맞은 상처를 씻어주어야 되겠소이다. 뽕나무 잿물을 내어야겠으니 종자들을 좀 불러주십시오."

"뽕나무 재는 어디에 쓰실 거며 이런 산중에서 뽕나무를 어찌 구한답니까?"

"창이나 칼을 맞은 상처에는 뽕나무 재를 내어 그 잿물루 씻어내어야 합니다. 먼저 잿물루 씻어낸 뒤에 다시 상처 위루 밀타승(密陀僧)을 바르는 것입니다. 그리구 내가 산을 오르면서 산뽕나무 두어 그루를 보아둔 것이 있습니다."

"허면 게가 어디쯤인지 이 사람한테 일러주십시오."

"종자들을 시켜두 될 터인데 선비께서 수고를 하실 까닭이 없지 않습니까?"

"이 곳에는 지금 종자가 한 명두 없소이다. 난리가 나자 계집종 몇이 남았을 뿐 사내 하인들은 모두 도망들을 쳤소이다."

기준은 더 이상 말이 없다. 종자 없는 양반의 존재가 이 때처럼

12. 칼 끝의 원귀들 111

그에게 무력하게 보인 적은 없다.

 해가 설핏 기울었다.
 2백 호 남짓한 여염 위로 저녁 짓는 연기가 띄엄띄엄 솟고 있다. 불탄 집 한 채가 없는 것은 이 고을이 아직은 왜적의 분탕을 당하지 않은 탓이다. 사람의 왕래가 빈번한 것을 보면, 이 고을 백성들은 피난을 떠나지도 않은 것 같다.
 마을 복판의 큰집 대문 앞에 사람들이 여럿 둘러서 있다. 긴 장대 끝에 높이 달린 것은 멀리서 보더라도 사람의 머리라는 것을 알 수 있다. 백성들은 그러나 효수한 머리 쪽보다 큰집의 솟을대문 앞에 더 많이 둘러서 있다. 장대 끝에 달린 머리 구경보다 대문 쪽에 더 진기한 구경거리가 있는 모양이다.
 패랭이 쓴 상사람 하나가 사람들이 둘러선 대문 쪽으로 다가간다. 등에 봇짐 지고 행전 친 사내는 구산求山〔묏자리를 구함〕하는 사람처럼 손에 기다란 물미장을 짚고 있다. 둘러선 사람들의 어깨 너머를 잠시 보더니 사내는 문 앞을 지나 장대 끝에 달린 사람의 머리통을 올려다본다.
 효수한 지가 여러 날 된 듯 사람의 머리통은 벌써 퍼렇게 썩어가고 있다. 눈구멍과 목벤 자리에 파리가 새까맣게 달라붙어 있고, 바싹 말라서 말려 올라간 입술 사이로는 하얀 잇틀이 가지런히 드러나 있다. 한 가지 이상한 것은 앞머리에는 머리털이 없고 머리통 뒤쪽지에만 머리털이 있다는 것이다. 한 줌밖에 안되는 뒤쪽지의 머리털이 높이 세운 장대 끝에 단단히 비끄러 매어져 있다.

"여보게, 말 좀 묻세. 저게 누구의 머린가?"

함께 구경하는 변발머리 총각에게 패랭이 쓴 사내가 궁금한 듯 말을 묻는다. 총각이 눈을 장대 끝에 둔 채 시큰둥하게 입을 연다.

"왜적의 머리요."

"저게 왜적의 머리야?"

"머리털을 자세 보시우. 우리허군 다르지 않소?"

패랭이 쓴 사내가 장대 밑으로 좀더 가까이 다가간다. 너무 가까이 다가간 탓인지 바람결에 문득 살 썩는 냄새가 풍겨온다. 내건 지가 오래된 머리는 여름철 더위에 벌써 썩기 시작한 모양이다.

"그래 저 왜적의 머리를 어디서 누가 베어왔나?"

"장군님이 베어왔다는데 그 장군님이 뉘신지는 모르겠수."

"여기 내건 지는 얼마나 되누?"

"썩은 내가 나는 걸 보면 내건 지가 하마 여러 날 되지 않겠수?"

"지난 스무 사흗날 처음으루 이 고을에 내걸렸네."

방갓 쓴 중 하나가 느닷없이 말참견을 한다. 테두리 넓은 방갓을 쓰고 있어서 중은 전혀 얼굴을 볼 수가 없다. 패랭이 쓴 사내가 중을 멀뚱히 돌아보자 중이 다시 방갓 속에서 느릿느릿 입을 연다.

"산에서 언제 내려왔나? 그리구 어딜 가려는 겐가?"

중이 지껄이는 뜻밖의 말에 패랭이 쓴 사내가 그제야 히죽 웃음을 떠올린다. 얼굴을 보지 않고도 목소리만으로 누군지 알아본 것이다.

"세상 참 좁기두 허우. 스님은 이 고을에 무슨 볼일이우?"

"이 고을엔 볼일이 없네. 거처가는 길이라 잠시 들른 게지."

"거쳐가는 길이라니 어느 고을엘 가시는 길이시우?"

"진양성 산성사에 잠시 들렀다가 지금은 다시 운해사루 들어가는 길일세."

 머리 매달린 장대 곁을 떠나 패랭이 쓴 사내와 방갓 쓴 중이 뒤로 몇 걸음 물러선다. 장대 아래로는 나이 어린 총각 아이들이 예닐곱쯤 둘러섰고, 방문 붙은 솟을대문 앞에는 갓 쓰고 패랭이 쓴 어른들이 열두엇이나 모여 서 있다. 대문 앞을 지나 마을 아래로 내려가며 패랭이 쓴 양수척 두산이 방갓 쓴 선승 사발에게 다시 묻는다.

"대문에 써붙인 게 무슨 방이우?"

"창의倡義하는 방문일세."

"창의가 무어요?"

"나라가 위급할 때 의로운 군사를 뽑아 나라를 구하자는 게 바루 창의일세."

"군사를 누가 뽑는답디까?"

"의령 고을에 곽씨郭氏 성 지닌 어느 선비가 뽑는 모양일세."

"사또두 관군들두 모두 산으로 내뺀 터에 글 읽는 선비가 군사를 뽑아 어쩐답디까?"

"관군이 모두 도망질을 쳤으니 선비라두 나서서 군사를 뽑아 왜적을 막아야지."

"군사만 뽑으면 무얼허우. 병장기가 있어야 왜적과 대적해 싸우지."

"그야 군사를 뽑노라면 달리 변통이 되지 않겠나."

"왜적이 지금 어느 지경까지 이르렀수?"

"말들이 하두 여러 갈래라 나두 자세 모르겠네."

운해사에서 잠시 만나고는 한 달 만에 보는 두 사람이다. 길초시 집에 잡혀간 제 동아리를 구하기 위해, 두산은 그 때 사발을 찾아와 단성 고을로 내려가는 길이라 했다. 살인에다가 양반을 욕보인 죄까지 있어 그는 관가에 잡히기만 하면 살아나기가 어려운 목숨이었다.

그러나 지금은 난리 중이라 관아가 텅텅 비어 그를 잡을 사람이 없다. 제 동아리를 구하기 위해 단성 고을로 내려간 그가, 그 후에 과연 어찌 되었는지 궁금할 수밖에 없는 사발이다.

"단성 고을에 내려간 일은 그 후루 어찌 되었든가?"

"내가 지금 허기가 져서 말헐 기운두 없는 몸이우. 날두 저물구 배두 고프니 주막에 들어 허기부터 끄구 봅시다."

"허기지기는 나두 같네. 난리통에 인심이 고약해져서 요즘은 탁발을 해두 예전 같은 인심이 아닐세."

눈에 익은 주막 앞뜰에 나귀 한 필이 매어져 있다. 날이 아직 밝은 탓인지 주막에는 손이 별로 없다. 사립문을 밀치고 술청에 들어서니 술어멈은 보이지 않고 맨상투의 사내가 퉁명스레 말을 뱉는다.

"밥동냥 왔으면 저리 비키시우. 솥에 아직 밥쌀두 안치기 전이우."

"동냥이 아니우. 하룻밤 쉬어가야겠으니 사첫방을 하나 치워주시겠소?"

"사처에는 지금 양반네가 들었구 봉노밖에는 빈방이 없수."

"봉노에 들어봤자 우리 형색으루는 쫓겨나기가 십상이오. 허면 이슬이나 피허두룩 헛간이라두 하나 치워주구려."

"중이 절에나 찾아갈 일이지……. 이쪽으루 와보시우."

사내가 두 사람을 달고 주막 안뜰을 지나간다. 삭정이 쌓아둔 나무광 왼편으로 거적문이 드리운 토방이 있다. 사내가 사발을 돌아보며 토방을 턱으로 가리켜 보인다.

"여기유. 먹물옷 입구 하룻밤 자기는 여기가 봉노보다 나을 게요."

"고맙구려. 그리구 주인한테 내가 한 가지 부탁이 있소."

"무어요, 또?"

"나말구 또 다른 중 하나가 나를 보러 이리루 올 게요. 그 사람이 나를 찾거든 내게루 곧장 보내주시우."

"그러리다."

몸을 돌려 떠나려는 주인에게 탁발승 사발이 급히 입을 연다.

"그 중한테는 말공대 곱게 허시우. 중이라구 홀대를 했다가는 주인장이 아마 큰 봉욕을 당허리다."

"별눔의 소리 다 듣겠군. 술장사루 잔뼈가 굵었어두 먹물옷 입은 중눔한테는 내 아직 욕 당헌 일 없네."

사발이 대꾸없이 거적을 들치고 토방으로 올라간다. 두산이 뒤따라 방에 들며 험한 눈빛으로 사발을 바라본다.

"무던두 하시구려. 저 자가 스님더러 놈자를 붙이지 않소?"

"내버려두게. 세상 풍습이 그러한데 내가 새삼 시비 차리게 생겼는가."

여름철이라 들에서 한뎃잠을 자도 좋으련만 사발은 오늘 특별히 주막을 찾아든 까닭이 있다. 사람 하나를 조용히 만나 긴하게 할 말이 있었던 것이다.

"예서 누구랑 만나기루 약조를 했소?"

"그러이."

"만날 사람이 누구요?"

"젊은 중일세."

"이 고을엔 잠시 지나가는 길이라더니 사람 만날 약속을 한 것을 보면 달리 볼일이 있었던 게오그려?"

방갓을 벗어 말코지에 건 뒤 사발이 삿자리 위로 내려앉으며 예사롭게 입을 연다.

"방금 떠나온 솟을대문 집에서 운해사에 같이 있던 중 하나를 우연히 만났네. 잠시 후면 그 젊은 중이 나를 보러 이리루 내려올 겔세."

"무엇 허는 중이오?"

"부처님 섬기는 게 중의 일인데 중이 달리 무얼 허겠나?"

토방이 술청과 돌아앉은 탓으로 시끄러운 봉노보다 오히려 한갓지다. 그간 해가 서산에 빠져 방 안에 제법 어둠이 짙어졌다. 불을 밝힐 등잔은 있으나 불씨가 없어 두 사람은 그대로 어둠 속에 앉아 있다. 사발이 한동안 말이 없다가 두산에게 다시 입을 연다.

"자네는 어디서 오는 길인가?"

"오는 게 아니구 가는 길이우."

"그래 어디루 가는 길인가?"

"진양성에 궁방弓房을 찾아가우."

"궁방이라면 활 메우는 곳 말인가?"

"그렇소."

"있는 활두 여러 챌 텐데 활은 왜 또 새루 메우려나."

"내가 지닌 활은 짐승 잡는 월궁月弓뿐이라 난리 전에 진양성 궁방에 제대루 된 활 한 채를 맞추었소. 난리가 나서 활이 더 요긴키루 내가 지금 성중으루 그 물건을 찾으러 가는 게요."

"그 일루 진양성엘 간다면 자네가 헷걸음하는 겔세. 성중은 지금 관아와 여염이 반 넘어 비어 있네. 피난 나간 백성들이 요즈막에 많이 돌아오긴 했네마는 아직두 관아나 공방은 텅텅 비어 사람이 없네."

"강가에 진군津軍들은 돌아왔다든데, 성안에 구실아치들은 왜 아니 돌아온답니까?"

"돌아와 봐야 뼈빠질 일뿐인데 사령청이나 공방청 사람들이 제 발루 쉽게 돌아오겠나."

그렇다. 군노 사령 등 관노뿐 아니고 내로라 하는 양반집 사노들 조차 난리 후로는 제 살길을 찾아 뿔뿔이 도망들을 쳤다. 부리던 종들이 도망을 치자 가장 크게 낭패를 보는 것은 놀고 먹던 양반네들이다. 모든 일을 사랑에 앉아 호령 한 마디로 해결하던 양반들이, 이제는 손수 등짐도 져야 되고 땔나무도 해야 되고 밥 안칠 물도 길어야 했던 것이다.

"사냥질하는 월궁이면 됐지, 자네가 새삼 각궁角弓은 어디에 쓰려는가?"

"월궁이 가까이는 쏘기가 좋아두 멀리 있는 것을 맞추려면 각궁보다 힘이 배나 들우. 난리 난 뒤에 산에 살다보니 가끔 멀리 있는 물건을 쏠 일이 생깁디다."

"멀리 있는 물건이 무엇이든가?"

"왜적이나 도적이오."

"자네가 왜적을 보았든가?"

"먼빛으루 한번 보았소. 그 때 내게 각궁이 있었으면 왜적 두엇은 쏘아 죽일 수 있었을 게요."

사람의 발걸음 소리가 토방 쪽으로 다가온다. 거적문 밖을 내다보니 머리 땋아늘인 총각 아이 하나가 부등가리에 불씨를 담아 들고 이쪽으로 다가온다. 아마 날이 어두워지자 방 안에 불을 밝혀줄 모양이다.

"기시우? 등잔에 불 달이러 왔소."

"잘 왔다. 불씨는 이리 주구 너는 어서 술 한 상 봐오너라."

"술을 얼마나 내오리까?"

"혼자 마실 게니 두어 되만 내오너라."

"알았수. 기둘리시우."

아이가 뜬숯 담긴 부등가리를 두산에게 건네준다. 두산이 곧 뜬숯을 불어 불꽃을 일군 뒤 기름 등잔으로 옮겨붙인다. 등잔불이 환히 방안을 밝히자 사발이 다시 두산에게 묻는다.

"대사골 길초시집 일은 어찌 마무리를 지었는가?"

"스님 다녀간 이틀 뒤에 우리 액내 사람들이 부락으로 무사히 돌아왔소."

"아들 길가는 개차반인데 늙은 길초시는 밝구 어진 사람이었네. 내가 사랑으로 찾아뵈어 자네 이야기를 사리닿게 읊조렸더니 잠자쿠 듣구 있다가 알았노라구 고개를 끄덕이데. 늙은 길초시의 한 가지 걱정은 상성한 제 아들이 언제 또 자네 액내에 못된 짓을 할는지 모른다는 걸세."

"이번에 다시 해꼬지를 허면 그 때는 내 그놈의 눈을 마저 뽑아

버릴 게요."

"잡아간 자네 액내 사람들을 다시 곱게 돌려준 걸 보면 그 자두 이번에는 자네에게 품은 원을 다 푼 게 아닌지 모르겠네."

"풀려나온 사람들의 말을 들으니 그렇지두 않은 것 같습디다. 그건 그렇구 길초시 어른께 짝쇠 어멈이 낳은 아이가 길가의 씨라는 건 일러 주었소?"

"집안이 온통 어수선한 판국이라 내가 그 말만은 하구 싶어두 꾹 참았네. 그 애길랑 이번 일 자거든 달리 한번 짬을 보세."

거적문이 들린다. 총각아이가 술바탱이 놓인 개다리소반을 토방 안으로 디밀어 준다. 두산이 상을 받아 방 안에 들여놓자 총각 아이가 퉁명스레 한 마디 한다.

"술값 셈은 어찌허시려우?"

"상목 두어 자 남은 게 있는데 그걸 내주면 어떻겠나?"

"두어 자면 셈 가리구 남수. 이리 주시우. 주인에게 전허리다."

두산이 봇짐을 끌러 상목 자투리를 꺼내 총각에게 건네준다. 총각이 방에서 물러가자 두산이 바탱이 속에 뜬 작은 호롱박을 집어든다.

"스님은 술 안 허지요?"

"한 사발 주게."

"스님두 술 허시오?"

"밥상 들여올 동안까지 나두 술루 초다짐을 해둬야겠네."

사발 두 개에 술이 채워진다. 땀이 흘러 갈하던 차에 두산과 사발은 술 한 잔씩을 달게 비운다. 안주로 나온 묵무침을 집어들며 사발이 다시 두산을 건너다본다.

"내가 길초시를 찾아가서 자네 액내 사람들이 풀려나오도록 주선해 주면 자네는 내게 그 보답으루 내 부탁 하나를 들어주마구 약속했네."

"스님의 부탁을 들어준다구는 허지 않았수. 일이 잘 성사되면 스님께 은공을 갚겠노라구 했을 뿐이오."

"그래 그 은공을 무엇으루 갚을 텐가?"

"지금 당장은 갚기가 어렵수. 그 은공을 갚자면 스님이 먼저 나를 따라나서야 되우."

"자네를 따라나서라니 날더러 어디루 가자는 겐가?"

"깊은 산으루 들어가야 허우."

"산에야 노상 드나드는데 어느 산엘 또 들어가?"

두산이 술사발의 술을 비우느라 잠시 아무런 말이 없다. 빈 잔을 입에서 내려놓으며 그가 다시 느릿느릿 입을 연다.

"내가 여러 해 사냥질을 다니면서 오래 묵은 산삼뿌리를 여러 개 산중에 보아두었수. 그 삼들이 있는 곳을 일러주자면 스님이 나랑 같이 산에 들어가야 허지 않겠수?"

"산삼을 몇 뿌리나 보아두었든가?"

"지금 대충 생각나는 것만두 스무 뿌리가 넘을 게요. 여러 해 전에 보아둔 것들은 씨가 떨어져 새끼를 많이들 쳤습디다."

사발이 멀뚱히 두산의 얼굴을 건너다본다. 산삼이라면 대궐에서도 귀히 여기는 진귀한 약재다. 나라 안은 물론이요, 멀리 명나라 천자에게까지 그 약효가 알려져서 수만 금의 돈을 주고도 서로 구하려는 신묘한 약재인 것이다.

헌데 그 귀한 산삼을 두산은 사냥질을 하며 산에서 혼자 여러 뿌리를 발견한 모양이다. 그는 그것들을 머릿속에 기억해 둔 채 자기가 캐려 하지 않고 사발에게 그것들이 있는 곳을 알려주려고 하는 것이다.

"자네는 산삼이 어떤 약재인지 알구 있나?"

"귀한 약재라는 것은 나두 들어서 대강 알우."

"그걸 캐어 제값받구 팔면 큰 천량이 된다는 것두 알구 있나?"

"천량은커녕 욕만 보았소. 양반놈들이 내게 엉뚱한 죄를 씌워 삼은 물론 내 목숨까지 빼앗으려구 갖은 짓들을 다헙디다."

"언제 어디서 욕을 보았든가?"

"서너 해 전 운봉 고을에서 삼을 캐어 내다 팔려다가 내가 큰 욕을 본 일이 있수. 그 뒤루는 정이 떨어져서 삼을 보구두 캘 생각이 아니납디다."

알 만한 일이다. 워낙 진귀한 약재여서 산삼은 누구나 탐을 낸다. 삼을 공으로 빼앗거나 값을 후려 싼값으로 사기 위해 온갖 야바위꾼은 물론 양반들까지도 야료가 혹심한 것이다. 사발이 한동안 말이 없다가 다짐 두듯이 입을 연다.

"삼은 나두 달갑지 않네. 허나 삼이 있는 곳을 아무한테나 발설치는 말게."

"욕을 한번 당한 뒤루는 내가 삼이라면 입두 뻥긋 안 허는 사람이우. 그래 삼이 달갑잖으면 내게 무얼 원허시우?"

"자네에게 원하는 게 하나 있지."

사발이 턱을 당기고 살피듯이 두산을 바라본다. 예전과는 다른 차분한 눈빛이라 두산은 술잔을 집어 들려다가 실쭉한 눈으로 사발을 건너다본다.

"말해 보시우. 원하는 게 무어요?"

"사람 하나를 만나주게."

"누구를 만나라는 게요?"

"젊은 중일세."

"중을 만나 무얼 허게요?"

"그 중과 이야기를 허노라면 자네가 그 중에게 크게 쓰임새가 있을 게야."

두산이 대꾸없이 술잔을 들어 술을 비운다. 빈 잔에 다시 술을 채우면서 두산이 잔뜩 볼부은 표정을 지어보인다.

"스님은 중이 아니시오? 지금두 내가 중을 만나구 있는데 또 어떤 중을 만나라는 게요?"

"나두 중은 중이네만 내가 자네더러 만나라는 중은 나허구는 생판 다른 중일세. 그 중은 여느 중과 달라서 힘이 과인한데다가 무예가 또 출중허네."

"중이 힘 좋으면 무얼 하우. 그 힘을 쓸데가 없지 않소?"

"옛날에는 쓸데가 없었네만 요즈막에는 중들두 힘쓸데가 생겼다네."

"어디 쓸 테요? 비럭질허는 데 쓸 참이요, 도적질허는 데 쓸 참이요?"

"비럭질두 도적질두 아니구 바로 왜적을 잡는 데 쓰려구허네."

"무어요? 왜적을 잡아?"

등잔불이 흔들릴 만큼 두산이 크게 소리를 친다. 제 소리가 너무 컸던지 두산이 잠시 후 말소리를 낮춰 다시 묻는다.

"각 고을 군사들두 못 잡는 왜적을 상투 없는 중들이 무슨 수루 잡는답디까?"

"자네는 알 테지만 산에 절들이 얼마나 많은가? 그리구 또 그 많은 절에 중들은 또 얼마나 많은가? 왜적이 온 나라를 짓밟는 마당에 중이라구 산중에 박혀 염불만 외울 수는 없지 않은가? 내가 말한 지금 그 중이 중들을 뽑아 군사를 일으킬 생각을 허구 있네."

두산이 못 믿겠다는 표정으로 머리를 절레절레 내두른다. 그러나 곧 윗몸을 세우며 술상 너머로 사발을 뻔히 바라본다.

"중을 군사루 뽑는다는 말은 내 아직 들어본 일이 없수. 산짐승은 물론이구 개미 한 마리두 죽이지 못허는 게 중들 아니우? 군사가 곧 싸움하는 사람들인데 어찌 중들을 뽑아 사람을 죽이게 헌다는 말이요?"

이번에는 사발이 고개를 천천히 내두른다.

"그건 자네가 우리 중들을 잘 몰라서 허는 말일세. 중두 옛적에는 치군緇軍이라구 해서 군사루 뽑혀나가 싸움터에서 큰공을 세우기두 했네. 고려적에는 오랑캐두 물리쳤구, 멀리 신라적에는 삼국통일에두 한 몫을 했지."

"산것 죽이지 말라는 말은 허면 어찌 되는 게요? 산 짐승은 죽이지 말라면서 사람은 죽여두 좋다는 겐가?"

빈속에 마신 술이 두산을 벌써 불콰하게 만들고 있다. 사발이 고개를 내저으며 타이르듯 입을 연다.

"중은 원래 살생계라구 해서 산 목숨은 빈대 한 마리두 죽이지 못허게 되어 있네. 허나 악한 무리가 선한 무리를 해치려 하면 더 큰 살생을 막기 위해, 중두 때에 따라 산 목숨을 죽일 때가 있네. 말허자면 큰 살생을 막기 위해 작은 살생은 어쩔 수가 없다는 게지."

"그래 지금 절에서는 중들을 군사루 뽑구 있소?"

"뽑는 게 아니구 모으구 있네. 원래 중들은 군역이 없는 까닭에 억지루 군사루 뽑을 수는 없구 제가 원해야만 군사루 뽑을 수 있네."

"허면 그렇게 뽑은 군사를 장차 누가 부린답디까?"

"장수가 부릴 테지."

"장순지는 나두 알우. 그게 어떤 장순가 묻는 게요."

"중만으루 뽑아 만든 군사들이니 그걸 부리는 장수 역시 중일 수밖에 없지 않겠나?"

술이 올라 붉어진 얼굴로 두산이 문득 히죽 웃는다.

"허면 혹 스님께서 그 장수가 되구 싶은 모양이구려?"

"나는 아닐세."

사발이 고개를 내젓고는 무연한 눈빛으로 두산을 건너다본다.

"잠시 후면 바루 그 장수 될 중이 이리루 나를 찾아올 겔세. 내가 자네에게 바라는 것은 자네가 그 중을 한번 만나보라는 게야."

"만나보면 무얼 허우? 내게 무슨 소용이 되어야지?"

"내가 듣기루는 이번 난리통에 자네 무자리 사람들두 큰 화를 당한 걸루 아네. 어느 고을에선 무자리 부곡이 왜적의 분탕질루 불에 홀랑 탔다더군?"

"그 고을엔 내가 벌써 다녀왔수."

"그래 가보니 어떻든가?"

"소문 들던 대루 참혹헙디다."

"혹 자네 겯쪽 중에 죽거나 상한 사람은 없든가?"

"왜 없겠수. 우리는 액내끼리 혼인하는 풍습이라 서루 멀리 떨어져 살아두 척을 따져보면 같은 겯쪽이기가 십상이우. 이번에 연안 부락에서 화를 당한 액내 중에 내 육촌이 되는 사람이 둘이나 끼어 있습디다."

"안되었네. 헌데 자네는 그런 일을 당허구두 분한 마음이 일지 않든가?"

눈꼬리가 실쭉 올라가면서 두산이 내뱉듯 입을 연다.

"분한 마음이 왜 없겠수. 그래서 내가 오늘 진주성 궁방으루 활을 찾으러 가지 않소."

"활을 찾아 무얼 헐려구?"

"짐승 사냥은 그만허구 나두 이제부터는 왜적 사냥 좀 해볼 참이우."

"왜적을 맞아 싸울 겐가?"

"남해 좌도 연안 고을들은 왜적의 포악이 차마 눈뜨고는 보지 못할 형편이랍디다. 내 액내 사람들두 여럿 상했으니 이제는 나두 왜적을 찾아 원수를 갚어야 되지 않겠수?"

"그래 어떻게 그 웬수를 갚을라나?"

"젊은 축 몇이 의논들을 해봤소만 달리 마련된 수단은 없구 왜적을 만나는 대루 죽여 없애자는 공론이었수."

"그럴 일이 아닐세."

사발이 고개를 가로 내두른 뒤 차분한 목소리로 말을 잇는다.

"그러지 않아두 내 자네를 내 아는 장군에게 천거허려든 참이었네. 자네는 산에 살아서 산을 잘 타구 발이 빠르네. 더구나 사냥질이 생화라서 짐승 눈에 띄지 않게 몸을 숲에 잘 숨기네. 자네가 만일 군사가 된다면 적을 살피는 망군望軍으루 다시없는 재목일세. 이왕 자네가 왜적에게 원수를 갚을 생각이거든 자네 동아리를 불러모아 그 장군의 수하루 들어가게나."

"그 장군이 누구요? 혹 이리루 찾아온다는 상투 없는 중 아니오?"

"그러이, 중은 중이네만 예사로운 중이 아닐세. 연치는 비록 내 아래지만 나두 그 중만은 높이보는 사람일세. 자네두 한번 만나보면 그 중이 범상치 않은 중이란 걸 알게 될 게야."

"만나보는 게야 어렵지 않소만 나는 예전처럼 홀루 지내는 게 제일 좋수. 군역두 요역두 없는 우리가 무엇이 아쉬워 남의 수하루 들어갈 게요?"

딴은 그렇다. 무자리란 원래 천한 백성이라 나라에서 백성에게 지우는 군역과 요역도 없다. 고리를 겯거나 짐승을 잡거나 무당질을 하는 것이 그들의 생업이라 그들은 성안에도 살지 못하고 대개는 성 밖 산밑이나 개천가에 모여 따로 살고 있다. 칠반천역이라 해서 천히 여기는 관노들이 있기는 해도, 백정과 걸립패의 집단인 무자리는 그들보다 더 천한 사람들로 꼽히고 있다. 아주 오랜 옛적부터 그들은 아예 호가 난 천민이라, 혼인도 그들끼리 하고 생화도 아예 그들만의 독특한 것들이 주어져 있다. 이를테면 그들은 조선 팔도 안에서는 달리 짝이 없는 맨 밑바닥의 천민들인 셈이다.

그러나 이들에게도 한 가지 놀라운 장기는 있다. 사냥질이 생업이라 그들은 몸이 날래어 산을 잘 타고 담력이 뛰어나다. 개중에는 또 창술과 궁술 외에 몸을 숨기는 은신술과 몸을 날리는 비신술飛身術 등 묘한 재주에도 뛰어난 자가 있다. 사발과 마주 앉은 박두산이 같은 자가 바로 그 재주 많은 무자리 중의 하나인 것이다.

그러나 이들은 세상에서 천대를 받는 만큼 좀처럼 제 일이 아니고는 어지러운 세상일에 참견을 하지 않는다. 제 일신에 큰 재앙이 미치지 않는 한은, 옆자리에 벼락이 떨어져도 옆을 돌아보지 않는 그들이다. 헌데 그 야멸찬 무자리들도 왜적에게 화를 당하고부터는 전에 없는 분기를 내고 있다. 제 동아리 한 부락이 왜적에게 참혹한 화를 당한 것을 직접 보고는, 성안에 사는 백성들 못지않게 왜적을 크게 미워하는 마음이 생긴 것이다.

다행히 지금 나라 안 각처에서는 글 읽던 백두白頭 포의布衣의 선비들이 왜적에게서 나라를 구하고자 창의할 궁리들을 하고 있다. 아니 벌써 6월 초순부터 현풍玄風과 무계茂溪 등 고을에서는 창의한 의병들이 왜적을 물리쳐 큰 공들을 세우고 있다.

민머리 선비들이 이렇듯 창의를 하는가 하면 이번에는 산중의 절에서도 노장대덕의 큰 중들이 젊은 중들을 뽑아 승군을 일으키고 있다. 나라 안의 백성이기는 중들도 역시 다를 바 없다. 제 나라 어진 백성들이 바깥 도적들에게 참혹한 죽음을 당하는 것을 보고, 암자와 선방禪房과 토굴 속의 중들까지 탐구정진의 참선을 깨고 왜적을 물리치고자 하나 둘씩 떨쳐 일어선 것이다. 지리산의 큰절 운해사에서도 떨쳐 일어선 중은 적지 않았다. 그 중에서도 특히 선승 자산은 누구보다 앞서 일어섰다. 그는 이미 여러 절을 돌아 치군에 들 젊은 중들을 규합했고, 지금은 산을 내려와 창의한 선비들을 찾아보는 중이었다. 사발이 그를 만나려 하는 것도 해인사 총림을 다녀온 뜻을, 그에게 전하기 위해서인 것이다.

집 안에 돌연 왁자지껄한 싸움 소리가 들려온다. 사발과 두산은 말을 끊고 잠시 바깥 소리에 귀를 기울인다. 그러자 곧 사람 하나가 빠른 걸음으로 이쪽으로 다가온다.

"기시우? 이 방에 혹 운해사에서 오신 스님 기시우?"

사발이 거적문을 쳐들고 밖에 선 총각을 내다본다.

"내가 운해사에서 내려왔네. 밖이 왜 이리 소란헌가?"

"얼른 이리루 나오시우. 지금 술청에 스님을 찾는 사람이 있수."

"누가 나를 찾는다든가?"

"선장 짚은 큰 중인데 지금 우리 주인헌테 호통이 대단허시우. 얼른 가서 말려주시우. 잘못 허다가는 살인날지두 모르겠수."

사발이 대꾸없이 짚신을 꿰며 방을 나온다.

술청에 이르러 보니 찾아온 중은 바로 기다리던 자산이다. 손찌검이라도 당했는지 주막집 사내가 귓볼을 싸쥐고 술청 바닥에 쭈그려 앉아 있다. 자산은 그러나 사발을 보자 주막집 사내는 아랑곳 않고 그대로 평상에서 몸을 일으킨다.

"가십시다, 스님."

"무슨 일인가?"

"아무 일 아니우."

"저 사람이 왜 저러나?"

"구도하는 중에게 놈자를 붙이길래 내가 중생을 계도허느라구 입을 잠시 손보아 주었소."

조심하라고 일렀건만 주인이 끝내 입을 험하게 놀린 모양이다. 사발은 더 이상 묻지 않고 자산과 함께 주막을 나온다. 하늘에 별이 총총하다. 주막 앞을 몇 걸음 걷다가 자산이 다시 사발에게 묻는다.

"스님 저녁 공양은 어찌허시었소?"

"아직 못 먹었네."

"내게 식은밥이 조금 있소이다. 그걸루 지금 요기라두 해두시지요."

"주막 사내를 저 꼴루 만들었으니 이제는 들에 나가 한뎃잠을 잘 밖에 없네그려?"

"잠잘 여가가 없습니다. 제가 내일 날샐 녘까지는 산음山陰 고을에 닿아야 헙니다."

"날샐 녘까지 산음에 닿자면 자네가 지금 밤길을 걷자는 이야긴가?"

"일이 급허게 되었소이다. 만날 사람이 산음에 있는데 내일 일찍 닿지 않으면 그 사람을 놓칠 것 같소이다."

"찾는 사람이 누구관대 자네가 이토록 서두는 겐가?"

"산음 사는 하진사河進士 어른인데 의병들 먹일 군량으루 벼 1백 섬을 내기루 했소이다. 내일 새벽에 닿지 않으면 하진사는 아마 산으루 들어가구 없을 겝니다."

"예서 산음까지는 험한 산길이라 훤한 낮에두 장꾼들이 적은 숫자루는 큰고개를 넘지 못허네. 하물며 이런 깊은 밤에 자네 혼자 어찌 그 험한 고개를 넘는다는 겐가?"

"요즘 그쪽 고갯길에 범들이 나돌구 있다지요?"

"아네그려. 지난 초봄에는 호환虎患이 두려워 아예 포졸들이 길을 막아 장꾼들을 보내지 않았네. 여러 사람이 작당하여 홰를 여러 개 밝히면 모를까. 그렇지 않구 우리끼리 가다가는 주린 짐승에게 우리 둘이 육신공양허기가 십상일세."

주막 앞에 멈춰 선 채 두 사람은 잠시 말들이 없다. 그러자 곧 사발의 등뒤에서 뒤따라 나온 두산이 사발에게 말을 묻는다.

"어디들을 가신다는 게요?"

"마침 잘 왔네. 인사여쭙게. 이 어른이 아까 내가 말한 운해사의 자산 스님일세."

"인사헙시다. 황새등 사는 박서방이란 사람이우."

자산이 마주 흠신해 보인 뒤 사발을 향해 말을 묻는다.

"이 사람이 사냥질 잘헌다는 바루 그 박서방이란 사람이오이까?"

"그러이. 김초시집 앞에 방문을 보구 서 있는데 이 사람이 그 앞을 지나길래 내가 지금껏 잡아두었네."

자산이 그제야 몸을 돌려 어둠 속으로 두산을 돌아본다.

"큰스님 편에 박서방 얘기는 내가 자주 들었소이다. 헌데 내가 오늘밤 산음 고을엘 가야겠는데 박서방이 나랑 함께 길동무가 되어 줄 수 없으시겠소?"

"예서 산음까지가 밤길걷기에 썩 좋지 않구먼이요. 요즘 그쪽에 큰 짐승이 나돌아서 행인들이 날만 저물면 통 발걸음을 않습니다."

"박서방이 길을 잡아주면 그 짐승을 피헐 수 있지 않겠소?"

"피헐 수야 있겠지요만 하필 이 밤에 꼭 험한 길을 가야 허는 지……?"

말끝을 흐리면서 두산이 곁에 선 사발을 돌아본다. 사발이 입술을 불쑥 베어문 뒤 고개를 아래위로 커다랗게 주억거려 보인다.

"내일 날샐 녘까지 산음 고을에 닿지 못하면 이 스님이 군량으루 쓸 벼 1백 섬을 잃을지두 모른다네."

한동안 아무 말이 없더니 두산이 문득 앞서 걷기 시작한다.

"벼 1백 섬을 잃을 수는 없지요. 가십시다. 짐승은 내가 쫓아보리다."

선선한 두산의 말에 자산과 사발은 말없이 그를 따른다. 그러나 몇 걸음 따라가다가 사발이 그예 걱정스러운 듯 다시 묻는다.

"아무 연장두 지니지 않구 이대루 가두 괜찮은 겐가?"

"내 봇짐 속에 밥 끓이는 놋양푼이 하나 있지요. 그걸 땅땅 두들기면 어쩜 짐승두 쉽게 대어들지 못하오이다."

어슴푸레한 달빛 속으로 자산의 흰 이가 잠시 보인다. 사발이 마주 웃고는 생각난 듯 자산에게 다시 묻는다.

"방금 들른 김초시댁에서는 군량을 얼마나 내어놓겠다든가?"

"말 두 필에 알곡 서른 섬을 내어놓겠다고 허더이다."

"지금까지 본사루 뽑아올린 승군이 대강 몇 명이나 될 듯싶은가?"

"3백이 조금 못될 듯싶소이다. 참 해인사 총림에 가신 일은 어찌 되었는지 궁금허군요."

"좋지 않은 소식일세. 총림에서는 사람두 군량두 낼 수 없다는 말씀이시네."

"대선사 말씀이 그러허더이까?"

"큰스님은 뵙지 못하구 도감都監〔주지 바로 밑의 중〕 스님만 만나뵙구 왔네."

어느 틈에 동구 밖이다. 발걸음 빠른 사냥꾼 두산은 벌써 서너 칸이나 앞을 서 가고 있다.

중천에 걸린 반쪽 달이 여름철 무성한 숲을 하얗게 비추고 있다. 초저녁부터 사방 숲에서는 애끊는 듯한 두견의 울음소리가 들려온다. 길이 좁아져서 둘이 걸을 수 없게 되자 사발이 뒤로 처지며 생각난 듯 다시 입을 연다.

"자네 혹 경상우도 연해 고을에서 좋은 소식 듣지 못했나?"

"좋은 소식이 무슨 소식이오?"

"우리 조선의 전라좌도 수군들이 경상우도 바다에서 왜적을 크게 깨쳤다는군?"

"맞소이다. 전라도 수군들이 당포唐浦 앞바다에서 왜적을 크게 깨쳤답디다."

"내가 들은 건 당포가 아니구 거제땅의 옥포였네."

"옥포는 먼저 있었던 싸움이구 지난 6월 초순에는 당포와 사천에서두 왜적을 크게 깨쳤답디다."

"모를 일일세. 육전에서는 연패를 당허든 우리 군사가 수전水戰에서 왜를 깨치다니 그게 무슨 조화라든가?"

"까닭이 있습디다. 왜적들이 육전에만 힘을 쓰느라 수전을 소홀히 생각한데다가, 전라좌도의 수군들이 그간 병화를 대비하여 배두 여러 척 새루 짓구 조련두 많이 했답니다. 왜가 육전만 생각허구 조선 수군을 업수이 여기다가 이번에 있은 서너 번 싸움에 크게 패한 모양입디다."

"전라좌도의 이씨성 가진 수사 사또가 특히 이번 바다 싸움에 큰 공을 세웠다지?"

"예, 이순신이란 수사 사또가 장재將才가 있어 수전에 능허답니다. 전라도 지경이 온전한 것이 모두 그 수사 덕이지요."

잠시 말들이 없다. 도성과 평양성이 왜적에게 떨어졌어도 아직 하삼도의 장계와 치보가 임금에게 올라가는 것은, 전라도 바닷길이 온전하여 배가 바다를 거쳐 임금이 있는 평안도까지 올라갈 수 있기 때문이다.

더디기는 해도 장계와 치보가 올라가면 위에서는 다시 임금으로부터 전교와 특지特旨가 하삼도로 내려온다. 사실 서울 도성이 왜적에게 떨어졌을 때만 해도, 충청 전라 양도의 수령들은 근왕을 포기하고 모았던 군사들을 스스로 헤치는 자가 적지 않았다. 나라의 주인인 임금과 연통이 닿지 않는 데야, 더 이상 관아를 지키고 군사를 모아 싸울 뜻이 없었던 것이다. 그러나 전라도가 온전히 지켜지면서 장계가 임금에게 올라가고 다시 임금에게서는 전교와 특지가 아래로 내려왔다.

나라가 이미 망한 것으로 생각한 그들에게 임금과의 연통이 닿는다는 것은 새로운 희망이자 용기에의 일깨움이었다. 임금과의 교신이 가능하여 위로부터 수시로 특지와 전교를 받는 한은, 그것은 아직 조선 팔도가 망하지 않았음을 뜻하는 것이다. 전라도 바닷길이 지켜진 것은 그래서 더욱 뜻이 있는 일이다.

13. 한산대첩

해가 저물었다. 갯가에 댄 여러 척 작은 배들에서 군사들이 쏟아져 내려 다투듯이 뭍으로 오른다.

모처럼 밟아보는 땅이다. 지난 초엿샛날 매성[전라좌수영]을 떠난 뒤로 꼬박 하루하고도 반나절 만에 밟아보는 뭍이다. 수군은 원래 싸움터로 발선發船하면 적과의 싸움이 없는 때라도 뭍으로는 좀체 오르지 못하도록 되어 있다. 밤에 잠을 자기 위해 배들을 포구나 갯가에 대어놓는 경우라도, 군사들을 배 안에 재울망정 뭍으로는 오르지 못하도록 하고 있다.

그러나 지금은 당포 갯마을 포구 안에 크고 작은 여러 척 배들이 닻돌을 놓고 군사들을 부리고 있다. 발선한 이래 좀체 볼 수 없던 수사 사또의 고마운 명이다.

"서선두徐船頭 어른, 우리랑 함께 내리시지 않을랍니까?"

"기다리는 사람이 있네. 자네들 먼저 내리게나."

본영 소속의 포작선 선두 서복만은 배를 뭍에 대어놓은 채 우두커니 바다 쪽을 보고 있다. 그가 찾는 것은 본영 군관 이강득이 부리는 짓자배 탐후선이다. 늘 선단의 앞장을 서서 적정을 탐망하던 이 군관의 배가 오늘은 모처럼 뒤로 빠져 수사가 탄 장선長船으로 다가가는 것을 복만은 언뜻 보았다. 영하기令下旗도 올리지 않은 터에 탐후선이 장선으로 다가가는 것은, 이군관 강득이 적정과는 상관없이 장선에 딴 볼일이 있는 것을 뜻하는 것이다. 복만은 그 까닭이 알고 싶어 잠시 배를 대어놓은 채 강득의 탐후선이 뭍에 닿기를 기다리고 있다.

"물통을 들구 가게. 물 길러가는 사람들이 물통두 없이 맨손으루 물을 길을 참인가."

흥양 사노인 격군 하나가 덕판 밑에서 나무 물통을 찾아든다. 나이가 마흔인 이 사노는 그러나 물통을 든 채 선두 복만을 우두커니 돌아본다.

"물통이 하나뿐이라 한 사람은 물을 긴구 나머지는 무얼 헐까요?"

포작선은 배가 작아 선두를 합쳐 수군이 고작 일곱이다. 선두를 뺀 여섯 사람 중 격군이 넷이고 나머지 둘이 활잡이 사수인 것이다.

해질 무렵에 배들을 당포 포구 안에 대도록 한 것은, 장선이 각 전선의 물선군에게 배 안에서 쓸 취사용 물과 땔나무를 각기 뭍에 올라 구해 오도록 하기 위해서다. 본영을 떠나올 때 실어온 물과 땔나무가 그간 여러 차례 밥을 짓는 동안 반으로 줄어들었다. 아직 왜적과의 큰싸움이 없기 때문에 그 동안 축낸 물과 땔나무를, 군사들을 뭍으로 올려보내 다시 해오도록 장선에서 명한 것이다. 땅 밟기가 소원인 수군들에게 잠시나마 뭍에 오르라는 것은 반가운 명이 아닐 수 없다.

가까운 샘에서는 이미 물긷는 수군들이 저마다 물통들을 들고 악머구리 끓듯 법석이고 있다.

"물은 한 통이면 쓸 만허니 두 사람은 배를 지키구 나머지 셋은 땔나무를 해오두룩 허게."

"예, 헌데 땔나무를 해오자면 시각이 많이 지체될 듯싶소이다. 언제쯤 배루 돌아와야 되는지 선두 어른께서 시각을 일러주십시오."

"땅거미 지기 전에 돌아들 오게. 너무 오래 지체했다가는 군령으루 다스릴 줄 알게."

"예, 명대루 거행헙지요. 허면 저희는 이만 뭍에 오를랍니다."

"다녀오게."

출이라는 총각 격군 하나를 남겨두고 수군들 다섯이 서둘러 뭍에 오른다. 이물에 서서 바다 쪽을 살피자니 크고 작은 일흔여 척 군선들이 포구 안팎으로 바다를 덮듯 까맣게 떠 있다. 이번에도 역시 두번째 출진 때처럼 전라좌우도 수군들은 물론 경상우도의 배들까지 노량露梁에서 만나 함께 경상도로 발행했다.

전라좌도의 수군의 배가 마흔 척으로 가장 많고, 그 다음이 전라우도의 배로 스물 다섯 척이 가담했으며, 원수사元水使가 지휘하는 경상우도의 수군들도 이번에는 깨진 배를 수선하여 일곱 척이나 함께 발선하게 된 것이다.

두 차례에 걸친 옥포와 사천 당포 당항포 등 싸움에서 조선 수군은 왜적을 만나 연이은 승전을 하고 있다. 뭍에서는 조선 병마兵馬가 연전연패를 하고 있건만 바다에서는 그 반대로 조선 수군이 연전연승을 하고 있다. 그러나 이번 세번째 출전에도 조선 수군이 왜적을 만나 크게 이기리라는 보장은 없다. 더구나 이번에는 여러 번 싸움에서 패한 왜적들이 뭍의 군사까지 수군으로 돌려 조선 수군과 한바탕 크게 대적하리라는 소문이다. 조선 수군을 업수이 여기다가 큰 낭패를 본 왜적들이 이번만은 그 앙갚음을 하기 위해서도 군사와 배들을 크게 불려 한 판 큰싸움을 벌일 기세라는 것이다.

돛을 접은 탐후선 한 척이 큰배들 사이를 빠져 나는 듯이 포구 안으로 들어온다. 고물에 서서 바다 쪽을 살피다가 복만은 배를 내려 잔배들이 묶인 축방으로 올라선다. 살같이 다가오던 탐후선이 노들을 뽑아 들고 소리없이 축방으로 다가든다. 뱃머리에 올라선 군관 복색의 털벙거지는 먼빛으로 보더라도 이군관 강득임을 쉽게 알 수 있다.

"이쪽으루 배를 대게!"

복만이 소리를 치자 강득이 알아보고 크게 손짓을 해보인다. 탐후선이 곧 잔배들 사이를 뚫고 갯가의 얕은 축방에 천천히 머리를 댄다.

"언제 왔든가?"

"방금."

"일찍두 왔네. 자네 배 격군들은 어딜 갔나?"

"둘은 물 길러 샘에 보냈구, 셋은 나무하러 산에 보냈네."

"나를 기다리구 있었든가?"

"응. 자네가 장선으루 가는 걸 보구 내가 곧 배를 내어 마중나가려든 참이었네."

축방에 걸쳐진 뱃널을 딛고 강득이 이윽고 배를 내린다. 탐후선의 낯익은 수군들은 먼저 배를 내려 축방 위에 길게 늘어서 있다. 아마 장선에서 명을 받고 바다를 탐망하기 위해 급히 뭍으로 오른 모양이다. 강득이 뒤늦게 축방에 올라 늘어선 수하 군졸들을 위엄있게 둘러본다.

"너희는 곧 내가 이른 대루 먼저 산에 올라 바다를 살피도록 해라. 뭍에서 혹 연기가 일거든 그것두 자세 살피도록 해라. 만일 바다에 배가 보이거든 잘 살핀 뒤에 내게루 곧장 내려오너라. 한산 앞바다와 견내량 위쪽을 특히 자세 살펴야 헌다!"

"알겠소이다. 명대루 거행하오리다!"

탐후선 망군望軍들이 기들을 들고 축방을 떠난다. 강득이 그제야 몸을 돌려 곁에 선 복만을 돌아본다.

"눈두 밝네. 내가 장선에 다가간 것을 언제 또 보았든가?"

"장선엔 무슨 일루 갔나?"

"거북선에 있던 사람 하나를 장선으루 옮겨주려구 갔지."

"옮겨준 사람이 누구관대?"

"구선 도목수인 율개 형님일세."

"그 형님이 이번 출전에 우리들을 따라왔든가?"

"자기가 지은 구선이라 사또께 청을 넣어 배를 타게 되었던 것 같네."

"헌데 왜 또 구선에서 장선으루 옮겼는가?"

"구선이 행선하는 데 일반 전선보다 느린 듯해서 그 까닭을 알아보기 위해 사또께서 율개 형님을 장선으루 부른 것 같네."

"지난번 사천과 당포 해전에서 구선의 놀라운 용맹을 사또께서는 보시지 않았든가? 배가 좀 느리기는 해두 당헐 왜선이 없지 않든가?"

"개갑蓋甲을 둘러 적의 화포는 잘 막아두 배가 무겁구 안이 협착해서 몸 놀리기가 둔한 것은 사실일세. 아마 사또께서 율개 형님을 부르신 것은 지금보다 배를 좀더 빨리 부리는 방도를 묻고자 허심인 듯싶네."

지난 6월의 두번째 출진에서 새로 지은 거북배 구선은 놀라운 용맹과 힘을 발휘했다. 빗발치듯 하는 왜적의 포화 속을 거북배는 곧장 뚫고 들어가 무인지경 드나들 듯 거침없이 휘젓고 다닌 것이다. 몸체가 작은 왜선들은 거북선에 부딪치면 엎어지거나 크게 부서졌다. 더구나 노질을 멈추고 배가 적진 속에 잠시 서는 듯싶을 때는 사방이 막힌 눈먼 배 거북선에서는 옆구리의 작은 구멍마다에서 벼락치듯이 큰 화포들이 불을 뿜었다. 왜적들은 이토록 크고 사납고 괴이한 배를 본 일이 없었다. 그들이 거북선에 놀라는 것은 너무나 당연한 일이다.

"저게 무언가?"

산으로 올라간 탐망선 망군들이 쇠고삐를 잡은 농군 한 사람을 갯가 쪽으로 옹위하여 내려온다. 왜적의 출몰로 인적이 끊긴 갯가 야산에 소를 모는 사람이 있다는 것은 신통하다기보다 놀라운 일이다. 앞서 내려온 망군 패두 한 사람이 강득의 앞에 멈춰 서며 황급히 입을 연다.

"저 사람이 오늘 낮 미시(오후 2시)쯤에 왜적의 배를 무수히 보았다구 하옵니다. 나으리께서 만나보시어 자세한 말을 들어보도록 허시지요."

"알았네. 물러서 있게."

망군이 한옆으로 비켜서자 상사람이 이내 강득에게 다가온다. 그가 잡고 있던 쇠고삐는 뒤따르던 군사가 대신 받아쥐고 있다. 강득에게 공손히 흠신해 보이더니 사내가 이윽고 또렷하게 입을 열기 시작한다.

"쇤네 인사 여짜오이다. 장군님을 만나뵈어 이만 다행이 없사옵니다."

"자네가 어디 살며 이름을 무어라 허나?"

"쇤네 이 곳 미륵섬에 살구 있사옵구 성은 김가이오며 이름은 천손千孫이라 하옵니다."

"왜적의 분탕질이 심해 온 연안 백성들이 산중에 숨어사는 터에 자네는 어찌 홀루 숲에 들어 한가로이 소를 먹이며 왜적을 통히 무서워 않는 겐가? 왜적을 두려워 안 허는 까닭이 혹 다른 곳에 있는 것이 아니든가?"

"장군님 살펴줍시오. 소치는 일이 쇤네의 일이라 왜적이 두렵기는 해두 쇤네는 소를 두고는 달리 갈 곳이 없사오이다. 다른 뜻이 있다 허시니 쇤네 이만 억울할 데가 없사오이다."

"그래 자네가 지금 어디를 거쳐 이 곳 포구까지 내려오는 겐가?"

"소를 먹이며 이제 방금 산을 넘어 이리루 내려왔지요."

"허면 오늘 한낮에는 어느 숲에 들어 있었든가?"

"저 위 등성이 너머 한산 쪽 바다를 굽어보는 숲에 있었지요."

"게서 무엇을 보았든가?"

"왜적의 배를 무수히 보았소이다."

"언제 어디서 왜적의 배를 보았다는 겐가?"

"멀리 거제땅 영등포永登浦 쪽에서 왜적의 배들이 아래루 내려와 견내량見乃梁에 드는 것을 이 눈으루 똑똑히 보았소이다."

강득이 더 묻지 않고 뚫어지게 사내를 바라본다. 비록 외진 섬에서 소를 치는 사내이긴 해도 말씨가 허황되지 않고 사람을 보는 눈이 당당하고 야무지다. 언동이 이토록 분명한 것으로 미루어 보아 강득은 이 사람의 말이 거짓이 아님을 눈치로 알 만하다.

그러나 적정에 관한 일은 싸움의 승패와 연관되는 일이라 한 치도 소홀히 넘겨서는 아니된다. 다시 한번 다짐을 받기 위해 강득은 짐짓 부라린 눈으로 호령기 있게 사내를 다그친다.

"자네가 만일 허튼 소리를 했다가는 지엄한 군법에 걸려 살아날 길이 없을 겔세. 다시 한번 다짐해 묻겠네만 왜적의 배가 언제쯤 어느 바다에서 어느 바다루 들었다는 겐가?"

사내가 그제야 두려운 눈빛으로 강득을 힐끗 바라본다. 그러나 곧 턱을 당기고 정신을 가다듬듯 또박또박 입을 연다.

"쇤네 감히 어느 안전이라 허튼말을 아뢰오리까. 소를 치면서 잠시 바다를 굽어보니 멀리 영등포 앞바다에서 왜적의 배들이 바다를 덮어 견내량을 바라고 까맣게 내려오더이다."

"그게 언제쯤 일이든가?"

"해가 정수리에 높이 떴을 때라 그게 아마 미시쯤 되었을 것이외다."

"그래 자네는 왜적의 배들이 아직두 견내량 안바다에 들어 있다구 허는 겐가?"

"배들이 견내량에 들어간 이후루는 통히 바깥바다루 나오는 배가 없었소이다. 쇤네 생각에는 왜적의 배들이 아직두 견내량 안바다에 들어 있는 것으루 아오이다."

"자네가 본 왜적의 배가 모두 몇 척이나 되어뵈든가."

"눈대중이라 자세치는 않으나 큰배 중간배 작은배를 합쳐 좋이 일흔 척은 넘을 듯싶었소이다."

강득은 무심중 몸을 돌려 곁에 선 복만을 돌아본다. 왜적의 배가 일흔 척이라면 지금까지 본 것 중에는 가장 큰 적세敵勢라 할 수 있다. 전라좌우도와 경상우도의 군선을 합쳐 조선 수군 역시 대소 군선이 일흔 척에 이르고 있다. 이로써 이제는 피아 양군이 비슷한 숫자의 함선들을 거느린 셈이다. 생각지도 않은 가까운 바다에 왜적의 대함대가 큰 싸움을 대비하여 웅크리고 있는 것이다.

"어찌헐 생각인가?"

성미 급한 복만이 참다못해 강득에게 묻는다. 강득이 한동안 말이 없다가 결심이 선 듯 제 수하의 수군들을 돌아본다.

"닻 감구 돛 올리게. 장선에 곧 알려야겠네."

탐후선 수군들이 일제히 뭍에서 배에 오른다. 강득이 다시 몸을 돌려 소치는 사내를 돌아본다.

"자네는 잠시 예서 기다리게. 장선에 곧 다녀와서 자네 말이 사실인지 아닌지 배를 내어 알아보겠네."

"배를 내어 알아봐두 좋구, 저 위 산등성이를 넘어 뭍에서 알아봐두 되오이다."

강득이 대꾸없이 이번에는 복만을 돌아본다.

"견내량이면 예서 겨우 반나절 뱃길일세. 왜적이 이렇듯 가까이 있을 줄은 내 미처 짐작 못했구먼."

"우선 사또께 품해 올린 뒤 빠른 배를 내어 적세부터 알아봐야지."

"자네 배가 빠른 편이니 나허구 함께 나가보려나?"

"날이 곧 저물 텐데 나가 본들 왜적이 보일라든가."

"우선 배부터 띄우구 보세. 내 먼저 건너갈 테니 자네두 곧 뒤따라오게."

말을 마친 이군관 강득이 서둘러 배에 오른다. 돛을 올린 본영 탐후선이 노질과 함께 천천히 축방을 떠난다. 뱃머리에 서 있는 강득의 안색이 긴장 때문인지 하얗게 핏기를 잃고 있다.

새벽하늘이 부옇게 밝아온다.

탐망을 나갔던 본영[좌수영] 탐후선이 노질을 멈추고 장선 옆구리에 뱃머리를 갖다댄다. 장선에서 사다리가 내려와 탐후선 위로 길게 늘어진다. 기다리던 탐후선의 군관 이강득이 늘어진 사다리를 타고 장선으로 급히 오른다.

"어서 오시오."

장선의 낯익은 송宋군관이 배에 오르는 강득을 맞는다. 바닷물에 젖은 이군관의 전포 자락을 바라보며 송군관이 먼저 장대將臺 쪽으로 몸을 돌린다.

"몸이 물에 젖었소그려?"

"갯가루 배를 붙이다 보니 파도가 튀어 옷이 젖었소."

행선할 때 당보선塘報船[척후선]은 뭍이나 섬의 그늘을 따라 배를 몰도록 되어 있다. 배가 그늘에 들어가면 웬만큼 눈이 밝지 않고는 서너 마장 밖에서는 그 배를 볼 수가 없다. 아마 이군관의 탐후선도 견내량의 적정을 살피느라 뭍에 바싹 붙어 배를 몰았던 모양이다.

"사또께서 이군관 오기를 아까부터 기다리구 계시오."

"날이 미처 밝지를 않아 이제야 겨우 적정을 살피구 오는 길이외다."

장선인 판옥선의 포판鋪板 위로 짓자 현자 등의 화포는 물론, 사수와 포수 등의 수군들이 키 높이의 방패 뒤에 정연히 늘어서 있다. 꼭두새벽에 당포를 떠나 이제 방금 한산도 앞의 너른 바다를 앞에 둔 그들이다. 큰 싸움을 앞둔 포판의 수군들은 저마다 굳은 얼굴로 다가오는 이군관을 묵묵히 바라본다.

선미 쪽 포판을 지나 강득은 이윽고 장대 앞에 다다른다. 문을 밀치고 들어서니 좁은 장실將室 안에 갑옷 입은 장수들이 그득하다. 이군관이 군례와 함께 이수사를 바라고 입을 연다.

"소관, 장선의 영을 받들어 방금 견내량에 다녀오는 길이옵니다."

"욕보았네. 그래 견내량에는 적선이 몇 척이나 머물러 있든가?"

"어제 낮에 견내량에 닿은 뒤루 적선 일흔여 척이 그대루 안바다에 머물러 있더이다."

"싸움하는 전선은 모두 몇 척이나 되어보이든가?"

"소관이 살핀 바로는 싸움하는 큰 배가 서른 여섯 척이요, 중간 배가 서른 네 척이고, 나머지 작은 배가 열 두 척이나 되었사옵니다."

이수사가 묻기를 마치고 잠시 주위의 수하 장수들을 둘러본다. 장실에는 이수사 순신 외에, 순천 부사인 중위장中衛將 권준權俊과 방답 첨사 전부장前部將 이순신李純信과 전라 경상우도 수영의 군관들까지 서넛이나 눈에 띈다. 그들은 당포를 떠나 한산바다에 다다르자, 왜적이 견내량에 든 것을 알고 잠시 수사의 명을 받기 위해 장선으로 모여든 것이다.

왜적이 견내량에 든 것을 안 것은 어제〔7일〕 저녁 무렵의 일이었다. 거센 동풍을 무릅쓰고 어제 해질 녘에 창선도昌善島에서 당포에 이른 조선 수군은, 물을 긷고 땔나무를 하기 위해 각 전선의 수졸들을 뭍으로 올려보냈다. 그러자 뭍에서 소를 치던 섬사람 하나가 왜적의 배들이 그날 낮 미시쯤 해서 거제섬 영등포로부터 견내량 안바다에 든 것을 일러주었다. 이 소식을 전해 들은 전라좌수사 이순신은 즉시 당보군과 탐망선에 영을 내려 견내량에 과연 왜의 배들이 들어 있는지 살펴보고 오도록 했다. 잠시 후 견내량에서 돌아온 탐망선은 김천손이란 섬사람의 말이 사실임을 일러주었다. 왜적의 배 일흔여 척이 과연 견내량 안바다에 그득히 들어 있더라는 것이었다.

생각지도 않은 놀라운 적정이었다. 원래 전라좌도의 이수사는 생각이 깊고 조심성이 많은 사람이다. 특히 그는 싸움터로 발행할 때는 사방으로 탐후선을 띄워 먼저 적세부터 소상히 살피는 사람이다. 그런데 이러한 이수사에게 왜적의 많은 배들이 바로 지척의 견내량에 집결해 있다는 것은, 한편으로는 놀라운 일이기도 하고 한편으로는 반가운 일이기도 하다.

그는 이미 옥포와 당포 등의 두 차례에 걸친 왜적과의 싸움에서 왜적의 배 수십 척을 깨어 크게 이긴 바가 있다. 이번에 다시 세번째로 출진하여 멀리 경상도 바다까지 왜적의 배를 찾아나선 이수사는 뜻밖에도 가까운 견내량 바다에서 왜적의 대선단을 찾아내게 된 것이다.

왜적을 찾아낸 반가움은 그러나 잠시 동안의 일이었다. 이수사는 왜적이 전과 같지 않게 이번에는 그 세가 장대한 것이 불안하고 걱정스러웠다. 옥포와 사천 당포 당항포 등의 해전에서는 왜적의 세가 크다고 해도 겨우 서른 척 안팎으로, 조선 함선의 절반쯤이 고작이었다. 그나마 싸움배인 굵은 전선은 손에 꼽을 정도였고 나머지는 선체가 작은 중선 소선이 대부분이었다. 그러나 이번에 견내량에서 발견된 왜적은 연해 고을에 노략질이나 하던 예전의 왜적과는 사뭇 달랐다. 그들은 우선 선척의 숫자가 일흔 척을 넘는데다가 조선 수군의 판옥선에 버금가는 커다란 전선만도 서른 여섯 척에 이른다는 것이었다. 또 하나 놀라운 사실은 그들이 거제섬 영등포 쪽에서 서쪽 바다를 바라고 나와 한산 밖 큰바다의 길목이라 할 수 있는 견내량 안바다에 배를 감추고 있다는 점이었다. 여러 차례의 패전 후로 조선 수군만 보면 도망을 치던 왜의 수군이 이번만은 무리를 지어 조선 수군을 마중하듯 부산포나 웅포 쪽에서 서쪽을 바라고 쏟아져 내려온 것이었다. 왜가 이렇듯 무리를 지어 서진西進해 오는 것은 조선 수군과의 큰 싸움을 미리 각오하고 준비해 왔다는 증거였다. 연패를 당해 온 왜의 수군이 이제는 조선 수군에 스스로 큰 싸움을 걸어온 것이나 다름없었다.

수사 순신은 이러한 왜적의 거동이 심상치 않게 생각되었다. 다행히 그는 당포에 도착한 어제 저녁, 김천손이란 목동을 통해 왜적의 행적과 소재를 소상히 알게 되었다. 그는 곧 오늘 새벽을 기해 군사들을 배불리 풀어먹인 뒤 당포에서 견내량을 바라고 삼도의 배들을 일제히 발행시킨 것이다.

"왜적의 배 일흔 여 척이 한꺼번에 견내량에 이른 것은 무슨 까닭이라 생각하는가?"

한동안의 침묵을 깨고 수사 순신이 수하 장수들에게 말을 묻는다. 광양 현감인 중부장 어영담魚泳潭이 이수사의 말을 받아 조심스레 입을 연다.

"소관의 생각으로는 왜가 우리 수군에 연패를 당한 뒤라 그 앙갚음을 허기 위해 이렇듯 큰 세를 이루어 견내량에까지 내려온 듯싶소이다."

"왜가 우리를 찾아 견내량에 이르렀다면 이는 곧 우리 수군이 바라든 바가 아니오이까?"

본영 구선장 이기남李奇男이 어영담을 바라고 큰 소리로 되묻는다. 어영담이 고개를 내저으며 신중하게 말을 받는다.

"우리가 바라던 일이기는 허나 왜를 예전처럼 가벼이 볼 수는 없을 듯하오. 우리가 지금 걱정할 것은 왜의 큰 세가 아니라 왜들이 들어 있는 견내량 안바다외다."

장실 안의 여러 장수들이 말없이 중부장 어영담을 바라본다. 광양현감 어영담은 원래 남해의 바닷길에 밝은 사람이다. 그를 중부장으로 삼아 장선에 가까이 머물도록 한 것도, 실은 그가 바닷길에 밝아 배들이 들고나는 길을 누구보다 잘 알기 때문이다. 배를 재울 포구와 물 속에 잠긴 암초를 비롯해서 조수의 흐름과 먹을 물이 있는 섬과 폭풍을 피할 섬그늘까지 그는 훤하게 알고 있다.

"견내량에 방금 다녀온 이군관의 의향은 어떠시오? 왜적이 들어 있는 견내량 안바다가 큰 싸움을 치르기에 어떻다구 생각허시오?"

어영담이 뜻밖에도 본영 군관 이강득에게 말을 물어온다. 하긴 강득은 거제가 고향이라 가까운 견내량 바다는 손바닥을 보듯 훤하게 알고 있다. 오래 망설일 필요도 없이 강득이 시원스레 입을 연다.

"바다가 좁구 물 속에 여가 많아 큰배들이 행선하기에는 심히 불편하구 어려운 바다외다."

"그야 왜적두 같은 처지라 우리만 유독 불편할 까닭이 없지 않소?"

"우리 수군의 싸움배 판옥선은 배가 크구 무겁지요. 바다가 좁구 물밑에 여가 많은 곳에서는 크구 무거운 배일수록 몸을 놀리기가 수월치 않소이다. 소관의 생각에는 견내량 안바다가 큰 싸움을 허기에는 마땅치 않을 듯싶소이다."

언제나 그렇듯 수사 이순신은 이번에도 역시 묵묵히 말이 없다. 그는 제장들을 자기 군막에 불러놓고도 자신은 말이 없이 수하 장수들의 주고받는 말을 가만히 듣기만 한다. 간혹 의심나는 대목이 있을 때만, 제장의 말들이 끝나기를 기다렸다가 뒤늦게 차분히 궁금한 것을 묻곤 하는 것이다.

"지금 견내량에 왜적의 배가 일흔 여 척이 들어있는데 우리 싸움

배 쉰 다섯 척이 들어가면 양쪽의 배들을 합쳐 1백 스무 척에 이를 겔세. 이렇듯 많은 배들이 들어가도 견내량 좁은 바다가 그 배들을 당할 겐가?"

모처럼 수사 순신이 제장들에게 묻는 말이다. 탐후선 군관 이강득이 수사의 말에 대답한다.

"견내량 안바다가 좁기는 해두 배 백여 척을 감당 못할 바다는 아니오이다. 하오나 배를 급히 몰아 적을 쫓거나 화포를 놓자면 아무래두 판옥선 같은 굵은 배들은 제 뜻대루 내닫거나 물러나기가 어렵사오이다."

"지난번 사천 바다 싸움에서처럼 쫓기는 왜적이 배를 버리고 뭍으로 올라가 도망칠 염려는 없겠는가?"

"바다가 좁아 달리 도망칠 수가 없는 까닭에 왜들이 사세가 급히 되면 이번에두 역시 배를 버리구 뭍으루 도망칠 것이 분명하오이다."

"백성들이 또 상하겠군."

수사가 혼잣말하듯 가만히 입속으로 중얼거린다. 왜적의 무리를 눈앞에 두고도 조선 수군은 바로 치지 못하고 먼바다에 머문 채 여러 생각과 궁리에 잠겨 있다. 좁은 바다에서 왜적을 들이치면 왜적들은 늘 하듯이 배를 버리고 뭍으로 도망을 칠 것이다. 왜가 뭍으로 도망치면 고통을 받는 것은 연안 고을의 죄없는 조선 백성이다. 왜들이 패전한 분풀이로 조선 백성을 도륙할 것은 물론이고, 제각기 본진으로 돌아갈 동안 여러 고을을 지나치면서 무수한 약탈과 분탕질을 자행할 것이기 때문이다. 결국 이러한 왜적의 행악을 막는 길은 왜적을 너른 바다로 끌어내어 바다에서 한꺼번에 물귀신을 만드는 방법뿐이다. 다시는 그들이 남해 바다를 넘보지 못하도록 왜의 수군을 섬멸하려는 것이 이수사 순신의 의중인 것이다.

"견내량 아랫녘 한산 앞바다는 큰배들이 행선하기가 어떠한가?"

"한산 앞은 큰 바다라 아무리 큰 배라두 행선허기가 어렵지 않사오이다."

"허면 견내량에 든 왜적을 한산 앞 너른 바다로 끌어내는 방도는 달리 없겠는가?"

아무도 대답하는 사람이 없다. 수사가 잠시 기다리는 듯하더니 가까이 있는 군관 강득에게 의논하듯 다시 묻는다.

"자네는 예가 고향이라 누구보다 이 곳 형편을 잘 알겠네그려? 왜적이 배를 버리고 한산섬에 오른다면 자네는 그들이 장차 어찌 될 게라고 생각하는가?"

"한산섬에는 사람이 살지 않아 그 섬에 오른 왜적은 섬 안에서 이내 굶어죽게 될 것이오이다."

"내 생각도 자네와 같네. 그렇다면 어찌해야만 왜적을 견내량에서 한산 앞바다로 끌어낼 수 있겠는가?"

"왜들이 스스로 나오기 전에는 달리 방도가 없을 듯싶소이다."

"방도가 없지를 않네."

순신이 돌연 낮은 목소리로 강득의 말을 중간에서 무지른다. 제장들이 말없이 바라보는 가운데 이수사가 다시 차분하게 입을 연다.

"왜적을 지금 바로 쳐서는 저들을 견내량 밖으로 끌어낼 방도가 없네. 허나 우리 전선 몇 척이 견내량에 급히 들어가 왜의 선봉과 싸우는 체하며 거짓 패하여 물러나면, 왜적은 필히 대세를 몰아 배들을 모두 거느리고 너른 바다로 따라나올 겔세. 왜들이 너른 바다로 따라나오고 안 나오고는 선봉에 선 우리 전선이 얼마만큼 장선의 영대로 거짓 패한 체를 잘 해내는가에 달려 있네."

장실에 잠시 침묵이 흐른다. 수사의 계교가 옳기는 하나 실행하기는 지극히 어렵고 위험하다. 왜적의 배 일흔 척을 뒤로 달고 거짓 패한 체하여 물러나기도 어렵거니와, 설혹 한산 앞의 너른 바다로 왜의 대병선을 용케 끌어낸다 하더라도, 조선 수군이 과연 그들을 맞아싸워 이기리라는 보장이 없는 것이다. 이수사는 그러나 달리 믿는 것이 있기라도 한 듯, 말 없는 제장을 향해 차분하게 다시 입을 연다.

"오늘 있을 왜적과의 싸움은 어느 쪽이 이기든 지든 필히 큰 싸움이 될 듯싶네. 왜적이 일흔 척이 넘는 많은 배들을 거느리고 내려온 까닭은, 바로 우리 주사舟師의 장선들을 맞아 한바탕 큰 싸움으로 자웅을 가려보자는 뜻인 듯싶네. 이제 왜나 우리들이나 이번 싸움을 피할 수는 없네. 오늘 싸움은 싫든 좋든 어차피 승패를 내어 바다의 주인을 가려야 하는 싸움인 겔세."

늘 그렇듯 이수사의 목소리는 사람을 타이르듯 부드럽고 차분하다. 결연한 빛의 수하 장수들을 둘러보며 순신이 다시 하던 말을 계속한다.

"견내량에 업혀 있는 왜적을 너른 바다로 끌어내기는 오히려 쉬운 일일세. 막상 어렵고 위태롭기는 뒤쫓는 적을 등뒤로 두고 우리의 수십 척 전선들이 한꺼번에 뱃머리를 돌려 왜적을 맞는 일일세. 우리가 회선回船을 조금만 늦추면 왜적은 우리에게 내달아 우리 등을 덮칠 것이요. 회선이 조금 이르다싶으면 왜적은 또 배를 세워 한 덩어리로 뭉쳐 우리와 대적할 겔세. 허나 우리가 이기는 길이 결코 어렵거나 난감한 일만은 아닐세. 장선에서 이르는 대로 우리 전선들이 들고나기를 하나같이만 해준다면 우리는 오늘 싸움에 이기는 것은 물론이요, 왜적의 배를 단 한 척도 살려보내지 않을 겔세. 자 이제 제장들은 제가끔의 전선으로 돌아가서 닻을 감고 노를 담구어 장선의 영을 기다리도록 하게."

말을 마친 이수사가 먼저 교의에서 몸을 일으킨다. 중위장 이하 여러 장수들이 군례를 올린 뒤 하나 둘 장실을 나간다.

견내량이 눈앞으로 다가든다.

앞선 배들은 어느 틈에 견내량 바깥바다에 이르렀다. 살[矢] 하나가 흰 연기를 끌고 하늘 높이 솟아오른다. 탐망을 나간 탐후선에서 쏘아올린 신기전이다.

항해 군관의 호령에 따라 나가던 배들이 미속微速으로 속력을 줄인다. 노가 아직 물에서 뽑히지 않은 것은 장선의 영을 기다리기 위해서다. 영하기를 올린 뒤쪽의 장선은 많은 전선을 앞뒤로 거느리고 역시 느릿느릿 바다 복판으로 나오고 있다.

"정선이다! 배를 세워라!"

항해 군관의 호령에 따라 앞선 전선들이 노들을 역逆으로 젓고 있다. 미속으로 나가던 전부前部[선봉]의 전선도 역노질에 의해 물을 뒤집으며 멈춰 선다. 신기전이 오른 뒤에 곧바로 정선령이 떨어진 것은 선단에서 멀지 않은 곳에 왜적의 배가 나타난 것을 말해 주는 것이다.

본영 2선船의 벙어리 살수 막개는 뱃머리에 웅크리고 앉아 멀리 앞바다에 떠 있는 낯선 배 두 척을 바라본다. 첫번 싸움인 옥포해전에서 노에 낀 군관 하나를 혼자 힘으로 구해낸 노군 막개는 그 공으로 노역에서 풀려 판옥전선의 포판 위로 올라왔다. 여력이 남다른 것이 중군청에 알려진 그는 아래칸에서 포판으로 올라와서도 사조구四爪鉤와 장병겸長柄鎌을 쓰는 살수로 뽑혔다. 사조구란 네 발 달린 쇠갈고리로 적선을 찍어 끌어당기거나 물에 던져 바다에 빠진 적을 건져올리는 병장기요, 장병겸은 자루가 긴 큰 낫으로 배에 오르려는 적병들을 팔다리를 찍거나 목을 베는 병장기다. 이 둘은 모두 그 무게와 길이가 대단해서 보통 사람의 힘으로는 바로 들기도 여의치가 않다. 수군 중에서도 힘 좋은 군사만이 이 두 선상의 병기를 다루도록 되어 있다.

드디어 왜선 두 척이 산그늘 속에 멀리 보인다. 견내량 바깥바다로 빠져나온 왜선들은 조선 수군의 동정을 살피듯 한 마장쯤 떨어진 아랫바다 쪽으로 슬금슬금 내려오고 있다. 먼동이 트는 아침녘이라 색다른 왜선들의 치장이 뚜렷이 눈에 보인다. 왜선들은 크기가 작아 조선 수군의 중선만하다. 앞뒤로 내건 여러 깃발들이 먼빛으로 보아도 꽃무늬처럼 울긋불긋하다. 돛은 하나에 노들이 많아 언뜻 보기에도 싸움배 같지는 않다. 바깥바다로 탐망을 나온 왜의 선봉이거나 당보선인 모양이다.

빠른 노질로 나오던 왜선들이 노질을 멈추고 조선 수군을 살피는 기색이다. 가까이 대들지도 않고 그렇다고 멀리 도망치는 것도 아니어서 멀리 섬그늘에 붙어선 채 왜선들은 이쪽을 살피듯 느릿느릿 움직이고 있다.

"발선!"

뱃머리 망대에 올라선 항해 군관이 우렁찬 고함과 함께 손에 든 등채(지휘봉)를 앞으로 크게 휘두른다. 아래칸에 있던 급창 하나가 군관의 호령을 받아 노군방의 고수에게 소리를 친다.

"발선하랍신다!"

포판 아래 노군방에서 뒤미처 땅을 울리는 듯한 북소리가 둥둥 들려온다. 소리를 듣지 못하는 살수 막개는 공기 진동과 배의 울림으로 소리의 뜻을 대강 짐작한다. 먼바다의 왜선을 바라보던 막개가 북치는 소리와 함께 몸을 틀어 뒤를 돌아본다. 배 주위로 둘린 여장女墻(난간)에 세운 방패 뒤로 포수 사수 살수 등의 삼수들이 굳은 표정으로 앞바다를 보고 있다. 삼수들 주위에는 짓자 현자 등의 포들과 함께 장편전長片箭 화전火箭 유엽전柳葉箭 등의 화살 다발과 창 도검 수마석水摩石 따위가 여장 뒤로 수북이 쌓여 있다. 수마석은 적이 배로 기어오를 때 위에서 아래로 내려던지는 사람머리 크기의 둥글둥글한 갯돌이다. 적들과 가까이 접근했을 때는 화살보다도 더 유용한 것이 바로 이 수마석이다.

포판 위의 수군들은 누구 하나 말이 없다. 그들은 한결같이 돌처럼 굳은 무표정한 얼굴들이다. 그들이 지금 골똘하게 마음을 쓰는 것은 적에 대한 두려움과 닥쳐올 싸움에 대한 초조와 불안이다. 두 번에 걸친 큰 승첩에도 불구하고 그들은 왜적과 부딪치면 여전히 피가 멎고 팔다리가 후들거린다.

사납고 흉포하기로 소문난 왜적들이다. 아니 실제로 싸워본 왜적들은 소문으로 듣던 것처럼 흉포하기가 야차와 같은 놈들이었다. 그들은 조선 배에 가까이 접근하면 너나없이 칼을 휘두르며 조선 배로 기어오르려 했다. 다리나 팔에 살을 맞아 몸을 제대로 가누지 못하면서도 그들은 가까이 근접만 하면 저들의 얕은 배에서 뱃전이 높은 조선 군선으로 미친 듯이 기어오르곤 했다. 칼로 찍고 창으로 찌르고 수마석을 던져도 소용이 없었다. 앞에서는 연방 화살을 맞아 바다로 떨어져 죽는 제 동무들이 무수하건만, 그들은 전혀 아랑곳 않고 괴이한 고함을 내지르며 조선 군선으로 악착스레 기어올랐다.

왜적이 한 놈이라도 조선 군선에 기어오르면 그 배는 삽시간에 무서운 혼란과 당혹감에 휩싸이곤 했다. 왜적들은 칼을 잘 썼다. 어떠한 조선 장수도 칼로 싸워서는 왜적을 당하지 못했다. 왜적 한 명에 조선 군사 서넛이 붙어야만 겨우 창질과 칼질로 그 왜적을 베거나 무찌를 수 있다.

그러나 조선 수군에겐 한 가지 믿는 것이 있었다. 그들에게는 크고 튼튼한 판옥전선이라는 싸움배가 있었다. 그 배는 뱃전이 높아 왜적이 함부로 기어오를 수 없을뿐더러, 또 선체가 크고 튼튼해서 배와 배끼리 부딪치는 당파전撞破戰을 벌였을 때는, 머리로 왜선의 옆구리를 들이받아 크게 깨거나 배를 아예 뒤집어엎어 바다 속으로 패몰시키곤 했다. 왜적이 아무리 악독하고 흉포해도 조선 수군의 판옥선과 맞붙어서는 지금껏 열에 아홉이 큰 낭패를 보거나 패했다.

멀리 떨어져 싸울 때도 판옥선의 위력은 마찬가지였다. 두꺼운

나무판자로 배의 윗부분인 포판을 덮은 판옥선은 그 위에 수백 근의 화포를 얹고 마음대로 방포할 수 있었다. 왜선들은 아예 포가 없거나 있더라도 포판이 약해 배 위에 포를 설치할 수 없는 반면, 조선 전선은 포를 설치하여 왜선들을 쉽게 부수고 깨뜨릴 수 있었다.

무섭기로 소문난 왜의 신병기 총통〔조총〕역시 드넓은 바다에서는 큰 힘을 내지 못했다. 사정거리가 짧은 조총은 우선 바다에서는 철환이 멀리 나가지 않았고, 더구나 끊임없이 움직이는 배에서는 목표물에 정조준을 해도 명중률이 아주 낮았다. 그 위에 또 조총의 불편한 점은 한 번 발사 후 재장전하는 데 시간이 많이 걸린다는 것이었다. 배와 배끼리 근접하여 바삐 총을 놓아야 될 경우에도, 조총은 재장전의 속도가 늦기 때문에 오히려 속사速射를 할 수 있는 화살보다 못할 때가 많았다. 조총이 한 방을 쏠 동안 활은 예닐곱 대를 거푸 날릴 수 있기 때문에 서로 맞붙어 근접전을 할 때는 화살이 조총보다 더 빠르고 무서운 것이다.

왜선을 바라고 나가던 배들이 다시 노를 들고 천천히 멎는 것 같다. 앞을 보니 바깥바다로 나오던 왜선 두 척이 뱃머리를 급히 돌려 견내량 안바다로 물러가는 기색이다. 막개가 뒤를 돌아보니 항해군관이 뒤에 처진 장선을 바라보고 있다. 장선의 높은 누대 위로 돌연 누른색의 화염 두른 기 하나가 불쑥 오른다. 그것을 바라본 항해군관이 이내 상장上粧을 향해 커다랗게 고함을 친다.

"급히 발선하라!"

급창이 연이어 군관의 영을 반복한다.

"급히 발선하랍신다!"

북소리가 둥둥 울리고 선체가 물을 박차듯 부르르 몸을 떤다. 열여섯 개 노가 물을 긁느라 좌우 삼판의 여장 밑에서 삐그덕거리는 노 소리가 요란하다.

"막개 너 예 있었구나! 방패 뒤루 몸을 숨겨!"

살수 영장領將[하급 장교]이다. 포판 위에 배치된 살수들을 지휘 독전하는 수군들의 우두머리다. 막개의 등뒤로 다가온 영장은 등채 끝으로 막개를 밀어 방패 뒤로 물러서게 한다.

지난 당포와 당항포 싸움에서 영장은 살수 막개의 놀라운 용력을 본 일이 있다. 세 발이나 되는 긴 장병겸을 막개는 그날 싸움에서 막대 휘두르듯 거침없이 휘둘렀다. 엎어진 배에서 바다로 뛰어내린 왜적들을 막개는 그날 장병겸으로 셋이나 베어죽였다. 배 옆 삼杉에 붙어 기어오르려는 왜적 역시 막개는 장병겸을 휘둘러 둘이나 찍어 떨구었다. 귀가 먹어 듣지 못하는 까닭에 막개는 오히려 천지가 진동하는 화포 소리 속에서도 태연한 얼굴이었다. 납함과 화포 비명소리 가득한 배 위에서 그는 마치 풀이라도 베듯 닥치는 대로 왜적을 찍거나 베어죽인 것이다.

"왜적들이 달아나오!"

막개가 손으로 왜선을 가리키며 커다랗게 소리를 친다. 영장은 마주 고개를 끄덕이며 좌우 양편으로 함께 내닫는 다섯 척의 조선 군선들을 손으로 가리켜 보인다.

"장선에서 영이 떨어졌네! 우리 선봉 다섯 척이 왜선을 따라 견내량 안으루 들어갈 게야!"

입놀림을 보고 뜻을 안 듯 막개가 급히 뒤를 돌아본다. 과연 함께 오던 수십 척 전선들이 어느 틈에 뒤로 처져 선봉 다섯 척만 왜선의 뒤를 따라가고 있다. 선수를 돌려 견내량 안바다로 향한 왜선은 조선 전선의 추격을 받아 물을 튀기며 살같이 도망치고 있다.

드디어 견내량 안바다가 이쪽에서도 한눈에 들어온다. 좁은 견내량 안바다에 왜선들이 가득하다. 돛을 올리고 뱃머리를 가지런히 하여 왜선들은 당장이라도 바깥바다로 쏟아져 나올 기세다.

막상 큰 무리의 왜선들을 눈앞에 보자 막개 같은 겁 모르는 살수도 더럭 겁이 나서 머리털이 일어설 지경이다. 그는 평생 이렇게 많은 배들이 좁은 바다 안에 몰려 있는 것을 본 일이 없다. 대강 어림잡아 헤아려도 크고 작은 배가 일흔 척이 넘는 것 같고, 그나마 앞을 선 집채만한 큰 배들은 누대가 2층 3층인 까마득한 높이의 층각대선 層閣大船이다. 지금까지 싸워온 왜선들은 어느 배도 이렇듯 크지 않았다. 더구나 앞장선 서너 척의 층각대선에는 울긋불긋한 휘장과 더불어 여러 꽃무늬의 기까지 꽂혀 있어, 흡사 그 요란한 색깔이 방금 단청을 끝낸 절간의 불당을 방불케 했다. 그 크기나 요란스런 치장으로 보아 눈앞의 층각대선들은 왜의 장수들이 탄 장선들임을 알 수 있다.

"웬일이오이까?"

잦아진 북소리와 함께 왜선을 뒤쫓던 조선 선봉선들이 서서히 멎기 시작한다. 앞서 도망친 왜선 두 척은 이미 그들의 장선인 층각선 앞에까지 물러갔다. 의아해 하는 막개를 향해 영장이 다시 입을 크게 놀려 말을 한다.

"장선에서 거짓 패한 체 물러나서 왜선들을 바깥바다루 끌어내라는 영이 내렸네! 이제 곧 뱃머리를 돌리면 왜선들이 우리를 따라 한산 앞바다까지 뒤쫓아 나올 게야!"

 영장의 입을 뚫어지게 보더니 막개가 이윽고 알아들은 듯 고개를 두어 번 끄덕인다. 좌우의 같은 선봉선들을 바라보니 그들도 역시 멈춰선 채 왜선들의 눈치를 살피는 기색이다.

 모든 명령은 뒤처져 있는 이수사의 장선에서 올리는 깃발에 의해 각 전선에 전해진다. 출진 전에 이미 수조를 통해 반복해서 익힌 신호라, 각 전선은 장선에서 올리는 기의 색깔만 보고도 무슨 영슈인지를 알아차린다. 장선의 영은 아주 엄해서 한 치라도 어겼다가는 군법에 의해 무서운 벌을 받는다. 특히 적전敵前에서 영을 어긴 사람은 장졸의 구분없이 중벌을 받도록 되어 있다.

 왜선들 사이에서 느닷없이 천지를 진동하는 방포 소리가 들려온다. 뒤미처 납함 소리가 온 바다를 뒤덮더니 왜선들이 돛을 올리고 노질을 급히 하여 한꺼번에 바깥바다로 짓쳐나오기 시작한다.

 두 척의 왜선을 따라 견내량 안바다에까지 들어갔던 조선 군선들은 짓쳐나오는 왜선들을 보고도 잠시 아무런 기척이 없다. 실은 기척이 없는 것이 아니라 장선에서 물러나라는 영이 떨어지지 않은 것이다. 원래 다섯 척 선봉선들은 왜적들을 견내량 좁은 바다에서 한산섬 앞 너른 바다로 끌어내기 위해 들여보낸 배들이다.

 왜선들이 이제 그들을 바라고 바깥바다로 쏟아져 나오는 것은, 바로 조선군이 바라던 바라 놀랄 일도 겁낼 일도 아니다. 그러나 눈 앞으로 바다를 덮듯 짓쳐나오는 왜선들을 보니, 설혹 그것이 작전이라 해도 선봉선 다섯 척은 몸이 떨리고 간담이 서늘하다. 무서운 적의 기세다. 눈에 보이느니 온 바다가 수십 척 왜선들의 어마어마한 선단으로 뒤덮였다. 북과 바라와 호각 소리가 온 바다를 뒤흔들고, 빗발치듯 하는 총통의 불질로 얕은 하늘에는 화약 연기가 자욱하다.

어느 틈에 왜의 선봉이 활 서너 바탕 거리로 다가왔다. 왜들이 쏘아대는 총통의 탄환들이 이제는 앞뒤 바닷물에 작은 물기둥을 솟구쳐 올리기 시작한다. 포판 위의 삼수들은 이미 탄환을 피해 방패 뒤로 몸을 숨겼다. 귀가 멍멍한 왜의 납함으로 그들은 아예 아무 소리도 들을 수가 없다.

"회선하라! 배를 돌려라!"

뿔고둥 소리가 들리는 듯하더니 뒤미처 포판 및 상장에서 다급한 북소리가 들려온다. 멈칫거리던 조선 전선들이 그제야 바깥바다로 뱃머리를 돌리기 시작한다.

다급하다. 집채만한 큰 몸체로 급히 뱃머리를 돌리자니 전선들은 옆으로 기울어 당장이라도 엎어질 듯하다. 이미 여러 차례 수조를 통해 발선이나 정선 회선 등의 배 부림을 수없이 몸에 익도록 조련해 온 그들이다. 그러나 적전에서 갑자기 배를 돌리자니 몸체 큰 전선들로서는 얼마간 다급하고 황황하지 않을 수 없다.

배가 선수를 바깥바다로 돌리자 막개는 이물 쪽에서 고물 쪽으로 건너간다. 이제는 적이 앞에 있지 않고 뒤에 있기 때문이다.

배가 갑자기 큰 몸을 부르르 떤다. 뒤를 돌아보니 포판 오른쪽의 짓자포가 커다란 주둥이로 하얀 연기를 구름처럼 내뿜고 있다. 뒤따라오는 왜선을 향해 방금 짓자포가 불을 토한 모양이다.

방패 뒤에 몸을 숨긴 채 막개는 화살구멍으로 뒤따라오는 왜선들을 바라본다. 소리는 들을 수 없으나 눈으로 보더라도 왜의 기세는 대단하다. 앞서 나오는 2층 층각선은 오히려 그 크기가 조선 수군의 판옥선보다 장한 듯하다. 활 서너 바탕 상거까지 달려와서 이제는 왜선에 타고 있는 장수와 수졸들의 얼굴까지 보일 정도다.

왜선들은 유난히 그 치장들이 요란하다. 앞서 나오는 층각대선도 여장 뒤로 붉은 휘장을 둘렀고, 배 앞과 뒤쪽으로는 무수한 기들을 꽂고 있다. 2층의 높은 누대 위에는 금갑옷을 입은 왜의 장수가 올라가 있다. 갑옷과 투구가 온통 번쩍이는 금빛이라 멀리서 보아도 왜장의 군장軍裝[군복장식]은 눈이 부시게 화려하고 사치하다.

드디어 바깥바다다. 뒤를 돌아보니 바깥바다 위에 이수사의 장선을 중심으로 하여 조선 군선들이 횡으로 길게 늘어서 있다. 선봉과는 아직 거리가 있어 조선 군선들은 동요하는 빛이 없다. 쏟아져 나오는 왜선들을 기다리듯 그들은 대오를 지어 멀리 뒤처진 채 머뭇거리고 있는 것이다.

배가 다시 크게 흔들린다. 뒤따라오는 왜선들을 향해 조선 전선에서 짓자 현자포를 연달아 쏘고 있다. 포를 놓아 위협을 해서 따라 나오는 왜선들의 속력을 줄이자는 뜻인 것 같다. 어느 틈에 앞선 왜선이 활 두 바탕 상거까지 다가왔기 때문이다.

막개는 잠시 발 아래 있는 지옥과 같은 노군들의 방을 생각한다. 지금쯤 아마 포판 아래 노군들 방에서는 노군들이 노질을 하느라 입으로 헉헉 단김들을 내뿜고 있을 것이다. 숨은 턱에 닿아 단김을 내뿜고, 온몸은 물을 덮어쓴 듯 땀으로 흠뻑 젖어 있을 그들이다. 노군장의 고함과 매가 귓전과 등허리로 사정없이 날아들고, 밀고 당기는 연이은 노질로 그들의 지친 팔다리는 장작개비처럼 뻣뻣해져서 아무 감각도 없을 것이다. 그러나 아무리 힘이 진해 팔다리가 저려도, 그들은 저 혼자서는 노질을 쉬거나 멈출 수가 없다. 노질은 고수의 북소리에 맞춰 열 여섯 개의 양편 노들이 박(拍)에 맞게 움직이도록 되어 있다. 만일 한 개라도 노질을 멈추거나 박(拍)을 안 맞추면 노들이 서로 부딪치고 엉켜 노군 자신들이 크게 다치거나 부상을 입게 된다. 네 발이 넘는 긴 길이에 수십 근 무게의 큰 노들이라 그것들이 서로 물 속에서 엉켜 부딪치거나 부러지면 그것을 잡은 노군들이 무사할 리 없는 것이다.

방포 소리가 한층 요란하다. 왜선들은 이제 견내량을 나와 한산도 앞의 너른 바다로 기세등등히 내달아오고 있다. 뒤쪽에 처져 있던 조선 수군의 수십 척 전선들도 이제는 왜선들에 쫓겨 무리를 지어 너른 바다로 퇴각하고 있다. 쫓고 쫓기는 양편의 군선들이 저마다 힘을 다해 쫓고 쫓기고 있는 것이다.

북소리와 납함 소리가 한산도 앞 너른 바다 위로 우레처럼 울려퍼진다. 양군은 아직도 활 서너 바탕 거리인 채 좀처럼 그 간격이 줄지도 늘지도 않고 있다. 다만 왜선들은 기세를 올리느라 납함과 북소리가 떠나갈 듯 요란한 반면, 쫓기고 있는 조선 수군들은 잔뜩 겁을 먹어 주눅이 든 듯 아무런 소리도 없이 큰바다로 물러서기에 바쁘다.

왜선의 앞장을 선 것은 역시 서너 척의 거대한 층각대선들이다. 장수가 탄 것이 분명한 이 대선들은 수하 장졸들을 독려하듯 끊임없이 북을 두드리고 바라나 징이나 뿔나팔 따위를 불어댄다. 견내량 안바다까지 쫓아 들어갔던 조선 선봉선 다섯 척은 이제 본진과 함께 어울려 쫓기기에 바쁜 형국이다. 왜선들을 좀더 너른 바다로 끌어내기 위해 장선의 주장 이수사는 아직도 수하 군선들을 뒤로 바삐 물리고 있다.

이윽고 이수사의 장선으로부터 누런 바탕에 용이 그려진 교룡기蛟龍旗가 높이 오른다. 뒤미처 전부前部의 전선들에서 천지를 진동하듯 화포 소리가 울려퍼진다. 50여 척 조선 군선들이 화포 소리를 신호로 일제히 다시 뱃머리를 돌린다. 쥐죽은듯 조용하던 조선 군선에서 둔중한 북소리와 함께 갑자기 납함 소리가 우레 소리처럼 솟구쳐 오른다. 느닷없이 뱃머리를 돌리기 시작한 조선 군선들은 한 치의 흐트러짐도 없이 정연하게 대회선을 하고 있다. 마치 치차齒車(톱니바퀴)가 맞물려 돌 듯 그 많은 수십 척 전선들이 일제히 적의 눈앞에서 대선회를 시작한 것이다.

꿈에도 생각지 못한 놀라운 대선회다. 뒤쫓는 큰 적을 등뒤에 두고 수십 척의 대함대가 선회를 한다는 것은 위험하기 짝이 없는 작전이다. 자칫 잘못하여 회선이 늦어지면 적이 대어들어 선단을 두 동강으로 낼 수도 있고, 회선이 서로 엉겨 혼란이 빚어지면 등뒤의 적들에게는 그보다 더 좋은 공격 기회가 없다. 그러나 놀라운 일이었다. 조선 수군의 수십 척 전선들은 장선의 깃발 하나로 일제히 적전에서 대선회를 시작한 것이다.

뒤쫓아오던 왜의 선봉선들이 그제야 멈칫하는 기색들이다. 기세 등등히 뒤쫓던 그들은 눈앞에서 조선 수군의 대담한 선회를 보았다. 내달아 치자니 거리가 멀고 뒤로 물러서자니 자기 배들이 퇴로를 막고 있다. 나가지도 물리지도 못할 판국이라 왜의 선봉을 선 충각대 선들은 배를 멈춘 채 우두커니 난바다에 서 있을 뿐이다.

회선을 위해 크게 기울었던 조선 군선들이 이제야 몸을 바로하고 뱃머리를 가지런히 적선들과 마주한다. 뒤미처 이수사의 장선 누대에 새로운 기가 불끈 솟는다. 이번에는 푸른색 바탕에 일곱 개의 북두칠성이 그려진 거대한 초요기招搖旗다. 하늘이 떠나갈 듯 납함소리가 울려퍼진다. 줄곧 쫓기던 조선 군선들이 이제는 앞을 다투어 왜선을 향해 짓쳐 들어가기 시작한다. 북이 울리고 납함이 진동하고 화포가 불을 토하고 무수한 화살들이 메뚜기떼처럼 왜선을 향해 날아간다. 귀청을 쩔 듯한 화포 소리와 납함 소리 중에도 언뜻 누군가의 우렁찬 호령소리가 들려온다. 장선으로부터 새 영을 받은 각 전선의 장수들이다.

"충각대선을 쳐부숴라! 적의 장선을 먼저 공파하라!"

조선 수군의 선봉선 십여 척이 일제히 뱃머리를 돌려 묘한 모양의 진형을 짜기 시작한다. 본영 수조 때 여러 차례 익힌, 나는 학 날개 모양의 학익진鶴翼陣을 짠 것이다. 진두에 나선 선봉선 서너 척은 벌써 활 한 바탕 거리로 적선에 바싹 육박했다.

학익진은 적의 대함대를 가운데 두고, 학의 양날개를 폈다가 오므리듯 둥글게 반원형으로 적진을 에워싸는 것을 말한다. 적의 주력과 선봉을 눈앞에 두고 진형을 둥글게 짜야 하기 때문에, 학익진은 진을 짜기도 어렵지만 진의 두께가 얇아 진 복판이 매우 취약하다. 조금만 틈이 보여도 적이 내달아 진 복판을 뚫어 진을 두 동강으로 가르거나 흐트릴 수 있기 때문이다.

바닷물이 뒤집힌다. 집채만한 큰배들이 서로 어우러져 큰 파도를 만들고 있다. 물을 헤집는 대선의 노들은 배가 크게 돌 때마다 지네발처럼 가지런히 물을 긁는다. 노에 부딪쳐 부풀어오른 물기둥이 커다란 배 둘레를 굵은 띠가 되어 휘감는다.

흰 솜덩이 같은 염초焰硝(화약) 연기가 적선 주위에 뭉클뭉클 솟기 시작한다. 학이 날개를 오므린 모양으로 왜적의 대선단을 둥글게 에워싼 조선 전선들이 짓자 현자 따위의 포들을 연달아 쏘아대기 때문이다. 귀청을 깰 듯한 화포 소리 사이로 누군가가 다시 커다랗게 고함을 친다.

"적의 층각선을 에워싸라! 적의 대장선을 먼저 쳐부숴라!"

조선 군선에 에워싸인 왜의 대선들이 이제는 머리를 돌려 조총들을 쏘아대기 시작한다. 화포에는 미치지 못하지만 왜의 조총은 수효가 많다. 콩튀듯 날아오는 조총 탄환들이 흡사 우박처럼 조선 전선 위로 쏟아진다.

왜선의 돛폭에 불이 붙었다. 층각대선의 높은 다락집이 화포에 맞아 비스듬히 한쪽으로 기운다. 기운 다락집 난간으로부터 왜의 수군들십여 명이 바다 속으로 거꾸로 떨어진다. 배 안에 이는 불길을 피해 왜군들은 갈팡질팡 좁은 배 안을 쥐떼들처럼 내닫고 있다.

그러나 소문에 듣던 대로 왜군들은 겁을 모르는 사납고 용맹한 군사들이었다. 그들은 빗발치듯 하는 조선군의 화살 속에서도 끊임없이 조총을 쏘아대었고 마주 화포와 화살을 날려왔다. 특히 왜장들은 배가 깨어져 당장 엎어질 위급한 지경인데도, 뱃머리에 우뚝 올라서서 칼을 뽑아들고 용맹하게 싸움을 독전했다. 어떤 왜장은 팔과 다리에 화살 네댓 대가 꽂힌 채로 마치 신장神將처럼 한참을 버티다가 마침내 바다 속으로 외마디 소리와 함께 장렬하게 떨어져 죽기도 했다.

싸움은 시각이 흐르면서 완연히 조선군 쪽의 우세로 기울었다. 결사적인 분전에도 불구하고 앞장섰던 왜의 대선들이 먼저 깨어지기 시작했다. 조선 전선들에 에워싸인 왜의 장선들은 필사적인 노력에도 불구하고 끝내 에움에서 벗어나지 못했다. 장선의 뒤를 따라오던 왜의 주력 전선들도 에움에 싸인 그들의 장선을 쫓아들어가 구할 수가 없었다. 새 날개를 접듯 사방에서 죄어오는 조선 전선들의 풍우 같은 공격으로 그들은 장선을 구하기는커녕 저희들끼리 부딪치고 밀치며 제 살길을 열기도 급급한 형편이었다.

왜선들이 뱃머리를 돌려 하나 둘 달아나기 시작했다. 달아나는 왜선들을 보자 조선 전선들은 더욱 급히 그들의 뒤를 휘몰아쳤다. 한번 꺾인 왜군의 기세는 걷잡을 수 없이 무너지기 시작했다. 용맹하기로 소문난 왜적들도 기우는 전세 앞에서는 더 버틸 힘이 없었다. 자기네 대장선이 불길에 싸여 엎어지는 것을 본 왜선들은 제각기 목숨을 구해 도망치기에 바쁜 것이다.

짙은 연기와 천지를 진동하는 납함 속에 한산 앞 너른 바다는 더욱 무섭게 들끓었다. 이제 바다 위의 모든 왜선들은 약속이나 한 듯 달아나기 시작했다. 그나마 달아날 수 있는 배들은 뒤쪽에 멀리 처져 아직 선체가 상하지 않은 배들이었다. 이미 배에 불이 당겨졌거나 크게 깨어진 왜선들은 항해 능력을 잃은 탓으로 풍우 같은 조선 수군의 공격을 고스란히 제자리에서 받았다.

쫓기는 왜선들은 견내량을 바라고 올라갔다. 쫓김이 급해 미처 견내량으로 올라가지 못한 왜선들은 가까운 한산섬의 좁은 안바다로 도망쳐 들어갔다. 그러나 안바다로 들어온 왜선들은 뒤늦게 바다가 막혀 더 갈 수 없음을 깨달았다. 다급한 조선군의 추격을 받자 그들은 배를 버리고 한산섬 뭍으로 도망쳐 올라갔다. 견내량을 바라고 올라간 왜선들도 그 태반이 조선군에 의해 잡히거나 격파되었다. 멀리 처져 있던 열네 척 왜선들만이 간신히 추격을 벗어나 안골포安骨浦 쪽으로 도망쳤을 뿐이다.

한산 앞바다의 해전이 끝난 것은 그날 해가 기운 저녁 무렵이었다. 큰 싸움은 이미 한낮에 끝났으나 패주하는 적선을 쫓느라 싸움이 해질 녘까지 늘어진 셈이었다.

싸움이 끝난 빈 바다에는 어느 틈에 컴커무레한 산그늘이 드리웠다. 한산 앞바다에서 싸움을 끝낸 조선 수군은 그날 아침까지 왜적들이 들어 있던 견내량 안바다에 들어 닻돌을 놓고 배를 쉬었다.

종일의 힘겨운 싸움으로 조선 수군들은 기진맥진했다. 특히 포판 밑에서 팔이 저리게 노를 저어온 노군들은, 배가 멎고 노역이 풀리자 뱃바닥에 그대로 몸을 던져 누워버렸다. 여든 명이 넘는 전선의 노군들은 저마다 흥건한 땀으로 미역을 감은 듯했다. 노역보다 더 괴로웠던 것은 숨막히는 더위였다. 싸움은 한여름인 음력 7월의 한낮에 벌어졌다. 염초 연기와 불붙은 왜선의 열기로 여름철 한낮의 바다는 더욱 뜨겁게 달아올랐다. 특히 노군들이 노를 젓는 선실에는 문마다 안으로 잠겨 바람 한 점 새어들지 않았다. 왜적이 쏘아대는 빗발치듯 하는 철환을 막기 위해 포판 아래 선실의 문들은 싸움 중에는 모두 닿도록 되어 있었다.

그러나 싸움이 멎고 배들이 닻을 내리면서 각 전선의 선실에서는 웃음소리가 들리기 시작했다. 여러 차례의 왜적과의 싸움 중 오늘의 싸움이 가장 힘들었고 통쾌했다. 장선에 다녀온 각 전선의 순령수들의 말로는, 이번 싸움에 격파한 왜선이 무려 쉰 아홉 척이라고 했다. 적선 일흔 세 척 중 마흔 일곱 척을 불태우거나 깨뜨렸고, 열 두 척을 사로잡았고, 겨우 열 네 척이 김해와 안골포 쪽으로 도망을 쳤다는 것이었다.

승첩에 못지않게 놀라운 것은 조선 수군의 그 많은 배 중에 깨어진 배가 한 척도 없다는 것이었다. 다친 사람은 더러 있으나 전망자(戰亡者)가 없는 것도 놀라운 일이었다. 왜선 쉰 아홉 척을 격파한 조선 수군은 깨진 배와 죽은 사람 하나 없이 그 큰 전과를 올린 것이었다.

해가 지면서 각 전선에는 다시 푸른 연기가 오르기 시작했다. 힘들여 싸운 군사들에게 먹일 저녁밥을 짓는 화덕의 연기였다.

해가 진다.

그늘이 드리운 골짜기에서는 벌써 서늘한 산바람이 불어온다. 개천을 낀 산길을 내려와 인홍은 잠시 마을 쪽을 내려다본다. 작은 산골 마을이다. 움막 비슷한 초가 30여 채가 좁은 골짝 안에 옹기종기 모여 있다. 집채들 둘레로는 층층이 자리잡은 논밭들이 잡초로 뒤덮인 채 산자락 숲과 이어져 있다. 난리통에 농사를 짓지 못해 논밭들은 그대로 잡초 속에 묻혀 있다.

등에 진 봇짐을 한번 추스른 뒤 인홍이 이윽고 산길을 다시 내려
온다. 패랭이 쓰고 해어진 홑옷을 걸친 그는 갈 데 없는 망문투식(望門
投食)의 불상놈 거렁뱅이다. 발에 꿴 짚신마저도 끈이 터지고 바닥이
해어져 발가락이 신 밖으로 삐죽삐죽 불거져 나와 있다. 수백 리 먼
길을 다녀오는 그로서는 이런 험한 입성과 몰골은 조금도 이상할 것
이 없다.

돌자갈이 깔린 버덩을 지나자 드디어 마을 초가가 눈앞으로 다
가든다. 도무지 인기척이 없다. 울바자가 자빠지고 도깨그릇들이
깨어진 것을 보면 이 마을에 왜적이 든 것은 보지 않아도 알 만하다.
다만 초가들이 불에 타지 않은 것이 다른 마을에 비해 기이하고 신
기할 뿐이다.

인홍은 마을 초입의 첫번째 초가를 들여다본다. 떨어져 나온 틀
목문 한 짝이 마당 복판에 뒹굴어 있고, 사방 벽들에 구멍이 뚫려
방 안이 훤히 들여다보인다. 오래 전부터 사람이 살지 않아 벌써 달
포째 폐가가 된 집들이다.

걸음을 다시 옮기며 인홍은 비로소 막막한 절망감을 느낀다. 산
사를 지키던 늙은 중의 말로는, 바로 이 조릿골 마을에 김참찬 집안
사람들이 머물러 있을 것이라고 했다. 그러나 산을 내려오면서 길에
서 만난 과객의 말로는, 조릿골 마을에는 왜적이 들어 지금은 아무
도 살지 않는다는 것이었다. 그 과객은 아침녘에 조릿골 마을을 들
러오는 길이라고 했다. 산사의 늙은 중보다는 그 과객의 말이 더 미
더운 말이다.

집안 사람들이 여름내 머물던 두루봉 산사를 내려간 까닭을 인

홍은 알 수가 없다. 왜적을 피해 도성 안국방을 떠난 집안은, 김참찬의 옛날 동접이 부사로 있는 평산 고을로 피난을 떠나왔다. 그러나 피난 나온 지 열 하루째가 되는 날, 왜적이 다시 고을 밖 10리 지경에 이르러서 집안은 급히 짐을 싸들고 부사와 헤어져 다시 산으로 난을 피해 들어갔다. 찾아간 피난지는 평산 고을에서 멀지 않은 두루봉이라는 어느 산중의 퇴락한 작은 암자였다. 암자에는 불당 외에 방이 셋 딸려 있었고, 가는 귀 먹은 노장스님 하나와 사미 하나가 구차하게 살고 있었다.

피난 나온 김참찬 집안에 방 두 개가 주어졌다. 가주家主인 전 참찬 김한서가 방 하나를 차지했고, 나머지 하나는 찬홍의 처인 며느리 윤씨가 차지했다. 작은댁 인홍의 어머니인 조씨와 서얼인 인홍 내외와 도성에서부터 거느리고 온 남녀 하례들은 암자 아랫녘 산비탈에 굴을 파고 움막을 쳤다. 도성의 큰 집안인 김참찬 일족도 나라의 큰 병화를 만나서는 달리 뾰족한 변통이 없었던 것이다.

병화는 오래 계속되었다. 서울과 개경이 차례로 떨어지고 왜군은 변경이 멀지 않은 평양성까지 한달음에 떨구었다. 별 미련없이 떠나온 피난길이 차차 김씨 일족을 궁색하게 휘몰기 시작했다. 그나마 견딜 수 있었던 것은 옛 동접인 평산 부사가 양식과 소금을 여러 차례 대어준 덕이었다.

산중 생활이 지루해지면서 인홍은 차차 갑갑증을 느끼기 시작했다. 자주 산을 내려가던 인홍은 기어이 가주인 김참찬에게 바깥 형편도 알아볼 겸 도성에 한번 다녀올 뜻을 아뢰었다. 그 즈음엔 왜적도 처음과는 달라서 도성의 조선 백성을 까닭없이 죽이거나 욕보이지 않는다는 소문이었다. 도성이 길도 멀고 결코 쉬운 출행出行이 아니지만, 허름한 상사람 차림으로 인홍은 기어이 도성을 다녀올 생각이었다.

부친 김참찬의 허락은 뜻밖으로 쉽게 떨어졌다. 그러나 정작 반길 줄 알았던 형수 윤씨 부인은 인홍의 도성 출행을 반기는 얼굴이 아니었다. 그녀에겐 도성 빈집에 병인인 지아비 찬홍이 돌아왔을지도 모른다는 궁금증이 있을 법했다. 그 궁금증을 풀기 위해서도 인홍의 출행을 반겨야 될 윤씨건만, 그녀는 오히려 간곡한 말로 인홍의 위험한 출행을 붙잡으려 했던 것이다. 나중에 알게 된 일이지만 그녀가 인홍의 출행을 만류한 것은, 인홍의 신변에 닥칠지도 모를 난중의 위험을 염려한 때문이라 했다. 하긴 안국방 김씨 집안에서 큰일을 맡아 처리할 사내는 인홍 한 사람이 남아 있을 뿐이었다. 비록 서출로 태어나 절름발이 양반이긴 해도 적자 찬홍이 병인으로 집을 나간 뒤, 그가 대소사 집안일을 거의 도맡아 처리해 왔다. 특히 난리 뒤 험한 피난길을 떠날 때는 인홍 내외의 헌신적인 보살핌이 무엇보다 큰 힘이었다. 짐을 꾸리고 종들을 독려하여 길을 잡아 피난길에 오른 인홍은, 형수인 윤씨의 눈에는 물론이고 서자를 눈밖으로 보던 김참찬의 눈에도 대견하고 믿음직한 집안의 기둥이었다.

결국 인홍의 도성 출행은 형수 윤씨의 만류에도 불구하고 더위가 한창이던 달포 전에 이루어졌다. 갓 대신 패랭이 쓰고 짚신 감발한 상사람의 차림으로 인홍은 큰길을 피해 산길을 타고 도성으로 떠난 것이다.

그러나 달포 만에 돌아와 본 두루봉 산사에는 늙은 중만 빈 암자를 지킬 뿐 집안 식솔은 한 명도 보이지 않았다. 귀가 먹어 잘 듣지 못하는 늙은 중은 그의 집안이 산을 내려간 까닭을 속시원히 일러주지 못했다. 어느 날 밤에 사내 종 몇이 작당하여 어딘가로 도망친 뒤, 날이 밝자 김씨 일가가 짐을 꾸려 산을 내려갔다는 것이었다. 노승의 말로는 떠나간 집안이 두루봉에서 40리 상거인 조릿골이라는 마을에 짐을 푼 것 같다고 했다. 암자의 사미승이 그들과 함께 떠나 그들이 조릿골에 머문 것을 보고 왔노라는 것이었다.

　인홍은 그러나 조릿골 마을을 찾아 내려오다가 신계新溪 고을로 넘어가는 갈래진 산길에서 허름한 옷차림의 갓 쓴 과객 두 사람을 만났다. 그들은 자기들이 방금 조릿골을 거쳐오는 길이라고 했고, 조릿골은 일찍이 왜적이 들어 지금은 사람이 살지 않아 폐동廢洞이 된 마을이라고 했다.

　과객들과 헤어진 인홍은 조릿골을 향해 발걸음을 재촉했다. 그리고 조릿골에 해 저물어 당도한 인홍은 두 과객이 일러준 말이 사실임을 확인했다. 오래 전에 왜적들에 의해 분탕질을 당한 마을은, 사람 하나 살지 않는 황량한 폐동이 되어 있었던 것이다.

　마을 복판으로 들어설수록 왜적이 훑고 간 흔적이 뚜렷하게 드러난다. 벽이 헐고 문짝이 떨어져 집들은 하나같이 성한 것을 볼 수가 없다. 깨어진 도깨그릇이 집 안팎에 낭자하고, 더러는 기둥이 뽑혀 반쯤 기운 집채도 있다. 그나마 다행인 것은 집들이 불에 타지 않아 비바람을 피할 수 있다는 것이다. 왜적의 분탕을 당하고도 집들이 불에 타지 않은 것이 오히려 인홍에게는 신기하다는 생각이다.

　바람결에 문득 나무 타는 냄새가 풍겨온다. 냄새를 찾아 바람부는 쪽을 올려다보니 마을 뒤쪽의 비탈진 산뽕나무 숲 사이로 초가 한 채가 숨듯이 엎디어 있다. 실낱 같은 연기가 피어오르는 것으로 보아 나무 타는 냄새는 그 초가에서 풍겨오는 것인 듯하다.

비탈을 추어 오른다. 집 안에서 연기가 이는 것은 그 집에 사람이 살고 있음을 말해 주는 것이다. 그 사람이 누가 되었건 인홍에게는 우선 사람이 그리울 수밖에 없다.

고샅길〔마을 안 좁은 골목길〕이 가파르다. 따비밭 사이사이에는 늙은 뽕나무들이 비스듬히 박혀 있다. 큰비에 밭이 흘러내리지 않도록 따비밭 중간에 나무들을 심은 모양이다. 비탈이 평지와 이어지면서 해묵은 뽕나무 한 그루가 컴컴하게 가지들을 드리우고 있다. 드리운 가지들 안쪽에는 지붕에 골이 팬 낡은 초가 한 채가 땅에 붙듯이 엎디어 있다. 연기는 바로 그 초가의 지붕 너머에서 오르고 있다.

인홍은 잠시 망설인다. 밖에서 사람을 불러야 할지 집 안으로 몰래 들어가야 할지를 생각해 보기 위해서다. 인홍은 그러나 사람을 부르는 쪽이 낫겠다고 생각한다. 스스로 연기를 피워 제가 있는 곳을 알린 이상, 이 집에 들어 있는 사람은 남을 해칠 사람이 아니다.

"계시오? 집 안에 뉘 계시오?"

대답이 없다. 늙은 뽕나무 그늘 밑을 지나 인홍은 돌아앉은 초가 안뜰로 들어선다. 가죽나무 생울타리를 뒤로 두른 초가는 밖에서 보기보다는 벽들이 성하고 문짝들도 제대로 달려 있다. 집이 이렇게 성한 것은 해묵은 뽕나무에 가려 사람들의 눈에 띄지 않은 탓일 것이다.

"길 가던 객이외다. 이 집에 아무두 아니 계시오?"

부엌 아궁이에서 연기가 오른다. 훤히 보이는 부엌에는 그러나 사람이 없다. 오히려 사람은 부엌과 반대편인 가죽나무 울타리 사이로 모습을 드러낸다.

"뉘신데 사람을 찾수?"

돌아보니 파뿌리 같은 흰머리의 늙은 아낙이다. 잔뜩 주름진 얼굴을 들어 아낙은 낯선 객 인홍을 두려운 듯 바라본다.

"자네가 예 사는가?"

패랭이 쓴 상사람 차림인 채 인홍은 버릇대로 늙은 아낙에게 하대를 한다. 아낙은 그러나 아랑곳 않고 눈을 깜박이며 차분히 대답한다.

"원래 내 집은 저 아랜데 살던 집이 성치 않아 지금은 예서 살구 있수."

아낙이 채반 같은 것을 들고 마당을 질러 집채 쪽으로 다가온다. 인홍이 다가오는 아낙에게 길을 비켜주며 다시 묻는다.

"자네가 예 사는 지 얼마나 되는가?"

"두어 달 마을을 떠났다가 달포 전부터 다시 들어와 살기 시작했수."

"내 자네한테 물어볼 말이 있네."

인홍은 말을 하면서 윗방 댓돌에 놓인 짚신 두 짝을 바라본다. 방 앞에 짚신이 놓인 것으로 보아 집 안에는 아낙 외에 또 한 사람이 있는 모양이다.

"저 방 안에 누가 있는가?"

"몸을 심하게 상해 병치레를 하는 사람이 있수."

"아픈 사람이 뉘라든가?"

"내 며느리요."

"자네 며느리가 몸을 어찌 상했든가?"

"도적들에게 욕을 보아 칙간 기동두 어렵소이다."

"도적들에게 욕을 보았어?"

"마을을 둘러보시구두 도적 든 것을 모르셨소?"

"자네가 말을 잘못 허구 있네. 마을에 든 것은 도적이 아니구 바다 건너온 왜적일세."

"아니우. 도적이우. 왜적 아닌 조선 도적이 마을에 들어 사람을 상허구 마을 꼴을 이 지경으루 만든 게요."

인홍은 어이가 없는 듯 늙은 아낙을 멀뚱히 바라본다. 아낙은 그러나 인홍을 외면하고 채반을 내려놓은 채 부엌으로 들어간다. 인홍이 곧 부엌 앞을 막아서며 불 지피는 아낙을 향해 한참 만에 다시 묻는다.

"내가 지금 자네 하는 말을 통히 알아듣지 못하겠네. 이 마을에 들어 분탕질을 한 것이 왜적이 아니구 조선 백성의 도적이란 말인가?"

"지난 초여름에 든 도적은 왜적이 틀림없으나 이달 보름에 든 도적은 왜적처럼 꾸민 조선 백성의 도적들이었수."

"왜적처럼 꾸며?"

늙은 아낙이 대꾸없이 삭정이를 꺾어 부엌 아궁이에 찔러넣는다. 불이 사윈 듯하던 아궁이에 다시 흰 연기와 불꽃이 인다. 아궁이에 걸린 작은 솥에서는 산채 삶는 냄새가 구수하게 풍겨온다. 말이 없는 아낙을 향해 인홍이 다시 입을 연다.

"그래 도적이 든 이달 보름날 이 마을에는 어떤 사람들이 들어 있었든가?"

"원래 살던 마을 사람말구두 피난 나온 양반네 일가허구 상사람 두 식구가 들어 있었수."

"피난 나온 양반네는 어느 고을에서 이리루 왔다든가?"

"예전엔 어디서 살았는지 몰라두 이쪽 조릿골에 오기 전에는 두루봉 어느 암자에 들었던 모양이우."

인홍의 가슴이 뛰기 시작한다. 두루봉 암자에 있었다면 그들은 바로 인홍의 가권家眷[가솔]이다. 인홍이 잠시 말이 없는 사이에 이번에는 아낙이 말을 물어온다.

"헌데 손은 무슨 까닭으루 그 양반네 일을 내게 묻는 게요?"

"그댁이 바루 내 집안일세. 그래 그 양반네가 지금은 어디 계신가?"

아궁이 앞에 앉았던 아낙이 몸을 일으키며 인홍을 찬찬히 바라본다. 얼굴에 잔뜩 주름을 잡은 채 아낙이 문득 고개를 천천히 내두른다.

"이를 어째……. 누가 찾아올 게라드니……. 딱허기두 해라……. 이제야 내가 한시름 놓았수."

심상치 않은 아낙의 거동에 인홍은 더욱 가슴이 뛴다. 눈길을 피하는 아낙을 향해 인홍이 재우쳐 다시 묻는다.

"그 양반네가 어찌 되었는가? 딱하다는 말이 누굴 보구 허는 말인가?"

"저 윗방에 가보시구려. 손이 찾는 사람이 그 방안에 있을 게요."

짚신 두 짝이 놓인 방이다. 인홍이 부엌을 떠나려 하자 아낙이 다시 당부하듯 입을 연다.

"몸이 심하게 상헌데다가 여러 날 잠을 못 잔 사람이우. 이제 막 잠이 들었으니 깨우지 말구 얼굴이나 보시구려."

"저 윗방에 든 사람은 자네 며느리라구 허지 않았나?"

"손이 뉘신지를 몰라 내가 잠시 둘러댄 말이우. 내 며느린 진작에 죽었수. 저 윗방에 자는 사람은 손이 찾으시는 서울 대갓집 안방마님이우."

"그댁 식솔이 한둘이 아닌데 모두 어딜 가구 그 마님 혼자라든가?"

아낙이 다시 고개를 내젓는다. 부지깽이로 아궁이를 쑤시며 아낙이 잠시 뒤에 혼잣말하듯 입을 연다.

"나는 자세 모르겠수. 더 알아볼 일이 있거든 마님 잠깬 뒤에 물어보시구려."

인홍이 그제야 몸을 돌려 짚신이 놓인 윗방 쪽으로 다가간다. 부엌과 잇대어 방 하나가 있고, 그 윗녘에 다시 방 하나가 통고래로 붙어 있다.

방 앞에 당도하여 인홍은 조심스레 방문을 두드린다. 늙은 아낙이 마님이라고 했으니 방 안에 든 사람은 형수인 윤씨가 분명하다. 아무리 난중이라 해도 형수가 든 방을 함부로 열 수는 없다. 인홍이 다시 방문을 두드리자 부엌에서 따라나온 아낙이 퉁명스레 소리를 친다.

"그렇게 해서는 듣지 못허우. 잠이 아주 깊이 들어서 떠메가두 모르리다."

인홍이 그제야 문고리를 잡고 방문을 조심스레 열어본다. 방 안에는 과연 아낙의 말처럼 여인 하나가 죽은 듯이 누워 있다. 날이 저물고 방안이 어두워 인홍은 쉽게 여인의 얼굴을 알아볼 수 없다. 그러나 어둠에 눈이 익자 인홍은 부지중 여인을 향해 입을 연다.

"형수님!"

큰 소리로 불렀건만 형수 윤씨는 대답이 없다. 병인 같은 해쓱한 얼굴에 숨소리마저 들리지 않아 그녀는 언뜻 보아서는 살아 있는 사람 같지가 않다.

"형수님, 제가 왔습니다. 바깥사랑의 제가 돌아왔습니다."

거푸 부르는 소리를 듣고도 윤씨는 전혀 기척이 없다. 그러고 보니 윤씨의 몰골이 바로 보기가 민망할 만큼 어지럽고 처참하다. 몸에 걸친 저고리와 치마가 걸레처럼 찢겨 있고, 그나마 두 발에는 버선조차 신겨져 있지 않다. 그 단정하던 고운 얼굴은 이마와 볼에 시퍼런 멍이 들어 있고, 땀을 흘리며 혼곤히 잠든 모습 역시 아랫도리를 여미지 않아 허벅지의 흰 속살이 훤하게 들여다보인다.

인홍은 기어이 문을 닫고 방 앞에서 물러선다. 이럴 수가 없다. 그 곱고 단아하던 형수가 이런 처참한 모습으로 변했을 줄은 미처 몰랐다. 차라리 죽은 시신이었다면 인홍의 놀라움이 덜 했을지 모른다. 저렇듯 처참한 몰골로 형수가 아직 살아 있다는 것이 인홍에게는 그녀의 죽음보다 더 놀라운 일이다.

인홍이 마치 꿈을 꾸듯 멍한 눈빛으로 방 앞에서 물러난다. 등뒤에서 인홍을 지켜보던 늙은 아낙이 조심스레 말을 물어온다.

"찾는 사람이 그 마님이 맞수?"

인홍은 대꾸없이 부엌 옆에 놓인 통나무 위로 걸터앉는다. 절구를 파려고 베어온 듯 통나무는 사람이 걸터앉기 편하게 되어 있었다.
"마님이 언제 저 지경이 되셨나?"
심상치 않은 인홍의 눈빛에 아낙은 겁을 먹은 듯 아랫방 작은 쪽마루에 걸터앉는다.
"도적들이 든 지난 보름날 저 지경으루 상성喪性을 했수."
"도적이 마님을 해꼬지했다는 겐가?"
"마님뿐 아니구 마을에 들어 잠자던 아낙들은 너나 없이 겁간을 당해 몸이 성한 사람이 없수."
"마님이 겁간을 당해?"
"내 눈으루 보질 않았으니 자세는 모르지만 몸이 저렇듯 상한 걸 봐서는 겁간을 당헌 게 틀림없지."
인홍은 다시 몸이 떨린다. 하늘이 무너져 내리는 듯하고 땅이 아득하게 꺼지는 기분이다. 감히 바로 보기도 어렵던 형수 윤씨가 도둑들에게 겁간을 당하다니 인홍으로서는 살이 떨리고 눈앞이 흐려지는 엄청난 충격이다.
"그래 마님은 그렇다 허구 나머지 우리 집안 권속들은 모두 어찌 되었든가?"
"나이 자신 양반 한 분은 칼맞아 돌아가셨구 나머지 안식구와 계집종들은 모두 도적들에게 잡혀갔소."
"칼맞아 돌아가신 어른이 뉘시라든가?"
"마님이 시신 앞에 머리 풀어 곡을 한 걸 보면 아무래두 서울 대감댁 사랑마님이 아닌가 싶수."
형수 윤씨가 머리 풀어 곡을 했다면 그 어른은 바로 인홍의 부친인 전 참찬 김한서 대감이다. 부친이 왜적 아닌 도적의 칼에 맞아 세상을 버리다니 이 또한 인홍에게는 땅이 꺼지는 아득한 절망이다.

"자네가 허튼소리를 했다가는 내 손에 살아남질 못허네. 또 한번 다짐 두어 묻네만 나이 드신 양반 어른께서 변을 당하신 게 분명헌가?"

"허튼소린지 아닌지를 아시려거든 저 위 버덩엘 올라가 보시구려. 그리 올라가면 지금 저 방 안에 잠든 마님이 이틀이나 걸려 뫼신 서울대감의 벌건 묘가 있으리라."

이미 봉분까지 올렸다면 부친의 죽음은 의심할 여지가 없다. 그제야 인홍은 안방의 형수가 온몸이 흙투성이가 되어 쓰러져 잠든 까닭을 깨닫는다. 그녀가 도적들에게 몸을 더럽히고도 아직 스스로 자진하지 않은 까닭도, 바로 시어른인 부친의 시신을 수습하기 위한 며칠간의 말미였을 따름이다.

"자네가 나하구 같이 좀 가야겠네."

인홍이 통나무에서 일어나 늙은 아낙에게 다가간다.

"어딜 가자시오?"

"저 위 버덩에 있다는 새루 쓴 묘루 가세."

"내가 같이 안 가두 되우. 버덩이 바루 요 위에 있수."

"내가 자네게 묻구 싶은 말두 있네. 가면서 알아볼 테니 어서 묘까지 앞장을 서게."

먼 산을 보는 인홍의 두 눈은 이미 붉게 충혈이 되어 있다. 하늘이 원망스럽다. 이로써 이제 그의 집안은 절손絶孫의 화를 당한 듯하다. 어린 조카 영상永相이 형수와 함께 없는 것은, 그도 역시 도적들에게 화를 당한 것을 뜻하는 것이다.

늙은 아낙이 인홍의 앞을 서서 가죽나무 울타리를 빠져 비탈을 올라간다. 조금 올라가자 비탈은 다시 떡갈나무 숲과 만나고 그 사이의 멀지 않은 버덩에 새로 쓴 벌건 황토의 봉분 하나가 눈에 띈다.

"저 묘인가?"

"그렇수."

"저 무덤을 서울 내당마님이 손수 땅을 파 썼단 말인가?"

"내 그렇게 독한 마님은 평생에 처음 보우. 손이 짓물러 피가 나는 데두 쉬는 법이 없습디다. 내가 거들 틈두 없이 이틀 만에 저렇게 성분까지 마친 게요."

무덤에 가까이 이르자 인홍이 발을 세워 봉분 주위를 둘러본다. 아낙의 말만 듣고는 아직 이 봉분이 부친의 것이라고 확신할 수 없다. 표시라도 해둔 것이 있나 해서 그는 한동안 봉분 주위를 둘러본다.

"마님이 혹 묘를 쓰면서 증표 같은 것을 묘 주위에 묻지 않았던가?"

"묘 앞을 파보시우. 게다가 뭘 묻는 것 같기두 헙디다만."

인홍이 지팡이 끝으로 묘 앞의 땅을 몇 번 긁어본다. 과연 아낙의 말대로 얕은 땅 속에서 사발 하나가 엎어진 채 드러난다. 엎어진 사발을 뒤집어보니 그 안에는 뜻밖에도 낯익은 부친의 은장도가 들어 있다. 인홍은 그제야 패랭이 벗고 무릎 꿇어 부친의 묘 앞에 엎뎌 큰 소리로 곡을 시작한다.

사서史書를 보면 개국 이래 나라 안에 크고 작은 많은 난과 병화가 있었다고 적혀 있다. 그러나 인홍이 아는 한 이번 왜란처럼 처참하고 끔찍한 것은 없었다. 천신만고 끝에 둘러본 서울 도성에도 거리마다 골목마다 임자 없는 송장들이 즐비하게 썩고 있다. 포악하고 극악스런 왜적의 무리들이 조선 백성을 사람으로 여기지 않아 조선 백성 죽이기를 파리 죽이기보다 더 쉽게 안 것이다.

한 차례 곡을 끝냈건만 후련키는커녕 인홍은 더욱 가슴이 답답하다. 이제 그에게 궁금한 것은 죽은 사람이 아니고 살아 있는 사람이다. 그가 도성으로 떠날 때만 해도 두루봉 암자에 남은 권속이 자기를 빼고도 다섯이나 되었다. 지금은 부친과 형수 두 사람만이 생사가 확인되었을 뿐, 나머지 권속인 조카 영상과 아내 박씨 그리고 인홍의 생모 조씨는 전혀 생사가 알려지지 않은 것이다.

곡을 끝내고 패랭이를 쓰니 늙은 아낙이 아직도 무덤 아랫녘에 앉아 있다. 인홍이 가까이 다가가자 아낙이 그제야 몸을 털고 일어선다.

"묘가 맞소?"

"맞네."

"내가 이제야 한시름 놓았수. 송장 또 하나를 치우는가 했더니만……."

"누구 송장을 치운다는 겐가?"

"누군 누구유. 지금 방 안에서 자구 있는 서울 양반댁 안방마님이지."

"그 마님이 아직 돌아가시지두 않았는데 송장을 치운다니 그게 무슨 말버릇인가?"

"손이 눈으루 보시구두 내 말뜻을 모르시겠소? 내 말버릇이 나쁜 게 아니구 나는 있는 대루 말허는 게요."

집을 바라고 몇 걸음 걷다가 인홍은 다시 발을 세운다. 그러고 보니 아낙의 말이 조금도 그르지 않다. 시부모 장례도 끝나고 집 나간 인홍도 다시 돌아왔으니 형수 윤씨는 이제 아무 때라도 목숨을 끊을 수 있다. 그녀의 죽음을 막을 방도는 이제 아무것도 없는 셈이다.

"자네가 날 좀 도와주어야겠네."

멈춰선 인홍을 돌아보며 아낙이 시큰둥하게 되묻는다.

"날더러 무얼 도와달라는 게요?"

"방 안에 계신 저 마님만 살려주면 내가 자네에게 난리 끝난 뒤 큰 재물을 내려줌세."

"난리 끝나군 나두 죽을 텐데 큰 재물이 무슨 소용이우. 허나 저 마님을 살려낼 방법이 꼭 한 가지 있기는 있수. 마님 슬하에 도령 한 분이 딸렸던데 그 도령을 핑계대면 마님두 쉬이 죽지는 못허리다."

"도령이 허면 살아 있다는 겐가?"

"도적들이 떠나갈 시각쯤 해서 내가 길섶에 숨어 아이 우는 소릴 들었소. 도둑들이 떠나간 뒤에두 그 아이 송장은 보이질 않습디다."

인홍에게 비로소 한 가닥 희망이 보이기 시작한다. 조카 영상의 시체가 없었다면 영상은 죽지 않고 도둑들에게 잡혀간 것이 분명하다. 뒤미처 인홍의 덜미를 짚는 것은 아내 박씨와 생모 조씨의 생사에 대한 궁금증이다. 형수와 함께 두루봉에서 내려왔을 그들이 도둑들의 분탕과 포악에 무사할 리 없는 것이다.

"그래 우리 집안 권속 중에는 그 어린 도령말구 누가 또 도적들에게 잡혀갔나?"

"도적들이 사내와 늙은이는 보이는 대루 칼루 찍어 죽이더니 얼굴 반반한 젊은 계집들은 겁간 뒤에두 한데 엮어 개 몰 듯이 몰구 갑디다. 아마 손의 권속 중에는 안방마님말구는 죄다 끌려갔을 게요."

"나이 쉰쯤 되는 안마님두 계셨는데 그 마님은 어찌 되셨든가?"

"젊은 아낙들과 계집종들과 싸잡혀서 그 마님두 아마 함께 붙잡혀 갔을 게요."

색상色商이 있다는 말을 들었다. 어쩌면 잡혀간 아낙들은 멀리 바다 건너 남만南蠻이나 대국으로 색상들에 의해 팔려갔을지도 모른다. 잠시 인홍의 눈앞에 아내 박씨의 수더분한 얼굴이 떠오른다. 그녀는 겁간을 당하고는 살아 있을 여인이 아니다. 살아 있건 이미 죽었건 그녀는 더 이상 인홍의 아내가 아닌 것이다.

"그날 밤에 있었던 일들을 자세히 좀 들려주게. 도적들이 몇이나 마을에 들었구 모두 어디루들 떠나간 듯 하든가?"

"이 마을까지 앞장서서 길 잡아준 놈이 있는 것 같습디다. 겁간 당하던 아낙 중의 하나가 도둑을 보구 호령질하는 소리를 들었소."

"도적을 보구 호령을 하더란 말인가?"

"네놈이 사람의 탈을 쓰구 감히 내게 이럴 수 있으냐구 어떤 아낙이 도적을 향해 악패듯 꾸짖구 나무랍디다."

얼굴을 아는 도둑이 분명하다. 그러나 호령한 아낙이 누군지를 알 수가 없다. 그 아낙만 찾아낸다면 원수가 된 도둑의 무리를 토멸할 수도 있을 것이다.

숲과 버덩에 땅거미가 깔린다. 집으로 돌아오니 뜰 안은 벌써 어둠이 컴커무레하다. 늙은 아낙은 부엌으로 내려가고 인홍은 다시 형수가 있는 윗방 앞으로 다가간다. 방 안에 귀를 기울이니 숨소리만 가늘게 들릴 뿐 아무런 기척이 없다. 그가 다시 부엌 앞으로 돌아와 산채를 다듬고 있는 늙은 아낙에게 말을 묻는다.

"내가 몹시 시장허네. 요기할 것이 혹 있겠는가?"

"도적들이 양식을 죄 쓸어가서 여기두 지금 알곡이 없수. 마님 드리려구 좁쌀죽을 끓였는데 그거라두 우선 한 술 뜰라우?"

"마님 드릴 게면 고만 두게. 그것말구는 알곡이 없는가?"

"독 밑에 조금 깔린 게 있수만 그건 내가 양식헐 게요."

"내게 조금 팔아주게. 상목이 마침 내게 있네."

"상목이 얼마나 있소?"

"통짜루 두 필이 있구 짜투리두 아직 많이 있네."

"그거면 됐수. 고개 너머 불당골에 가면 그걸루 알곡 서너 말은 바꿀 수 있으리다."

"그럼 내 우선 한 필을 내줄 테니 내일 그리루 넘어가 양식을 되는대루 팔아오게나."

"그러리다."

인홍이 봇짐을 끌러 상목 한 필을 꺼내든다. 아낙이 건네주는 상목을 받아 잠시 아궁이 불에 비스듬히 비춰본다. 상목을 다시 시렁 위로 올려놓고 아낙이 아궁이로 돌아와 인홍을 빤히 올려다본다.

"손은 오늘 어디서 주무시려우?"

"형수님이 저 지경인데 내가 달리 어느 곳에 가 자겠는가?"

"허면 형수와 시숙이 한 방에서 자겠다는 게요?"

"이 사람 말을 삼가게. 자네가 형수님과 한 방을 쓰구 내가 아랫방에 자면 되지 않나."

"나는 마님과 한 방 쓰지 않을라우. 마님이 들보에 목을 매면 내가 그 꼴을 어찌 보우?"

"잠이 깨시면 형수님 뵙구 내 자결만은 못하시두룩 말릴 겔세. 그런 일은 없을 게니 안심허구 마님 곁에 함께 자게."

말이 끊어진다. 아낙이 그제야 생각난 듯 막대접을 들고 솥을 열어 조죽 한 사발을 듬뿍 뜬다. 작은 솔소반에 사발과 수저를 올려놓고 아낙이 소반을 들어 부엌 앞의 인홍에게 건네준다.

"마님께 올릴 죽은 새루 다시 끓이면 되우. 먼길 온 사람부터 우선 이걸루 요기허시우."

"고맙네."

죽사발을 받아들었으나 인홍은 선뜻 나무저를 들지 못한다. 불현듯 목이 메이고 눈앞이 흐려진다. 두 분 양친을 비롯하여 집안 권속을 모두 잃고도, 때가 되면 먹어야 한다는 것이 그는 갑자기 서글프고 귀치 않다. 하긴 도성을 다녀올 동안 그는 사람들의 모진 목숨을 많이 보았다. 공포와 고통과 주림 앞에서는 양반도 군자도 인륜도 없었다. 어미가 자식을 버리고 자식은 늙은 아비를 버렸다. 아내가 병든 서방을 버렸고 굶주린 아비와 어미는 제 딸을 왜적에게 팔아 두어 되 양식을 바꾸기도 했다.

도적은 온 나라에 들끓었다. 도적이 따로 있는 것이 아니었다. 집 떠나온 백성들은 누구라도 도적이 되었다. 양식이 떨어져 처자식이 주리면 누구라도 작당하여 다른 사람의 양식과 재물을 털어갔다.

심지어는 관군들까지도 군량이 떨어지면 백성들의 집을 뒤져 뒤주를 깨는 형편이었다.

사방에서 일어나는 의병들의 악폐도 적지 않았다. 어떤 선비가 재물을 내어 인근 고을에서 의병을 모집하면, 사방에서 군총軍摠이 모여들어 곧잘 몇 백의 군사가 되곤 했다. 그러나 배불리 먹여 막상 왜적과 큰 싸움이 일 듯하면 그들은 하룻밤 새에 온데 간데 없이 쥐처럼 흩어졌다. 그들이 모병에 응한 것은 왜적을 깨치자는 뜻보다는 주린 배를 채우자는 뜻이었던 것이다.

그러나 병란 후에 무엇보다 놀라운 일은 매어살던 주인의 집에서 뛰쳐나온 수많은 공사천 노비들이었다. 그들은 예사롭게 제 주인을 버리거나 능멸했고, 더러는 제 주인을 죽여 재물을 털거나 주인의 아낙을 겁탈하기도 했다. 특히 그들은 양반에게 행악이 심했다. 엊그제까지도 사랑에 앉아 호령질이나 하던 양반들에게 그들은 앙갚음이라도 하듯 더욱 모진 수모와 능멸을 안겨주었다. 목숨이 위태로운 절박한 병화 앞에서는 평소에 그토록 젠체하던 양반들도 체면과 채신을 버리고 천한 아랫것들과 함께 허둥지둥 살 곳을 찾아 도망쳤다. 특히 충효나 신의를 노래처럼 읊조리던 도성의 높은 벼슬아치들은, 왜적의 추박이 턱밑에 이르자 하늘같이 섬기던 임금까지 버리고 제 목숨 하나를 구해 사방으로 개미처럼 도망쳤다. 이러한 양반네의 부끄러운 작태들을 공사천의 천한 노비들은 가장 가까이서 두 눈으로 똑똑히 보았다. 백성은 물론 임금까지 버리고 제 목숨 하나를 구해 허둥지둥 도망치는 그들이, 천하게만 살아온 노비들의 눈에도 비로소 자기들과 다를 바 없는 한갓 부끄러운 인간의 모습으로 비친 것이다.

  이제 그들은 천한 신분이 크게 부끄럽게 느껴지지 않았다. 그들의 피가 부끄러운 것이 아니라, 그들을 짓밟고 억눌러온 양반들을 하늘처럼 우러러 섬겨온 자신들의 옛일이 조금씩 부끄럽기 시작했다. 그들은 이번 왜란을 통해 평생 처음으로 사람의 참된 모습을 보았다. 큰갓 쓰고 도포 입은 지체 높은 양반이라는 종자들도 주리면 먹고 추우면 떠는 한 벌거벗은 사람이었던 것이다.

  도처에서 지체 높은 양반들에게 낭패와 봉욕과 수모가 주어졌다. 그들은 수염을 끄들렸고 매를 맞았고 때로는 제가 부리던 하인 앞에 두 무릎을 꿇었다. 무릎꿇기를 거절한 양반은 다리가 부러지거나 목숨을 잃기도 했다. 양반들에게는 멀리 있는 왜적보다 가까이 있는 제 나라 백성이 더 무서울 때가 훨씬 많았다.

  인홍의 권속이 당한 재앙도 바로 그런 재앙 중의 하나였다. 사나워진 백성만을 탓할 수가 없었다. 먼저 욕을 먹어야 될 사람은 나라를 지키지 못한 바보스런 임금과 욕심 사나운 벼슬아치들이었다. 그들이 좀더 제 일 아닌 나랏일을 생각했던들, 왜적이 짓쳐올 리 없었고 나라의 기강이 흔들릴 리 없었다. 이것이 모두 제 스스로 부른 재앙이기에 인홍의 막힌 가슴은 더욱 미어질 뿐이었다.

14. 피 난

날이 저물었다.

활인서活人署 병막에는 벌써 등불들이 희미하게 밝혀졌다. 병인들을 수발하던 여러 명의 관노들도 지금은 모두 떠나고 병막에 병인들만 죽은 듯이 누워 있다.

"의원 어른."

병막을 나오는 젊은 의원 성인욱을 향해 하례 차림의 사내 하나가 허리를 굽혀 절을 한다. 인욱이 발을 세우고 앞을 막아선 낯선 사내를 바라본다.

"자네가 나를 찾는 겐가?"

"예, 나으리."

"나는 나으리가 아닐세. 헌데 나를 무슨 일루 찾는 겐가?"

"우리 주인마님께서 의원 어른을 댁으루 잠시 뫼셔오라는 분부가 계시오이다."

"자네 주인이 뉘시라든가?"

"성안 달우물골 사는 김진사 어른이오이다."

인욱이 대꾸없이 휘적휘적 걸음을 옮긴다. 번을 서는 네댓 명 관노들이 퇴청하는 그를 향해 허리들을 굽실거린다. 병 잘 보기로 소문이 나서 어느 틈에 강화 사람들은 관노들까지도 그를 우러러보게 된 것이다.

편할 날이 없는 요즘의 인욱이다. 원래 강화에는 활인서가 포설되지 않았다. 서울 도성에도 역병이 돌 때만 임시로 전의감典醫監에서 의원을 쪼개어 백성들의 병을 보이던 것이 활인서다. 그러나 왜란이 일어 이런저런 일로 다친 사람이 늘게 되자, 강화 부중에도 부사의 명으로 군영 안에 활인서를 두도록 했다. 특히 왜적과 싸우다가 다친 군사가 많이 실려와서, 진무청鎭撫廳 군영 안에 병막을 치고 전상戰傷[전쟁으로 다침]한 군사들을 돌보도록 한 것이다.

부중에는 예전부터 월령의月令醫[혜민서에 딸린 최하급 당번 의사]가 한 명 있었다. 팔도 감영에는 종9품 벼슬의 심약이 내려가 있고, 도호부 이상의 큰 고을에는 심약보다 벼슬이 아래인 월령의를 두었다. 그러나 강화 부중에 활인서를 포설하자 월령의로는 일손이 달려 따로 의원을 구하게 되었다. 전상한 군사도 많을뿐더러 피난 온 사람들의 병인들도 적지 않아서 월령의 하나로는 병막을 지탱키가 힘겨워서, 타처에서 들어온 의원을 구해 임시로 병막에서 병을 보도록 한 것이다.

외가인 강화섬으로 왜적의 병화를 피해 들어온 성인욱은 함께 온 의녀 옥섬과 함께 강화 부중의 활인서 병막으로 뽑히어 갔다. 아니 뽑히어 갔다기보다는 성의원 스스로가 찾아갔다고 해야 옳다. 하릴없이 외가 장토에 하루 하루를 지내기가 열적던 차에, 부중 군영에서 의원을 구한다는 말을 듣고는 그날로 성에 들어와 활인서 의원을 자청한 것이다.

그러나 막상 들어와 보니 할 일이 많아 힘들고 고단했다. 여러 고을에서 배편으로 전상한 군사들이 끊임없이 들이닥쳤고, 부중에 또한 난을 피해 온 백성이 많아 하루에도 두세 차례씩 병을 보기 위해 여러 집으로 불려가기도 했다. 혼자 당하는 고초라면 인욱은 그나마 견딜 만했다. 병막에는 그러나 자신 외에 의녀 옥섬까지 함께 거들어 일을 했다. 해주 감영에 심약으로 있는 서방 유지평 소식은 듣지 못한 채 옥섬은 엉뚱한 일로 심신이 고달프게 된 것이다.

"의원 어른 부탁이오이다. 잠시 댁에 들러 진맥이라두 베풀어 주십시오."

사내가 여전히 길을 막고 인욱에게 머리를 조아린다. 나귀도 보내지 않은 것을 보니 강화 부중의 양반이 아닌 타처에서 피난 온 구차한 양반네인 듯하다. 인욱이 그대로 걸음을 옮기며 귀찮다는 듯 사내에게 묻는다.

"그댁의 병인이 뉘시라든가?"

"나이 젊으신 도령님입지요. 올해 열 네 살이 되오이다."

"도령께서 어디가 불편허신가?"

"오늘 동진童津나루를 건너오시다가 말탄 왜적의 불을 맞아 다리를 크게 다쳤소이다. 열에 떠서 헛소리를 허시는 것이……."

"동진나루까지 왜적들이 왔든가?"

"예, 왜의 마병들 몇이 분탕을 나왔다가 나루터 사공막을 불지르구 갔다구 허더이다."

동진나루라면 갑곶 아래 있는 강화 제일의 큰 나루다. 진군津軍 수백 명이 지키는 그 나루에 왜의 마병이 닥쳤다는 것은 예사로운 일이 아니다. 왜가 이미 맞은편 나루에 이르렀다면 강화는 뭍과의 교통이 완전히 끊긴 셈이다.

"그래 왜적이 김포 고을을 거쳐 염하鹽河 건너 통진 고을까지 이르렀다는 이야긴가?"

"왜적이 게까지 이르렀다면 부중이 이렇듯 태평할 리 없습지요. 말 탄 왜의 망군望軍〔전초병〕들 몇이 잠시 염하까지 정탐을 나왔다가 우리 군사들의 추병에 쫓겨 다시 김포 쪽으루 도망들을 쳤다구 허더이다."

어느 틈에 병막을 나와 여염 사이의 좁은 길로 들어서고 있다. 멀리 남녘 바다에서 우리 수군이 크게 왜적을 깨쳤다는 소문이고, 또 북녘 평안도 쪽에서는 명나라가 조선을 구하러 대병을 파병했다는 소문이다. 그러나 더욱 가슴을 설레게 하는 것은 팔도에서 들고 일어난 선비와 백성과 승군들의 의병이다. 금년 봄 왜적이 도성을 떨굴 때는 나라가 곧 망한 듯싶더니만, 지금은 오히려 세가 바뀌어 왜적들이 도처에서 큰 곤경들을 당하고 있는 것이다.

"방금 도령께서 어디를 다쳤다구 했나?"

"왜적의 불질을 당해 다리를 크게 다쳤다구 했습지요."

"왜적의 불을 다리에 맞았다면 내가 가두 소용이 없네. 다리에 박힌 철을 빨구어 내야 허는데 그러자면 피를 많이 쏟아 도령이 과연 견디어낼지 모르겠네."

"다리를 얕게 꿰뚫어서 살 속에는 철이 없습니다. 쇤네가 의원 어른께 바라는 것은 병인을 한번 보아줍소사 허는 것입니다."

"알았네. 앞장을 서게. 내가 잠시 보아줌세."

"이런 고마울 데가. 허면 쇤네 뒤만 따라오십시오."

사내가 앞장을 서더니 반은 뛰듯이 겅정겅정 급히 걷는다. 강화성은 원래 성안이 좁아 그 넓이가 서울 도성의 반에도 미치지 못한다. 더구나 인욱은 강화에 온 지 여러 달째라 이미 강화 부중을 손바닥 보듯 훤하게 알고 있다. 앞서가는 사내의 방향만 보고도 그가 어느 동리로 향하는지 미리 목적지를 짐작할 수 있다.

"자네가 지금 어디루 가는 겐가?"

"진사 어른 댁엘 갑지요."

"그 어른 댁이 이쪽에 있는가?"

"예……."

앞서 가는 사내의 방향이 아무래도 이상하다. 진사라면 양반일 터인데 이쪽은 상사람 중에도 뱃사람들끼리만 몰려사는 동리다. 양반 체신에 뱃사람들 동리에 집을 둘 리가 없다. 허나 고쳐 생각하면 그 일이 노상 이상하게만 여길 일도 아니다. 요즘은 무서운 난중이라 강화 부중에 성민들이 예전보다 배나 불었다. 서울 도성이 가까운데다가 물길 험한 염하가 가로놓여 있어서, 예부터 강화섬은 병화가 일어나면 도성 대가들의 피난지로 소문난 고을이다.

"의원 어른 용서합시오."

앞서 가던 사내가 갑자기 어느 집 앞에서 두 손을 땅에 짚고 너부죽이 부복한다. 인욱이 발을 세워 의아스레 사내를 굽어본다.

"이 사람 이게 무슨 짓인가?"

"쇤네 잠시 급헌 마음으루 양반님네를 핑계대어 의원 어른을 기망했소이다. 진사 어른댁 도령이 아픈 것이 아니옵구 실은 이 사람의 자식놈이 몸을 크게 상했소이다."

어이가 없다. 사는 동리가 이상하다 했더니 사내는 결국 양반을 팔아 인욱을 이 곳까지 유인해 온 셈이다. 그러나 몸이 상한 병인에게는 반상班常이 달리 있을 수 없다. 부복한 사내를 굽어보며 인욱이 다시 입을 연다.

"양반 판 것이 괘씸키는 허네만 내게 우선 병인부터 보여주게."

"황송하오이다. 쇤네를 따라 들어오시지요."

부복한 몸을 일으켜 사내가 앞서 집 안으로 들어간다. 상사람의 초가치고는 집의 규모가 제법 크다. 사내가 바깥채를 돌아 들어가자 집안에서 안식구와 함께 남녀 종들이 10여 명이나 몰려나온다. 예사로운 상사람으로 알았더니 사내는 뱃사람 중에도 큰 선주인 모양이다.

"의원 어른 뫼셔왔소. 아이 옆에 지금 누가 있소?"

"밤고개 무당이 들어 있지요. 내 얼른 나오두룩 이르리다."

나이 지긋한 아낙 하나가 먼저 급하게 안채를 돌아간다. 사내가 다시 종들을 돌아보며 호령기 있게 입을 연다.

"너희는 모두 나가 있되 내가 아까 이른 물건 여축없이 대령하렷다."

"예."

사내 종들이 물러가자 사내가 다시 뒤채로 돌아간다. 먼저 돌아간 아낙과 함께 두 명의 아낙이 뒤채에서 마주 나온다. 길옆으로 비켜서는 그들 앞을 지나, 사내는 성의원과 함께 뒤채 마루 앞에 멈춰 선다.

"드시지요. 아이가 이 방에 있습니다."

사내가 방문을 열어주어 젊은 성의원은 방 안으로 들어선다. 두 칸 넓이의 큰 방 안에 대초 두 자루가 밝혀졌고, 열 네댓쯤 되어뵈는 사내아이 하나가 아랫목 자리 위에 땀에 젖어 혼곤히 누워 있다. 헝클어진 변발머리에 다리 하나를 옷 밖으로 드러낸 아이는 이미 기운이 쇠한 듯 사람의 기척이 들려와도 눈 한번 떠보지 않는다. 퀭한 눈자위와 터진 입술이 아이의 몸이 열에 뜬 것을 말해 주고, 숨막히도록 방 안을 데운 것은 아이의 오한을 막아주자는 뜻일 것이다.

인욱이 곧 무릎을 꺾고 사내아이 앞에 내려앉는다.

"불을 가까이 좀 옮겨주시게."

"예."

사내가 촛대 두 개를 아이 머리맡으로 옮겨놓는다. 인욱은 곧 한 손을 뻗어 아이의 이마부터 손으로 짚어본다.

침묵이 흐른다. 땀에 흠씬 젖은 아이는 온몸의 열이 불덩어리 같다. 이마에서 손을 옮겨 인욱은 다시 아이의 맥을 짚어본다.

맥이 위태롭게 뛰고 있다. 끊일 듯 멎을 듯 잦아들다가 맥은 다시 천둥치듯 격하고 급하게 뛰곤 한다. 지그시 눈을 감은 채 인욱은 한 생명의 가쁜 박동을 온몸으로 듣고 있다. 이런 급박한 맥의 박동이 얼마나 계속될지 알 수가 없다. 다만 그가 할 수 있는 것은 병인이 이 가쁜 고통들을 이겨낼 수 있도록 곁에서 거드는 일 뿐이다. 모든 병은 의원이 고쳐주는 것이 아니다. 병을 고치는 것은 병인 자신이고, 의원은 다만 병인이 병을 이겨낼 수 있도록 곁에서 온갖 방법으로 거들어 줄 뿐이다.

"의원 어른, 아이 병세가 어떻습니까?"

사내가 간절한 눈빛으로 인욱의 기색을 살핀다. 인욱은 그러나 들은 체도 않고 촛불을 다시 들어 아이의 다리 쪽으로 옮겨놓는다.

바짓가랑이 밖으로 드러난 허벅다리에 흰 헝겊이 느슨하게 감겨 있다. 무릎 위 상처 주위에는 헝겊 아래로 무언가가 덧대어져 있다. 인욱이 곧 상처를 보기 위해 다리에 감긴 헝겊을 조심스레 풀어낸다.

짐승의 살코기 같은 것이 상처 위에 덧입혀져 있다. 그것을 다시 들어내자 푸른색이 도는 엽전 크기의 상처가 드러난다. 상처의 생긴 모양을 보고 인욱은 곧 그 상처가 무슨 상처인가를 깨닫는다.

"불〔銃〕맞은 상처로군?"

"예, 왜적이 놓은 불에 이 아이가 다리를 맞았습니다."

"언제 불을 맞았든가?"

"오늘루 이틀이 되오이다."

"어디서 왜적을 만난 겐가?"

"원래 이 아이가 강 건너 외가에 가 있었는데 어제 배를 타구 행주나루를 건느자니 왜적이 강가에 들이닥쳐 배를 세우라구 불질을 허드랍니다. 배가 강심에 떠 있는데다 상거가 멀어 불질이 배에까지는 닿지 않을 걸루 생각했는데 운수 사납게 이 아이 혼자 왜의 불질에 몸을 상하게 된 것이외다."

"자네두 그 배에 같이 탔든가?"

"웬걸요. 쇤네는 아니 타구 제 수하 사람들이 이 아이와 함께 배를 타구 있었지요."

"수하라니 자네가 허면 손아래루 부리는 사람이 있나?"

"예. 쇤네가 원래 경강 강상江商으루 있었지요. 난리가 나서 임시루 이 곳에 들어 있지만 아직 제 밑에 배 세 척이 있구 부리는 사람두 스무 남은쯤 되오이다."

인욱이 더 묻지 않고 아이의 상처를 손가락으로 가만히 눌러본다. 죽은 듯 누워 있던 아이의 몸이 바늘에 찔린 듯 부르르 떤다. 아이가 짧은 비명과 함께 눈을 한번 떠보고는 스르르 다시 감아버린다. 인욱이 상처에서 벗겨낸 살코기를 사내 앞에 불쑥 들어보인다.

"이게 무슨 고긴가?"

"닭고기웨다."

"내 전에 다른 의원이 벌써 이 집을 다녀갔구먼?"

"예, 성안에 용한 유의儒醫가 있다길래 쇤네가 이 아이를 업구 그 어른을 뵈오러 갔었지요."

총통 따위의 불 맞은 상처에는 원래 갓 잡은 닭고기를 얇게 저며 붙이도록 되어 있다. 이미 유의에게 아이를 보였다면 이 사내는 아이의 목숨이 위태로운 것을 들어서 알 것이다.

"그 유의가 아이를 보구 자네게 무어라구 말씀허시든가?"

"고개를 한번 외루 내젓고는 달리 말씀이 없더이다."

"나두 자네에게 그렇게밖에 헐 수가 없네."

"아니되오이다. 우리 아일 살려주십시오. 쇤네 의원님이 용하시다는 걸 진작에 들어 알구 있소이다. 아이를 살려주십시오. 살려만 주시면 쇤네 의원님께 무엇이든 해올리리다."

흐느끼듯 하던 사내의 말이 갑자기 뚝 멎는다. 냉정하고 차분한 인욱의 눈빛이 사내의 허둥댐을 말없이 제압한 것이다. 사내가 아래로 고개를 숙이더니 방바닥으로 뚝뚝 눈물을 떨군다. 잠시 울도록 내버려두었다가 인욱이 한참 만에 조용히 입을 연다.

"모레나 글피가 고비가 될 게야. 글피까지만 살아 있으면 이 아이는 구헐 수 있네. 허나 그 전에 자네가 꼭 이 아이를 위해 할 일이 있네. 뽕나무 잿물을 시루에 내려 이 아이 상처를 자주 씻어내어야 허네. 몸의 열기를 내리기 위해서는 깊은 우물의 찬물이 또 소용되네. 무명수건에 찬물을 적셔 이 아이의 전신을 닦아 몸의 열을 내려주도록 해야 되네."

"그리하면 이 아이가 목숨을 구헐 수 있습니까?"

"사람의 죽고 사는 것을 우리가 어찌 안다든가. 죽고 사는 것은 하늘이 알아서 할 일이니 우리 사람은 힘 자라는 대루 사람의 도리만 허면 되네."

"쇤네 생각이 짧았소이다. 허면 지금 당장 무엇부터 하오리까?"

"햇뽕나무를 한 짐 해다가 아궁이에 태워 재부터 만들게. 재가 되면 그것을 물에 내려 정한 잿물을 여러 동이 만들어야 허네. 그 잿물루 이 아이 상처를 자주자주 씻어내도록 해야 되네."

"그것말구는 달리 즈이가 할 일이 없겠습니까?"

"잿물은 아이 상처가 곪는 것을 막아주네. 상처가 덧나 곪게 되면 나쁜 피가 몸에 흘러 그제는 모든 일이 허사가 되네. 또 한 가지 이를 말은 아이에게 억지루라도 백비탕白沸湯을 먹여야 하네. 아이의 몸에 물기를 주어야만 피가 몸에 돌아 땀두 내구 힘두 내는 곌세."

"백비탕이 무슨 탕이오이까?"

"맹물을 끓이면 그게 바루 백비탕일세."

"잘 알겠소이다. 쇤네 허면 지금 당장 분부대루 거행하오리다."

인욱이 고개를 끄덕이고 먼저 자리에서 몸을 일으킨다. 방을 나오는 인욱을 앞질러 사내가 부지런히 안채 쪽으로 건너간다. 잠시 뒤 인욱이 안채로 나오자 사내가 하인 한 명을 인욱에게 인사시킨다.

"밤이 깊었기루 의원 어른 댁에까지 이 아이더러 뫼시구 가라구 일렀습니다. 건어물 조금하구 꿀 한 통두 이 사람 편에 제 인사루 전헙니다."

"인사가 너무 과하네그려. 자 허면 나 가네."

"예. 살펴가십시오."

날이 많이 저물었건만 성안에는 제법 나다니는 사람이 많다. 뭍에서 건너온 난민들 때문에 강화에는 지금 난 전에 비해 두 배 이상 성민이 불었다. 뭍에서 건너온 난민들 중에는 도성과 근기 지방의 내로라 하는 세도가가 많다. 그들의 위세와 권세에 눌려 오히려 강화 토박이 부민府民들은 주눅이 들 지경이다. 속담대로 굴러온 돌이 박힌 돌을 뺄 지경에 이른 것이다.

"자네는 원래 강화 사는 사람인가?"

건어물과 꿀단지를 든 하인에게 인욱이 문득 말을 건넨다.

"아니오이다. 쇤네 난 전에는 경강 삼개나루에 살았습니다."
"경강 도가에 살았든가?"
"도가에 딸린 염창에 살았습지요."
"염창이라니 소금곳간을 말하는 겐가?"
"예, 소금고방을 그리들 부르지요. 게서 여러 해 동안 고방지기를 했습니다."

그러고 보니 삼개나루 근처 높은 언덕에 소금섬을 쌓아둔 소금고방들이 즐비했던 것이 기억난다. 도성에서 쓰는 대부분의 소금은 원래는 서강나루 맞은편의 강 건너 큰 염창에서 성안으로 실어가곤 했다. 경강을 통해 연해 고을에서 올라온 소금섬들이 우선은 큰 염창에 닿았다가, 그 곳에서 다시 도성과 근기 각지로 나뉘어 분배되는 것이다.

"난리통에 그 소금섬들 들어내지두 못했겠네그려?"
"들어내는 게 무엇이오이까. 배들을 모두 깨뜨린 까닭에 사람을 싣기두 빠듯했습지요."
"배를 누가 깨뜨렸다는 겐가?"
"경강을 지키던 수성군과 진군津軍들이 왜적들이 가까이 이르자 나루에 묶였던 배라는 배들은 모조리 뱃바닥을 뚫어 물 속에 가라앉혔습지요. 왜적이 닥쳐 배들을 고스란히 빼앗기기보다는 우리 손으루 배를 깨뜨려 왜적들이 우리 배를 쓰지 못허게 허느라구 그랬답니다."

경강에는 나루도 많고 관선과 사선을 합쳐 크고 작은 배들이 수백 척에 이른다. 그러나 관군은 그 많은 배들을 제대로 한번 쓰지도 못하고 스스로 깨뜨려 강물 속에 가라앉힌 모양이다. 왜적은 그러나 배가 없어도 경강을 쉽게 건너왔다. 강가에 있는 수십 호의 민가들을 헐어 그들은 떼배를 엮어 일제히 강을 건너온 것이다.

어둠 속에서 횃불 두 개가 길을 밝히며 다가온다. 갈도喝道의 길 치우는 소리가 들리더니 전후배 거느린 사인교 하나가 길을 가득 메워 다가오고 있다. 관아가 있는 삼문 쪽으로 휘어지는 것을 보니 높은 벼슬의 대감이거나 강화 부사의 행차인 모양이다.

"의원 어른 댁이 어디쯤이오이까?"

"서문 안일세."

"멀리 경상도 바다에서는 우리 수군이 왜의 수군을 크게 깨쳤다구 허드군이요?"

"자네가 그걸 어찌 아는가?"

하인이 수긋한 표정으로 잠시 인욱의 눈치를 살핀다. 인욱이 계속 말이 없자 하인이 다시 조심스레 입을 연다.

"이 곳 교동도 수영으루 연일 첩보가 올라오는 모양입디다. 전라도와 충청도의 뱃길이 무사해서 아랫녘 삼남에서 올려보내는 치보가 이 곳 교동을 거쳐 위루 의주까지 올라간답니다."

교동도는 강화부에 딸린 또 하나의 큰 섬이다. 수군 만호진이 진설된 이 섬에는 군선도 여러 척이고 수군 또한 적지 않다. 삼남에서 배편으로 올라오는 치보는 대개가 이 섬의 만호진을 거쳐 도성이나 의주로 올라가게 되어 있다.

"왜적두 이제 세가 많이 꺾이었네. 대명大明의 천병天兵두 건너왔으니 왜적인들 앞으루 어찌 견디어내겠는가."

14. 피 난 203

길이 좁아진다. 인욱의 외가는 강화성 서문 안에 있다. 잠시 난을 피해 몸을 의탁한 처지여서 인욱은 외가라고 해도 몸과 마음이 편하지가 않다. 더구나 외가에는 인욱 외에도 여러 명의 외가 겯쪽이 난을 피해 들어와 있다. 외가의 겯쪽들도 번거롭고 성가신 판에 딸자식인 외가 쪽 자손들을 반겨할 리가 없다.

어느 틈에 외가 앞이다. 오래된 토반에 장토가 많은 큰 집안이라 외가는 집채도 크고 부리는 하인도 작인도 많다. 난을 피해 겯쪽이 많이 몰려와도 양식을 걱정할 정도로 궁색하지는 않다.

너른 외가 앞 타작마당에 화톳불 두 개가 훤히 밝혀졌다. 때아닌 화톳불이 밝혀진 것을 보니 집 안에 또 일이 있거나 군식구가 찾아든 모양이다. 아니나 다를까 화톳불 주위에는 먼길 온 듯한 낯선 하례들이 맨땅에 늘어앉아 늦은 저녁들을 먹고 있다. 밥 바가지에 장국들을 받아들고 하인들은 불가에 앉아 정신없이 밥들을 입 안으로 퍼넣고 있다.

"이애."

인욱이 대문께로 다가가 낯익은 상노아이를 불러세운다. 빈 함지를 옆구리에 낀 아이가 귀찮다는 듯 뒤를 힐끗 돌아본다.

"뉘시라구요. 오늘은 퇴청이 늦으셨구먼요?"

"이게 모두 웬 사람들이냐? 집안에 또 무슨 일이 있는 게구나?"

"예, 방금 연안 고을에서 이댁 당숙댁의 내행들께서 건너오셨습니다."

"당숙댁의 내행들께서 무슨 일루 건너오셨드냐?"

"왜적이 고을에 가까이 이르러서 잠시 이댁으루 난을 피해 이른 것 같소이다."

"내행이 몇 분이나 되시드냐?"

"자세는 모르겠으나 예닐곱 분이 넘는 듯싶소이다."

"허면 빈방이 달리 없을 텐데 어느 방에 유하신다드냐?"

"그 일 때문에 지금 안방마님께서 걱정허구 계십니다. 우선 급한 대루 행랑을 치워 방을 마련허실 생각인 듯하오이다."

행랑을 치울 정도라면 인욱은 더 이상 외가에 머물기가 어려울 듯하다. 어차피 그는 오래 전부터 외가를 떠날 생각이었다. 강상의 하인을 한번 돌아본 뒤 그가 다시 상노아이에게 입을 연다.

"너 오늘 큰마님 뵙거든 내가 오늘부터는 외가에서 아니 자구 밖에서 따루 잘 테니 그리 아시라구 여쭈어라."

"허면 서방님께서는 어느 댁에서 주무실 요량이십니까?"

"이 너른 성안에서 내 잘 곳이 없겠느냐. 그럼 나는 이만 갈 테니 내 말 꼭 서울마님께 여쭙도록 해라."

"예 서방님, 살펴가십시오."

인욱이 곧 몸을 돌려 강상의 하인을 돌아본다.

"자네두 그 물건 내게 주구 주인께 그만 돌아가게."

"아니올시다. 밤두 깊었으니 의원 어른 가시는 데까지 쇤네가 뫼시구 가겠습니다."

"내가 이제는 성밖으루 나갈 게야. 자네 뜻은 고마우나 예서 그만 돌아가게."

하인이 더 주장하지 않고 손에 든 물건을 인욱에게 건네준다. 보통이 아래쪽에는 건어물 다발이 들어 있는 듯하고 그 위로 불룩한 것은 꿀단지인 모양이다. 물건을 받아 손에 들고 인욱이 다시 하인을 향한다.

"욕보았네. 자네 주인께는 내일 출사 전에 내가 다시 들르마구 전해 주게."

"예 어르신. 허면 안녕히 가십시오."

인욱이 하인과 헤어져 외가 뜰 앞을 휘적휘적 물러난다. 그가 바라고 가는 곳은 저만큼 우뚝 솟아 있는 강화성 서문 문루 쪽이다. 서문 밖 멀지 않은 곳에 그는 찾아갈 집이 있다. 차라리 그는 외가보다는 그 집에 들기가 원이다.

어느새 달이 높이 떴다. 어슴푸레한 달빛 속에 훤히 열린 성문이 보인다. 아직 파루 치기 전이어서 성문에는 드나드는 사람들이 더러 있다. 손에 든 보퉁이를 한 번 추스른 뒤 인욱도 행인들 틈에 섞여 바쁘게 성문을 빠져나간다.

성밖은 인가가 드물어 성안처럼 행인이 많지 않다. 집들도 기와집은 없고 대부분이 작은 초가들뿐이다. 성문을 나온 인욱은 얼마쯤 걷다가 성벽을 끼고 좁은 골목길로 휘어진다. 골목 양쪽으로 이마를 맞댈 듯이 초가들이 잇대어 있다. 없이 사는 백성들의 집이라 이쪽은 해만 저물면 사람의 기척이 거의 없다. 배고픔을 잊기 위해 그들은 초저녁만 되면 서둘러 잠자리에 드는 때문이다.

큰 감나무가 박힌 집 앞에서 인욱은 드디어 발을 세운다. 얕은 울바자가 둘린 초가는 불빛도 인기척도 없이 빈집처럼 조용하다. 지처둔 사립문을 안으로 밀고 인욱은 짐을 든 채 감나무 박힌 뜰로 들어선다. 초가삼간의 작은 집이지만 뜰만은 제법 넓다. 달빛 속에 방문 앞을 보니 짚신 한 켤레가 놓여 있다.

집 안에 불빛이 보이지 않는 것은 집주인이 이미 잠자리에 든 것을 말해 준다. 잠시 방 안의 기척을 살핀 뒤 인욱은 드디어 방 문고리를 손에 잡는다.

"옥섬아 나다. 깨어 있거든 나 좀 보자."

방 안에서 이내 기척이 들리더니 뒤이어 문이 열리며 낯익은 얼굴이 인욱을 맞는다.

"어인 일이세요 오라버니?"

"아직 안 잤던 게로구나. 저녁은 먹었느냐?"

"방금 저녁 먹구 상을 물렸세요. 오라버니는 어쩌셨세요? 지금 어디서 오시는 길이세요?"

"우선 이 짐부터 받아두어라. 내가 퇴청 후에 외가를 들렀다가 다시 너를 보러 이리루 오는 길이다."

"안으루 오르세요. 그리구 이건 무슨 짐이에요?"

신을 벗고 방에 들었으나 방 안이 어두워서 인욱은 앉지 않고 그대로 서 있다. 옥섬이 곧 화로에 묻어둔 불씨를 찾아 입으로 불어 기름 등잔에 옮겨붙인다. 인욱이 그제야 자리에 앉으며 방 안에 놓인 짐을 자기 앞으로 끌어당긴다.

"활인서에서 막 나오는데 어느 강상 하나가 나를 제 집으로 불러 가더구나. 왜적에게 불 맞은 그 집 아이를 보아주었더니 강상이 꿀 하구 건어물을 내게 인사루 싸준 게다."

베 보자기의 매듭을 풀자 과연 보통이 안에 꿀단지 하나와 민어 굴비 따위의 건어물이 들어 있다. 인욱이 물건들을 옥섬에게 밀어주자 옥섬이 물건은 받지 않고 빤히 인욱을 건너다본다.

"이걸 어째 절 주세요?"

"방값으루 네게 주는 게야."

"방값이라니 객점두 아닌데 제가 왜 오라버니께 방값을 받아요?"

"내가 앞으루는 잘 곳이 없어. 임시루 네 집 건넌방에 얹혀살아야 될까부다. 우리 외가에 새 식솔이 들이닥쳐 지금 하인들 들어사는 바깥 행랑채까지 비우느라 법석이다."

"그댁이 아까두 시끄럽더니 아직두 일이 덜 끝난 모양이지요?"

"네가 내 없는 새에 외가에 들렀던 게로구나?"

"남문 안 조진사댁의 안식구 병을 보아드리구는 게서 잠시 쉬었다가 돌아오는 길에 외가에를 들렀지요."

"어머니 뵈었더냐?"

"뵙구 문안인사만 여쭙구는 오라버니가 아니 계시길래 곧장 제 집으로 돌아왔지요."

"내가 몹시 시장허다. 집에 혹 찬밥덩이라두 남은 게 없느냐?"

"이를 어째. 찬밥은 있으나 건건이가 마땅찮아요."

"눈앞에 이 어물은 찬이 아니구 무어라드냐? 얼른 찬밥 한 덩이 하구 술적심할 냉수나 한 대접 떠오너라."

"예, 굴비 구울 동안 잠시만 참으세요."

옥섬이 말을 마치고 건어물을 들고 방을 나간다.

그 동안 인욱은 갓을 벗어 말코지에 걸고 아예 좁은 방 안에 팔베개를 하고 길게 눕는다.

피로하다. 하루 종일 병인들을 돌본 뒤라 몸도 마음도 고달프고 피폐하다. 언제까지 이 곳 강화에서 활인서 일을 보아야 될지 알 수가 없다. 특히 인욱이 궁금해하는 것은 해주 감영에 심약으로 있는 옥섬의 서방 유지평에 대한 소식이다.

감영에서 건너온 어느 영노營奴〔감영의 관노〕의 말을 들으니 해주 감영은 난리 후에 관원들이 그대로 감영에 머물다가 지난 7월에 상감을 호종키 위해 배를 타고 바닷길로 의주를 바라고 올라갔노라는 것이었다. 이 때 감사를 수행한 관원은 병사兵使와 검률檢律〔형조에 딸린 종9품 벼슬〕과 육방비장 등속이고 감영에 그대로 처진 사람은 도사都事〔관원의 감찰을 맡아보는 종5품 벼슬〕와 심약 두 사람이라고 했다. 감사는 비록 근왕을 위해 상감을 쫓아 의주로 떠났지만 감영을 그대로 비울 수가 없어 도사와 심약을 해주 감영에 남겨두고 떠났다는 것이다.

그러나 며칠 전에 다시 알아본 소식에 의하면 도사만 감영에 남고 심약은 다시 연안 고을로 떠났다는 것이다. 연안 고을에 왜적이 들어 성이 위태롭다는 치보가 입문되자, 도사는 자기는 가지 않고 잡직의 심약에게 군사를 붙여 적정을 알아보라고 연안 쪽으로 내려보냈다는 것이다. 연안성을 바라고 떠난 유심약은 그러나 8월이 지나도록 아무런 소식이 없다. 황해도 갯가 고을에서 배를 타고 건너온 난민들의 말을 들으면 연안 배천白川 일경에는 왜적의 분탕질이 흉포하다는 소문이다. 유지평이 그리로 내려갔다면 그 역시 왜적과 부딪쳐 크게 낭패를 보았을 것이 분명하다.

지아비를 찾아 해주로 가기 위해 가까운 강화에 건너왔다가 그대로 주저앉은 것이 옥섬이다. 따라서 유지평의 이러한 불길한 소식은 의녀 옥섬의 마음을 어지럽히기에 충분한 것이었다. 그녀의 마음이 편안치 않으면 정인情人인 인욱의 마음도 편할 리가 만무하다. 지평을 그리는 옥섬에게 한편으로는 서운함을 느끼면서도, 그녀가 마음 아파하는 것을 보고는 역시 인욱도 마음이 울적하고 불편한 것이다.

방문이 열린다. 어느 틈에 옥섬이 저녁상을 들고 들어온다.

"술적심할 장국두 없세요. 자 어서 진지드세요."

작은 개다리소반에는 과연 조밥 한 그릇에 냉수가 한 대접이다. 그러나 갓 구운 굴비가 놓여 있어 그것만으로도 작은 상은 가득 찬 느낌이다.

"굴비가 좋아뵌다. 너두 같이 뜨자구나!"

"아니에요. 어서 드세요. 저는 많이 먹었세요."

인욱이 더 권하지 않고 밥을 물에 말아 둡벅둡벅 입에 떠넣는다. 굴비살 얹어먹는 물조밥이 인욱의 입에 꿀보다도 달다. 인욱의 밥 먹는 것을 우두커니 지켜보다가 옥섬이 문득 입을 연다.

"저 이달 중순께쯤 해서 연안 고을루 건너가 볼 생각이에요."

"연안엔 왜?"

"심약이 게 있다는 소문을 들었세요. 오늘 오라버니 외가에 든 어른들이 바루 연안 고을에서 건너온 분들이에요."

"소문만 믿구 어찌 사지엘 간다는 게야? 대체 누가 너한테 그런 헷소문을 전하든?"

"헷소문이 아니에요. 지금 연안 고을에는 의병이 일어 성을 지키는 군사가 수천이 넘는대요. 이씨성 지닌 서울 어느 대감이 수성장으루 뽑혀가지구, 그 대감의 영을 받들어 벌써 왜적들을 두 차례나 깨쳤다구 해요."

"왜적을 깨쳐 성을 구했다면 그 사람들은 무슨 까닭으로 제 집 있는 연안을 버리구 이 곳 강화루 건너왔누? 왜적이 아직 평양성에 있는데 누가 감히 아랫녘에 있는 연안성을 지킨다는 게야?"

"그 어른들이 이리루 건너온 건 안식구들과 어린아이들을 피난시키기 위해서래요. 안식구를 무사히 강화루 옮겼으니 연안성으루 곧 건너갈 게라구 하더군요."

인욱은 밥을 퍼넣을 뿐 한동안 말이 없다. 옥섬의 표정이 오늘따라 밝은 것은 바로 지아비 유지평의 반가운 소식을 들었기 때문인 듯하다. 동접에 벗인 유지평이 살아 있다니 인욱은 의당 반갑게 여겨야 마땅하다. 그러나 옥섬이 그에게로 떠날 것을 생각하면 인욱은 반갑기는 고사하고 가슴이 미어지는 기분이다.

어느 틈에 밥사발이 비었다. 입 안을 물로 헹구고 인욱은 곧 상을 물린다. 옥섬이 밥상을 들고 말없이 방을 나간다. 잠시 뒤 다시 돌아온 옥섬이 고개를 떨군 채 나지막이 입을 연다.

"연안 가는 배편이 실은 내일 있다는군요. 다음 배편두 곧 있다지만 난리 중이라 어떨는지……."

침묵이 흐른다. 배편이 내일 있다면 미룰 것 없이 내일 떠나는 것이 좋다. 그러나 이토록 이별이 빠르다니 인욱은 더욱 마음이 심란하다.

"유심약이 연안에 있다면 네가 여기서 더 기다릴 까닭이 없다. 허나 딸린 사람 하나 없는 너를 내가 홀루 보낼 수는 없어. 가려거든 나허구 같이 가자. 내가 너를 연안까지 데려다주마."

"오라버니, 아니되어요. 이번만은 제발 저 혼자 심약을 보도록 해주세요."

옥섬이 큰 눈으로 애원하듯 인욱을 바라본다. 두 사람이 동행을 해서는 옥섬도 인욱도 가슴만 더욱 미어질 뿐이다. 그것을 아는 옥섬이기에 그녀는 이번만은 기어이 인욱을 떼어놓고 떠나려 한다. 그러나 이번에 연안으로 떠나면 그녀는 인욱과는 두번 다시 만나질 수 없다. 그들이 지금까지 함께 했던 것은 지평이 그들에게서 멀리 떨어져 있었기 때문이다. 옥섬이 내일 연안으로 지평을 찾아 떠나고 나면, 두 사람은 결코 옛날과 같은 정인의 정을 숨겨 가질 수가 없는 것이다.

"주무세요, 오라버니."

옥섬이 문득 몸을 일으켜 방바닥에 자리를 편다. 자리를 깔고 돌아앉는 듯하더니 옥섬이 갑자기 등불을 훅 불어 끈다.

어둠이 방 안에 가득하다. 그러나 곧 어둠 속에서 옥섬의 목소리가 차분하게 들려온다.

"오라버니랑 죄짓는 일두 오늘 밤으루 마지막이에요. 이번에 심약을 만나게 되면 다시는 오라버니를 뵈옵지 못하게 될 거예요. 그간 저를 보살펴주신 은혜 무엇으루 갚을지 모르겠세요. 연안엔 내일 무슨 일이 있어두 저 혼자 떠나야 해요. 오라버니 입으루 약속해 주세요. 혼자 떠나도록 내버려 두신다구……."

어둠 속으로 팔을 뻗어 인욱은 옥섬의 몸을 더듬어 잡는다. 팔 안으로 무너지는 옥섬을 안으며 인욱이 천천히 고개를 끄덕인다.

"가거라, 약속하마. 내가 다시는 너를 볼 수 없겠구나……."

흠칫 한숨을 들이마시고 옥섬이 미친 듯 사내의 가슴으로 파고든다.
전에는 한번도 이런 일이 없던 옥섬이다. 언제나 사내의 손길을 받아야만 늦게 더워지는 그녀였다. 그러나 오늘 밤 그녀의 몸은 사내의 손길보다 먼저 뜨겁게 데워져 있다. 오늘이 바로 이별의 밤임을 아는 까닭에 그녀는 스스로 몸을 데워 사내를 뜨겁게 맞이할 생각인 것이다.
어슴푸레한 어둠 속에 여인의 흰 젖무덤이 드러나 있다. 사내의 얼굴이 아래로 내려가 희고 큰 젖무덤에 가만히 입술을 댄다. 그러나 곧 사내의 입술에 단단히 여문 산열매 같은 작은 돌기가 잡혀진다. 사내가 돌기를 입술로 잡자 여인의 몸에 세찬 떨림이 지나간다. 이미 데워진 여인의 몸은 이제 파도처럼 크게 뒤척이기 시작한다.
사내가 뒤척이는 여인의 몸에서 걸거치는 모든 것들을 빠른 손길로 걷어낸다. 하얗게 드러난 여인의 몸에서 사내는 문득 풋보리 냄새를 맡는다. 이 여인의 몸 깊숙한 곳에서는 늘 이렇듯 풋보리 냄새가 풍겨온다. 그녀의 몸이 사내를 맞을 모든 준비를 갖추고 있다는 뜻이다.
오늘밤이 마지막 밤인 것을 사내는 끝내 잊지 않고 있다. 그는 뜨겁게 달궈진 여인을 오늘밤만은 몇 번이고 구름 위로 던져 올려주고 싶다. 그녀가 구름 위로 올려지면 그것은 곧 사내의 구름이기도 하다.
어둠에 싸인 방 안 가득히 여인의 거친 숨소리와 몸부림이 휩쓸고 지나간다. 구름에 오른 열락의 소리가 고통의 소리를 닮은 것은 알 수 없는 일이다. 한껏 부푼 채 열려 있는 여인에게 사내의 노한 힘이 폭풍우가 되어 무찔러 들어간다. 자지러질 듯한 비명과 함께 여인은 이제 살아 있지 않다. 하늘 어딘가에 까마득히 던져진 여인은, 잠시 동안 숨도 멎은 채 돌처럼 굳어진 것이다.

밤이 깊어간다. 깊어가는 밤과 함께 그들의 사랑도 점점 깊어갈 뿐이다.

강바람이 서늘하다. 한 길 높이로 길게 자란 물갈대 잎들이 강바람을 받아 요란스레 서걱댄다.

갈대숲 속에 배를 띄운 채 찬홍은 그린 듯이 강물에 드리운 낚싯대를 바라본다. 그러나 눈은 대를 보고 있지만 그는 낚시에는 별로 생각이 없는 듯한 얼굴이다. 햇빛을 가리려는 듯 둥근 방갓을 눌러 쓴 채 그는 오히려 꿈꾸는 사람처럼 흐르는 강물에만 멍한 눈길을 던져두고 있다.

그가 집안의 장토가 있는 강촌에 나타난 것은 보름 전 해질 무렵이다. 배에 태워 강을 건네준 사공조차도 그가 도성 김대감댁의 작은서방인 줄은 미처 몰랐다. 깨진 방갓에 누더기 걸친 비렁뱅이 몰골이라 강 건너 병막에 있던 사음 윤서방도 한참 만에야 겨우 그가 그들의 장주인 김찬홍인 것을 알아본 것이다.

사음 윤서방은 난리 중에도 주인이 비워둔 강 건너 병막을 사람을 두어 알뜰히 지켜주었다. 사랑을 치워 찬홍을 들게 한 뒤, 윤서방은 다시 동자치(밥하는 하인) 할멈까지 남겨 찬홍의 조석끼니를 끓이도록 뒷바라지에 자상한 정성을 보인 것이다.

　그러나 갑자기 병막에 홀로 나타난 찬홍은 날이 새면 강에 나가 대를 드리우고 고기를 낚는 것이 일이었다. 옛적에도 그는 비접나온 몸으로 걸핏하면 강가 초막에서 배를 띄우고 고기를 낚곤 했다. 그러나 지금은 예전과 달라 멀고 가까운 인근 큰 고을에 왜적의 대병이 둔취해 있다. 강 건너 강촌에만 해도 벌써 여러 차례 왜적의 분탕이 있어 사람도 죽고 집채도 불타 마을이 반 이상이나 휑뎅그렁하게 빈 상태다. 특히 도성이 왜적에게 떨어져, 김대감댁 권속들도 피난을 갔을 것이 뻔한 지금, 찬홍 혼자만 병막에 내려와 한가로이 낚싯대를 드리운다는 것이 아무래도 작인들의 눈에는 기이했고 이상했다. 궁금히 여긴 마름 윤서방이 인사말삼아 도성 본댁의 안부를 물어보았지만 그것 역시 들었는지 말았는지 찬홍은 전혀 대꾸가 없었다. 그토록 사리 바르고 위엄 있던 김대감댁 작은서방님이 병든 몸에 난리를 만난 뒤로는 전혀 딴사람이 되어 강촌 병막에 나타난 것이다.

　그러나 이렇게 낚시질만 하던 김찬홍이 어느 날은 윤서방을 불러 엉뚱한 영을 내렸다. 아직 제대로 가을걷이도 시작되지 않은 지금, 장토에 딸린 각 작인들에게 금년 도조를 미리 매긴다는 것이었다. 마름 윤서방은 놀랐고 당황했다. 작인들을 거느린 큰마름의 입장이라 그는 누구보다도 강촌 작인들의 처지를 잘 알았다. 난리 후로 강촌 작인들은 그 절반이 어딘가로 떠나버렸다. 장리에 몰려 미리 도망친 자도 더러 있지만, 난리통에 농사를 망쳐 아예 땅을 버리고 살 곳을 찾아 다른 고장으로 떠나버린 자가 대부분이었다. 빚추

심을 면키 위해 떠났다고 하기보다는 그들은 딴 고장으로 살 곳을 찾아 정처없이 떠난 것이다.

절반쯤 남아 있는 작인들도 사정이 딱하기는 마찬가지였다. 난리 중에 왜적을 피해 그들은 자주 살던 집과 땅을 비웠다. 길게는 보름, 짧게는 네댓새씩 그들은 가까운 산과 숲으로 왜적을 피해 죽은 듯이 숨어 있어야 했다. 농사란 철에 맞춰 사람의 손길이 가야 한다. 제때에 손을 보지 못한 논밭은 땅이 굳고 잡초가 뒤덮여 작물이 제대로 자라지 못한다. 어떤 곡식은 씨만 뿌린 채 초벌 김매기조차 하지를 못해 땅에 뿌린 종자값조차 건지지 못할 지경이다.

작인들의 이런 사정을 잘 아는 사음 윤서방은 찬홍의 도조 이야기가 어이없고 기가 찰 뿐이었다. 도조란 원래 태평세월에 장주가 작인들로부터 땅세로 걷는 가을추수 때의 볏섬이다. 난리통에 대부분의 논밭이 폐농의 상태로 버려진 요즘 형편에, 문권에 적힌 약조대로 각 작인에게 도조를 매긴다는 것은, 사음 윤서방의 생각에는 아무래도 어처구니없는 억지요 횡포인 것이다.

그러나 장주의 말은 한번 뱉어지면 거두어지는 법이 없다. 비록 사음이나 감농이라 해도 장주가 한번 이른 말은 그대로 작인들에게 전해지는 것이 보통이다.

사음 윤서방은 찬홍의 영을 받고 강촌으로 돌아가 감농 박첨지朴僉知를 만나보았다. 감농 박첨지는 양반의 서출로 진서도 조금 알고 말주변도 좋은 사람이다. 특히 그는 누대에 걸쳐 김대감댁 작인들을 다루는 감농으로 일해 온 사람이라 지금은 나이가 많아 그 아들이 대신 감농 일을 보고 있지만 얼마 전까지도 작인과 장주 사이에 들어 그는 여러 가지 어려운 일을 솜씨있게 처리해 온 것이다. 그러나 감농 박첨지 역시 문안차 병막으로 찬홍을 한번 찾아보았을 뿐, 도조 이야기는 꺼내지도 못하고 그대로 다시 강촌으로 돌아왔다. 그를 대하는 젊은 장주 찬홍의 표정이 전에 없이 냉혹하고 차가워서 입을 떼기조차 두려웠기 때문이다.

석양이 강물에 비껴 강이 온통 붉은빛이다. 대를 한번 들었다 놓은 뒤 찬홍은 잠자코 등뒤의 인기척에 귀를 기울인다. 병막에서 채전으로 질러온 인기척은 보지 않아도 강건너 마름 윤서방임을 알 수 있다.

강촌 작인들의 형편과 사정을 알아보도록 찬홍은 사음 윤서방에게 사흘간의 말미를 주었다. 오늘이 그 마지막 날이라 그는 윤서방이 강을 건너 그에게 올 것을 미리 알았다. 미시쯤 강을 건너온 윤서방은 병막에 머물러 있다가 이제야 강변으로 그를 찾아오고 있다. 찬홍이 곧 병막으로 올 줄 알았다가 해가 기우는 것을 보고야 급히 강변으로 그를 찾아나온 것이다.

"마님, 쇤네 윤서방이오이다. 바깥행랑에서 마님 듭시기를 기다리다가 해가 저물도록 아니 듭시기루 쇤네 이렇듯 마님을 뵙고자 나왔습니다."

찬홍이 한동안 말이 없다가 강을 향한 채 잠잠히 입을 연다.

"잘 왔네. 게 아무데나 걸터앉게."

둘러보아야 물갈대뿐 앉을 곳이 없는 강변이다. 윤서방이 차수한 채 수굿하게 서 있자 찬홍이 다시 등돌린 자세로 다짐두듯 입을 연다.

"사흘 전에 내가 이른 일들은 자네가 갖추 알아보았는가?"

"예, 마님 분부 받잡구 마을을 두루 돌며 작인들의 형편과 사정을 여러 모루 알아보았습지요."

"연사 됨됨이도 알아보았든가?"

"물론입지요. 알아는 보았사오나 말씀 아뢰기가 송구할 따름이오이다."

"송구하단 말이 무슨 말인가? 자네가 내게 죄지은 일이라도 있는겐가?"

호령기 있는 목소리다. 이쪽의 너스레를 막기 위해 미리 겁을 주는 야무진 말소리다. 찬홍의 속뜻을 알 수 없는 윤서방은 두 손을 맞잡은 채 머리만 조아릴 뿐이다.

"내 묻는 말에 바른 대로 대답해야 되네. 한 마디라도 거짓을 말하거나 사정을 두어 듣기 좋게 말한 것이 드러나면, 자네는 부치던 땅도 잃고 사음자리도 내놓아야 될 걸세."

수긋해 있던 윤서방의 머리가 놀란 듯이 아래로 숙는다.

"쇤네 어느 안전이라 거짓을 아뢰오리까. 본 대루 들은 대로 바루 아뢸 것을 다짐하오이다."

강심 쪽으로 대를 드리운 채 찬홍은 여전히 윤서방 쪽은 보지 않고 있다. 더구나 그는 방갓을 써서 어깨 위로는 아무것도 볼 수 없다. 방갓이 약간 흔들리더니 그가 다시 말을 물어온다.

"올 연사는 어찌 되었든가?"

"제때에 논밭을 손보지 못해 올 연사는 폐농이나 다름이 없사오이다."

"밭농사는 그렇다 하더라도 잔손질 안 가는 논농사까지 폐농일 까닭은 없지 않은가? 가물지도 않은 금년 논농사가 이 곳 강촌에서만 무슨 까닭으로 망쳤다는 겐가?"

"왜적이 마을에 이른 무렵이 바루 논에 모를 내던 때이옵니다. 일찍 모를 낸 논들 중에는 더러 벼가 된 곳두 있습니다만, 왜적에 쫓겨 때를 놓친 논들은 그대루 버려진 채 모를 내지 못해 백답으루 있사오이다."

"그런 논이 얼마나 되나?"

"열 중 여덟이 빈 논들입지요. 그 중에 더욱 안타까운 것은 찬우물 안골짝에 있는 수한병식水旱並食〔장마와 가뭄을 타지 않음〕의 상답 열 세 두락입니다. 그 곳 논들은 물이 흔해 모만 내었더라면 큰 소출이 있었을 것을, 일을 미루다 때를 놓쳐 그 아까운 논들이 한 해를 그냥 빈 논으로 놀렸사오이다."

원래 농사일에는 관심이 없던 찬홍이다. 그러나 과객 차림으로 여름 한철 사방으로 떠돌며 지낸 선비 찬홍은, 봉노에서 자고 머슴방에 끼어 자면서 농사꾼들이 지껄이는 말들을 우연찮게 얻어듣게 되었다. 이제 그는 글만 읽던 옥골선풍玉骨仙風의 옛날 선비가 아니었다. 어려운 농사일은 물론 천한 백성들의 온갖 고달픔과 속사정까지도 그는 이제 소상히 살피는 눈과 귀를 지니게 된 것이다.

"그래 모를 낸 논에서는 두락당 소출이 얼마나 될 듯싶은가?"

"평년에는 상답 한 두락에 벼 두 섬은 쉽게 먹을 수가 있었으나 올 연사로는 한 두락에 한 섬 내기두 어려울 듯싶더이다."

모를 못 낸 빈 논이 태반이고 그나마 모를 낸 논도 소출이 평년의 반에도 이르지 않는다는 이야기다. 난감한 것은 이번 흉년으로 내년 한 해는 물론 다가오는 겨울을 어떻게 날 것인가 하는 것이다. 난리 중에 정작 많은 사람이 죽는 것은, 싸움터에서 칼이나 불을 맞아죽는 것이 아니다. 난리를 당해 농사를 버린 백성들은 이듬해 소출이 없어 태반이 주려죽는다. 난리가 없던 평년에도 흉년이 들면 주려죽는 백성이 수천인데 올해는 난리까지 겹쳤으니 주려죽는 백성이 얼마나 될지 알 수가 없다.

"이 곳 강촌의 작인들 중에 대충 몇 호나 마을을 떠났든가?"

"강촌 장토에 딸린 작인이 모두 예순 세 가구이온데 그 중에 절반이 조금 못되는 서른 한 가구가 마을을 떠나 도타를 했사오이다."

"사음과 감농은 무얼 했길래 그 많은 작인들이 떠나는 것을 구경만 했드란 말인가?"

찬홍의 방갓을 향해 윤서방이 다시 허리를 깊이 굽힌다.

"지난 초여름에 왜적이 가까이 이른 무렵 온 마을이 난을 피해 산과 숲으루 몸들을 숨겼습지요. 더러는 예닐곱 집들이 무리를 지어 산에 숨기두 했습니다만 거개는 한두 집씩 흩어져 제각각 어딘가루 난들을 피했사오이다. 이렇게 한번 흩어진 작인들 중 태반은 다시 마을루 돌아오구 나머지는 통 뒷소식이 없사오이다. 쇤네 생각에는 이렇게 뒷소식이 끊긴 집들은 빚을 지구 도타를 했거나 왜적을 만나 도륙을 당한 것이 아닌가 싶소이다."

온 나라에 유민의 무리가 정처없이 떠돌고 있다. 예전에는 유민이라고 하면 도타한 천민들이거나 없이 사는 백성들이 대부분이었다. 그러나 지금은 천민과 상인常人은 물론이요, 더러는 양반네들까지도 폐포파립으로 들과 산중을 떠돌고 있다. 그 중에도 특히 딱하고 처참한 것은 양반 집안의 어린 자제와 비단옷 두른 규방의 안식구들이다. 남녀 하례들의 수발을 받아 그들은 평생 동안 일과 신고를 모르고 자란 사람들이다. 그러나 난리가 터져 하루아침에 길에 버려진 아씨나 도령들은 살기 위해서는 어쩔 수 없이 제 손으로 양식도 구하고 잠자리도 마련해야 했다. 피난길을 떠나올 때 함께 거느리고 나온 하례들은 처음 며칠간은 주인을 섬기고 따르는 듯했으나, 난이 길어지고 살길이 막연해지자 저마다 어딘가로 뿔뿔이 도망쳐 버렸다. 이제는 아무리 지체 높은 양반이라도 돌보아 줄 하례가 수하에 없는 한 제 스스로 제 목숨을 연명해 갈밖에 도리가 없다.

그러나 평생 동안 일과 신고를 모르고 살던 양반네라 험한 난세를 당해서는 살아가기가 상민들보다 몇 배나 더 고달프고 괴로웠다. 그들은 이제 양반이 지녀온 체면과 덕목과 위엄들을 모두 버렸다. 굶어 죽지 않기 위해 험한 것국도 끓여먹어야 했고, 추위에 떨지 않기 위해서는 어느 빈집의 헛간에서 거적을 둘러쓰고 새우잠도 자야 했다. 양반의 체통을 내버린 그들은 더 이상 상민들 앞에 호통도 칠 수 없었고 매질도 할 수 없었다. 상민들 역시 체통 잃은 양반들을 예전처럼 우러러보거나 허리 굽혀 대하지 않았다. 그들은 비로소 양반네와 자기네가 굶주리면 먹고 추우면 떠는 한갓 똑같은 인간임을 깨달았다. 갑자기 이 나라에 찾아온 왜란은 무수한 살생과 분탕을 저지른 외에, 이렇듯 조선 백성들에게 새로운 깨달음도 덤으로 안겨준 것이다.

난리 뒤의 여름 석 달을 찬홍은 세상을 떠돌며 볼 것 못 볼 것 무수히 구경했다. 다행히 그의 대풍창은 밖으로 크게 드러나지 않았다. 그는 이미 난리 전에 세상사의 부질없음을 나름으로 깨닫고 있었다. 그러나 난리 전의 이 깨달음은 대풍창 병인으로서의 개인적인 깨달음에 불과했다. 좀더 넓은 세상의 허망한 인간사는 난이 일어나 세상이 뒤집힌 한참 뒤에야 찬홍은 비로소 바로 살피게 된 것이다.

"내 며칠 전 들을 돌아보니 논밭에 벌써 가을걷이가 시작되었더군. 농사 망친 핑계만 대고 금년 도조는 언제 거두어들일 젠가?"

"도조 들이기는 아직 절기가 이른 것으루 아오이다. 어느 들을 둘러보셨는지 모르오나 지금 들에서 거두는 벼가 영근 벼가 아니구 덜 여문 벼를 거두는 풋바심인 줄 아오이다."

풋바심은 소출이 적어 전부터 장주와 감농들이 작인들에게 금해온 바다. 그러나 지레 양식이 떨어진 농가에서는 소출 적은 것을 뻔히 알면서도 덜 여문 벼를 베어 풋바심으로 양식을 삼곤 했다. 금년은 특히 난중이라 풋바심이 심할 수밖에 없다. 언제 왜적이 닥쳐 다시 산중으로 숨어야 될지 모르는 판국이라 작인들은 미처 덜 여문 벼라도 손 있을 때 미리 훑어들여 양식을 만들어야 했던 것이다.

"허면 내가 들에서 본 것이 모두 풋바심 한 논들이란 말인가?"

"마님 보신 것이 어찌 모두 풋바심만이랄 수 있으리까. 더러는 제대루 여문 올벼를 거둔 논두 있습지요."

"내가 지난번 자네에게 이른 것이 바로 우리 장토에 딸린 논들의 금년 소출을 알아보라는 것이었네. 자네가 내 말을 귓등으로 듣지 않았다면 내가 사흘 전에 이른 말을 지금쯤은 소상히 알아두었을 것으로 아네마는?"

"분부대루 거행은 했사오나 쇤네 차마 마님 앞에 그 일을 바른대루 아뢰기가 난감하오이다."

"금년 연사가 흉하다는 것은 내 진작부터 알고 있는 일일세. 듣기 좋은 말을 듣자는 게 아니니 내게 어서 바른 대로 말해 보게."

등 돌린 찬홍에게 머리만 조아릴 뿐 사음 윤서방은 좀처럼 말이 없다.

원래 김대감댁 장토에서는 한 해 추수가 1천 섬 안팎에 이르는 까닭에 1년이면 도조만도 6·7백 섬에 이르곤 했다. 그러나 올해는 6·7백은 고사하고 1백 섬을 채우기도 난감한 형편이다. 예년의 도조를 잘 아는 윤서방은 그러기에 차마 지금의 형편을 바른대로 아뢰기가 송구하고 난감한 것이다

"마님 굽어살피소서. 금년 추수는 예년허구 달라두 너무 두동지게 다른 것으루 아오이다. 쇤네가 대충 헤아려 본 셈으루는 백 섬을 채우기두 쉽지 않을 듯허오이다."

어려운 말을 한달음에 뱉어놓고 윤서방은 찬홍을 향해 허리를 다시 반으로 접는다.

원래 도조를 제대로 못 낸 작인들은 이듬해는 땅을 빼앗겨 다른 작인에게 내어주도록 되어 있다. 물색 모르는 작은서방 마님께서 소출 적은 것은 살피지 않고 언제 작인들에게서 땅을 거두어 딴 작인들에게 내어줄지 알 수 없다. 그것을 아는 윤서방이기에 찬홍의 다음 말이 불호령보다도 더 무섭게 기다려지는 것이다.

"자네들이 내년부터는 우리 땅을 부치기가 긴치 않은 모양일세 그려. 아무리 난중이기로니 7백 도조가 백으루 주는 일은 없는 법일세. 금년 연사가 흉하다구는 들었네만 도조 2백을 채우지 못하구는

자네들 내년부터는 우리 땅 부칠 생각을 말게."

"황공하오이다. 마님 꾸중이 백 번 옳구 당연허십니다. 7백 도조가 백으로 준 일은 강촌에 장토 생긴 이래 한 번두 없던 일이었습지요. 하오나 쇤네가 하늘에 맹세쿠 아뢥기는, 금년 도조 2백 섬을 채우기는 평년에 1천을 채우기보다 더 어렵다는 것이오이다. 마님 다시 한번 굽어살피소서. 지금 강촌의 형편으로는 2백 섬은 결쿠 채울 수 없는 버거운 양이오이다."

찬홍은 대꾸없이 고개를 들어 강심 쪽을 바라본다. 거루 한 척이 사람을 싣고 강을 건너 갈밭 쪽으로 오고 있다. 갓쟁이 하나가 배 복판에 앉아 있고 그 앞에는 아녀자로 보이는 키 작은 사람이 웅크리고 앉아 있다. 배를 젓는 사람은 거리가 멀어 이쪽에서는 누군지 알아볼 수 없다. 키가 멀쑥하게 큰 것으로 보아 강굽이에서 그물질을 하는 쇠동이라는 총각 어부인 모양이다.

강을 비스듬히 건너온 배가 이쪽 강기슭의 갈밭 속으로 들어선다. 병막의 푸성귀 밭과 잇닿은 이쪽 강변에는 서너 칸 너비로 물갈대가 질펀히 자라 있다. 물갈대 속에 들어간 배는 이쪽에서는 전혀 보이지 않는다. 배를 내려 서너 칸을 걸어야만 그들은 다시 이쪽에서 보일 것이다.

"자네 배를 보았는가?"

"예, 마님."

낚싯대를 거두어 배 안에 누인 뒤 찬홍은 그대로 배를 내려 뭍에 오른다. 윤서방이 배 안에서 고기 다래끼와 낚싯대를 집어들자 찬홍이 갈밭 쪽을 향한 채 다시 윤서방에게 말을 물어온다.

"갓 쓴 저 노인이 자네 뉘신지 알겠는가?"

"예 마님, 먼빛으루 뵈옵기는 아랫말 버드내 사시는 김좌수金座首 어르신이 아닌가 싶구먼이요."

"그 어른이 내게는 무슨 볼일로 오신다는 겐가?"

잠시 송구한 듯 말이 없더니 윤서방이 한참 만에 머리를 조아리며 입을 연다.

"실은 좌수 어르신께서 쇤네에게 이르신 말씀이 계시오이다. 어제 쇤네를 부르시기루 좌수 어른을 찾아뵈었더니 쇤네더러 이르시기를 내일 마님을 찾아뵈올 테니 마님께 미리 말씀을 전허라 허시더이다."

찬홍이 비로소 방갓을 처들고 서너 걸음 밖에 서 있는 윤서방을 건너다본다. 수십 명 작인들의 우두머리 마름답게 윤서방은 말주변도 좋고 세상 물정에도 약삭빠른 위인이다. 그러나 지금의 찬홍은 물정 모르고 글만 읽던 옛날의 얌전한 선비가 아니다. 그를 속이거나 휘두르기에는 윤서방은 오히려 힘에 부쳐 진땀이 솟는 것이다. 다른 속뜻이 있는 것을 짐작하고 찬홍이 비로소 꾸짖듯이 입을 연다.

"좌수 어른께서 전하는 말씀이 계시다면 왜 진작에 내게 이르지 않았던가? 그리고 내가 비접 나온 병인임을 잘 알면서, 자네는 어째 그 어른이 내 병막에 건너오시도록 내버려 두었더란 말인가?"

"쇤네가 생각이 짧아 미처 게까지는 헤아리지를 못했사오이다. 마님을 병막으루 찾아뵙겠다구 허시기에 쇤네는 어르신들 사이의 문안인사루만 알구 있었습지요······."

머리 조아리는 윤서방을 무시한 채 찬홍은 강가에서 병막으로 올라가는 김좌수 일행을 멀찍이 바라본다. 앞서 가는 김좌수 뒤로 변발머리의 처녀아이 하나와 키 멀쑥한 사내 하나가 따르고 있다. 뒤따르는 키 멀쑥한 사내는 하인 행색이 분명하나 보퉁이를 안고 따르는 변발머리 처녀는 비자로 보기에는 어딘가 옷치장이 곱고 깨끗하다. 찬홍이 강가에 지은 작은 초막으로 올라가며 뒤따르는 윤서방에게 다시 말을 물어온다.

"그래 좌수 어른께서 내게 이르실 말씀이 무엇인가?"

서너 걸음 뒤로 찬홍을 따라가며 윤서방은 이번에도 역시 쉽게 입을 열지 않는다. 그러나 초막 밑에 찬홍이 이르자 윤서방이 한참만에 더듬거리듯 입을 연다.

"좌수 어르신이 쇤네더러 이르시기를 마님께 벼 열 섬만 빌자신다구 전허라 허셨사오이다."

찬홍은 대꾸없이 신을 벗고 초막으로 오른다. 난중에도 그의 병막 고방에는 작년에 받은 도조 벼가 수십 섬이나 남아 있다. 그가 병막을 비운 사이에 사음 윤서방이 병막을 잘 지킨 덕이다. 그러나 윤서방은 병막을 잘 지킨 대신 그것을 또 가까운 이웃에 자기 공으로 내세운 모양이다. 김좌수가 그에게 양식을 빌러온 것은 바로 윤서방이 그의 고방에 볏섬이 있는 것을 알려준 때문이다.

"그 어른이 내 고방에 볏섬 있는 것을 아신 것도 이상하거니와, 벼를 열 섬이나 빌리자는 것도 내게는 도시 헤아리기가 어렵네그려. 피난 떠난 도성 안 집안도 지금쯤 필히 살기가 곤핍할 터인데 그만한 볏섬을 아버님 허락없이 내가 어찌 그 어른께 내줄 수 있다든가."

"쇤네, 마님께 그 어른 말씀만 전해 올릴 뿐 그 뒷일은 감히 무어라 말씀 여쭐 수가 없구먼이요."

"지금 그 어른이 병막에 이르러 내 없는 것을 아시면 곧장 이리로 나를 찾아오실 겔세. 내가 지금 그 어른 뵐 처지가 아니니 자네가 먼저 병막으로 가서 내가 만나뵙지 못하는 뜻을 내 대신 그 어른께 전해 올리게."

윤서방이 허리를 굽힌 채 돌이라도 된 듯 움직이지 않는다. 움직이지 않는 그를 향해 찬홍이 다시 꾸짖듯이 입을 연다.

"자네가 왜 아니 가고 게 그렇게 섰는 겐가?"

"마님 굽어살피소서. 좌수 어르신은 우리 마을이 우러러 뵈옵는 좌장이시고 큰어른이시오이다. 우리 작인들의 면을 봐서라두 이번 한번만은 그 어른의 청을 들어주오소서."

찬홍은 잠시 생각에 잠긴다. 김좌수라면 그도 이미 그 인품을 아는 사람이다. 더구나 그는 강촌 인근에서는 백성들 사이에 가장 공대받는 웃어른으로 되어 있다. 그가 양식을 빌리러 올 정도라면 그의 곤궁함은 보지 않아도 알 만하다. 작인들이 이미 그의 곤궁을 아는 이상 찬홍은 그를 함부로 내칠 수가 없다.

"벼 열 섬은 너무 크고 닷 섬만 그 어른께 내드리도록 하게. 그리고 벼를 내드리기 전에 그 어른 수결이 든 문권을 꼭 두고 가시도록 말씀드리게."

"예. 허면 낭자는 어찌하오리까?"

"낭자라니?"

"그 어른께 지금 나이 열 여섯 된 서녀庶女 낭자가 계시오이다. 병막에 홀루 계신 마님을 딱히 여겨 그 어른이 서녀 낭자를 마님 수

발토록 병막에 두구 가실 의향이시더이다."

찬홍은 고개를 내젓는다. 그를 따르던 계집종 연이도 지금 그는 도성 본가에 억지로 떼어놓고 왔다. 혼자 몸도 추스르기 어려운 난중이라 그는 난리 중에는 수하에 아무도 거느리고 싶지 않다. 더구나 처녀아이를 병막에 두다니 그는 생각만 해도 가슴이 답답해 오는 것이다.

"좌수 어른 뵙거든 이렇게 말씀 전하게. 서녀를 내게 내리시는 뜻은 고맙기 그지없으나 지금 내 처지가 사람 거느릴 형편이 아니니 가시는 길에 그 처녀를 다시 거두어 가십사고."

해가 저문다.
바다를 등진 산자락 이쪽은 벌써 컴컴하게 그늘이 드리워져 있다. 마을 위로 얕게 떠도는 연기는 여염에서 때맞추어 저녁을 짓는 연기일 것이다. 실개천에 놓인 돌다리를 건너 한덕대는 빠른 걸음으로 그늘 드리운 마을로 들어선다. 새벽에 부평 고을을 떠나 그는 이제야 이 곳 남양南陽 고을에 닿고 있다. 덕대의 빠른 발걸음으로는 부평과 남양 사이는 하룻길이 되지 않는다. 그러나 왜적을 피해 험한 산길로 돌아오다 보니 백여 리 남짓한 짧은 길이 하루해를 다 지운 것이다.

남양은 원래 대국 명나라와 교역이 잦던 큰 고을이다. 그러나 지금은 왜란을 맞아 이 고을도 역시 예전 같은 영화가 없다. 부중에 나다니는 행인도 드물고 갯가 굴강에 묶인 배들도 예전같이 흔치가 않다.

고을 복판으로 들어서니 그래도 상사람 차림의 나다니는 행인이 많다. 반가운 것은 초립 양쪽에 목화송이가 달린 차인의 모습이 눈에 많이 띄는 것이다. 도성이 왜적에게 떨어진 뒤로 삼남에서 뱃길로 올라오는 물화가 요즘은 경강으로 못 가고 이 곳 남양의 마산포馬山浦에 닿는다는 소문이다. 도성 운종가의 시전 행수 몇 사람이 임시로 이 곳 남양땅에 몸을 묻고 있기 때문이다. 난리통에 장삿길이 막힌 서울 시전의 큰 상인 몇이 세상 돌아가는 형편을 살피느라고 마산포에 배를 대어놓고 이 곳 남양에 몸을 감추고 있는 것이다.

부중을 바라고 들어오던 덕대가 관아를 멀리 보는 지점에서 왼쪽으로 틀어 갯가 쪽으로 되나온다. 바다로 향한 야트막한 산자락에 돌로 지붕을 눌러놓은 작은 여염들이 다닥다닥 붙어 있다. 산자락 아래로 내려오던 덕대가 이윽고 큰 마당 딸린 어느 큼지막한 초가 앞에 멎는다. 지붕은 비록 짚으로 이었으나 바깥행랑의 규모로 보아 예사로운 초가가 아니다. 도성의 웬만한 기와집보다도 그 크기나 집채 수가 훨씬 크고 많다.

"웬 눔이여?"

평대문 안으로 들어서는데 마방馬房 쪽에서 사내 하나가 소리를 친다. 덕대가 뒤를 돌아보니 싸리비 든 사내 하나가 반색을 하며 그에게 다가온다.

"어이구, 한패두시구려? 지금 어디서 오는 길이시우?"

"부평서 오네. 행수 어른 안에 기신가?"

"기십지요. 안별당에 기시리다. 그래 이번 작로에는 왜적과 봉적

逢賊〔도적을 만남〕하지 않았소?"

"왜적과 부닥쳤으면 내가 이렇게 성한 몸으루 돌아왔을까? 행수 어른 어떠신가? 내가 지금 뵈어두 되겠는가?"

"죽산 내려간 부령위副領位 어른이 오늘 낮에 당도했수. 그 어른과 한참 말씀을 나누시다가 아마 방금 헤어졌을 게요."

"딴 손은 아니 계시구?"

"혼자 기신 걸루 아오이다만, 내가 들어가 살펴보리까?"

"일 없네. 돌아온 인사 겸해 내가 들어가 뵈오려네."

"그럼 어서 다녀오시우. 내 그 동안 찬간에 얘기해서 술상이나 하나 보아두리다."

덕대가 대꾸없이 마당을 질러 안채를 바라고 올라간다. 안별당은 안채 뒤의 작은 연못가에 돌아앉아 있다. 안채를 지나가니 낯익은 얼굴들이 덕대를 향해 인사말들을 건네온다. 열흘 가까이 이 집에 머물면서 어느새 서로 간에 낯들을 익힌 사람들이다.

드디어 안별당 앞이다. 마루 앞으로 다가가는데 상노방에서 상노 아이가 밖을 내다본다. 덕대의 얼굴을 아는 상노가 역시 그에게 반기는 얼굴로 인사를 한다.

"안녕합시오. 행수 어른 뵈오러 오셨구먼요?"

"그러이. 안에 기신가?"

"예, 잠시 기다리시오. 내 먼저 말씀 올리리다."

상노가 말을 이르기 전에 벌써 방안에서 조행수의 목소리가 들려온다.

"밖에 누가 왔느냐?"

"예, 지난 그믐에 부천 올라간 한패두가 돌아왔습니다."

"오늘이 며칠인데 그 사람이 벌써 돌아와?"

"행수 어른 안녕헙시오. 쇤네 방금 부천서 내려오는 길이오이다."

쌍미닫이가 열리더니 행수가 방 밖을 내다본다.

"자네로구먼. 욕보았네. 어서 방으루 올라오게."

덕대가 흠신해 보인 뒤 신을 벗고 마루로 오른다. 방 안에 들어 두 사람이 마주하자 행수가 다시 말을 물어온다.

"집에 들렀든가?"

"아니올시다. 먼저 찾아뵙구 드릴 말씀이 있삽기루 집에는 아니 들르구 이리루 곧장 왔습니다."

"그래 내가 이른 대루 두 고을에 들러 소식을 좀 알아보았든가?"

"두 고을 외에 행주나루를 건너 도성에두 잠시 둘러보구 왔사오이다."

"도성에를 들렀든가?"

"소문대루 궐闕〔대궐〕들은 물론이요, 종루와 운종가 일대가 훤한 잿더미루 변했더이다. 제가 부리던 아는 사람 하나를 만나 시전이 불바다 되던 일과 요즘 형편들을 대강 듣구 왔사오이다."

"시전이 불바다 되던 일은 나두 게 있어서 두 눈으루 똑똑히 보았네. 대궐에두 불을 지른 도둑들인데 시전 점포들을 그대루 둘 까닭이 없지. 그건 그렇구 요즘 도성 안이 어떤 형편인지 궁금허이."

"대궐과 관아가 죄 불타서 왜적들은 줄곧 집채들이 성한 목멱〔남산〕 아래 남촌에만 둔취해 있더이다. 그리구 난리 초에 험악하던 형세와는 달리 지금은 도성 안에 조선 백성들두 많이 제 집 찾아 들어와 있더이다."

"혹시 도성 안에 전 벌려 장사하는 좌고坐賈(앉은장사)들은 뵈지 않든가?"

"남문 밖과 배오개(梨峴) 근처에는 좌고와 행상들이 난전을 벌이기두 했더이다."

"그쪽은 왜란 전에두 1년 내내 난전이 섰던 곳일세. 그래 왜적들이 조선 백성을 보구두 전처럼 칼질을 하거나 행악이 없더란 말인가?"

"즈이두 병화가 길어지자 조선 백성들의 인심을 얻는 것이 중한 일인 것을 깨달은 듯허답니다. 요즘은 함부루 사람을 해치지두 않을 뿐더러 방을 내걸어 조선 백성에게 벼슬두 내리구 일을 시키기두 헌답니다."

"누가 뉘게다가 벼슬을 내린다는 겐가?"

"왜적을 따르거나 말 잘 듣는 조선 백성에게 왜적들이 왜장의 이름으루 고을 원이나 도사 같은 벼슬을 내린다는 모양이오이다."

행수가 한동안 허공을 바라본 뒤 고개를 끄덕이며 다시 덕대를 건너다본다.

"목숨보다 질긴 것이 어디 또 있다든가……. 그래 또 도성 안에 다른 형편들은 어떻든가?"

"왜적들두 군량이 딸렸든지 요즘은 군사들을 사방으루 풀어 양식을 노략질해 오도룩 시키는 것 같다구 허더이다."

"남의 나라에 싸움하러 건너온 물건들이 제 먹을 양식두 지니지 않구 빈몸으루 왔더란 말인가?"

"난 초에는 그런 일이 별루 없었든 모양이나 요즘은 우리 수군에게 바닷길이 자주 막혀 군량을 제대루 대지 못해 왜적들두 크게 어려운 지경인 듯허답니다."

이번 왜란 중에 놀라운 일이 있다면 그것은 바로 조선 수군의 여러 차례에 걸친 파왜破倭 승전이다. 육전에서는 한 달 남짓 만에 조선의 큰 도읍지인 3도三都〔한양·개경·평양〕를 모두 빼앗겼다. 그러나 아무도 기대하지 않던 수군들은 남녘 바다에서 왜적을 맞아 싸우기만 하면 크게 이겼다. 이제 대국 명나라에서 왜적을 치기 위해 천병이 건너오고, 조선 팔도의 고을 처처에서 백성들이 스스로 일어나 왜적을 깨칠 의병들을 일으키고 있다. 엄청난 대가를 지불한 이제야 조선 백성들은 왜적의 실체를 똑똑히 보기 시작한 것이다.

조선 백성들도 이제는 무턱대고 왜적을 무서워하지만은 않았다. 그것은 왜적 스스로가 조선 백성에게 일깨워 준 값비싼 교훈이었다. 왜적과 부닥친 조선 백성들은 열 중 아홉은 반드시 죽임을 당했다. 그들은 노인이건 어린애건 조선 백성은 만나기만 하면 닥치는 대로 칼로 찍거나 베어 죽였다. 그들이 죄없는 조선 백성을 도륙하는 것은 자기네 나라에 조선 사람의 코와 귀를 베어가기 위해서라 했다. 저희 나라 대장군이란 자가 조선 사람의 코와 귀 베어온 것으로, 수하 장수의 전공이 크고 적음을 가리기 때문에, 조선에 나온 수많은 왜장들은 하나라도 코와 귀를 더 베기 위해 조선 사람이 보이기만 하면 닥치는 대로 도륙하는 것이라 했다. 왜적의 눈에 띄면 어차피 죽을 목숨이기에 조선 백성들도 이제는 왜적을 만나면 무릎을 꿇고 목숨을 애걸하지 않았다. 이래 죽으나 저래 죽으나 죽기는 매일반이라 그들도 이제는 목숨을 빌기보다 살아 있는 한 도망을 치거나 칼을 맞더라도 두 눈을 부릅뜨고 왜적을 똑바로 쳐다보며 당당하게 죽기 시작한 것이다.

야차나 악귀 같은 공포의 대상으로만 보이던 왜적들이 비로소 조선 백성의 눈에 한갓 사람으로 보이기 시작했다. 그들에게도 약점은 있었고 생명에 대한 끈끈한 애착과 죽음에 대한 두려움이 있었다. 조선 백성에게 사로잡히면 그들은 살려달라고 눈물을 흘리며 애걸했고, 도망칠 수 없는 궁지에 몰리면 그들도 칼을 던지고 무릎을 꿇어 항복을 했다.

공포를 극복하면서 조선 백성들은 용기와 힘을 되찾았다. 싸움에 당해 가장 중요한 것은 싸우려는 마음가짐이다. 제 목숨을 지키기 위해 그들은 싸우지 않을 수 없었다. 상전이나 임금이나 나라 따위는 그들에게 당분간 뒷전이었다. 당장은 제 목숨을 지키기 위해 그들은 병장기들을 들고 의병 모병소로 하나 둘씩 몰려들었다.

전쟁의 주인이 바뀌기 시작했다. 싸움만 하면 이기던 왜병들도 요즘은 바다와 뭍에서 자주 싸움에 패하기 시작했다. 그들이 싸움에 패하는 것은 어쩌면 당연한 일인지 몰랐다. 상전의 야망 때문에 억지로 싸우는 그들에 비해, 조선 백성들은 제 나라 제 고을과 제 목숨을 지키기 위해 싸우는 것이었다. 싸우는 목적이 더 절박했기 때문에 조선 백성들은 마음가짐에서 먼저 왜적을 이기기 시작했다.

"경강 쪽으루두 내려가 보았든가?"

행수가 다시 덕대에게 말을 물어온다.

"예, 하루 짬을 내어 삼개와 서강 쪽으루 형편을 살피러 나가보았지요. 허나 강상은 볼 수가 없구, 강변에 왜적이 끓어 자세 살필 수가 없었사오이다."

"왜적이 나루를 지키든가?"

"선객을 일일이 기찰허지는 않았으나 나룻목에 막을 치구는 들구나는 사람들을 이잡듯 살피는 기색이었사외다."

"강상들의 고방과 염창들은 아직두 그대루들 남아 있든가?"

"웬걸입쇼. 그쪽두 불을 질러 성한 집채가 없더이다. 언덕배기에 굴들을 파구 빌어먹는 사람들만 이끓듯 몰려 살구 있었소이다."

난리가 끝나기 전에는 운종가 시전도 경강 강상도 장사 트기는 난감하다. 그러나 전라도와 충청도 일경이 아직 성하니 그쪽으로는 장삿길을 터볼 수도 있을 것 같다. 특히 올 연사가 흉년이라 내년에는 곡가穀價〔곡물 가격〕가 천정부지로 뛰어오를 것이다. 손을 쓰려면 지금 가을철에 차인들을 풀어 호남 지방으로 내려보내야 한다. 그러기 위해서는 난리통에 흩어진 상단 차인들을 당장 남양으로라도 끌어모아야 하는 것이다.

"도성에서 혹 우리 일보던 차인들을 만나지 못했든가?"

"쇤네두 사방으루 알아는 보았으나 얼굴 아는 상단 식구는 만나기가 어려웠사외다. 상단 전방들이 모두 잿더미가 되어버려 지방 차인들이 올라오더라두 서로 연통을 할 수가 없었던 모양이외다."

"칠패나 배오개 난전에두 우리 식구가 뵈지 않든가?"

"그쪽은 원래 우리와 척진 사이라서 우리 식구가 비위 죽이구 빌붙어 살기가 어렵습지요. 자세 살피지는 못했으나 제 아는 얼굴은 통히 눈에 띄지 않았습니다."

"김포에서는 내 이른 대루 정행수 어른을 찾아뵈었든가?"

"정행수 어른은 뵙질 못허구 면포전 차지령을 잠시 만나보았습니다."

"그래 면포전 쪽은 형편들이 어떻다든가."

"즈이나 별루 다를 바가 없더이다. 난리통에 상단이 깨어져 일손들을 놓구 병화 끝나기만 기다리구 있더이다."

"부천 형편두 비슷하겠구먼?"

"부천 내려간 지전紙廛 상단은 그 중 형편이 딱한 듯했소이다. 병중이던 서행수가 돌아가신 뒤루는 상단이 아예 뿔뿔이 헤어져서 뒷갈망을 못허는 듯허더이다."

"조합 사람들은 헤어졌다 해두 차인들 몇은 만나볼 수 있었겠네?"

"예, 두엇을 만나는 보았으나 시전 전방이 불타버린 뒤루는 빚만 산더미루 깔렸다구 허더이다."

불에 견디는 물건이 있으랴만 종이 다루는 지전의 피해는 그 중에도 가장 크다. 어차피 이번 왜란으로 운종가 모든 상단들은 빚에 묻혀 쓰러지게 되어 있다. 이런 때 다시 일어서는 상단만이 난리 후에 도성 상단을 휘어잡는 가장 큰 상단이 될 것이다.

"내게루 한번 내려오라구 말들은 고루 전했든가?"

"이르신 대루 전하기는 했으나 쇤네 정성이 부족했든지 내려오마는 답은 한 군데서두 받지를 못했소이다."

행수가 잠시 말을 끊고 타구를 끌어당겨 입 안에 괸 침을 뱉는다. 그 동안 방 안은 날이 저물어 사람의 얼굴을 분간키가 어렵다. 행수가 곧 마루를 향해 상노아이를 크게 부른다.

"화선이 게 있느냐. 날 저물었다. 방에 어서 불 밝혀라."

긴대답 소리와 함께 상노아이가 기다렸다는 듯 부등가리에 불씨를 담아 들고 들어온다. 등잔에 불이 달여지자 행수가 다시 덕대에게 입을 연다.

"자네 이번에 욕보았네. 허나 곧 또 전주에 한 행비 해야겠네."

"내일 떠나야 되오이까?"

"길 떠난 지 이레 만에 돌아온 사람을 내일 또 내쫓는 인심은 없네. 한 닷새 집에서 쉬었다가 노독 풀리건 천천히 떠나게나."

"닷새까지는 아니 쉬어두 되오이다. 내일 하루만 집에서 쉬구 모레쯤 다시 떠납지요."

"내가 그리는 허락 못허겠네. 헌데 자네한테 내 한 가지 물어볼 것이 있어."

"말씀 허시지요. 쇤네 아는 대루 대답해 올리리다."

잠시 뜸을 들이듯이 행수가 뻔히 덕대를 바라본다. 꾸부정한 앉음새로 덕대가 말없이 기다리자 조행수가 한참 만에 느적느적 입을 연다.

"내 지난번 자네 묵는 집에 열 여덟 된 처녀아이 하나를 밥 끓이라구 내려보낸 일이 있지. 자네 그 아이 어찌 생각허나? 조석끼니 끓이라구 내가 그 아일 자네 집에 내려보낸 줄 아나?"

덕대가 고개를 들어 조행수의 얼굴을 마주 본다. 웃음기 없는 행수의 얼굴에는 꾸짖는 빛이 어려 있다. 그제야 덕대는 깨닫는 것이 있어 행수를 외면한 채 더듬거리듯 입을 연다.

"제 집에 그 처자를 보낸 뜻이 조석끼니 끓이는 것 외에 달리 또 있으리라군 생각을 못했소이다."

"자네가 생각을 못했다면 내가 지금 일러줌세. 그 아이를 자네에게 보낸 것은 자네가 그 아이를 밤에 잠동무루 취하라는 뜻이었네."

"잠동무라굽시오?"

"자네가 내게루 온 뒤 연일 사방으루 원행을 하는 터라 내가 자네에게 뜻이 있어 그 아이를 내려준 게야. 자네 연치에 객지 잠자리가 허전하구 적적할 듯해서 내가 각별히 그 아이를 골라 자네 침소루 내려보낸 겔세."

덕대가 눈을 껌벅인 뒤 긴 윗몸을 수굿하게 구부리며 어눌하게 되묻는다.

"속내 모르는 처음 보는 처자를 쇤네가 어찌 행수 어른 허락없이 잠자리에 취할 수 있사오이까? 그런 속뜻이 계셨다면 진작에 쇤네에게 귀띔이라두 해주셔얍지요."

"그래 내 허락이 떨어지면 자네 그 처자를 아낙으루 취할 생각은 있는 겐가?"

"아낙은 또 무슨 말씀이오이까?"

"숫처녀를 잠자리에 취허구두 자네는 허면 그 처녀를 내칠 생각을 했더란 말인가?"

"내칠 생각은 나중 일이구 쇤네가 당초에 그 처자를 취할 생각이 있었어얍지요. 헌데 무슨 까닭으루 행수 어른께서는 하필이면 그 처자를 골라 제게 내리셨는지 모르겠구먼요?"

"잘 물었네. 까닭이 있네. 그 처자가 내 집에 있는 여느 비자와는 다르기 때문일세."

"어찌 다르다는 말씀이오이까?"

조행수가 턱을 쳐들어 마주 앉은 덕대를 아득히 건너다본다. 가늘게 뜬 조행수의 눈에는 덕대를 긴히 여기는 은근한 속뜻이 숨어 있다. 하긴 난 전에 우연히 덕대를 선전(縇廛) 상단에 받아들인 뒤, 벌써 이런저런 일로 여러 차례에 걸쳐 요긴하게 부려온 그다. 남달리 큰 키에 여력이 출중하다는 소문이지만, 조행수가 그에게서 높이 산 것은 그의 힘이 아니고 발걸음이 빠른 비각(飛脚)이다. 상단에는 팔도 곳곳에 차인들이 묵는 임방(任房)(거래소)들이 있다. 여러 고을에서 물산을 모아 서울 도성으로 올려보내자면 중간 중간에 물산을 집산하는 중간참의 임방들을 두지 않을 수 없다.

그러나 지금은 난중이라 상단도 깨어지고 각 고을 임방들도 형편과 사정을 알 수가 없다. 헌데 다행히도 발걸음 빠른 한패두 덕대가 나타나 벌써 세 행비째나 근기 여러 고을의 임방들을 다녀왔다. 그는 큰 키에 여력과 담력이 뛰어났고 그 위에 걸음발이 빨라 하루에 보통 2백릿길을 걷는 비각이다. 사람이 귀한 요즘 그를 찾은 것도 다행이지만, 그의 발빠른 걸음발을 이용하여 사방 임방들의 형편과 사정을 알아보게 되어 조행수로서는 그의 존재가 귀하고 요긴치 않을 수 없다.

그를 아끼는 마음이 일고부터 조행수는 새삼스레 덕대의 주변 사정에 눈길이 가게 되었다. 대구 고을이 고향인 덕대는 서른 가까운 나이건만 아직 짝을 구하지 못해 외자상투의 총각으로 지내고 있었다. 딸린 식솔도 예전에는 여럿인 듯했으나 지금은 죽거나 흩어져 겨우 아우 하나가 딴살림을 나서 타처에서 사는 듯했다. 남양 고을로 상단을 찾아왔을 때는 덕대는 혈혈단신의 홀몸이었던 것이다.

피난살이하는 조행수의 거처에는 그 즈음 이런저런 손이 많아 그를 재울 방이 없었다. 해서 행수는 거처에서 멀지 않은 곳에 초가 한 칸을 마련하여 덕대로 하여금 따로 살도록 해주었다. 그러나 조석 끼니를 끓이자면 동자치 하나를 그의 집에 붙여주어야 했다. 상단의 일로 자주 외지에 나가는 그에게 조석 끼니까지 제 손으로 끓이도록 버려두기가 민망하고 딱했던 것이다.

헌데 그 즈음 조행수에게는 공교로운 일이 한 가지 있었다. 지난 초여름 그의 행랑에 도성에서 피난 나온 면식 있는 양반네가 들어 살고 있었는데 그들 두 양주가 딸 하나를 남겨둔 채 이름 모를 병을 얻어 열흘 사이로 차례로 죽은 것이다. 졸지에 부모를 여읜 과년한 그 규수는, 부모 장례 뒤에 어쩔 수 없이 그녀의 장래 일을 조행수 구처區處〔구분하여 처리함〕에 맡기게 되었다. 하긴 두 양주가 병든 무렵부터 조행수는 이미 그 부모로부터 딸의 앞일에 대한 부탁을 듣고 있었다. 그들은 자기네 양주가 죽은 뒤에 조행수가 그들의 딸을 수양딸로 삼아 집안에 거두어 두었다가 적당한 혼처가 나면 출가까지 시켜줄 것을 간곡히 부탁해 온 것이다.

덕대를 긴히 여겨 가까운 곳에 집간까지 마련해 준 조행수는 덕대의 밥 끓일 동자치를 구하다가 언뜻 그 규수를 머릿속에 떠올렸다. 비록 반가의 규수이긴 했으나 나이가 과년한 외에 그녀는 달리 또 지닌 천량이나 곁쪽이 없다. 덕대가 지금은 비록 선전 상단의 패두나 하는 몸이지만 그의 집안이 농사꾼 집안이라 칠반천역〔모든 상사람〕에 들지 않을뿐더러, 사람 됨됨이가 무던하고 듬직해서 그 규수의 지아비로 크게 기울지는 않으리라 생각한 것이다. 더구나 규수를 덕대의 초가로 보내기 전에 조행수는 은밀히 규수를 불러 자기 뜻을 귀띔한 뒤 그녀의 의향을 묻기도 했다.

제 앞일을 이미 조행수의 구처에 맡긴 규수는 조행수의 귀띔을 듣고는 달리 앙탈없이 처분대로 따를 뜻을 내비쳤다. 그녀는 곧 다음날로 옷보퉁이 하나만을 싸들고 덕대의 거처인 초가로 내려간 것이다.

그러나 초가로 내려간 그녀는 덕대를 향해서는 아무 내색도 하지 않았다. 조석으로 끼니만 끓일 뿐, 그녀는 각 방을 쓰며 덕대를 아예 본 체도 하지 않은 것이다. 덕대 역시 제 거처에 온 그녀를 예사로운 얼굴로 대했을 뿐이다. 조행수가 보내주어 거처 아랫방에 받긴 했으나 그는 그녀를 행수의 집에 매여 있는 여러 명 계집종들 중의 하나로만 생각했다.

일이 이 지경이 되고 보니 난처한 것은 조행수였다. 덕대를 아끼는 마음이 큰 만큼 조행수는 더욱 두 사람의 일이 성사되기를 바라는 뜻이 컸다. 그러나 눈치없는 노총각은 끝내 조행수의 깊은 속뜻을 헤아리지 못했다. 미리 귀띔을 받은 처녀만이 오히려 그 처신이 민망하고 어색할 뿐이었다. 시절이 어수선한 때라 조행수는 일을 번다하지 않게 풀어가려 했다. 그러나 일이 이 지경이 된 바에는 아예 일을 드러내놓고 당자에게 직접 그 뜻을 묻느니만 못했던 것이다.

밖은 벌써 어둠발이 짙어졌다. 말수 적은 덕대를 향해 행수가 다시 느직하게 말을 물어온다.

"자네 그 처녀를 자세 보기는 보았는가?"

"한집에 산 지가 여러 날인데 얼굴이야 어찌 모르리까."

"혹 그 규수가 자네 눈에 여느 처녀들과는 달리 보이는 점이 없든가?"

"음전하다고만 생각했을 뿐 제 눈이 밝지를 못해 크게 다른 점은 깨닫지를 못했소이다."

"자네가 여러 재주를 지녔네마는 사람을 보는 지인지감知人之鑑[사람을 알아보는 눈]은 별루 신통치가 않네그려. 그 규수가 암클[한글]은 물론 진서[한문]두 아는 반가의 규수라네. 자네 눈에는 예사 아이루 보였겠으나 실은 내가 얼마 전에 수양딸루 삼은 아일세."

덕대가 그제야 휑한 눈으로 행수를 놀란 듯 마주본다. 그러고 보니 그 규수의 언행이 어딘가 음전하면서도 예절과 법도가 있었던 것이 생각난다. 설마 그녀가 반가의 규수에다 행수의 수양딸일 줄은 생각도 못한 일이다.

"내 진작에 자네에게두 귀띔을 했어야 옳았네만 세월이 하 어수선해서 자네가 눈치껏 그 아이를 취하길 바라구 있었네. 난리통에 번다하게 혼례 치르는 게 귀치 않아서 먼저 합방하여 살림을 살다가 난리 끝난 뒤에 내가 따루 혼례식을 치러줄 생각을 했던 게야."

"하오면 그 규수가 쇤네와의 일을 어르신께 미리 귀띔받구 있었사오이까?"

"자네 거처루 내려보낼 때 내가 알아듣게 말을 일렀었네. 워낙 영특한 아이여서 긴말이 없더라두 내 속뜻을 짐작허구 있었을 게야."

덕대는 억색하여 잠시 말을 잇지 못한다. 저를 아끼는 행수의 마음도 덕대에게는 황공할뿐더러, 반가의 규수가 행수의 뜻에 따라 제 거처로 내려온 것도 덕대에게는 뜻밖일 뿐이다. 그러나 덕대에게는 말 못할 사정이 하나 있다. 그와 이미 앞일을 약조한 관기 금홍이 경기도 이천땅에서 그를 기다리고 있는 것이다.

"날이 저물었네. 이제 그만 내려가 쉬게."

"예."

몸을 일으켜 행수의 방을 나오면서 덕대는 그제야 일이 난감한 것을 깨닫는다. 조행수의 어투로 보아 그 규수와 자기와의 혼사는 이미 돌이킬 수 없는 사실로 된 듯하다. 딱한 것은 아우 분동과 함께 고향 대구를 떠나 그를 따라온 관기 금홍이다. 상단의 행방을 찾아 이천 근처의 옛 임방들을 수소문하다가 덕대는 발걸음이 더뎌 분동과 금홍을 잠시 이천 고을의 어느 촌가에 떨구었다. 상단을 찾아 도성은 물론 여러 고을을 헤매자면 발걸음 느린 아우와 금홍이 큰 짐이 될 것을 알았기 때문이다.

그러나 이렇게 잠시 떨구고 온 금홍과 분동은 벌써 두어 달이 지났건만 한번 찾아보지도 못하고 있다. 수소문 끝에 남양 고을에서 상단의 조행수를 찾긴 했으나, 그가 연일 원행을 시켜 이천 고을에는 내려갈 짬이 한번도 없었던 것이다.

안별당을 나온 덕대는 안채를 돌아 바깥행랑 쪽으로 빠져나온다. 땅거미 깔린 어둑신한 집 안에는 벌써 방마다 불들이 밝혀져 있다. 행랑채 부엌과 찬광 쪽에서는 마침 끼니때라 장찌개와 밥 냄새가 구수하게 풍겨온다. 잔뜩 허기진 그의 코에 구수한 밥 냄새는 견딜 수 없는 식탐을 불러일으킨다. 이대로 거처인 초가에 내려간들 그 규수가 미리 알고 밥을 지어놓았을까 의문이다. 덕대가 쫓기듯 행랑의 평대문을 빠져나오자 누군가가 문 곁에 섰다가 그의 곁으로 부지런히 따라 걷는다.

"누구여?"

 발을 세우고 꾸짖듯 묻는 말에 따라오던 사람이 서너 걸음 밖에 멈춰 선다. 보통 키에 고개를 아래로 떨군 것이 어딘가 낯이 익어 알 듯한 모습이다. 덕대가 다시 입을 열려 하자 저쪽에서 먼저 말을 건네온다.

"가시어요. 돌아오셨단 말씀 듣구 예까지 뫼시러 올라왔세요."

 말소리를 듣고 보니 그녀가 바로 그의 거처의 그 처녀. 원행에서 돌아온 것을 어찌 알았는지 그녀가 행수 집에까지 그를 찾아 올라온 모양이다.

"내가 방금 돌아온 것을 규수가 어찌 아셨소?"

"내당에서 아이를 내려보내 패두 어른 당도허신 것을 귀띔하여 주더이다."

 더 수작할 말이 없어 덕대가 몸을 돌려 앞서 걷기 시작한다. 덕대의 뒤로 서너 걸음 처져 규수가 따라오는 기척이 들려온다. 혼삿말을 듣기 전까지는 예사로이 대해온 처녀였다. 그러나 말을 듣고 난 지금은 제 뒤를 따르는 처녀가 생판 다르게 느껴지는 덕대다. 발걸음을 죽여 천천히 걷다가 덕대가 한참 만에 다시 규수에게 말을 묻는다.

"내 없는 동안 빈집 지키느라 고생이 많았겠소그려?"

 덕대의 말투가 어느새 '하게'에서 '하오'로 변해 있다. 규수가 그 말을 받아 예사롭게 대답한다.

"패두께서 원행하신 날은 빈집을 지키지 않습니다. 본댁으루 올라와서 내당의 잔일들을 거들지요."

"허면 내가 없는 동안은 집을 내처 비워둔다는 이야기요?"

"낮 동안에는 본댁에 머물다가 날이 저물면 초가루 다시 내려간답니다."

어둠발이 짙어져서 덕대는 처녀의 얼굴 모습을 볼 수가 없다. 하긴 날이 밝다고 해도 늘 고개를 떨구는 처녀라 한번도 얼굴을 제대로 본 일이 없다. 조행수의 혼삿말을 듣고부터 덕대는 새삼스레 처녀를 대하자 가슴이 설렌다. 이제 행수에게 반허락을 받았으니 덕대는 오늘밤에라도 이 처녀를 잠자리에 취할 수가 있다. 금홍에게 품었던 뜨겁고 황황한 욕심과는 달리 이 규수에게는 묘한 설레임과 조심스러움이 느껴진다. 아마 그녀가 반가의 규수여서 상사람 출신의 덕대에게는 어렵게 생각되었기 때문일 것이다.

별로 멀지 않은 길이어서 두 사람은 어느 결에 거처인 초가 앞에 당도한다. 얕은 돌담으로 둘러진 초가는 부엌을 사이에 두고 방 둘이 서로 떨어져 있다. 덕대가 신을 벗고 제 방에 들려다가 부엌으로 들어가는 처녀에게 생각난 듯 입을 연다.

"내가 지금 몹시 시장허우. 장국 데우지 않아두 좋으니 어서 상부터 내 방에 들여주시오."

처녀가 멈칫 섰다가 대꾸없이 부엌으로 들어간다. 덕대도 곧 신을 벗고 방으로 서둘러 들어간다. 날이 저물어 방 안이 캄캄하다. 패랭이를 벗어 말코지에 걸고 덕대는 어둠을 살피다가 윗목에 놓인 질화로를 찾아낸다. 재를 헤치고 불씨를 찾아 덕대는 뜬숯을 불어 기름 등잔에 불을 당긴다. 바늘을 찾아 기름 등잔의 심지를 올리는데 방문이 조용히 열리더니 처녀가 밥상을 들고 방 안으로 들어온다.

저녁 밥상이 의외로 걸다. 등걸 따라 양이 큰 덕대여서 밥은 큼지막한 양푼에 수북이 담겨 있고, 장찌개 한 사발과 계란찜 뚝배기에 이름을 알 수 없는 생선조림까지 올라 있다. 잔뜩 시장하던 덕대의 입에서 자기도 모르게 헤픈 소리가 튀어나온다.

"대갓집 잔칫상 같구려. 이게 모두 웬 찬이오?"

"본댁 내당에서 내리신 찬이에요. 많이 드시어요. 전 부엌에 내려가서 소세할 물 데워놓겠세요."

말을 마치고 일어서려는 규수를 덕대가 손을 뻗어 팔을 잡아 되앉힌다.

"잠시 게 좀 앉으시오."

처녀가 팔을 잡힌 채 어쩔 수 없이 방바닥에 되앉는다. 한참 뒤에 팔을 놓으며 덕대가 무겁게 입을 연다.

"내 방금 행수 어른으로부터 규수의 내력을 소상히 듣구 왔소."

밥상머리에 모로 앉은 채 처녀는 아무런 말이 없다. 불빛 속으로 새삼스레 바라보니 규수의 자태가 어딘가 기품이 있다. 과년한 나이답게 몸이 숙성한 편이었고 반가의 규수답게 몸가짐이 단정하고 차분하다. 처녀의 응대가 없자 덕대가 다시 입을 연다.

"행수 어른의 말씀이 계셨으나 내 아직두 규수에 관해 미심쩍은 점이 있소. 나라의 오랜 관습이 양반과 상사람 새에는 평교를 않는 걸루 되어 있는데 어쩌다 규수 집안은 상사람인 조행수 집안에 귀한 딸자식을 맡기게 되었소?"

"시장하다 허시드니……. 우선 저녁진지부터 드신 뒤에 말씀허세요."

"지금 내가 시장키는 허나 밥 먹는 일보다 더 급한 일이 있소.

행수 어른의 말씀두 있구 해서 오늘만은 내 기어이 규수와 더불어 긴 이야기 좀 해야겠소."

"말씀은 언제라두 허실 수가 있습니다. 이왕 상을 들여놓았으니 먼저 상부터 받은 뒤에 말씀은 천천히 듣겠습니다."

"허면 내 밥 먹은 뒤에 규수는 다시 내 방에 와주겠소?"

한쪽 무릎을 세워 앉은 채 처녀는 역시 말이 없다. 덕대가 곧 숟가락을 들고 양푼 위의 수북한 밥을 소담스럽게 퍼먹기 시작한다. 한 양푼 그득하던 밥이 삽시간에 다 비워졌다. 입가심으로 물 한 대접까지 비우고야 덕대는 입을 닦고 상에서 물러난다.

"상 내다놓겠세요."

상머리에 그린 듯 앉아 있던 처녀가 상을 들고 자리에서 일어선다. 그러나 규수가 방을 나가자 덕대가 앉은 채로 급하게 입을 연다.

"부엌일 끝나는 대루 내 방으루 곧 들어오시우."

들었는지 말았는지 규수는 그대로 상을 들고 마당으로 내려간다. 잠시 홀로 방 안에 앉았다가 덕대는 서둘러 바지대님과 감발을 푼다. 여러 날 급한 행려行旅에 그는 지금껏 발을 벗거나 닦은 일이 없다. 버선 벗고 감발을 풀고 나니 방 안에 온통 역한 냄새가 진동한다. 버선과 감발을 한데 뭉쳐 들고 그는 다시 방에서 컴컴한 쪽마루로 나온다.

"소세하세요."

마치 기다렸다는 듯 어둠 속에 처녀가 서 있다. 처녀가 손에 든 자배기를 쪽마루 아래로 내려놓는다. 덕대가 마루에서 내려서자 처녀는 다시 몸을 돌려 부엌으로 돌아간다.

자배기 물에 발을 씻으면서 덕대는 끊임없이 부엌 쪽을 힐끔거린다. 사람이 들었으니 기척이라도 들릴 법한데 부엌 쪽에는 불빛도 없고 사람의 기척도 전혀 없다. 그러나 기척은 들리지 않아도 덕대는 그 안에 처녀가 있음을 알고 있다. 발 씻는 사내가 부끄러워서 그녀는 부엌 어둠 속에 몸을 숨기고 있는 것이다.

"어 시언타! 부엌일 아직 덜 끝났소?"

쪽마루에 올라선 채 덕대가 냅다 소리를 지른다. 잠시 기척을 살피자니 부엌에서 뜻밖에도 처녀가 모습을 드러낸다.

"방에 먼저 드시어요. 물일 끝내구 저두 곧 들어가겠세요."

다짐을 두고 싶었으나 덕대는 처녀를 믿고 그대로 방으로 들어온다. 홀로 방에 들어앉은 채 덕대는 한동안 처녀를 기다린다. 한참 만에 신 끄는 소리가 들리더니 처녀가 뜰에서 마루로 오르는 기척이 들려온다. 덕대의 채근을 받지 않고도 처녀는 제 방으로 건너가지 않고 그의 방으로 찾아왔다. 이미 식전에 약조한 대로 그녀는 자기 발로 사내의 방을 찾아준 것이다.

"들어오우."

마치 새색시를 맞이하듯 덕대의 가슴이 울렁이기 시작한다. 방문 밖에 섰던 처녀가 스스럼없이 방 안으로 들어선다. 과년한 처녀가 늙은 총각의 방에 들면서도 그녀는 말과 거동이 별로 수줍거나 어색하지 않다. 남녀가 모두 나이들이 지긋해서 부끄럼을 타거나 내숭을 떨 나이가 아닌 것이다.

"앉으시우."

등잔걸이를 옆댕이에 밀쳐두고 총각 처녀는 비스듬히 마주 앉는다. 좁은 방 안에 다 큰 사람들이 마주 앉으니 방 안이 좁아 보일 만큼 꽉 찬 느낌이다. 눈을 내리깐 처녀를 향해 총각이 먼저 넉살좋게 입을 연다.

"내 아까두 물었소만 어쩌다 양반댁 규수가 장사허는 시전 행수 댁에 몸을 의탁하여 살게 되었소?"

"양친이 난을 당해 예까지 피난을 나왔다가 뜻하지 않은 병을 얻어 잠시 그댁에 몸을 의탁하게 되었지요."

"허면 난 전에는 두 집안이 서루 교분이 없으셨소?"

"교분까지는 아니더라두 집안의 아랫것들끼리는 더러 왕래가 있었답니다. 옛적에 우리 집안에 평시서平市署 직장直長을 지낸 어른이 한 분 계셔서 그 어른을 연분으루 하여 시전 사람들과 세교가 있었던 모양입니다."

"평시서 직장이 무엇 허는 벼슬이오?"

"운종가 시전의 여러 일들을 구분하구 살피는 벼슬이랍니다."

평시서라면 덕대에게도 귀에 익은 이름이다. 상단에 든 지 며칠 되지 않은 덕대의 귀에도 평시서 벼슬아치 이야기는 심심찮게 들려왔다.

"허면 그 옛날에 벼슬하던 어른 덕으루 아직두 우리 행수께서 댁의 은덕을 잊지 못하구 있다는 게요?"

"은덕을 잊지 않기는 행수 어른이 아니시구 바루 저희 집안이지요. 이번에 병든 양친의 병구완 때두 은택이 클뿐더러 초종장사初終葬事를 지낼 때두 우리 집안은 큰 은택을 입었답니다. 소녀 그 은택을 조금이나마 갚기 위해 행수 어른께 자청하여 비자 되기를 청했습니다."

"비자라니 계집종 말이오?"

"예, 원키는 비자를 원했으나 행수 어른께서 저를 가여히 여기신 듯 비자 문권을 만들지 않구 한패두 거처루 내려보내신 것입니다."

이제야 덕대의 머릿속에 일의 속내가 어렴풋이 떠오른다. 양친을 잃고 사고무친이 된 규수로서는 집안이 그 동안 빌려쓴 빚으로 조행수를 볼 낯이 없었을 것이다. 그러나 조행수는 규수의 집안을 생각해서 그녀를 비자로 두기보다는 제가 믿는 아랫사람에게 아낙으로 내주기로 한 것 같다. 결국 이 일로 엉뚱한 복을 만난 것은 조행수도 처녀도 아닌 바로 덕대 자신인 것이다.

"그래 집안에서는 행수 어른께 어떤 은공을 입으셨소?"

"셈을 할 수가 없답니다. 그 어른이 돌보지 않았더면 집안은 물론이구 저두 지금까지 살아남지를 못했을 것입니다."

밤이 깊어간다. 처음 대면 때 설레던 가슴이 지금은 오히려 차분하게 가라앉은 느낌이다. 얼굴 맞대고 여러 말을 하노라니 어느 틈에 이 처녀가 덕대에게는 낯익어진 탓일 것이다. 처녀의 얼굴을 가만히 살피다가 덕대가 한참 만에 생각난 듯 다시 묻는다.

"나를 어찌 생각허시우?"

"어찌 생각허다니요?"

"원래 나는 경상도 대구 고을에서 남의 땅 부쳐먹는 농투성이 자식으루 자랐었소. 두어 해 집을 떠나 소금 도부를 치던 중에 우연찮게 인연이 닿아 지금은 선전 상단에 몸을 맡기구 있는 게요. 농사를 짓자니 내 땅이 있나, 장사를 허자니 천량이 있나, 그렇다구 남들 앞에 드러내놓을 만한 재주 같은 것두 없소그려. 내가 어떤 위인인

지는 이만하면 짐작이 가겠소?"

"행수 어른께 한패두 이야기는 벌써 소상히 들어 알구 있답니다. 재주가 없다시지만 걸음 빠르신 것은 재주가 아니든가요?"

모처럼 처녀가 말을 끝내고 덕대를 잠시 마주본다. 고운 자색은 아니지만 얼굴에 어딘가 넘볼 수 없는 품위가 있다. 마음에 새삼 즐거움을 느끼며 덕대가 다시 입을 연다.

"내 집안일에 대해서는 통히 묻지를 않는구려?"

"행수 어른께서 일러주시어서 대강은 짐작허구 있답니다. 두 분 양친은 이미 세상 버리시구 지금은 아우 한 분만이 계시다구 들었습니다."

"아버님 어머님은 난 전에 벌써 세상을 버리셨소."

"하오면 계씨 되시는 분은 지금 어디서 무얼 허구 계신답니까?"

"잃어버린 상단을 찾아헤매느라 아우는 잠시 경기도 이천 고을에 떼어놓았소. 이 곳 일이 아귀가 지어지면 그 아이두 이리루 데려올 생각이오."

덕대는 말을 마치고 잠시 처녀를 외면한다. 아우 분동을 이 곳 남양으로 데려오자면 이천 고을에 함께 있는 관기 금홍도 데려오지 않을 수 없다. 금홍과는 이미 여러 차례 몸을 섞은 뒤라 덕대는 이제 와서 난중에 그녀를 버릴 수가 없다. 그러나 막상 그녀를 데려올 생각을 하니 금홍과 처녀 사이에 낄 자신이 난감하게 느껴진다. 덕대로서는 생각지도 않게 두 여인을 거느리게 되어 자칫하면 여인들의 투기 속에 여란女亂을 겪을지도 알 수 없는 일이다.

"행수 어른의 분부를 받잡기는 했으나 제가 분부대루 거행키 전에 꼭 한패두께 알구 싶은 일이 한 가지 있습니다."

잠자코 있던 처녀의 입에서 뜻밖의 말이 튀어나온다. 덕대가 말 없이 처녀를 바라보자 그녀가 눈을 내리깐 채 야무지게 입을 연다.

"패두께서는 혹 시굴이나 고향에 이미 안식구가 계신 것이 아닙니까?"

갑작스런 질문이어서 덕대는 잠시 대답이 막힌다. 정식 안식구는 두지 않았으나 앞일을 약속해 둔 여인은 있다. 금홍과는 이미 몸을 섞은 절차 외에 앞으로 아낙을 삼겠다는 언약까지 해둔 것이다.

"내 손으루 머리얹어준 안식구는 없소마는 난중에 나를 따라 고향을 떠난 여인은 있소."

이천 고을에 있는 금홍을 이 처녀가 알 리는 없다. 그러나 처녀는 여인의 직감으로 덕대에게 이미 숨겨둔 여인이 있음을 눈치채고 있다. 어차피 만나야 될 금홍이기에 덕대는 처녀에게 거짓말을 하고 싶지 않다. 진작 맞는 매가 낫듯이 그는 초장부터 금홍의 존재를 이 처녀에게 밝혀두고 싶은 것이다.

"패두를 따라 고향을 떠났다니 그 사람이 지금 어느 고을에 묵구 있나요?"

"아우와 함께 이천 고을에 묵구 있소. 이 곳 일이 바쁜 통에 벌써 달포나 찾아보지를 못허구 있소."

"난 전에 이미 혼사 언약이 있었든가요?"

"이웃에 사는 처자여서 내가 욕심은 품었소만 난 전에 이미 그 아이는 몸이 팔려 관기가 되어 있었소."

"관기라면 어느 고을에서 기생 거행을 했답니까?"

"경상도 밀양 부중에 관기루 박혔던 모양인데 난리 나구는 홀루 떠돌다가 나를 만나 길동무루 따라나선 게요."

사실대로 뱉어놓고 보니 덕대는 한결 마음이 후련하다. 그러나 처녀는 심상이 언짢은 듯 입을 다문 채 한동안 말이 없다. 덕대가 이윽고 고개를 들어 말없는 처녀를 넌지시 건너다본다.

"행수 어른께서 이르신 분부라구 너무 마음에 두지 마시우. 금홍이 마음에 걸리거든 나를 싫다구 해두 내 섭섭히 생각지 않으리다."

"그 일 때문이 아니에요. 저는 이미 한패두께 마음을 정한 사람이에요. 걱정이 있다면 그 사람이 저를 용납할 수 있을 겐가 하는 거예요."

"용납하기루 말한다면 금홍이는 외려 쉽구 규수 쪽이 더 어렵소. 이미 몸이 팔려 관기가 된 아이여서 실은 그 아이를 아낙으로 삼자 해두 먼저 기적에서 이름부터 뽑아야 허우."

"듣구 보니 이번 일은 패두께서 마음 잡숫기에 달린 것 같군요. 두 아낙을 취한다구 해서 나무랄 사람은 아무도 없습니다. 다만 정실正室을 정하는 일만이 한패두가 마음속에 아귀지어야 할 일인 듯싶습니다."

말을 마친 처녀가 자리에서 일어서려 한다. 덕대는 그러나 팔을 뻗어 처녀를 다시 자리에 앉힌다.

"내 아직 규수의 성씨두 듣지를 못했소. 게 잠시 앉으시오. 성씨와 나이가 어찌 되시오?"

"성은 이씨이옵구 을해생乙亥生 올해 열 여덟이 되오이다."

팔 잡았던 손을 놓으며 덕대는 잠시 생각에 잠긴다. 두 아낙을 취하는 것이 결코 사내의 허물이 될 수는 없다. 허나 그가 살펴야 될 일은 두 아낙을 취한 뒤에 그들을 거느릴 깜냥이 있는가 하는 것이다.

왜란이 터져 세상이 뒤집히지 않았다면 그는 감히 반가의 규수를 넘볼 수 없었을 것이다. 그러나 난리가 터져 나라의 기강이 허물어지면서 세상은 몇 달 사이에 몰라보게 달라졌다. 사람의 목숨이 말 그대로 파리 목숨이라 세상 만사가 덧없이 느껴졌고 살아있음이 허망하게 느껴졌다. 더욱이 섬오랑캐 왜적들은 조선 백성에게서 양반과 상놈을 구별하지 않았다. 탕창짜리건 패랭이짜리건 그들은 눈에 거슬리면 구분없이 칼로 찍었다. 왜적의 칼질에 못지않게 두려운 것은 집 떠나 한뎃잠 자는 것과 배곯는 서러움이다. 집 떠날 때 등에 지고 나온 양식이 열흘을 갈 리 만무했다. 몸에 지닌 양식이 떨어지면 너나없이 바가지 들고 마을과 고을로 비럭질을 해야 했다.

세상에 어떤 사람도 굶고 사는 재주는 없다. 배를 곯기는 양반네도 마찬가지여서 그들도 상사람으로 변복하여 쪽박을 들고 촌촌에 걸식을 다녔다. 그러나 걸식도 하루이틀이었다. 죽 한 사발로 한 끼를 때우면 주림은 다시 해가 기울면서 아귀처럼 사람을 괴롭혔다. 견디다 못한 양반네들 중에는 몸에 지닌 패물을 팔거나 걸친 옷들을 팔기도 했다. 그러나 아무것도 팔 것이 없는 사람들은 딸자식을 팔기도 하고 더러는 제 아낙을 남에게 주기도 했다. 이제 세상에 귀한 것은 지체 높은 양반도 아니요, 왕후장상의 높은 벼슬도 아니었다. 내 목숨을 하루라도 부지하기 위해서는 주림을 메울 수 있는 몇 되 알곡이 더 절실한 판국이었다.

원행을 자주 하는 덕대의 눈에도 변한 세상은 뚜렷이 보였다. 피난살이에 지친 양반네는 눈에 띄게 쇠잔하고 탈진해 보였다. 관아가 비어 율(律)을 밝힐 관원이 없자, 천한 백성들과 상사람들은 양반 대하기를 소 닭 보듯 했다. 하긴 충효를 찾고 삼강오륜을 뇌던 양반들도 나라꼴이 이 지경이 되고는 백성을 바로 보기가 민망할 법도 했다.

 백성을 뜻대로 부렸으면 백성이 편히 살도록 보살펴주는 것도 그들의 책무다. 제 책무를 다하지 못한 벼슬아치와 양반네는 더 이상 백성들 앞에 그들의 위세만을 내세울 수 없다. 그들의 헛된 위세를 백성들도 이제는 용납하지 않는 것이다.

 "도성에서 이리루 난을 피해 왔다구 들었소만 원래 규수의 집은 도성 어느 촌에 있소?"

 "목멱 밑의 남촌에 있었지요."

 "도성을 떠난 지는 얼마나 되오?"

 "왜적이 들기 대엿새 전이니 5월 초순이 되나보이다."

 "도성에서 예까지 백여 리 길인데 두 양친을 곁에 뫼시구 예까지는 어찌 왔소?"

 "옛적 제 집에서 부리든 하인이 몇 해 전부터 속량을 해서 경강 조선(漕船)을 부리구 있답니다. 그 하인의 배를 얻어타구 강화 앞바다루 빠져 이레 만에 이 고을에 닿았습니다."

 조선을 타고 바다로 내려온 이야기는 이미 조행수를 통해 소상히 들어 알고 있다. 밤은 깊어 사위는 적막한데 덕대는 달리 규수에게 할 말이 없다. 당장 급한 마음으로는 처녀를 품에 품고 잠자리에 들고 싶다. 그러나 아무리 난중이기로니 첫날밤을 치르는 마당에 사내 욕심대로 처녀를 마구 다룰 수는 없다. 이왕이면 처녀가 놀라지 않도록 나이 많은 총각 쪽에서 온언순사溫言順辭(좋은 말)로 일을 치르고 싶은 것이다.

"밤이 깊었소. 우리 그만 잠 잡시다."

마음속에 작정한 뜻과는 달리 엉뚱한 말이 튀어나온다. 제가 한 말에 스스로 민망해서 덕대는 붉은 얼굴로 마주 앉은 규수를 비스듬히 바라본다. 규수는 그러나 사내의 말이 떨어지자 방바닥에서 몸을 일으켜 반닫이 위에서 이부자리를 꺼내 방에 편다. 솜 든 요와 이불이 펼쳐지자 처녀는 다시 방문 앞에 쭈그려 앉는다.

"더 이를 말씀이 없으시면 저는 이만 물러가렵니다."

"가다니 내 오늘은 규수를 이대루는 보내지 않을 게요."

온언순사로 이르기는커녕 사내는 이미 제 정신 아닌 목소리다. 사내가 처녀의 팔을 잡은 것과 등잔불이 꺼진 것은 아마도 같은 시각일 것이다. 칠흑 같은 어둠 속에 사내는 흡사 수리가 병아리를 채듯 처녀를 품속에 안아 황황히 이불 속으로 끌어들인다.

과년한 처녀라고는 해도 역시 처녀는 처녀였다. 사내의 급한 손길이 깊은 속살에 느껴지자 처녀는 가시에라도 찔린 듯 바들바들 몸을 떤다. 제 흥에 못 이긴 사내의 욕심은 그러나 이미 처녀를 생각할 여유가 없다. 잔뜩 겁에 질린 처녀의 몸을 사내의 뜨거운 몸은 막무가내로 열고 헤치고 뚫을 뿐이다.

그것은 이제 처녀에게는 고통 이외에 아무것도 아니다. 마치 고통스런 의식을 치르듯이 처녀는 그 의식이 어서 끝나기만을 기다리고 있을 뿐이다.

15. 진주성

해가 기울었다.

고개를 넘어 갯가를 바라고 내려오며 복만은 눈 아래 있는 본영 굴강을 굽어본다. 돛대 누인 빈 배들이 굴강 안에 가득하다. 그러나 며칠 전에는 더 많은 배들이 본영 굴강을 메운 바 있다. 우도 수사의 배들까지 매성 굴강에 들어차서 굵은 전선들은 물론이고 협선 따위 작은 배들도 굴강 밖에 줄로 엮어 바다 가득 떠 있었던 것이다.

비탈진 등성이를 내려와 복만은 배들을 수선하는 선소 쪽으로 내려간다. 선소에는 늘 그렇듯 망가지고 부서진 배들이 빈틈없이 들어차 있다. 특히 지난번 부산 해전을 치른 뒤로는 깨어진 배가 여러 척이라 선소 굴강에는 빈자리가 없을 정도다. 그 덕에 일복이 터진 사람은 두말할 나위없이 선소 도선장인 지율개다. 걸핏하면 복만의 집에 술병 차고 들르던 율개가, 요즘은 일에 쫓겨 코빼기도 볼 수가 없다. 그래서 오늘은 먼길 다녀오는 길이건만 복만은 제 집에 들기 전에 먼저 선소부터 찾기로 한 것이다.

소나무 송진내가 선소 안에 가득하다. 새 송판을 켜기도 하고 구멍난 틈을 메우기 위해 송진을 끓여 붓기도 하기 때문이다.

"욕들 보네. 오래간만일세."

자주 다녀 낯이 익어 복만은 선소 목장들은 거의 다 알고 있다. 대패질을 하던 목장 하나가 허리를 펴며 복만을 돌아본다.

"뉘시라구요. 도선장 어른을 찾아오셨구먼요?"

"맞네. 헌데 뵈질 않는구면. 오늘은 또 딴 선소루 내려갔나?"

"웬걸요. 손이 하나 찾아와서 얼마 전에 두 사람이 저 위 밥집으루 올라갑디다."

"찾아온 손이 뉘시든가?"

"쇤네는 처음 보는 얼굴이든걸요. 말들 주고받는 품으루 보아서는 옛적 동무가 아닌 듯싶습니다만."

"알았네, 나 가네."

"예, 살펴가십시오."

통나무 쌓아둔 빈터를 지나 복만은 선소 위쪽의 밥집을 바라고 올라간다.

배 수선하는 일이 바빠지고부터 선소에는 밥을 짓는 밥집이 새로 생겼다. 전에는 본영에서 밥을 지어 내려보내 주던 것을, 요즘은 군량을 타서 아예 이 곳 목장들이 손수 밥을 짓는 것이다.

젖은 통나무를 켜느라고 사내 둘이 마주 서서 땀을 흘리며 톱질들을 하고 있다. 선소에서는 가장 많이 쓰이는 것이 한 치나 두 치두께의 잘 마른 송판이다. 쓰임새 많은 송판을 켜느라고 목장들은 무겁고 넓적한 붕어톱으로 쉴 틈 없이 굵은 통나무를 톱질하고 있는 것이다.

밥집이 눈앞으로 다가든다. 밥집이래야 기둥 네 개에 지붕 얹고 거적 둘러친 곳간보다도 못한 곳이다. 그나마 아늑해 뵈는 것은 국 끓이고 밥 짓는 화덕 두 개가 놓여 있는 탓일 것이다.

지쳐둔 거적문을 밀치고 들어서니 과연 도선장 율개가 불콰한 얼굴로 어떤 사내와 마주 앉아 있다. 목덜미 살빛이 붉은 것으로 보아 율개는 이미 술이 오른 얼굴이다.

"형님 요즘 얼굴 보기가 어렵소그려?"

"어서 오게. 내 자네가 보구 싶어두 새색시 눈치가 뵈어 자네 집에 자주 못 가네."

"핑계 한번 그럴싸허우. 헌데 낮부터 웬 술이우? 선소에 또 궂은 일이라두 있는 게요?"

"자구 새면 일 구덩인데 궂은 일이 달리 있을라든가. 그래 자넨 어디서 오나? 새색시 궁둥이 두드리다가 날 저문 이제야 바람쐬러 나오는 겐가?"

"팔자 늘어진 소리 마우. 나 지금 갈해 죽겠소. 술 한 잔 안 주실 게요?"

거적 깔린 토방 위에 술상 하나가 놓여 있다. 율개가 복만에게 앉을 자리를 내주며 그제야 마주 앉은 사람을 복만에게 인사시킨다.

"인사들 허게. 이쪽은 보성寶城 장서방이구 이쪽은 강진 서서방일세."

"반갑수. 나 서서방이우."

"나는 장서방이우."

"그래 보성서는 무얼 허시우?"

"농사 조금 짓는 것 외에 달리 허는 게 없소이다."

"여긴 그래 무슨 일루 오시었소?"

"아우가 지난달 초에 이 곳 본영에 수군으로 뽑혀갔기루 그간에 어찌 지내는지 소식 좀 들으러 찾아왔소."

"아우는 그래 만나보시었소?"

"병막에 들러 앓아 누운 것을 보구 왔소."

"본영 병막에 누웠단 말이오?"

사내가 한숨처럼 느적느적 대답한다.

"예. 몸이 짚동처럼 부어 인사불성인 채 앓아 누워 있습디다."

복만은 더 묻지 않고 율개가 따라주는 술잔을 받는다. 본영 병막에 누워 있다면 지난 부산 앞바다 해전 때 전상을 당한 군사임이 분명하다. 구월 초하룻날 벌어진 그 해전에서는 녹도 만호 정장군(鄭運)을 비롯해서 여섯 사람이 싸움 중에 전망戰亡〔전투에 죽음〕했다. 그러나 전망은 여섯 명에 불과하지만 불 맞아 다친 전상자는 무려 스물 다섯 명에 이른다.

더구나 그들은 총이나 화살을 맞아 대부분이 운신을 못하는 큰 상처의 중상자들이다. 이미 그들 중 세 사람은 상처가 크게 덧나 병막에서 죽어나갔다. 의원들의 말을 들으면 앞으로도 네댓 사람은 더 죽어 나갈 것이라고 했다. 그나마 다행인 것은 날씨가 서늘해져서 상처가 지난 여름처럼 크게 덧나거나 곪지 않는 것이다. 싸움 중에 날아오는 총탄이나 화살은 사람의 살과 뼈를 무참하게 찢거나 꿰뚫는다.

찢기거나 꿰뚫린 상처는 대개 아물기 전에 먼저 곪거나 덧나기가 십상이다. 상처는 크고 약은 별로 신통치 않아서 의원이 곁에 지키고 있어도 달리 손을 쓰거나 상처를 다스릴 수 없다. 상처가 곪아 신열이 나기 시작하면 그 군사는 이미 목숨을 구할 수가 없다. 온몸에 독과 열이 퍼져 달리 손쓸 새도 없이 혼절하여 죽는 것이다.

"형님은 내가 지금 어딜 다녀오는지 아시오?"

복만이 잔을 비운 뒤 마주 앉은 율개를 건너다본다.

"내가 그걸 어찌 알어? 그래 어딜 다녀오는 겐가?"

"어제 일찍 길을 떠나 낙안 고을에 다녀오는 길이우."

"낙안까지는 무슨 일루?"

"본영에서 내린 상급 무명을 전허려구 내가 그 고을까지 어떤 사람을 찾아갔더랬수."

율개가 더 이상 묻지 않고 복만의 빈 잔에 술을 채운다. 궁금히 여긴 보성 장서방이 복만을 향해 대신 묻는다.

"본영에서 어느 어르신께 상급을 내린다는 말씀이우?"

"상급받는 사람이 어르신이 아니구 낙안 고을서 종살이허는 어느 늙은 하인이우."

"하인에게 본영에서 웬 상급을 내리는 게요?"

"자네가 두메에서 땅만 파더니 통히 이 곳 사정을 모르네그려."

복만을 대신해서 율개가 갑자기 입을 연다.

"지난 초순에 경상도 부산포 해전에서 여러 군사가 죽구 다쳐 본영에 온통 줄초상이 났드라네. 싸움터에서 시신을 신구 와 임자있는 송장은 주인을 찾아 돌려주었네만, 임자없이 초상 치를 손이 없는 송장은 이 곳 본영이 주인이 되어 가까운 산에 묻어주었네. 이 사람이 낙안 고을에 전해 준 상급은 전망한 군사의 집안에 내리는 본영 중군의 상급이라네."

"허면 그것이 전망한 군사의 집에 죽음값으루 내리는 상급이오 그려?"

"우리가 허는 말이 상급이지 원래는 그것이 초상 치를 상포喪布라네."

잠시 말들이 없다. 싸움에는 이겨 승전고를 울리며 돌아왔으나 죽은 군사의 시신을 배에서 내릴 때는 이배 저배에서 흐느끼는 곡성이 들려왔다.

원래 수군은 연안 백성들이 대물림으로 번을 드는 군역이다. 상번에 들어 각 수진水鎭에 군정軍丁들이 입번을 하러갈 때는, 한 부락이나 고을에서 수십 수백 명이 떼를 지어 들어가는 것이다. 같은 부락의 앞뒤 집에서 살던 터라 그들은 입번한 뒤에도 한 배를 타고 같은 싸움터로 실려나간다. 나이나 재주에 따라 각기 격군이나 사수 따위로 갈리긴 해도 같은 배 같은 바다에서 싸움을 하기가 십상이다.

그러나 이렇게 같은 배로 싸움터에 나간 군정이 왜적의 총질을 당해 전망하거나 크게 몸을 상할 때가 있다. 눈먼 화살이 한 사람은 죽이고 한 사람은 살리는 팔자 가름을 하는 것이다. 더러는 이웃이 아닌 제 아우나 조카가 전망할 때도 있고, 심한 경우는 아비와 자식이 서로 생사를 달리할 때도 있다.

　이렇게 싸움터에서 생사가 갈리고 보면 살아 돌아온 사람들은 죽은 사람들이 가엾고 불쌍하지 않을 수 없다. 굴강에 배가 닿아 망군亡軍(죽은 군사)의 시신이 하나 둘 뭍에 오를 때면, 관곽을 부여잡고 흐느끼는 사람들이 잠시 굴강 주위를 숙연하게 하는 것이다.

　이미 전라좌도 수군은 여러 차례의 큰 싸움을 치렀다. 그 때마다 좌도 수군은 왜적을 크게 깨쳐 승전고를 울리며 매성 본영으로 돌아왔다. 그러나 승전고가 우렁차게 울리는 포구 한쪽 귀퉁이에서는 흰 포를 씌운 전망자의 관곽 앞에 땅을 두드리며 우는 아낙이나 머리 풀어 곡하는 사내들이 있다. 그들에게는 싸움에서 이긴 것보다 제 자식과 제 서방과 제 아비가 죽은 것이 더 큰 슬픔이다. 제 살붙이를 잃은 슬픔은 세상에 그 어떤 것으로도 갚을 수가 없는 것이다.

　특히 전라좌도 수군들은 싸움이 잦아 전망과 전상자도 유난히 많았다. 첫번째로 치른 옥포 해전을 비롯하여 그 뒤의 사천 당포 당항포 해전은 물론이고, 가장 컸던 한산 해전과 이번에는 다시 부산포 해전까지 치른 그들이다.

　헌데 이 모든 바다 싸움을 전라좌우도 수군들은 제 고장의 바다 아닌 경상도 바다에서 싸우고 돌아왔다. 경상우도에도 원수사元水師의 수군이 있었으나 이들은 세가 약해 큰 싸움은 주로 전라 수군들이 담당해왔다. 그들은 줄곧 본영을 멀리 떠나 남의 고장의 낯선 바다에서 왜적을 찾아 싸워 아까운 목숨도 잃고 몸을 크게 상하기도 한 것이다.

　거듭되는 남의 지경의 바다 싸움에 요즘은 전라도 수군들도 자주 울화와 원망을 터뜨리곤 했다. 외지에서 부임해 온 각 수진의 장수들과는 달리 그들은 누대에 걸쳐 제 바다를 지켜온 전라 수군의 군정들이다. 왜적이 제 바다로 들어와 제 고장을 분탕질할 때면 그들은 바다로 떨쳐 나가 죽기 한하고 왜적을 쳐 물리친 것이다.

그러나 제 고장은 죽기 한하고 싸워 지켰지만 전라 수군이 남의 지경인 경상도 바다로 건너간 일은 거의 없다. 이것은 경상도도 마찬가지여서 경상도 수군이 전라도 바다로 왜적을 치러 건너온 일도 없는 것이다. 서로 지켜야 될 바다의 경계들이 뚜렷해서 그들은 제 지경에 든 적들만을 맞아 싸워 물리쳐온 것이다.

그러나 이번 왜란에서는 제 바다에 적이 든 것도 아니건만 걸핏하면 전라좌우도 수군들은 이틀 사흘씩 배를 저어 경상도 바다로 왜적을 찾아 싸우러 나갔다. 장수들이야 공을 세우면 벼슬이라도 높아진다지만 사수와 격군 노군 따위의 수군들은 남의 바다 싸움에서 아까운 목숨이나 잃기가 십상이다. 거듭되는 경상도 바다 싸움에 전라 수군들이 울분을 토로하는 것은 너무나 당연한 일이다.

복만이 이윽고 토방에서 몸을 털고 일어선다.

"나 갈라우. 이군관 혹 만나거든 내가 좀 보잔다구 이르시우."

"이군관은 왜 찾는 겐가?"

"내가 오늘 낙안 고을에 다녀온 것이 내 볼일뿐만이 아니구 이군관 심부름두 함께 들어 있수. 이군관 탐후선의 노군 하나두 지난번 부산포 싸움에 왜적의 불을 맞아 팔을 한 짝 못 쓰게 되지 않았소."

"알았네. 이군관 만나건 내 자네 말 전해 줌세."

밥집을 나오니 해가 이미 저물었다. 뱃바닥의 쏘를 태우느라 선소에 온통 연기가 자욱하다. 갯가를 따라 얼마쯤 걷다가 복만은 여염과 잇대인 축방 윗길로 올라선다.

꼬박 하루를 비운 집이 그에게 새삼 궁금하다. 살림 재미를 깨달을 즈음해서 그의 아낙은 기다리던 아이를 가졌다. 무던한 성정에 고생스레 자란 그녀는 아이를 갖고부터 복만에게 부쩍 정을 기울이는 느낌이다.

하긴 여러 차례 싸움터로 떠날 때마다 복만의 아낙은 집에 홀로 남아 지아비가 무사하기를 가슴 졸이며 하늘에 축수했을 것이다. 못할 노릇은 싸움하는 군사들보다 그들을 싸움터로 보내놓고 가슴 졸이고 애태우는 뭍에 남겨진 가족들이다.

한번 싸움터로 발정發程(출정)한 수군들은 빠르면 열흘이요, 늦으면 보통 달포씩 걸려서야 본영으로 돌아온다. 그 동안 뭍에 남아 자식이나 지아비를 기다리는 안식구들은 단 하루도 걱정이나 불안에서 놓여날 수가 없다.

갯가에 잇대인 비스듬한 산비탈에 새로 지은 움막과 초막들이 즐비하게 늘어서 있다. 민가 겨우 2백 호를 넘지 않던 내례포內禮浦 갯마을이 요즘은 난민이 붙어 수백 호 부락보다 사람들이 더 붐빈다. 처음에는 가까운 고을에서 한두 집안씩 난민들이 꼬여들더니 지금은 아예 경상도 지경에서도 배를 타고 무리 지어 매성 본영으로 모여들고 있다.

특히 지난 부산포 해전 이후로는 경상우도는 물론이요, 멀리 좌도에서도 많은 난민들이 모여들고 있다. 들리는 소문에 의하면 왜적이 곧 뭍을 따라 경상우도 쪽으로 짓쳐올 것이라는 풍문이다. 지금까지는 바닷길이 막혀 고성과 함안 고을 이서로는 왜적이 감히 넘보지 못했으나, 이제는 바다 아닌 육로를 따라 왜적이 대병을 모아 서쪽을 바라고 짓쳐오리라는 소문인 것이다.

왜적이 조만간 경상우도 지경에 이르리라는 소문이 퍼지면서 진주성 인근의 크고 작은 고을에서는 난민들이 줄을 잇듯이 육로와 뱃길을 빌려 전라도 쪽으로 넘어오고 있다. 그 중에도 특히 난민이 많이 몰리는 곳은 전라좌도 수군의 매성과 그 곳에서 멀지 않은 뭍 쪽의 순천 광양 낙안 등의 고을이다.

전라좌도 수군들이 연하여 왜적을 크게 깨친 것을 들어 아는 백성들은, 저마다 목숨을 보전하기 위해 좌도 매성 쪽으로 몰려들고 있는 것이다.

매성 남문을 멀리 두고 복만은 제 집을 향해 여염 샛길로 휘어진다. 길 떠나 하루 만에 돌아오는 제 집이건만, 보고 온 일이 워낙 딱하고 힘겨워서 하루가 마치 여러 날이라도 지난 듯하다. 본영 중군의 위무하는 글과 함께 전망한 군사의 가족들에게 상포喪布 두 필을 전해 주는 것이 그의 일이었다.

사람의 죽음을 전하는 일처럼 고약한 일은 달리 없으리라. 더욱이 그 죽음이 제 자식이거나 지아비거나 형제거나 아비일 때는 애통해 하는 그 가속들의 정경은 차마 눈뜨고는 볼 수 없는 참경이다. 복만은 그러나 이강득 군관의 부탁까지 함께 받아 두 사람의 전망 소식을 그 가족에게 전해야 했다. 일이 끝난 지금까지도 등에 식은땀이 흐를 만큼 그가 본 두 집안의 정경은 참혹했고 비통했다.

"서선두 이제 오시우?"

전건 쓴 수군 하나가 마주 오다가 복만의 앞에 우뚝 선다. 낯이 익은 탐후선의 수군이라 복만은 오히려 의아스레 되묻는다.

"자네가 여긴 웬일인가?"

"서선두 찾아갔다가 헷걸음허구 내려오는 길이우."

"내 집에 들렀든가?"

"예, 방금 이군관 나으리 명을 받잡구 서선두 찾아 올라왔다가 집에 아니 기시길래 다시 본영으루 돌아가는 길이외다."

"이군관이 지금 어디 기시며 무슨 일루 나를 찾는 겐가?"

"찾는 까닭은 알 수가 없구, 계시기는 지금 매성 군관청에 기십디다."

"자넬 집에까지 보낸 걸 보면 이군관이 급한 일루 나를 찾는 모양일세그려?"

"별루 급한 일은 아닌 듯싶구, 뭔가를 알아보려구 서선두를 찾는 모양입디다."

"허면 자네 먼저 이군관께 내려가서 내 곧 집에 들렀다가 이내 매성으루 내려간다구 말 좀 이르게."

수군이 떠나갈 듯하다가 주춤 멈춰 서며 다시 말을 건네온다.

"낙안서 이제야 오시는 길이시오?"

"그러이. 집을 바루 눈앞에 두구야 에서 돌아설 수는 없지 않은가."

"집에 아주머니는 아니 계시구 웬 손 하나가 대신 집을 보구 있습디다."

"내 집에 손이 왔든가?"

"예, 옷갓허구 짚신 감발한 것을 보니 꽤 먼 데서 여러 날 걸려

15. 진주성 267

예까지 이른 듯싶더이다."

"뉘신지는 물어보지 않았든가?"

"뉘시냐구 내가 물었더니 강진 사는 서서방이라구 헙디다."

"서서방이면 나하구 동성이 아닌가?"

"집안 곁쪽인 모양이지요. 그러구 보니 얼굴 생김새두 서선두와 많이 닮았습디다."

"알았네. 먼저 내려가게. 내 가보면 누군지 알겠지."

"예, 그럼 이군관 나으리께는 곧 오신다구 말씀 전헙지요."

"이따 보세."

"올라가십시오."

수군과 헤어지면서 복만은 고개를 갸웃한다. 강진 사는 서서방이라니 도무지 누군지 짐작이 가지 않는다. 더구나 얼굴 생김새가 자기를 많이 닮았다니 복만은 집에 찾아온 손이 더욱 궁금하게 느껴진다.

드디어 집 앞이다. 지쳐진 사립문을 밀고 들어서니 토방 위 쪽마루 앞에 커다란 사내의 짚신이 보인다. 방 앞에 이른 복만의 입에서 인기척을 알리는 기침소리가 두어 번 울리자 방문이 밖으로 열리면서 반가운 얼굴이 그를 맞는다.

"낙안 고을에 갔다더니 이제야 오는 모양이구나?"

"어이쿠, 이게 누구야. 형님, 세상에 이런 법은 없소."

"우선 방으루 들어오너라. 계수씨는 방금 매성에 간다구 내려갔다."

복만이 방에 들더니 형 수만 앞에 무릎꿇고 큰절을 한다. 절을 마치고 고개를 들며 그가 다시 시비하듯 입을 연다.

"내 다시는 형님 얼굴 바루 보지 않을려구 했소. 길이 멀어 올 수가 없거든 사람 편에 더러 소식이라두 전할 수 있지 않소?"

"인편 구하기가 쉽다드냐? 궁금키는 외려 내가 너보다 더 애가 탔다."

"그래 오늘은 무슨 바람이 불어 이 못난 아우 집엘 다 들렀소?"

수만이 대꾸없이 방 안을 휘 둘러본다. 횃대에 걸린 검정색 더그레를 올려다보며 형이 다시 아우에게 묻는다.

"네가 이 곳 수군영에서 배 부리는 선두질을 한다는 게 참말이냐?"

"참말이우."

"네가 변방에서 수자리 산 지가 얼마나 되었다구 또 이 곳 매성에서 군역을 살리는 게냐?"

"군역허구는 상관이 없수. 강득이가 나를 중군 나으리께 품해 올려서 내가 반허락허구 수군 선두루 들게 된 게요."

"싸움에두 나갔드냐?"

"한두 번 나간 줄 아시우? 옥포 싸움 때만 빠졌을까, 그 뒤루는 한 번두 빠진 적이 없소."

서향집이라 날이 저물어도 방 안이 아직 어둡지는 않다. 형이 수굿하게 아우를 바라본 뒤 다시 느릿하게 말을 물어온다.

"이 곳 이수사가 명장이라구 하삼도 온 고을에 소문이 자자허드구나. 그래 싸움터에 나가서는 네가 무슨 배를 부렸드냐?"

"왜적이 들고나는 것을 살피는 것이 내 일이라 내가 부리는 배는 노젓는 군사만 예닐곱이 타는 작구 빠른 협선이우."

"강득이가 부리는 배와 비슷한 게로구나?"

복만이 고개를 내젓는다.

"강득이 배는 탐후선이라 내 배와는 크기부터가 사뭇 다르우. 내 배엔 노군만 예닐곱이 타지만 그 배엔 사수를 합쳐 사람이 모두 열댓이나 탈 수 있소."

"우리 수군이 경상도 바다에서 왜적과 싸울 때마다 연해 이긴다는 소문이던데 너는 그래 왜적의 머리를 몇이나 베었느냐?"

"우리 사또가 싸움 중에는 왜적의 머리 베는 것을 긴히 여기지 않는 어른이시우. 목을 베자면 바다에 빠진 왜적을 사조구四釣鉤〔네 발 달린 갈구리로 적의 배를 찍어 끌어당기거나 바다에 빠진 적을 건져 올리는 기구〕나 장병겸長柄鎌을 던져 우리 배 가까이루 건져올려야 허는데 접전이 무르익어 한창 싸우기가 바쁜 판에 바다에 빠진 왜적이야 돌볼 겨를이 어디 있소. 뭍에서는 왜적의 머리에 상급을 준다는 소문두 있습디다만 우리 수군들 새에서는 왜적의 머리 베는 것을 우습게들 알구 있소."

"우습게 안다는 건 무슨 소리냐?"

"경상우도의 수군 장수들 중에는 싸움은 뒷전인 채, 왜적의 머리 줍는 데만 열을 내는 사람들이 있수. 왜적의 머리를 서루 많이 줍겠다구 더러는 즈이들끼리 싸움 끝난 빈 바다에서 칼부림까지 헌답디다. 이런 다툼질을 부끄럽게 여겨 우리 전라도 수군들은 왜적의 머리 베는 것을 우습게 여긴다는 이야기요."

방 밖에서 인기척이 들려온다. 복만이 방문을 열자 그의 처 강진댁이 머리에서 막 동이를 내려놓고 있다.

"언제 오셨세요?"

"방금 왔네. 헌데 배 부른 사람이 동이를 이구 어딜 갔든가?"

"매성 진휼청賑恤廳엘 다녀왔세요."

"진휼청에는 무슨 일루?"

"지난번 싸움에 다친 군사들을 먹인다구 성 아래 여염 몇 집에 죽을 쑤라는 전갈이 왔었세요. 해서 우리는 팥을 고아 팥죽 한 동이를 쑤어 진휼청 다친 군사들께 퍼주구 오는 길이에요."

"뉘게서 그런 전갈이 왔다는 게야?"

"병선청兵船廳 관노 하나가 말을 전허구 가더군요. 군선 부리는 선두집에는 모두 똑같은 전갈이 내려간 모양이에요."

"알았네. 자네 우리 형님 뵈었든가?"

"예, 죽동이 이구 막 집을 나서다가……."

"형님이 많이 시장하실 게여. 우선 더운밥 짓기 전에 초다짐으루 팥죽 두 사발만 들여보내게."

"알았세요."

방문을 다시 닫고 복만이 형을 마주 본다.

"내 얘기만 들을려구 말구 이제는 내가 형님 얘기 좀 들어야겠소. 형님 그래 무얼 허느라고 몇 삭이 지나두룩 소식 한 자가 없으셨소?"

"내가 그동안 많이 바빴느니. 옛날 해상단 사람들을 찾아 하삼도 여러 고을과 여러 섬들을 둘러보았다."

"다 깨진 상단 사람을 다시 찾아 무얼 허시려우?"

수만이 잠시 턱을 당긴 채 나무라듯 아우를 쏘아본다. 그러나 이내 눈빛이 죽으면서 그가 다시 부드럽게 입을 연다.

"난리 중이라 지금은 당장 어렵다만 난리가 평정이 되면 상단을 다시 일으켜 세워야지. 그 때 일을 생각해서 내가 지금부터 사방으로 다리품을 파는 게다."

"그래 다리품을 팔아 상단 사람을 몇이나 만나보시었소?"

"만난 사람이 몇 안된다. 그간 세월이 많이 흘러 더러는 죽기두 허구 더러는 남의 집에 종살이까지 허드구나."

"내 아는 사람으루는 누구누구를 만나 보시었소?"

"영산포 사득이, 해남 불출이, 장흥 마당개, 그밖에두 쥐불이 자근쇠 등 열 서넛쯤 되나부다."

"영산포 사득이 형님이 아직두 살아기시오?"

"그래 지금 진주 고을에서 늙은 몸으로 남의 집 행랑살이를 허구 있다."

"어쩌다 그 형님이 그 지경이 되었답디까?"

"얘길 다 허자면 여러 밤을 새워두 모자란다. 그건 그렇구 내 이번에 함안과 진주성엘 들렀다가 험한 소문을 들은 것이 있다."

"험한 소문은 또 무어요? 그리구 함안까지는 형님이 어찌 가시었소?"

수만이 입을 열기 전에 방문이 열리고 새댁이 죽소반을 들고 들어온다.

"저녁진지 잦힐 동안 우선 죽으루 초다짐부터 해두세요."

계수가 건네는 말에 수만이 히죽 웃어보인다.

"내 아까는 자세 몰랐소만 계수씨 배부른 것을 보니 좋은 소식이 있을 것 같소그려?"

원래 강진댁은 수만의 주선으로 아우 복만에게 시집을 온 여자다. 이미 그 전부터 낯이 익은 처지라서 두 사람은 어려운 사이건만 서로 낯가림이 심하지 않은 편이다.

"많이 드시어요."

아이 가진 것을 인사말로 건네는 시숙에게 강진댁은 그래도 부끄러운 듯 급히 상을 놓고 방을 나간다. 죽사발이 놓인 상을 제 앞으로 끌어당기며 복만이 다시 형에게 말을 묻는다.

"드시우. 그래 경상도 함안까지는 형님이 무슨 일루 가시었소?"

"왜적을 만나러 갔지."

"왜적을 만나다니요?"

"나는 왜적에게 사로잡혀 여러 해를 왜땅에서 부로(俘虜)[포로]루 살다가 돌아오지 않았느냐. 왜적이 지금은 우리나라 땅에 들어왔기루 내 옛적 일을 생각해서 놈들을 먼발치라두 한번 보구 싶어 찾아간 게야."

"잡혀 지내며 그 고초를 겪으시구두 왜적이 다시 보구 싶더라는 말씀이오?"

"모를 것이 사람의 마음이라 고마운 사람만이 보구 싶은 것은 아니더구나. 겪은 고초를 생각허면 왜적을 다시는 보구 싶지 않을 법헌데 오히려 고마운 사람보다 더욱 보구 싶으니 세상사 참으루 모를 일이다."

죽을 입에 퍼넣다 말고 복만이 어이없는 듯 형의 얼굴을 뻔히 바라본다. 손에서 죽사발을 내려놓으며 그가 다시 형에게 묻는다.

"그래 왜적을 만나보시었소?"

"보았지."

"만나 보시구두 해를 입지 않았단 말이오?"

"해 입힐 왜적이면 내가 만나볼 까닭이 있나."

"해를 입힐지 아니 입힐지 형님이 만나보지두 않구 어찌 미리 안단 말이오?"

"왜적 즈이두 사람인데 까닭없이 사람을 해치겠니. 그리구 중간에 사람을 놓아 왜적 중에두 포악허지 않은 어진 자를 만나보았어."

"중간에 사람을 놓다니 그게 대체 누구랍디까?"

"왜적들 밑에 빌붙어 사는 조선 백성이 한둘이 아니야. 지금 부산포와 동래성 쪽에는 난 전보다두 더 많은 조선 백성이 들어 산다는 소문이다."

"왜적 아래 빌붙어 살자면 보통 비위룬 어려울 게요. 대체 어떤 사람들이길래 그 사나운 왜적 아래 몸을 붙여 삽디까?"

"내가 만난 사람들은 난 전에 삼포 왜관에서 왜상과 가까이 지내던 왜호나 왜통사(일본어 통역인)들이었어. 그들이야 왜적이라구 해서 꺼리거나 멀리할 까닭이 없지."

방문이 열리고 이번에는 밥상이 들어온다. 그 동안 날이 저물어 방 안이 꽤 어둡다. 밥상을 들여놓고 이내 나가더니 강진댁은 곧 부등가리에 불씨를 담아 들고 들어온다. 복만이 뜬숯을 불어 기름 등잔에 불을 당긴 뒤 상 위에 놓인 술방구리를 보고 제 안사람을 올려다본다.

"웬 술이여?"

"요아래 덜렁쇠네 집에서 제사에 쓸려구 술 두어 말 담가놓은 것을 제가 알곡 두 되를 퍼주고 반동이만 받어왔세요."

복만이 아무 말없이 제 형을 바라본다. 형이 빙긋 입귀로 웃더니 제 앞으로 술사발을 끌어당긴다.

"네가 처복이 있는 게다. 자 어서 술 한 잔 부어라."

아우가 방구리에 띄운 조롱박을 집어들어 술을 떠서 사발에 채운다. 웃국을 뜬 맑은술이어서 술이 진하고 입에 달다. 술 한 사발씩을 비운 뒤에야 아우가 다시 형에게 묻는다.

"그래 왜적과 면대해서 손짓 발짓을 해보셨소?"

"손짓은 더러 했다마는 발짓까지는 허질 않았다. 내가 허는 왜말이 서툴기는 해두 왜적이 생각보다는 꽤 잘 알아듣더구나."

"옳거니, 형님이 왜땅에 잡혀 있으면서 왜말을 배웠다구 했소그려? 그래 말을 건네보니 뜻이 제대루 통헙디까?"

"통허다뿐인가. 내가 허는 왜말을 듣구 왜적들이 아주 신기해 허는 낯색이었다."

"신기해 허는 건 또 무어요?"

"왜호나 왜통사가 허는 왜말보다 내 왜말이 더 듣기가 수월했던 모양이다."

오가는 말이 바빠지면서 형제는 술사발 역시 부지런히 주고받는다. 거푸 마신 맑은술이 뱃속으로 이내 찌르르한 술기운을 전해 준다. 말이 헤픈 아우 복만이 다시 형에게 말을 묻는다.

"그래 왜적을 만나보구는 서루 무슨 말들을 주구받으셨수?"

"첨엔 조선땅에서 보구 들은 일들을 내게 묻기두 하구 자랑처럼 떠들기두 하더니 종당에는 앞으루 있을 큰싸움 이야기루 말들이 옮아갔다."

"지금두 싸움 중인데 큰싸움은 또 무어요?"

"왜적들이 머지않아 경상우도 지경을 거쳐 전라도 땅으루 짓쳐 올 모양이드라."

"남도 바닷길이 모두 끊겼는데 제깐 놈들이 무슨 수루 전라도 땅엘 짓쳐온답디까?"

"뱃길은 모두 끊겼어두 뭍길은 모두 트여 있다. 왜적이 곧 대병을 모아 진주성을 깨칠 모양이드라."

"의령 현풍 초계 고을 등지에서 요즘 의병들이 크게 일어 왜적을 연해 쳐 물리친다는 소문입디다. 이제는 여름과두 달라서 뭍으루두 왜적이 수이 짓쳐오지는 못허리다."

"의병이 각처에서 일기는 해두 왜적의 대병을 막기는 그리 용이치 않을 게다. 장수가 다르구 지키는 고을이 서루 달라서 병兵을 한 군데루 모으기 전에는 사나운 왜적의 대병을 막기는 아직 어림두 없다는 이야기다."

"그래 형님은 소문으루 말구 왜적의 대병을 직접 눈으루 보시었소?"

"왜적을 내 눈으루 보지는 못했으나 그들이 밥 지어먹구 떠난 화덕자리는 더러 보았다."

"화덕자리만 보구서야 왜적의 크기를 어찌 알 수 있단 말이오?"

"모르는 소리 마라. 사람 머리는 헤아리기 어려워두 화덕자리는 우선 헤아리기가 쉬운 법이다. 화덕자리 하나가 서른 명 밥을 짓는 다치면 그 자리를 옳게 헤아리면 왜적의 수두 헤아리지 않겠느냐?"

복만이 더 묻지 않고 목마른 사람처럼 제 앞에 놓인 술사발을 비운다. 하긴 곰곰이 생각해 보니 요즘 들어 경상도 연해 고을에서 고기잡이배와 여러 모양의 사선私船들이 사람들을 가득 싣고 하루에도 수십 척씩 전라도 지경으로 넘어오고 있다. 난바다를 돌며 왜선을 탐망하는 본영 순환선의 치보에도, 백성들의 사선들 때문에 골머리를 앓는다는 말들이 적혀 있다. 그만큼 요즘 들어 피난 나온 백성들의 사선들이 전라좌도 인근 바다로 많이 떠온다는 소문이다.

"노상 우리 수군을 업수이만 여기더니 뭍에 있는 장수라는 것들은 대체 무엇들을 허는 게요?"

복만이 갑작스레 볼멘소리를 내지른다. 술기 오른 아우의 얼굴을 수만은 그러나 부드럽게 마주볼 뿐이다. 아우의 눈빛이 부드러워지는 것을 보고 형이 한참 만에 조용히 입을 연다.

"나라꼴이 이 지경이 된 것이 너는 뉘 탓이라구 생각허느냐?"

형이 묻는 뜻밖의 말에 아우는 역시 퉁명스레 되묻는다.

"내가 그걸 어찌 알우?"

"너두 사람인데 왜 그걸 모르겠니? 네가 그걸 모른다구 허는 것은 정작 몰라서가 아니구 생각해 보기가 싫어서인 게다."

"생각해 보면 무얼 허우? 우리 팔자에 양반이 되겠소, 장상이 되겠소?"

"양반은 무어며 장상은 또 무어라드냐? 백성없이 양반과 장상이 홀루 될 수 있다드냐?"

"형님 말씀이 듣기 거북허우. 누구는 그걸 몰라서 눈귀 막구 사는 줄 아시우?"

"나라의 주인을 홀대허면 그 나라는 필히 망하는 것이 하늘의 이치다. 백성 알기를 우습게 아는 나라가 어찌 잘되기를 바라며 망하지 않기를 바라겠니?"

"형님 목소리 낮추시우. 누가 들으면 우리 형제가 역모허는 줄 알겠소."

"내 너한테만 이른다만 내년에는 이 나라 백성 중에 반수두 제대루 살아남지를 못헐 게다. 전라도 일경을 빼구는 조선 팔도 온 나라 백성이 반은 목숨을 잃을 게다."

"형님 말씀이 당치 않소. 왜적이 아무리 포악허기루니 그토록 많은 우리 백성을 어찌 다 도륙할 수 있단 말이오?"

"왜적의 도륙으루 우리 백성이 죽는 게 아니야. 못 먹어 주려죽는 백성이 온 나라에 그득하리라는 이야기다."

"주림이야 매해 있는 일인데 내년이라구 더할랍디까? 머잖아 난리두 끝나게 되면 백성들 사는 형편두 지금보다는 펴이겠지요."

형이 고개를 내두른다. 아우의 속 편한 생각을 일깨우려는 차분한 얼굴이다.

"내가 그간 전라도 외에 경상도 충청도 쪽으루두 여러 고을을 둘러보았다. 온 들이 비었더구나. 논밭에 통 곡식 자라는 걸 보지 못했어. 들이 이렇게 텡텡 비었으니 연사를 논할 형편두 아니더라. 한창 밭갈구 씨뿌릴 철에 왜적이 짓쳐 들어와서 백성들이 들을 버려둔 채 산으루 몸을 숨긴 때문이다. 들이 비었으니 거둘 것이 없구, 거둘 것이 없으니 백성이 무얼 먹구 살겠느냐? 연사가 조금만 흉년이 들어두 주려죽는 백성이 수천인데 한 해 농사를 아예 버렸으니 내년에 그 화가 얼마나 클지 모르겠다."

 복만은 그제야 형의 얼굴을 퀭한 눈으로 아득히 바라본다. 원래가 생각이 깊고 셈이 정확한 형 수만이다. 그제야 복만은 왜 형 수만이 여러 달을 소식없이 여러 고을을 떠돌아다녔는지 알 것 같다. 형은 바로 세상 형편을 살피느라 난중에도 정처없이 온 고을을 떠돌아다닌 것이다.

 "섰거라! 웬놈이냐!"
 예닐곱 개의 붉은 횃불이 진주성 동성문東城門 문루를 대낮처럼 밝히고 있다.
 납의(중의 옷) 차림의 행각승 하나가 수직 군사들 앞에 말없이 멈춰선다. 홰잡이 군사 둘이 앞으로 다가들고, 창 든 문졸 셋이 창끝을 아래로 숙인다. 횃불 앞으로 서너 걸음 다가든 뒤 중은 그제야 합장하며 머리를 든다.
 "수문장 나으리 좀 뵙게 해주시우."
 "이놈 봐라? 지금이 어느 땐데 니가 이 시각에 우리 나으리를 보자는 게야? 중놈이 간두 크구나. 당장 그 자리에 꿇지 못헐까!"
 한 자 길이의 당파창 창날이 행각승 사발의 코앞에서 요란하게 번뜩인다. 중은 그러나 눈을 한번 감았다 뜨더니 납의 자락을 크게 떨치며 댓바람에 고함을 내지른다.
 "야밤에 중이 성문을 찾았으니 일이 있어 왔을 터인즉 이렇듯 시각을 지체하여 기어이 일을 그르칠 작정이시오? 군사님네와는 시비

할 경황없소. 수문장 나으리가 아니 계시면 사또라두 뵈어야겠소!"

말을 끝낸 운수승 사발이 창날을 밀치고 성문 앞으로 다가간다. 안에서 왜들이 여럿 나오더니 불빛 속에 산수털 벙거지의 장수 하나가 마주 나온다.

"웬 소란이냐?"

여러 개 횃불 속에 마주나온 장수는 사발의 눈에도 낯이 익은 동성문 수문장이다. 사발이 두 손을 차수〔두 손을 마주잡음〕하고 수문장을 향해 입을 연다.

"나으리 소승 이 곳 산성사(山城寺)에 객승으루 있는 사발이라는 중이외다. 산성사 승군장께 드릴 말씀이 있어 이렇듯 야심한 시각에 문루를 찾아왔소이다. 군영의 기밀에 관계되는 일이외다. 죄만하오나 이 사람이 승군장을 만나뵙도록 허락해 주십시오."

"자네를 내가 아네. 얼마 전에 관창에서 휼미를 타간 비구 아닌가?"

"맞소이다. 제가 바루 백성 구휼하는 휼미 타간 산성사 운수외다."

"그래 자네가 승군장을 어디 가서 만나보겠다는 겐가?"

"산성사가 이 성안에 있으니 성에 들면 찾아볼 수 있겠지요."

"승군장이 절 안에 있어야 자네가 찾아보지? 성안에 있는 군관 윗길의 장수들은 지금 모두 제몫의 일들이 주어져서 어딜 가나 군막에는 한 사람두 없을 게야."

"장수가 군막에 아니 있으면 어디들 있다는 말씀이오이까?"

"내아(內衙)〔지방 관아의 안채〕는 이미 퇴등을 해서 사또두 판관두 아니 계시네. 군막에 두 번 서는 군사들말구는 장수와 군졸 모두가 울력엘

나갔거나 공방에들 내려가 있을 게야."

"야심한 밤에 울력은 무어며 장수들은 또 무슨 까닭으루 공방에를 내려가 있답니까?"

"자네가 통 이 곳 물계를 모르네그려. 요즘 공방은 야장冶匠〔대장장이〕과 궁인弓人〔활 만드는 기술자〕들이 밤을 새워 일들을 허구 있네. 야장은 철물을 달구어 칼과 창들을 벼르구 있구, 궁인과 시인矢人〔화살 만드는 기술자〕은 또 활과 살을 만드느라 공방청 뜰에까지 멍석을 깔구 일들을 허구 있네."

왜적이 코앞에 닥친 지금이다. 이 곳 공방이 밤을 새워 칼을 벼르고 활과 살을 만든다면, 거읍 진주성은 이번에야말로 한바탕 크게 싸울 것을 각오한 것이 분명하다.

놀라운 일이다. 불과 두어 달 전까지만 해도 이 곳 진주성은 십실구공十室九空〔열에 아홉은 집이 빔〕의 휑뎅그렁한 빈 성이었다. 왜적 한둘이 백 리 밖에 이르렀다는 소문만 듣고도 관아의 관원과 아전은 물론이오, 온 성민이 성을 비우고 산과 들로 도망을 친 것이다. 그러나 그로부터 몇 달이 지난 지금, 빈 성에는 다시 사람이 찾아들고 텅 빈 관아에도 벼슬아치와 구실아치 군사들이 찾아들기 시작했다.

성을 비운 몇 달 동안 성민들은 많은 것을 깨달았다. 양반과 상민의 구분없이 그들의 깨달음은 모두가 같은 것이었다. 제 집과 제 목숨과 제 고을을 지킬 사람은, 저 자신뿐이라는 것을 그들은 비로소 깨달았다. 임금이 몽진 끝에 의주까지 쫓겨간 지금 백성들이 믿을 것이라고는 자기 자신뿐이었다. 이제 그들은 예전처럼 무턱대고 왜적을 무서워하지 않았으며, 왜적에게 쫓겨 주린 배로 산과 들을 헤맬 바에야, 죽든 살든 제 고을에서 왜적을 맞아 크게 싸워나 보고 죽자는 생각들을 한 것이다.

군사를 모으는 방이 붙은 것은 바로 이런 무렵이다. 여러 고을에서 뜻 있는 선비들이 사창私倉[개인 창고]을 열어 백성과 군사들을 고을 안으로 불러들였다. 아무리 그 뜻이 옳고 높은 것이라도 사람은 먹지 않고는 아무것도 할 수가 없다. 산과 들에 흩어진 주린 백성들을 불러들이기 위해 우선 그들의 배를 채울 몇 줌의 양식이 필요한 것이다.

산성사에 방부房付[들어 삶]든 선승 사발이 진주성의 신임 목사를 찾아간 것도 이 무렵이었다. 그는 성내의 여러 개 관창에 관곡이 가득 들어 있는 것을 진작부터 알고 있었다. 전 목사인 이경 사또가 피난 중에 등창[背瘡]으로 죽은 그 즈음에는, 판관으로 있던 김시민金時敏이 진주성의 새 목사로 뽑혔다. 사발은 바로 신임 목사를 찾아가서 백성들을 다시 성안으로 불러들일 휼미를 내어달라고 간곡히 청한 것이다.

"사또께서는 이미 성문 밖에 백성과 군사를 초모하는 여러 개 방을 내걸고 계시오이다. 흩어진 백성을 속히 성안으루 불러들일 방도는 관창에서 휼미를 풀어 그들의 주린 배를 채우는 것이 가장 빠른 줄 아옵니다……."

신임 김사또는 장차 왜적을 맞아 크게 싸워볼 결심을 하고 있었다. 그가 당장 필요로 하는 것은 성안에 백성을 불러들이는 일이었다. 그는 곧 사발에게 백성을 먹일 휼미를 내어준 것이다.

공방은 내성에 있다. 사발은 그러나 승군장 자산까지 공방청에 올라가 있을 것으로는 생각되지 않는다. 공방청 장색들이 따로 있는데 중들까지 불러다가 일을 시킬 것은 없다.

"빈도가 공방청 가는 길두 모를뿐더러, 우리 승군장까지 공방청에 내려가 있을 것으루는 생각되지 않구먼요. 우선 이 사람을 성안에나 들여주십시오. 길을 모르면 물어서라두 승군장을 찾아보지요."

수문장이 몸을 돌리더니 홰를 잡고 있는 늙은 군사 한 명을 돌아본다.

"덕출이, 자네 이 사람을 공방에까지 길 잡아주게. 승군장이 게 없으면 아마 장대將臺에 올라가 있을 겔세."

늙은 군사가 홰를 들고 사발의 곁으로 옮겨선다. 사발은 곧 수문장을 향해 합장해 보이고 성문을 통과한다.

성밖은 인기척이 괴괴한데 성안은 밤이건만 사람들의 기척들이 요란하다. 작년에 새로 늘려쌓은 이쪽 성은 인가가 많고, 들어 사는 백성도 많다.

어느 틈에 가을도 깊어 밤 날씨가 서늘하다. 홰잡이 늙은 군사가 내성 쪽으로 비스듬히 비탈을 올라간다. 좁은 길 양쪽으로는 인가가 촘촘히 박혀 있고, 길에는 더그레[군복] 걸친 군사들 여럿이 부지런히 오가고 있다.

여염들 사이를 한참 뚫고 가자 눈앞이 갑자기 훤히 트인다. 화톳불 지핀 뜰 저쪽에 공해公廨[관청건물] 하나가 우뚝 서 있다. 평대문을 사이에 두고 긴 행랑이 양쪽으로 붙어 있고, 대문 앞 너른 공터에는 화톳불 두 개가 훨훨 타고 있다. 화톳불 주위에는 상옷 차림의 사내들 여럿이 작은 손칼이나 낫을 들고 시누대를 다듬고 있다.

아마 공방청 시인矢人 장색들이 화살로 쓸 살대들을 손질하고 있는 모양이다.

"욕들 보시우, 말 좀 물읍시다. 혹 이 곳 공방청에 승군장께서 아니 오시었소?"

"중이 하나 오긴 왔으나 그 중이 장순지는 모르겠수."

"지금 그 중이 어디 있소?"

"공방청 별장나리 방에 계신 걸루 아오이다."

"고맙수. 욕들 보시우."

합장하는 사발을 두고 늙은 군사는 바쁘게 앞서 간다. 바랑을 한 번 추스른 뒤 사발은 곧 공방청 평대문을 통과한다.

안마당에도 화톳불은 물론 등롱들이 여럿 걸려 있다. 행랑과 잇대인 여러 개 달개집에 홰들이 꽂혀 있고 장인 장색들이 방마다 가득히 들어앉아 무언가 바쁘게 일손들을 놀리고 있다. 귀청이 울릴 만큼 여러 소리들이 뜰에 가득하다. 특히 귀가 아픈 것은 화독 위로 불티를 내뿜는 야장들의 풀뭇간 쪽이다. 벌겋게 단 쇠를 모루 위에 올려놓고 야장 둘이 마주서서 요란스레 메질을 하고 있다. 그러나 정작 일손이 바쁜 곳은 수천 개의 살대들을 쌓아놓고 끝손질을 하는 궁시장弓矢匠의 공방이다. 살대에 촉을 박고 깃털을 꽂느라 공방 안은 바쁜 손길뿐 기침소리 하나 없다.

"예가 공방청이우. 난 이만 가볼라우."

늙은 군사가 사발을 돌아본 뒤 몸을 돌려 떠나려 한다. 더 붙잡고 싶었으나 사발은 얼른 합장하며 군사를 떠나보낸다.

"시주님 욕보시었소. 허면 살펴가십시오."

군사가 떠나가자 사발은 곧장 가까운 방 앞으로 다가간다.

"시주님들 고생허시우. 말 좀 물읍시다. 별장나으리 방이 어느 방인지 일러주시면 고맙겠소이다."

창자루를 다듬던 사내 하나가 문 앞에 앉았다가 어두운 밖을 내다본다.

"뉘신데 별장나으리 방을 찾으시우?"

"산성사 중이외다. 나으리 방에 혹 우리 승군장께서 아니 오셨는지 알아보러 왔소이다."

"중이라네. 자네가 한번 내다보게."

방 안을 향해 사내가 말하자 누군가가 다시 방 밖으로 고개를 내민다.

"뉘신데 우리 승군장을 찾으시우?"

"자네 나를 모르겠나? 자네가 산성사 부목負木〔불목한이〕이 아니든가?"

"어이구, 뉘시라굽쇼. 밤두 야심헌데 스님이 예까진 어인 일이십니까?"

"내가 지금 급한 일루 승군장을 찾구 있네. 승군장 있는 데를 알면 나를 좀 인도해 주게."

"예, 아마 자산스님께선 장대에 계신 듯 싶소이다만······."

산성사 사노寺奴인 몽득이가 신을 꿰며 방을 나온다. 공방청 뜰을 앞서 나가면서 몽득이가 다시 입을 연다.

"스님께서는 지금 어느 절서 오시는 길입니까."

"절이 아니라 함안 고을 쪽에서 오는 길일세."

"왜적이 함안을 둘러뺐다는데 스님이 어찌 게서 오신다는 말씀이오?"

"내가 왜적을 살피러 갔더랬네. 그건 그렇구 성안에서 언제부터 밤일들을 허게 되었나?"

"닷새 전부터 성 지키는 군사말구는 어린애 노인 아녀자 할 것 없이 온통 울력에 나가구 밤일들을 거들게 되었지요. 우리 절에서 두 스님네들 외에 우리 같은 아랫것들이 열 셋이나 울력에 뽑히어 왔소."

"무슨 일이 그리 많길래 온 백성들이 밤일까지 헌다든가?"

"군관나으리들 말을 들으면 그러구두 일손이 많이 달리는 모양이든걸요. 가장 많이 달리는 것이 활과 창 같은 병장기구, 그 다음으로 급한 것이 더그레 같은 군사 복색인 모양입디다."

"군사 복색두 달린다든가?"

"성안에 우리 군사가 많은 듯이 보일려면 군사 아닌 백성들까지 더그레를 입혀야 된다구들 허십디다. 해서 지금 기생청에 딸린 방들에서는 기생들과 아녀자들이 더그레 짓느라구 밤을 새워 마름질들을 허구 있수."

성안 백성들까지 더그레를 입혀 가병假兵[가짜 병사]을 세울 모양이다. 하긴 가병이라도 세우지 않고는 왜적의 강한 기세를 누를 수가 없을 것이다.

공해 길을 위로 오르자 작은 숲 사이로 번쩍이는 강물이 보인다. 남강에 연한 성의 서남쪽에는 높은 절벽이라 성벽이 없다. 그러나 길목 곳곳으로 창 든 군사들이 무리지어 번들을 서고 있다. 군사들이 사발을 잡지 않는 것은 그가 내아 쪽에서 올라오는 때문일 것이다. 큰 누대를 멀리 끼고 돌자 사발이 다시 몽득에게 묻는다.

"공방청이 밤일을 하는 외에 백성들게는 또 무슨 울력이 있다는 겐가?"

"무너진 성을 쌓기두 허구, 성밖에 나가 흙에 메워진 해자를 파기두 허지요. 더러는 또 남강에 나가 배루 실어오는 해장죽이나 땔나무를 져오기두 헌답니다."

수성 준비는 뜻밖으로 야무지다. 하긴 진주성은 남도의 거읍이요, 전라도 지경으로 넘어가는 길목의 요해처다. 왜들이 금년 봄 부산포에 오른 이래 조선땅을 모두 짓밟고도 오직 한 곳 전라도 땅을 밟아보지 못했다. 그 까닭은 바닷길이 우리 수군에게 막힌 외에, 대병을 도성과 평안도 함길도로 나누어 보내, 이쪽으로는 왜적들이 미처 눈을 돌릴 여유가 없었기 때문이다. 그러나 이제 명나라 군사가 도우러왔고 조선각처에서 의병들이 일어 왜적도 세가 꺾이어 남쪽으로 밀리고 있다.

그러던 차에 왜적은 이번에 대병을 모아 전라도의 길목인 거읍 진주성을 둘러빼려 하고 있다. 수군에게 막혀 바닷길로는 비록 갈 수 없지만, 요해처인 진주성만 둘러빼고 보면 육로로 어렵지 않게 전라도 땅을 짓밟을 수가 있기 때문이다.

그러나 왜적에게 진주성이 중요하듯 조선에게도 진주성은 빼앗길 수 없는 요충지다. 관군과 의병과 진주성 온 백성들도 그 중함을 알기 때문에 한덩어리가 되어 성을 지키려 하는 것이다.

장대가 멀리 보인다. 성안에 있는 산성사에서 장대는 별로 멀지 않다. 승군에게 장대를 맡긴 것은 절에서 별로 멀지 않기 때문일 것이다. 비탈을 따라 가까이 가니 장대의 높이 들린 처마가 밤하늘에 아름답게 솟아 있다. 장대 누문 위에는 번을 서는 군사 외에 장막이 둘리어져 장수의 군막까지 세워진 모양이다. 누대 아래 지핀 서너 개 화톳불이 장대의 이쪽 지붕을 훤히 밝히고 있다. 사노 몽득이 앞서가다가 돌층계 앞에서 사발을 다시 돌아본다.

"자산스님께서 장대에두 아니 계시면 쇤네두 어디 계신지 더는 알 수가 없구먼요."

"자산을 찾지 못허면 그제는 나를 판관 나으리께 데려다 주게."

"판관 나으리를 뵈올 양이면 쇤네보다야 군노나 사령이 더 잘 알지요. 헌데 이 밤에 스님께서는 무슨 까닭으루 그 나으리들을 뵈오려 허십니까?"

"자네는 게까지 몰라두 되네. 헌데 저 사람이 성안에는 언제 들어왔어?"

사발이 발을 세우고 섬돌 아래 피워놓은 화톳불 가를 바라본다. 피물옷을 입은 무자리 차림의 한 사내가 어떤 엄장 큰 중과 마주서서 싸우듯이 이야기를 하고 있다. 동개 메고 손에 창까지 짚은 것으로 보아 사내는 성밖에 나갔다가 방금 들어온 차림새다.

"저 사내를 스님이 아십니까?"

"내가 산에서 데리구 내려온 사람일세."

"허면 저 사내가 우리 승군에 당보군唐報軍(척후의 임무를 띤 군사) 패두루 있는 것두 아시겠구먼요?"

"저 사람이 언제 승군의 당보군이 되었든가?"

"승군장 자산스님이 저 사람을 당보군 패두루 뽑았지요. 무자리 천한 것을 패두루 뽑았다구 젊은 스님들은 물론이구 이 곳 군사들까지 큰웃음을 사구 있답니다."

몽득의 말에 대꾸없이 사발은 한달음에 화톳불 가의 무자리에게 다가간다. 다가오는 사발을 알아보고 무자리가 눈썹을 꿈틀한다.

"뵙기 어렵수."

"잘 있었는가."

"어디서 오시우?"

"함안 고을에서 이제 막 오는 길일세."

"함안 고을엔 어찌 가셨소?"

"왜적 살피러 내려갔었네."

잠시 말들이 멈춘 사이에 엄장 큰 중이 사발에게 흠신해 보인다.

"소승 문안이오."

"운해사에 있을 자네가 여기는 어찌 내려왔나?"

"자산이 예서 큰 싸움이 있다구 사람을 보내라길래 제가 여남은 명 이끌구 내려왔지요."

"모우당 조실이 보내주시든가?"

"보내주시기는 보내주셨으나 역정을 내시어서 올 사람들 몇이 못 오구 있사외다."

"무슨 까닭으루 역정을 내시든가?"

"모두 산을 내려가면 절은 누가 지킬 게냐구 허십디다."

사발이 더 묻지 않고 곁에 선 무자리 두산을 돌아본다.

"자네 차림샐 보니 성을 나갔던 모양일세?"

"망군望軍(망을 보는 군사) 거느린 군관을 따라 어속령魚束嶺까지 나갔다 왔수."

"같이 나간 망군들은 그래 지금 어디들 있나?"

"어디 있는지 알게 무어요. 허는 꼴들이 우스워서 나 먼저 성으루 돌아왔수."

"허는 짓들이 우습다니?"

"말 탄 왜적이 5리 밖쯤 보이니까 망군들이 지레 겁을 먹구 꽁지가 빠지게 도망들을 칩디다."

"보군 걸음이 마병에 뒤지니 도망을 치는 게 당연허지?"

"말 탄 놈 겨우 셋을 보구 이쪽 열 둘이 꼭 도망을 쳐야겠소?"

"군관두 도망을 치든가?"

"앞장서서 내뺍디다."

야번을 서던 장대의 군사와 승병들이 어느 틈에 두산의 주위를 둥그렇게 에워싼다. 두산이 내뱉는 퉁명스런 말이 재미도 있거니와 놀랍기도 하기 때문이다. 사발은 그러나 무슨 까닭으로 두산이 잔뜩 볼이 부어 있는지 알 수가 없다. 볼 부은 까닭을 알아내기 위해서도 그는 우선 이 사내를 달래주어야겠다고 생각한다.

"그래 자네는 도망을 안 치구 말 탄 왜적들을 마중이라두 나갔든가?"

"숲에 들기를 기다렸다가 앞서 오는 두 놈을 쏘아 잡았소."

"쏘아 잡아?"

"활루 쏘아 잡았단 말이오."

사발은 물론 둘러섰던 군사들도 저마다 놀란 얼굴로 두산을 뻔히 바라본다. 왜의 마군을 활로 쏘아 잡다니 듣는 사람 모두가 벌린 입을 다물지 못한다. 사발은 그러나 이 사내를 아는 터라 이 사내가 하는 말이 거짓이 아님을 알고 있다.

"자네가 정녕 왜적들을 활루 쏘아 잡았단 말인가?"

사발의 재우쳐 묻는 말에 두산이 대뜸 성가퀴에 탁 침을 뱉는다.

"스님두 이 곳 군관들허구 조금두 다를 게 없소그려. 내가 성에 돌아오기는 해질 무렵인 초저녁인데, 남들이 하 내 말들을 못 믿어 허길래 내가 다시 성을 나갔다가 이제야 막 돌아오는 길이우."

"자네가 왜적을 쏘아 잡았다구 허지만 그걸 아무두 본 사람이 없으니 누가 자네 말을 곧이듣겠나? 그래 성에서는 무슨 까닭으루 해진 뒤에 다시 나갔든가?"

"내 말을 못 믿는 사람들이 많기루 그 사람들게 뵈줄려구 내 말 믿을 물건을 가지러 나갔드랬수."

"그래 그 물건이 무언가?"

"예 있수. 스님 눈으루 직접 보시우."

두산이 제 발치에 놓은 염낭 비슷한 털가죽 망태를 집어든다. 그 속을 두산이 열어보이는데 피비린내가 왈칵 풍겨온다. 사발과 군사들이 망태 속을 보고는 저마다 놀란 얼굴로 한 걸음씩 뒤로 물러선다. 두산이 다시 망태 주둥이를 닫더니 망태를 어깨에 걸머메며 사발을 향해 입을 연다.

"이제두 스님이 내 말을 못 믿으시겠소?"

"그것들이 바루 자네가 쏘아잡은 왜적의 머리들인가?"

"살맞아 말에서 떨어져 죽은 것을 내가 남의 눈에 띄지 않게 숲

속 그늘에 숨겨두었수. 내가 다시 갔을 적에두 두 눔이 그대루 숲에 있습디다. 해서 내가 머리를 베어 염낭에 담아갖구 성으루 되돌아온 게요."

말을 끝낸 두산이 장대 뜰에서 아랫길로 내려간다. 왜의 머리 담긴 망태 속에는 베보자기에 둘둘 말린 작대기 비슷한 긴 물건도 꽂혀 있다. 두산의 뒤를 따라가며 사발이 다시 말을 건넨다.

"이 사람 어딜 가는 겐가?"

"밥 먹으러 가우."

"저녁을 아직 못 먹었든가?"

"성밖으루 두 행비 허느라구 아직 저녁을 먹지 못했소."

"게 잠깐 기둘리게. 밥 있는 델 내가 알아봄세."

두산이 멈춰선 사이에 사발이 곁에 선 운해사 승병을 돌아본다.

"저녁 굶은 사람이 저 사람뿐이 아닐세. 어딜 가야 요기를 허겠나? 이 곳 군영에는 밥이 없겠나?"

"시각이 너무 늦어 군막에는 밥이 없을 게구 소승 생각엔 산성사 절 부엌에 내려가면 혹 대궁밥이라두 남아 있을는지 모르겠구먼요."

"알았네. 그건 그렇구 승군장 자산은 어딜 가야 만나보겠나?"

"그 어른은 중군장 계신 내성 동문에 계신 듯싶소이다."

"내성 가는 길을 모르니 우선 절에부터 들러야겠네. 자네들 혹 승군장 만나거든 내가 꼭 보잔다구 말들 좀 전해 주게."

"예 스님. 살펴가십시오."

수직 승병들과 헤어져서 사발은 이내 장대 뜰에서 내려온다. 산성사가 바로 눈 아래 있어서 이 곳부터는 길을 묻지 않아도 된다.

앞서 가는 두산을 향해 사발이 다시 말을 건넨다.

"자네, 승군장 자산스님을 보았든가?"

"저녁 무렵에 잠시 뵈었소."

"왜적의 머리 베러 떠나기 전인가?"

"왜적의 머리를 베어오도록 이른 것이 바루 그 승군장 스님이시우."

"자산이 자네더러 왜적의 머리를 베어오라 이르든가?"

"남들이 내 말을 믿지 않는 것이 서운키두 했거니와 자산스님이 베어오라 허시길래 내가 다시 성을 나가 머리를 베어오게 된 게요."

"죽은 왜적의 머리를 베어 자산은 무엇에 쓰자는 겔까?"

"장대 끝에 높이 달아 동문 밖에 효수할 모양입디다."

"백성들에게 보이자는 겐가?"

"겁먹은 백성과 군사들에게 왜적의 머리를 보여 기氣를 높인다구 허십디다."

큰싸움을 앞에 두고는 군기나 영장기領將旗에 제를 올리도록 되어 있다. 자산이 두산에게 왜적의 머리를 베어오라 이른 것은, 군기에 제를 올리고 군사들의 기를 북돋우기 위한 수단인지 모른다.

"웬 홰들이 이리루 오구 있수."

절의 산문이 보일 즈음 홰들 네댓 개가 어둠 속에 나타난다. 홰잡이 군사들이 앞을 서고 그 뒤로는 알머리의 승병들이 큰 모판들을 어깨에 메고 따르고 있다. 홰잡이 군사들 속에 섞여 있던 털벙거지 하나가 사발과 두산을 보고는 호통 비슷이 고함을 내지른다.

"이놈들 봐라! 번 서는 수직 군사가 누구 허락받구 성안을 쏘댕기는 게냐!"

"수직 군사가 아니오이다. 망군으루 성밖에 나갔다가 방금 들어온 사람이외다."

"성밖에서 들어왔다면 네가 더욱 수상하다. 네가 왜적의 간자間者[간첩]가 아니라면 우리 군호를 대어보아라."

"성을 떠난 지가 여러 날 되어 군호는 모르오이다. 이 곳 승군장이 저와 동접이라 승군장께 여쭈시면 이 사람을 잘 알리다."

"어이구 순장巡將[순시군 대장]나으리. 그 스님은 바루 우리 절 큰스님이시오이다."

모판을 멘 젊은 중 하나가 홰 뒤에서 달려나와 털벙거지에게 소리를 친다. 순장이 그제야 뒤를 돌아보며 퉁명스레 한 마디 한다.

"네가 이 중을 아느냐?"

"아다뿐이오이까. 소승이 운해사에서 곁에 뫼시던 큰스님이오이다."

"자네가 운해사 다각茶角[절에서 차 대접하는 중]이 아니든가?"

이번에는 사발이 젊은 중에게 말을 묻는다.

"예, 소승 문안드립니다. 헌데 스님께서는 이 밤에 어디를 다녀오시는 길이시오이까?"

"내가 사흘 걸려 함안 고을을 다녀오네. 승군장 자산을 찾구 있네만 그 사람이 지금 어디 있는가?"

"절에 기시지요. 종일 성안에서 성 쌓는 울력을 감역監役[노역의 감독]하시다가 방금 전에 판관 나으리와 절 판도방에 들어 계십니다."

"헌데 자네들은 모판을 메구 어디루들 가는 겐가?"

"공방에서 밤일하는 장색들께 야참을 내어가는 중이오이다."

사발이 고개를 끄덕이고 이번에는 다시 털벙거지 순장을 돌아본다.

"순장 나으리. 소승 이제 물러가두 되오이까?"

사발의 말에는 대꾸없이 순장은 돌연 홰잡이 군사들에게 고함을 친다.

"무엇들 허는 게냐! 어서 가자!"

홰잡이 군사들이 앞을 서고 그 뒤로 모판 멘 승병들이 따라간다. 잠시 떠나가는 승병들을 바라보며 사발은 돌이라도 된 듯 꼼짝도 하지 않는다.

승병으로 뽑혀 진주성에 들었으나 승도들이 성안에서 하는 일은 하나같이 궂은 일들뿐이다. 밥짓고 물긷고 메워진 해자 파고 허물어진 성 쌓는 일 따위가 승병들에게 자주 주어지는 힘겨운 일이다. 승장으로 뽑힌 성질 괄괄한 자산조차도 이런 일들을 맡겨오는 성주城主에게 어쩔 수가 없었던 모양이다. 억불이 이 나라의 개국 초부터의 풍습이라 이제는 어느 한 사람 일의 잘잘못을 가리려는 사람도 없다.

"스님 게서 뭘 허시우?"

두산이 어느 틈에 산문 앞에서 소리를 친다. 사발이 걸음을 빨리 하며 두산에게 마주 소리를 친다.

"자네 잠시 게 섰게나!"

다가오는 사발을 무자리 두산이 우두커니 서서 기다린다. 빠른 걸음으로 다가온 사발이 나무라듯 입을 연다.

"자네 여기가 어디라구 그 망태를 메구 들어가려나? 망태는 산문 밖에 벗어놓구 빈 몸으로 들어가세."

사람의 머리가 든 망태를 메고 절 안으로 들어갈 수는 없다. 두산도 그제야 망태를 벗어들고 산문 밖 가까운 숲으로 휘적휘적 걸어간다.

잠시 뒤 돌아온 두산의 손에는 자루 긴 창 대신에 베보자기에 싼 긴 물건이 들려 있다. 앞서 절 안으로 들어서며 사발이 다시 두산에게 묻는다.

"손에 든 게 무언가?"

"왜적의 장검이오."

"왜적의 장검?"

"활루 쏘아죽인 왜적들이 등에 모두 장검들을 메구 있습디다. 해서 내가 머리를 벤 뒤 장검들두 벗겨 머리하구 같이 가져왔소."

"잘했네. 왜의 장검이 쇠가 아주 야물다더군."

한밤이건만 절 안에도 불빛들이 적지 않다. 특히 야참 짓는 절 부엌에는 먹물옷 입은 중들 속에 내아의 사령들도 여럿이 섞여 있다. 하긴 온 성안이 왜적과의 큰 싸움을 앞둔 때라, 절이라고 할 일 없이 두 손 놓고 있을 수만은 없을 것이다. 특히 산성사는 진주성 성중에 있어 성밖에 있는 절과는 달리 수성군의 여러 일들을 거들지 않을 도리가 없다.

왼쪽으로 절 부엌을 바라보며 사발은 곧장 판도방 쪽으로 다가간다.

"뉘시오?"

다담상을 들고 방에서 나오던 사미 하나가 쪽마루 앞에 멈춰선 사발을 놀란 듯이 바라본다. 사발이 사미를 향해 턱으로 방 안을 가리켜 보인다.

"자산스님 안에 기신가?"

"예, 계시오이다."

"홀루 계신가?"

"아니오. 손이 계시오이다. 내아의 판관 나으리와 지금 대좌중이시오."

"허면 자네 자산스님께 운해사 사발이 찾아왔노라구 전해 주게."

사발의 말이 끝나기도 전에 방문이 열리며 중 하나가 밖으로 나온다.

"스님, 기다린 지 오래외다. 어서 드십시오. 욕이나 보시지 않으셨소?"

사발이 마루로 오르며 섬돌 아래 선 두산을 돌아본다.

"함께 온 사람이 있네. 당보군의 박패두가 나허구 같이 들어왔네."

자산이 섬돌 아래 선 두산에게 급히 묻는다.

"왜적의 머리는 가져왔나?"

"예, 베어는 왔으나 저 스님이 안된다구 해서 절 밖 숲에 있는 소나무가지에 걸어두고 왔소이다."

"고생했네. 자네두 들게. 내 마침 스님과 자네를 판관 나으리께 뵈어드리려던 참이었네."

두산이 마루로 오르는 것을 보고 자산이 먼저 방에 들어 구군복 차림의 성판관〔成守慶〕에게 입을 연다.

"빈도가 잠시 나으리께 뵈어드릴 사람들이 있사외다. 이 어른은 빈도의 스승으루 운해사에 주석하는 사발이라는 스님이구, 이 사람은 승군의 당보군 패두인 박두산이란 사람이외다."

"산승 사발 문안이오."

사발이 먼저 무릎꿇어 판관에게 절을 올린다. 성판관이 절을 받은 뒤 사발을 마주보고 입을 연다.

"나라에 흉적이 들어 산간의 승도들조차 이 욕들을 보오그려. 그래 밤두 깊었는데 노장老長은 어디서 오시는 길이시오?"

"예, 승장의 부탁을 받구 나흘 전에 성을 떠나 함안 고을을 다녀오는 길이오이다."

"허면 노장께서 왜적의 적세를 살피러 나갔던 모양이오그려?"

"예, 왜적이 함안을 떨구고 네댓새 안으루는 이 곳 말티를 넘어올 듯싶소이다."

"그리 빨리 이를 듯싶더이까?"

"앞을 막는 군사가 없어 함안을 떨구고는 하루 수십 리씩 대병이 옮겨오더이다."

잠시 말들이 없다. 망군과 당보군이 산에 올라 적세를 살피지만 왜적 든 고을에 직접 찾아가서 적세를 살핀 사람은 없다. 사발만이 홀로 왜적 든 마을에 탁발을 가장하고 찾아들어 적세를 살피고 돌아온 것이다. 헌데 바로 그 사발의 입에서 네댓새 안에 왜적들이 진주성에 이르리라는 말이 나온다. 준비가 덜 된 판관과 자산에게는 왜적의 빠른 진공이 놀랍지 않을 수 없다.

"그래 노장이 살핀 적세는 대충 얼마나 되어보입디까?"

"왜적의 세가 장한 걸루 보였습니다. 밤에 유진留陣[주둔]하며 진중에 피운 노영화露營火[야영중에 피운 모닥불]가 2십 리에 이를 만큼 끝간 데가 없더이다."

"진중에 피운 화톳불이 2십 리에 이른다는 게요?"

"중간에 더러 끊기기는 했으나 왜가 피운 화톳불이 2십 리 들을 가득 메운 것을 보았소이다."

기름 등잔에 기름 잦는 소리가 들린다. 진주 성중의 군사라야 겨우 3천을 헤아릴 뿐이다. 화톳불 2십 리를 피운 왜적에게 수성군 3천 군사는 너무나 적은 숫자다. 그러나 백성들까지 성안에 불러들인 지금에 와서 왜적의 세가 크다 하여 성을 비우고 군사를 헤칠 형편도 아니다. 이제는 온 성의 군사와 백성이 왜의 대병을 맞아 한번 크게 싸우는 일만이 남았을 뿐이다.

"노장이 보고들은 일을 성중 백성에게는 발설치 않아야겠소이다."

"소승두 그리 알구 아직 아무에게두 발설치 않았소이다."

"왜적의 세가 크다구는 허나 우리에게두 왜를 맞아싸울 계책과 마련이 있소. 3천 군사와 온 성민이 죽기 한하구 싸운다면 아무리 적세가 크기루니 이 성 하나를 지키지 못허리까."

분연한 판관의 말에 사발과 자산은 오히려 민망할 뿐이다. 싸움이 임박한 지금, 왜의 세가 크고 장한 것이 두려울 사람은 이 방 안에 없다. 잠시 사이를 두었다가 자산이 다시 입을 연다.

"나으리께 한 가지 사뢸 말씀이 있소이다."

"말해 보시오."

"제 곁에 이 사람이 망군과 함께 적세를 살피러 나갔다가 왜적

둘을 활로 쏘아 죽인 뒤 그 수급을 취해 왔소이다."

"왜적의 머리를 베어왔단 말이오?"

"예."

판관 성수경이 새삼스레 무자리 두산을 건너다본다. 나라가 위험에 들고 보니 부곡의 천민들까지 손이 아쉬운 판국이다. 무자리는 원래 버들고리를 겯거나 짐승사냥이 생화[살아가는 일]로 되어 있다. 짐승사냥 하던 그들의 재주가 왜적을 잡는 데도 긴히 쓰였던 모양이다.

"그래 왜적의 머리 베어온 것으루 이 사람이 내게다 지금 상급 내리기를 바라는 겐가?"

"아니오이다. 왜적의 머리를 베어온 까닭은 그것을 긴히 쓸 곳이 있기 때문이외다."

"쓸 곳이 있다?"

"장차 이 곳 성에서는 왜적과 큰싸움이 벌어질 것입니다. 허나 이 곳 성민과 군사들은 살아 있는 왜적은 물론이요, 죽은 왜적조차 본 사람이 없소이다. 해서 소승 생각으루는 두 왜적의 머리를 성중에 높이 달아 싸움 전에 우리 성민과 군사들의 의기를 높이자는 뜻이오이다."

판관이 잠시 생각하는 눈치더니 고개를 끄덕이고는 흔쾌히 입을 연다.

"승장 말씀이 과연 옳소그려. 내 중군청에 이를 터이니 왜의 수급을 중군청의 군노들에게 내어주시오."

방 밖에서 문득 거친 인기척이 들려온다. 뒤미처 인기척이 멎고 누군가가 방 밖에서 소리치듯 입을 연다.

"소관 동성문의 이군관이오이다. 판관 나으리께 급히 아뢸 말씀이 있사옵니다."

"이군관, 무슨 일인가?"

"사또께옵서 동성문에 납시어 나으리를 급히 뵙자시옵니다. 곧 외성으루 납신다구 나으리를 외성으루 뫼셔오랍시는 분부시오이다."

"알았네. 잠시 기둘리게."

성판관이 자리를 일며 승장 자산을 돌아본다.

"승장두 함께 갑시다. 지금 사또 뵈옵는 길에 왜의 수급두 함께 보여드리는 것이 어떻겠소?"

"소승은 달리 할 일이 있사외다. 왜의 수급은 수하를 시켜 오늘 밤 안으루 중군청에 내려보내 드리지요."

"산차山茶 고마웠소. 나는 허면 먼저 내려가오."

"예."

판관이 두 선승의 전송을 받으며 수하 군관들과 함께 절 마당에서 떠나간다. 그들의 뒷모습이 어둠 속으로 멀어지자 사발이 먼저 방으로 들어간다.

"판관이 밤 깊은 시각에 절에는 무슨 일루 왔든가?"

사발을 따라 들어온 자산이 예사롭게 대답한다.

"싸움이 임박해 오자 성안에 군사 적은 것이 큰 걱정이 되는 듯허더이다. 승군이 특히 모자라는 듯허다면서 이 곳 산성사 승군들 외에 달리 성밖에서 원군을 청해 올 수 없겠느냐구 묻습디다."

"원군을 어디서 청해 와?"

"두류산만 해두 운해사 화엄사 같은 큰절이 있구, 가야산에는 삼보三寶사찰 해인사가 있지 않느냐구 말협다."

"판관이 잘못 아는 겔세. 절마다 모두 승병을 내는 줄 아는 게야."

"지난 여름 기허당騎虛堂 영규靈圭가 청주성을 되찾은 것을 장히 여기는 눈칩다."

사발이 어이없는 듯 가볍게 웃음을 날린다. 승도 중에 제일 먼저 창의한 중이 공주 갑사甲寺의 선승 영규대사다. 그는 승군 1천을 거느리고 8월 초하루 청주성을 되찾은 뒤 보름 뒤인 8월 열 여드렛 날에는 금산성을 다시 치다가 8백 명 승군들과 함께 장렬히 전망했다. 국초부터 줄곧 업수이 여겨오던 각 고을 수령과 유생들은 이 때부터 새로운 눈으로 승도들을 바라보기 시작했다. 나라가 위험에 처하자 중들도 크게 쓸모가 있음을 본 것이다.

사발이 웃음을 거두고 생각난 듯 자산에게 입을 연다.

"우리가 아직 저녁 전일세. 절 부엌에 혹 대궁밥이라두 남은 게 없을까?"

"하루에두 여러 차례 야참을 지어내는 데 절 부엌에 밥이 없을까 걱정이시오. 상을 이리루 드리랄 테니 예서 상을 받두룩 허십시오."

말을 끝낸 승장 자산이 방문을 열고 밖을 향해 소리를 친다.

"구들이 게 있느냐. 약석藥石(식사) 못헌 스님이 계시니 이 방에 얼른 밥 두 상만 들여보내라."

긴대답 소리를 듣고 자산이 다시 방문을 닫는다.

"스님은 내일 산으루 들어가십시오."

"운해사에 전헐 말이 있는가?"

"적세루 보아 이번 싸움이 예사 싸움이 아닐 듯싶소이다. 스님이 성에 머무시면 제 마음이 편치가 않소이다."

늙은 중과 젊은 중의 눈길이 무심히 허공 중에 부딪는다. 졸린 듯한 눈빛을 한 채 늙은 중 사발이 한참 만에 입을 연다.

"자네는 이 성을 지키기가 어려울 걸루 생각허는가?"

"하늘이 정한 뜻을 우리 중생이 어찌 미리 예측헌답니까."

"지켜내지 못할 것을 알면서 자네는 무슨 까닭에 이 성에 머무는 겐가?"

"성이 깨어졌을 때를 생각할 수 있는 사람만이 이 성에 머물러서 성을 지켜야 될 것이외다. 스님은 성이 깨어졌을 때를 생각해 보신 일이 없으십니까?"

사발이 다시 고개를 들어 부릅뜬 눈의 자산을 바라본다. 성이 깨어졌을 때를 생각해 보지 않은 사발이 아니다. 성을 지켜내지 못할 양이면 애초부터 백성을 불러들여 성 지킬 생각을 하지 않느니만 같지 못하다. 싸움 뒤에 성이 깨어져 왜적이 성에 들게 되면, 성안에 남아 있는 군사와 백성들은 남녀노유를 불문하고 공성군攻城軍〔성을 공격하는 군대〕의 칼 아래 도륙이 될 것이 뻔하기 때문이다.

유난히 흉포하고 잔혹한 왜적이다. 성을 쉬이 떨구지 못해 제 편 군사가 많이 상하면 왜적은 그 분을 풀기 위해 더욱 잔혹하게 보복을 해올 것이다. 그것을 잘 아는 각 고을 수령들이기에 난 초에는 모든 성들이 스스로 성을 비워 왜적에게 고스란히 성을 내주곤 했던 것이다.

그러나 지난 8월에 황해도 연안성이 왜적을 물리쳐 성을 지키더니 이번에는 다시 남도의 거읍 진주성이 목사 이하 온 성민이 합심하여 왜의 대병을 맞아 한 차례 크게 싸울 것을 준비하고 있다.

사발은 그러나 이번 싸움이 예전에 볼 수 없었던 처절한 싸움이 될 것을 알고 있다. 수성군 3천여에 비해 공성군 왜적은 무려 2만에 달하는 대병이다. 더구나 수성군은 관군과 의병 승병을 합친 여러 종류의 각기 다른 군사들인 반면, 왜적은 성을 치기 위해 한 장수 밑에 모인 한 목적의 공성군이다. 세의 크기와 병기의 뛰어남은 차치하고라도 당장 양군의 의기만을 살피더라도 공성군 왜군이 수성군 조선군을 압도하는 형국인 것이다.

그러나 이러한 열패감 속에서도 진주 성민은 마음 속에 몇 가지 크게 믿는 것이 있다. 가장 크게 그들이 믿는 것은 죽기 한하고 싸우려는 그들 스스로의 장한 뜻이다. 성은 움직일 수 없다. 움직일 수 없는 성이기에 성을 지켜내지 못하면 그 자리에서 산산이 깨어질 뿐이다. 깨어진 성의 군사와 백성들은 살아남기를 바랄 수 없다.

더구나 상대가 왜적이고 보면 온 성민은 왜적의 칼 아래 도륙을 면치 못할 것이다. 따라서 진주 성민이 살아남는 방도는 왜적을 물리쳐서 성을 굳게 지키는 것뿐이다. 성의 깨어짐이 바로 그들의 죽음이기에 그들은 살기 위해 한 걸음도 뒤로 물러설 수가 없다.

진주 성민이 다음으로 믿는 것은 성밖으로부터 내원來援〔구원〕을 약속해 온 여러 갈래의 의병들이다. 의령 의병장 곽재우郭再祐를 위시하여 임계영任啓英 최강崔堈 이달李達 최경회崔慶會는 물론이요, 한후장捍後將 정기룡鄭起龍과 복병장 정유경鄭惟敬 등이 단성 삼가三嘉 사천 등지에서 진주성을 외원外援〔지원〕키 위해 내원할 것을 약조하고 있다.

그러나 정작 진주성에는 성민이 미처 모르는 큰 힘이 한 가지 있다. 그것은 온 성민이 위아래 없이 관민이 한 뭉치가 되어 서로를 믿고 의지하는 힘이다. 어느 시절 어느 고을에서도 성주인 목사 이하 전 성민이 이처럼 성밖의 적을 맞아 하나로 뭉쳤던 일은 없다. 반상도 남녀도 노유의 구별도 없이 진주성의 온 성민은, 오직 왜적과의 큰 싸움만을 위해 벌써 여러 날째 싸움 준비로 눈코 뜰 새 없이 바쁘게 움직이고 있는 것이다.

인기척과 함께 방문이 열리고 밥상 두 개가 방 안으로 들어온다. 사발이 받을 상은 절종(寺奴)이 들고 들어오고, 당보군 박패두가 받을 상은 머리를 길게 땋은 총각아이가 들고 들어온다.

"이놈 너 짝쇠 아니냐?"

"예 스님, 절 받으십시오."

상을 들고 들어온 총각아이는 뜻밖에도 운해사의 짝쇠 소년이다. 자기를 알아본 사발을 향해 짝쇠가 상을 놓고 너부죽이 큰절을 한다. 그제야 두산도 짝쇠를 알아보고 볼멘소리로 꾸짖듯 입을 연다.

"내려오지 말랬는데 네가 또 기어이 산을 내려왔구나."

"장차 진주성에 큰싸움이 있다는데 두 어른을 떠나보내구 나 혼자 어찌 절에 있으라는 말씀이우."

"그래 절에서는 언제 내려왔드냐?"

"내려오기는 나흘 전이구 성에 닿기는 오늘 새벽이우."

"사흘 전에 절을 떠났으면 그간에는 무얼 했드냐?"

"황새등 숯막에두 하루 들르구 북달이 고개에두 잠시 들러 내려왔수."

"허면 네가 네 어미랑 달이를 만나보구 왔겠구나?"

"엄니는 만나보질 못허구 북달이 고개에서 달이 누이를 만나보았소."

두산이 묻기를 마치자 이번에는 자산이 사발에게 묻는다.

"이 아이가 운해사 아닙니까?"

"내가 잠시 불목하니루 절 부엌에 박아둔 아일세."

"곧 싸움이 있을 터인데 아이를 이대루 성에 두어두 괜찮겠습니까?"

"제가 좋아 내려온 것을 낸들 어찌허라는 겐가?"

"아이 근본이 어찌 됩니까?"

"원래는 이 고을 최참의댁의 피붙이가 되는 아이라네. 까닭이 있어 산에 사는 것을 내가 잠시 데려다가 절 부엌에 들여놓았네."

짝쇠를 잠시 살피더니 자산이 문득 자리에서 몸을 일으킨다.

"스님, 나는 이만 북장대北將臺루 올라가 봐야겠소."

"알았네. 어서 가시게."

방 밖으로 나가려다가 자산이 다시 밥상 받은 두산을 굽어본다.

"자네는 요기 후에 장대루 나를 찾아와야 허네. 왜적의 머리 잊지 말게. 중군청에 내려보내기루 약조를 했으니 보내주어야지."

"알았수. 올라가시우."

자산이 방을 나가자 이번에는 사발이 짝쇠에게 말을 묻는다.

"네 어미가 어딜 갔길래 숯막까지 가서두 만나보지를 못했느냐?"

"쌀독에 양식 없는 걸루 보아 산 아래루 양식 팔러 내려간 모양이우."

"네 숙부 뒤를 따라 산을 내려간 게 아닌지 모르겠다."

"숙부가 언제 산을 내려갔소?"

"달포 전에 의병에 든다구 산을 내려갔다구 허드구나."

방 안에 잠시 말들이 없다. 무자리 두산은 어느 틈에 바리때 위로 수북한 밥을 꾸역꾸역 입 안에 퍼넣고 있다. 술적심으로 나온 겻국을 한 술 떠먹고는 두산이 곁눈질로 짝쇠를 힐끗 돌아본다.

"북달이 고개에서는 달이말구 또 누구를 보았든?"

"누이만 보구는 곧 떠나왔소."

"그 아이가 혹 내 간 곳을 묻지 않드냐?"

"묻습디다."

"무어랬니?"

"모른다구 했소."

"썩 잘했다."

두산이 안심한 얼굴로 다시 밥을 입에 퍼넣는다. 사발도 그제는 늦은 밥을 먹으면서 입에 밥을 문 채 짝쇠에게 다시 묻는다.

"그래 이 곳 산성사에서는 어디에 빌붙어 있는 게냐?"

"오나가나 부엌이지 내가 달리 또 어딜 가겠수."

"너 그래 앞으로두 내처 성에 남아 있을 게냐?"

"나두 왜적들과 싸울랍니다. 나를 쫓아보낼 생각일랑 마십시오."

"그래 네가 왜적들과 무엇으루 싸울 생각이냐?"

"돌팔매루 싸우지요."

"석전군石戰軍두 아닌 터에 네가 돌팔매루 어찌 싸워?"

"성 위에서 돌덩이를 아래를 보구 내려치는데 꼭 석전군이 아니면 안될 까닭은 무어랍니까? 온 성안에 돌덩이들을 쌓아두어 기생청의 기생들까지두 남복男服하여 돌덩이를 내려칠 게라구 헙다."

"기생들까지 남자 복색으로 입혀 싸움터에 세운다구 허드냐?"

"기생은 말구 여염의 아낙들까지 전건 씌우구 더그레 입혀 성가퀴 뒤에 늘여 세울 모양입다. 수성군의 수가 많질 않아서 아녀자까지 허장성세루 군사루 보이게 허자는 것이지요."

눈썰미 있고 영악한 아이여서 짝쇠는 이미 수성의 방비를 어른 못지않게 꿰뚫어보고 있다. 아이의 총명이 신통해서 사발은 밥을 문 채 다시 짝쇠에게 말을 묻는다.

"그래 성안에 돌덩이가 몇 무더기나 쌓였드냐?"

"하두 여러 개가 곳곳에 쌓여 있어 일일이 셀 수두 없수. 돌덩이 말구 기왓장과 도깨그릇 깨어진 것두 돌무더기 사이사이에 수십 개가 쌓여 있습다."

"혹 성가퀴 뒤에 잿더미는 아니 보이드냐?"

"멍석닢 덮어둔 것이 잿더미인 모양입다. 헌데 스님 잿더미루 두 왜적을 물리칠 수 있소?"

"바람이 저리루 부는 날에는 마른 잿가루가 돌덩이보다 훨씬 낫지. 잿가루가 눈에 들면 눈이 쓰려 앞을 볼 수 없다."

"허면 풀 다발 쌓아둔 것은 또 무엇에 쓰자는 게요?"

"불을 붙여 아래루 던지면 그것이 곧 불꾸러미야. 가까이 다가온 왜적에게 화공으루 쓰는 물건이다."

큰 성문 뒤는 물론이고 장대와 옹성 성가퀴 뒤마다 온갖 수성

장구들이 산처럼 쌓여 있다. 돌더미와 잿더미는 흔히 보는 무더기요, 더러는 물 끓이는 화덕과 똥 오줌을 담은 커다란 독도 있다. 그러나 성안에 가장 많은 것은 군사들이 쥐고 싸울 여러 종류의 병장기다. 사수가 쓸 살[화살] 다발은 성가퀴마다 수북히 쌓여 있고 큰 성문에는 화포수가 쓸 총통과 염초까지 궤 속에 잔뜩 쌓여 있다.

절 안에서 문득 쇠북 소리가 들려온다. 밥을 먹던 사발과 두산이 수저를 든 채 북소리에 귀를 기울인다. 그러나 곧 두산이 다시 수저를 놓으며 입을 연다.

"시각을 알리는 북소리우. 벌써 술시(戌時)[밤 열시]가 지났나 보우."

냉수로 입을 헹군 두산이 어느 틈에 몸을 털고 일어설 차비를 한다. 사발이 고개를 들어 두산을 붙잡듯 입을 연다.

"단성 고을 길초시를 내가 성안에서 본 듯허네."

"나두 보았소."

"길초시 둘째자제두 함께 왔을 듯 싶네마는……."

"그러니 어쩌라는 게요?"

"혹 시비가 걸려오더라두 자네가 꾹 참아야 허네. 큰 적을 눈앞에 두구는 사삿일루 싸우지 않는 겔세."

"스님 말대루 한두 번은 참아두 거푸 시비를 걸어오면 나두 그제는 참지 않을 게요. 내 얼른 장대에 다녀오리다. 왜적의 머리 전해 주구 와야겠소."

"알었네. 다녀오게."

두산이 몸을 일으켜 휑하니 방을 나간다. 짝쇠가 두산을 바래준 뒤 다시 사발 앞에 내려앉는다.

"스님 왜적을 보시었소?"

"그래 보았다."

"어찌 생겼습디까?"

"머리에 죽순 같은 큰 뿔이 하나 솟았드라."

"헤헤, 거짓부렁. 소에게나 뿔이 있지, 사람에게두 뿔이 있을까."

짝쇠의 웃는 얼굴이 사발에게는 더할 수 없이 천진스럽다. 이 아이를 살리기 위해서도 진주성은 반드시 지켜져야 한다. 사람의 삶이 고단하고 치열함이 새삼스레 사발을 칼로 저미듯 괴롭힌다. 그 고통을 참으려는 듯 사발은 힘주어 두 눈을 내려감는다.

하늘이 캄캄하다.

달도 별도 없는 칠흑 같은 하늘이다. 내성에 있는 종루에서는 얼마 전에 이미 4경을 알리는 쇠북이 울렸다. 해가 긴 여름 같으면 벌써 동이 틀 시각인데 늦가을 10월에 날씨마저 궂어 하늘은 아직도 먹물처럼 캄캄하다.

하늘은 짙은 먹물인데 땅에는 제법 여러 무더기의 불빛들이 보인다. 높은 성벽을 사이에 두고 불빛들은 성 안팎에 들불처럼 사방에 퍼져 있다. 성안에 이는 불빛은 수성군의 횃불이고 성밖에 보이는 불빛은 공성군 왜적의 추위 쫓는 화톳불이다.

성안은 쥐죽은듯 고요하다. 사람이 없어서가 아니다. 오히려 수백 수천의 군사와 성민들이 성가퀴 뒤나 성루 아래 서너 줄씩 작대作隊[대오를 지음]하여 소리없이 늘어앉아 있다. 그들에게는 여러 날째 똑

같은 군령이 내려져 있다.

"경망되이 움직이지 마라. 화살 한 대라두 헛되이 날리지 마라. 군호가 있기 전에는 제자리를 뜨지 마라!"

군령이 아니더라도 이제 그들은 쉽게 자리를 뜨지 않는다. 벌써 여러 날째 밤낮없이 계속된 싸움으로 그들은 어느 틈에 왜적과의 싸움에 요령과 미립[묘리]들을 얻고 있다. 자주 자리를 뜨는 것은 오히려 성가퀴 사이로 왜적이 쏘아보내는 유시流矢[과녁에서 빗나간 화살]나 유탄을 맞을 위험만 많을 뿐이다. 적의 공성이 시작되기 전에는 섣불리 자리를 일어나 나다니는 것이 부질없음을 안 것이다.

이미 많은 조선 군사가 며칠째의 싸움에 크게 다치거나 목숨을 잃었다. 그러나 죽고 상한 것은 왜적과 마주 싸운 군사들뿐만이 아니다. 군사들을 도와 밥을 지어 나르고 살과 불꾸러미 따위를 나르던 백성들도 더러는 왜적의 화살을 맞아 목숨을 잃거나 몸을 상했다.

급히 마련된 내아의 병막에는 지금 다친 군사와 백성들이 수도 없이 들어차 있다. 상한 그들을 돌보는 사람은 대부분이 아녀자들이다. 위로는 사또의 내당마님을 비롯하여 아래로는 상사람의 아녀자와 기생청의 기생들까지, 싸움 중에 다친 군사와 백성들을 제 오라비나 지아비처럼 정성스레 돌보고 있다.

이런 일은 일찍이 없었다. 지체 높은 사또의 내당마님이 다친 군사의 팔과 어깨에 무명 수건을 감아준 일은 어느 곳에서도 없던 일이다. 왜적과 싸운 며칠 동안 진주성 온 성민은 온통 한집안 식구 같았다. 그들에게는 반상도 없고 남녀도 없고 노유도 없었다. 왜적을 쳐 물리치는 일에만 진주성 온 성민은 온통 한덩어리로 뭉쳤다.

그러나 왜적과의 싸움은 오늘로 벌써 여드레째로 접어들고 있다. 죽고 상한 군사들은 제쳐두고 살아남은 군사들마저도 지금은 싸움에 지쳐 몸이 부서질 듯 무겁고 곤핍했다.

질 수 없는 싸움이기에 그들은 지금까지 안간힘으로 왜적을 쳐물리쳤다. 그러나 이제는 싸우는 군사도 줄었을뿐더러, 무엇보다 싸움에 쓸 화살과 불꾸러미와 돌덩이 따위의 수성 장비가 부족했다. 한번만 더 왜적의 대병이 짓쳐오면 곤핍한 진주성의 몇 안되는 수성군은 과연 외로운 그들의 성을 지켜낼 수 있을까 걱정스런 판국이다.

왜의 대군이 처음 성에 나타난 것은 지난 10월 초사흗날이었다. 그들의 선봉은 마군이었다. 한 패는 말티재(馬峴)를 넘고 또 한 패는 불천(佛遷)을 지나 초사흗날 왜의 선봉 1천여 기가 진주성 동쪽 능선에 구름처럼 나타났다.

선봉 마군의 뒤를 이어 왜의 보군들이 새까맣게 산을 넘어왔다. 기세를 높이기 위해 그들은 말티재 능선에 늘어서서 깃발을 흔들고 불질을 하고 천지가 떠나가라고 고함을 내지르기도 했다.

그러나 실은 이들보다 먼저 진주성 밖에 도착한 군사가 있었다. 이들은 서진하는 왜군에 쫓겨 창원과 함안 사천 등지에서 진주성을 바라고 몰려온 조선의 패군들이었다. 그들의 장수 하나가 말을 달려 성문 아래 다다랐다.

스스로를 경상우병사라고 밝힌 그는 수성장에게 곧 성문을 열어 자기들을 성안으로 받아들이라고 고함쳐 왔다. 문을 열어 자기들을 받아주면 그들은 수성군과 더불어 함께 왜군을 맞아 싸우겠다는 것이었다.

그러나 수성군의 우두머리인 목사 김시민은 성밖에 쫓겨온 조선 군사를 성안으로 받아주지 않았다. 왜의 대군이 코앞에 이르러 그는 조선군 패군에게 문을 열어줄 수 없노라고 했다. 성문을 열면 왜의 대군이 그 때를 틈타 침공해 올지도 모른다는 대답이었다. 그러나 그것은 한갓 구실에 불과했다. 목사 김시민이 성문을 열어주지 않은 것은, 한 성에 두 장수를 용납할 수 없었기 때문이었다.

지금까지 진주성 수성군은 김목사 한 사람의 지휘와 통솔을 받아왔다. 이제 다시 경상우병사를 성에 맞아들이면 수성군은 목사 외에 또 한 장수로부터 명령과 간섭을 받게 된다. 한 성에서 두 장수가 서로 다른 영을 내린다면 그 군사의 지휘 계통은 큰 혼란에 빠질 것이 뻔하다. 목사는 바로 그 점을 염려해서 성 아래 이른 조선 패군을 받아들이지 않은 것이다.

성문이 열릴 가망이 없자 성밖의 조선군은 왜와 싸울 것을 새로이 결의했다. 1천여 병력의 조선군은 성을 등지고 왜의 대군과 마주섰다. 2만에 가까운 왜의 대군은 1천여 명 조선군을 세겹 네겹으로 에워쌌다. 그러나 포위망을 둘러치고는 왜적들은 조선군을 쉽게 들이치지 못했다. 언제 성문이 크게 열려 조선군이 구원하러 내달아나올지 모르기 때문이었다.

그러나 시간이 지나면서 그런 걱정은 기우였음이 드러났다. 놀랍게도 진주성 성문은 자기편 군사를 성밖에 두고도 바위처럼 닫힌 채 열리지 않았던 것이다.

싸움이 시작되었다. 원래가 병력 차이가 많아 싸움이 되지 않는 싸움이었다. 그러나 1천여 명 조선 패군은 왜의 대군을 맞아 한나절이나 잘 싸웠다. 화살은 떨어지고 창날은 부러지고 말은 지치고 날은 저물었다. 1천여 명 조선 패군은 끝내 성밖에서 참담한 최후를 맞이했다.

성밖에서 조선군이 왜적의 칼 아래 도륙될 동안 성안에서는 놀랍게도 아무런 기척이 없었다. 성문을 열어 원병을 내기는커녕 화살 한 대도 고함소리 한번도 성밖으로 날아오지 않았다.

그것은 주장인 김목사의 엄한 군령 때문이었다. 어떠한 소리나 공격이 가해져도 성안의 수성군은 응대치 말라는 것이 수성장의 엄명이었다. 그는 영을 어기는 자는 그 자리에서 참하리라 했다. 동요치 말라. 응대치 말라. 몸 갖기를 오로지 태산처럼 무겁게 하라……

명은 지켜졌다. 1천여 명 조선군이 밖에서 도륙이 되는데도 3천여 명의 진주성 성민들은 성가퀴 너머로 얼굴 한번 내보이지 않았다. 너무나 성안이 적막하고 조용해서 왜군은 오히려 두려움을 느낄 정도였다. 누문과 성벽 장대에 여러 기들만 펄럭일 뿐 성안은 괴괴하기가 빈 성과 마찬가지였다.

초사흘에 있었던 성밖 싸움은 그러나 진주성 싸움의 작은 시작에 불과했다. 한 차례 싸움에서 이긴 왜군은 다음날 하루를 쉰 뒤 이내 대병을 몰아 공성을 시작했다. 성밖의 민가를 헐어 그들은 해자를 메우고 불수레를 만들고 높은 사다리를 만들었다. 제 나라에서 이미 여러 차례 성을 쳐본 경험이 있어 그들의 공성 무기는 놀라울 만큼 훌륭했고 효과적이었다.

공성은 밤낮없이 연 닷새 동안 계속되었다. 그 때마다 진주성은 여러 차례에 걸쳐 아슬아슬한 위기에 부닥쳤다. 어느 날은 성 한 귀퉁이가 무너져서 왜적들 수십 명이 성안으로 뛰어들기도 했고, 어느 날은 적을 막을 화살도 돌도 불꾸러미도 떨어져서, 군사들이 장대 지붕에 뛰어올라 지붕의 기왓장을 벗겨 달려드는 왜적을 내려쳐 쫓기도 했다.

목숨을 건 싸움이기에 수성군의 저항은 처절했고 비장했다. 성이 쉽게 떨어지지 않자 왜군들 역시 열화처럼 공격해 왔다. 시체가 성밖에 산을 이루는데도 불구하고 그들은 해자를 메우고 성밖에 토산을 쌓아가며 비차와 사다리를 걸고 성을 깨치려 무진 애를 썼다.

그러나 조선군의 저항은 전에 없이 비장했고 완강했다. 싸움만 하면 겁을 먹고 도망치던 조선군이 이번만은 전혀 다른 군사처럼 그들의 성을 지키기 위해 야차처럼 무섭게 저항을 해온 것이다.

왜들이 내지르는 함성이 다시 커다랗게 성벽을 넘어온다. 밤새 아무런 기척이 없더니 왜들이 새벽녘에 다시 공성을 시작한 모양이다.

성가퀴 뒤에 앉아 있던 박두산은 방패 뒤로 몸을 일으켜 성밖의 왜진倭陣〔왜군진영〕을 굽어본다. 당보군 패두에서 수성군 대정隊正으로 승급된 그는 사흘 전부터 이 곳 동성문의 성가퀴 열 두 개를 제 몫으로 지키고 있다. 그의 밑에 달린 군사는 다섯 명 오장伍長을 합쳐 원래는 스물 다섯이다. 그러나 지금은 성안에 군사가 달려 그는 겨우 열 세 명의 수성군을 손아래로 거느리고 있을 뿐이다.

왜들의 불 놓는 소리가 천지를 진동한다. 땅을 울리는 거친 소리는 왜들의 마군이 들을 내닫는 소리일 것이다. 성벽에는 화포를 비롯하여 여러 쇠붙이 소리들이 연이어 부딪쳐 울린다. 그 중에는 긴

줄사다리와 네 개의 발톱이 달린 사조구四爪鉤라는 갈고리도 있다.

성안 누대 밑의 쌍횃불 아래 서 있던 군관이 손에 든 영장기를 돌연 하늘로 높이 쳐든다. 뒤미처 큰 북소리가 둥둥 울리고 궁수들이 활을 잡고 성가퀴 뒤로 숨듯이 붙어선다.

박대정도 군사들과 함께 활을 들고 여장 뒤로 붙어선다. 성 아래는 짙은 어둠뿐 아무것도 볼 수가 없다. 그러나 눈으로는 볼 수 없어도 귀로는 왜의 선봉이 이미 성 아래 도착했음을 그는 알고 있다. 성벽에 부딪는 장제長梯[긴 사다리]와 대나무 사다리가 적이 이미 당도했음을 소리로 알려주고 있는 것이다.

"쏘아라!"

살 먹인 깍짓손을 뚝 떼면서 박대정은 어둠 속으로 찢어질 듯 고함을 내지른다. 성 밑에 다다른 왜적을 향해 그는 연이어 화살을 날린다. 보이지 않는 왜 쪽에서도 납함[고함] 소리와 함께 총포와 화살이 빗발치듯 날아온다. 깊은 해자를 흙으로 메워 왜적들은 지금쯤 성벽 아래 바싹 다가와 있을 것이다. 영장기가 오르고 독전하는 북이 울려 수성군은 새까맣게 성가퀴에 붙어 성 밑에 이른 왜적을 어지러이 활로 쏜다. 그러나 그 무수한 화살에도 불구하고 살에 맞아 쓰러지는 왜는 겨우 한둘에 불과하다.

방패가 화살을 막고 있다. 앞선 왜는 방패를 들었고 뒤에 선 왜는 긴 사다리를 메었다. 수성군의 화살이 날아 내리면 사다리 멘 왜는 주저앉고 방패 든 왜가 화살을 막는다. 갈고리 사조구가 날아 오른다. 까마득한 성벽을 거슬러 댓줄기처럼 불쑥불쑥 솟고 있다. 열에 아홉은 중간에서 떨어지고 가끔 한두 개가 성가퀴를 넘어 성안에 걸린다.

　수성군이 갈고리로 달려든다. 벗겨내기 위해 달려들지만 갈고리는 쉽게 벗겨지지도 않고 뽑히지도 않는다. 갈고리 아래로 길게 늘어진 줄사다리에 왜들은 기다렸다는 듯 개미떼처럼 달라붙는다.

　사수들이 뒤로 빠지고 이번에는 살수들이 성가퀴 뒤로 붙어선다. 왜들의 머리 위로 굵은 수마석水磨石〔둥근 갯돌〕이 내려쳐진다. 줄사다리에 붙었던 왜들이 비명과 함께 땅으로 굴러떨어진다. 그러나 곧 왜들 사이에서 이번에는 멍석을 둘러쓴 칼잡이 군사가 달라붙는다. 짚단을 등에 지고 풀 다발을 머리에 둘러써서 그들은 돌이 떨어져도 사다리에 붙어 떨어지지 않는다. 돌이 쏟아져 내릴 때는 죽은 듯이 사다리에 붙어 있다가 잠시 틈이 생겼다싶으면 그들은 성큼성큼 사다리로 올라오는 것이다.

　이번에는 수성군 쪽에서 불꾸러미가 내려쳐진다. 기름먹인 불꾸러미는 그대로 하나의 불덩어리다. 짚단과 섶을 진 왜적들이 불길에 싸여 사다리에서 떨어진다. 화살을 피해 방패를 지면 돌덩이가 굴러 떨어지고, 돌덩이를 피해 섶을 지면 다시 횃불과 불꾸러미가 내쳐지는 것이다.

　캄캄한 사경에 시작된 싸움은 동이 트면서 끝이 났다. 사력을 다한 싸움이었다. 침공해 온 왜도, 맞아 싸운 조선군도 자기 자리를 지키기 위해 있는 힘을 다해 싸웠다. 화살이 동이 나기 시작했다. 불꾸러미도 거의 다 써버렸다. 잿독과 끓는 물과 돌무더기까지도 바닥이 났다. 현자 총통과 질려포와 진천뢰震天雷도 남은 것이 없었다. 활을 당길 힘도 소리칠 목청도 운신할 기력조차도 양군은 거의 다

써버리고 없었다.

성밖 해자와 깊은 고랑에 왜의 시체가 즐비하게 버려졌다. 살맞아 죽고, 돌맞아 죽고, 불에 타 죽고, 끓는 열탕에 데어 죽은 시체들이었다.

낮게 걸린 구름으로부터 갑자기 뇌성이 울리고 늦가을 찬비가 쏟아지기 시작했다. 격한 싸움도 끝이 났건만 날이 밝으면서 성 안팎은 다시 소란스런 잡도에 휩싸였다. 호각 소리, 말 울음소리, 그리고 제 편의 시체를 실어가는 수레바퀴 소리들이 시끄럽게 들을 울렸다.

뒷수습도 끝난 사시巳時(열 시)쯤 해서 갑자기 성밖의 왜들이 진을 뽑기 시작했다. 그들은 늘 하듯이 자기 군사들의 시체를 거두어 한 곳에 높이 쌓은 뒤 기름을 끼얹어 불을 질렀다. 그러나 시체들을 거의 다 거둔 즈음해서 가까운 왜진으로부터 군막이 벗겨지고 밥짓던 솥들이 말잔등에 실리기 시작했다.

성안의 조선 군사들은 왜들이 하는 짓을 쥐죽은듯이 지켜볼 뿐이었다. 그들은 어찌하여 왜적들이 군막을 거두고 진을 뽑는지 알 수가 없었다. 여드레 동안을 그토록 악착스레 성으로 짓쳐오던 왜적들이 왜 오늘은 일제히 진을 뽑아 군장을 꾸려 떠나려 하는지 알 수 없었다.

그러나 곧 날이 훤히 밝으면서 왜들의 이상한 짓은 뚜렷하게 그 뜻이 드러났다. 왜적들은 철병하고 있었다. 패배를 모르던 저 사나운 왜군들이 처음으로 조선군에게 패해 쏟아지는 가을비를 맞으며 성에서 멀리 퇴각하는 것이었다.

날이 저물기 시작한다.

낮이 짧아진 탓도 있으나 날이 궂은 때문이다. 새벽녘부터 내리기 시작한 가을비가 아직도 산과 들에 실비를 뿌리고 있다.

진주성을 떠난 지가 어느덧 밥 한 솥 잦힐 만한 시간이 되었다. 까마득히 멀어진 진주성 쪽에서는 아직도 실낱같이 연기들이 오르고 있다. 왜들이 철병하면서 제 편 전망자의 송장들을 태우는 연기다. 빗속에서도 불이 꺼지지 않은 것은 장작불이 좋은 탓도 있지만 송장의 기름 때문이다. 비 안 오는 맑은 날에는 송장은 수십 리 밖까지 살 타는 냄새를 바람결에 실어보내기도 한다.

작은 산굽이를 돌아들면서 수성군 대정 박두산은 다시 제 등뒤를 돌아본다. 성밖에서부터 줄곧 따라오던 그 여인이 아직도 그의 뒤를 멀찍이 떨어져 따라오고 있다. 보퉁이 하나를 가슴에 안은 채 여인은 늦가을 찬비를 그대로 맞고 있다. 온몸이 빗물에 젖어 여인의 얼굴이 가짓빛으로 시퍼렇게 질려 있다. 그나마 다행인 것은 얼굴에 칠한 검댕들이 빗물에 씻긴 것이다. 왜진에서 처음 그녀를 찾았을 때 여인은 얼굴에 온통 검댕을 칠하고 있었다.

말을 일러도 소용이 없다. 애초에 왜진으로부터 여인을 구해 온 것이 잘못인지 모른다. 왜들이 떠난 빈 진막 근처의 어느 움집에서 그녀는 오늘 아침녘에 두산에 의해 처음으로 발견되었다. 쪽머리에 목비녀를 찔러 처녀 아닌 아낙임을 짐작할 뿐, 이름과 나이는 물론 사는 곳도 분명치 않은 여인이다. 나이와 신분을 속일 셈으로 여인은 그 때만 해도 얼굴에 온통 검댕과 흙을 칠하고 있었다.

그러나 살피듬〔살결〕이 곱고 얼굴 모습이 앳되어서 여인은 누가 보더라도 스무 살 위로는 보이지 않았다. 두산이 칼끝을 목줄기에 들이대어도 여인은 눈을 내리깐 채 꼼짝도 하지 않았다. 죽고 사는 것을 개의치 않는 듯한 어찌 보면 혼백이 나간 등신 같은 얼굴이었다.

멈춰선 두산을 발견하고 여인도 다시 서너 걸음 떨어져 멈춰 선다. 위아래 옷이 빗물에 젖어 여인은 아예 물에 빠진 생쥐 형국이다. 성을 떠날 때 미리 떼치지 않은 것이 잘못이다. 하긴 그 때는 뒤따르는 그녀를 같은 방향의 길동무쯤으로 예사롭게 생각했다. 내처 자기 뒤를 따라올 줄 알았으면 진작에 호통을 쳐서 쫓아버렸을 두산이다.

멈춰 서서 바라보자니 여인의 젖은 몰골이 가엾기도 하고 딱하기도 하다. 왜진에서 발견하여 처음 성중으로 데려왔을 때도 두산은 이 여인을 얼마든지 떼칠 수 있었다. 왜진에서 찾아낸 여인임을 알자 성중의 조선 군사들은 너나없이 눈빛들이 이상스레 번쩍였다. 왜적에 붙어살던 더러운 여인임이 분명하니 저마다 제게 내어주면 요절을 내거나 물고를 내겠다는 것이었다.

그러나 군사들의 번쩍이는 눈빛에는 물고를 내기는커녕 사사로운 욕심을 채우려는 뜻이 역력했다. 종잡을 수 없는 군사들의 지탄을 받자 두산은 다시 여인을 끌고 성밖으로 나온 것이다.

왜진 근처에서 발견했다고 해서 두산은 이 여인이 왜에 빌붙어 살았다고는 생각되지 않았다. 그녀가 왜에 빌붙어 살았다면 제 본색을 감추기 위해 얼굴에 검댕이나 진흙을 바르지는 않았을 것이다. 그녀는 우연히 왜에게 사로잡혀 왜의 진중에 붙들려 있던 부로가 아닌가 싶었다. 어쨌거나 두산은 성중 군사들 속에서는 그녀를 온전하게 지킬 수가 없음을 깨달았다. 그는 여인을 성밖으로 끌어내어 아예 제 갈 곳으로 가도록 놓아줄 생각을 했던 것이다.

여인은 그러나 성밖으로 나와서도 두산의 곁을 떠나려 하지 않았다. 제 갈 곳으로 가라는 말을 듣고도 그녀는 고개를 떨군 채 두산의 주위로만 멀찍이 맴돌았다. 산성사에 들러 승장 자산에게 작별을 고하고 나오자, 잠시 안 보이던 그 여인이 다시 그의 뒤를 따르기 시작했다. 왜와의 큰 싸움도 끝난 터라 두산은 이제 진주성을 떠나 다시 산중으로 들어갈 생각이었다. 따라오는 여인을 개의치 않고 두산은 곧 진주성을 나와 쏟아지는 비를 무릅쓰고 산행을 재촉했다. 황새등 무자리 마을이 궁금하기도 했거니와 그보다는 사냥철이 머지않아 그는 몸보다 마음이 더 바빴던 것이다.

뒤따르는 여인을 알고도 두산은 처음에는 못 본 체하고 내버려두었다. 끼니를 때우기가 어려운 때라 그는 여인이 자기에게 양식이라도 빌릴 줄 알았다. 성을 떠날 때 자산으로부터 길양식에 쓸 알곡을 석 되나 봇짐 속에 받아 꾸렸기 때문이다. 그러나 여인은 말 한 마디 건네는 법 없이 두산의 빠른 걸음을 부지런히 따라왔다. 어쩌나 보기 위해 두산이 멈춰 서면 여인도 열 걸음쯤 밖에 말없이 멈춰 섰다. 마치 송아지가 어미 소를 뒤따르듯 그녀는 두산의 뒤를 한사코 따라붙은 것이다.

산모퉁이에서 잠시 멈췄다가 두산이 이번에는 길을 버리고 비탈진 갈밭으로 들어간다. 그는 갈밭 저 안쪽에 인가 두 채가 있는 것을 알고 있다. 날도 저물고 비도 오고 해서 두산은 인가를 찾아 쉬어가리라 작정한 것이다.

 갈밭 속으로 걸어가면서 두산은 무심중 제 등뒤 쪽에 귀를 기울인다. 길 아닌 숲으로 꺾어들었으니 여인은 이제 그를 따라올 구실이 없을 법도 하다. 그러나 여인을 떼쳐놓을 속셈과는 달리 두산은 자기도 모르게 등뒤로 여인의 인기척이 들려오기를 기다리고 있다. 빗속으로 말없이 자기를 따르는 여인에게 두산은 어느덧 딱한 생각과 측은한 마음이 인 것이다.

 비탈진 갈밭이 끝나면서 밭뙈기 비슷한 버덩이 보이고 그 너머로 다시 납작 엎드린 초가 두 채가 숲속에 보인다. 빗속에 이미 날까지 저물어서 초가는 뿌연 물안개 속에 윤곽만 겨우 보일 뿐이다. 가늘게 뚫린 자드락(낮은 산기슭의 비탈진 땅)길을 따라가면서 두산은 이미 등 쪽에서 들려오는 여인의 인기척을 확인하고 있다. 이제 그는 눈앞의 초가에 사람이 사는지 안 사는지 그것만이 궁금할 뿐이다.

 집에 가까이 다가들수록 두산은 두 초가가 빈집 같은 생각이 든다. 사냥질로 단련된 그는 멀리서도 살아 있는 동물의 체온과 기척을 느낄 수 있다. 초가에는 그러나 사람은커녕 짐승의 기척조차 들려오지 않는다. 날 저무는 산 속에 납작 엎드린 초가는 오히려 무덤 같은 을씨년스러움만 전해 줄 뿐이다.

 생각했던 대로 초가 두 채는 사람이 없는 빈집이었다. 솥 걸었던 자리만 구멍으로 남았을 뿐 집 안은 세간과 문짝들이 사람이 살던 그대로 남아 있다. 집을 비우기는 오래인 듯하나 워낙 외진 산중이어서 사람의 손을 타지 않은 때문일 것이다.

 초가 토방에서 비를 피하자니 뒤따르던 여인이 어느 틈에 집 앞에 당도했다. 여인은 그러나 두산을 보고는 처마 밑으로 들지 못하고 토방 아래서 그대로 비를 맞고 서 있다. 비 맞는 여인이 짜증스러워서 두산은 버럭 소리를 지른다.

"들어오지 않구 무얼 허우!"

여인은 고개만 떨굴 뿐 이번에도 역시 대꾸가 없다. 처음 여인을 대면했을 때도 여인은 도통 말이 없었다. 칼 앞에서도 말이 없는 여인이라 두산은 이 여인이 벙어리가 아닌가도 생각했다. 그러나 묻는 말에는 대답이 없던 여인이 혼자 버려둔 한참 뒤에 스스로 입을 열어 벙어리가 아님을 증명한 것이다.

"비두 오구 날두 저물어서 내가 오늘밤은 이 집에서 자야겠소. 헌데 당신은 어쩔 작정으루 나를 줄곧 예까지 따라왔소?"

"정처가 없는 몸이에요. 나를 구해 주신 장사님을 가까이 뫼실까 하구 따라나섰을 뿐이에요."

"지금 나한테 허는 것처럼 왜적들헌테두 어거지루 빌붙어 살았던 모양이구려?"

"왜적에게는 잡혀 있던 몸이에요. 잡혀 있는 조선 백성이 내 눈으루 본 것만두 수십 명이 넘었세요."

처음 입 열기가 어려울 뿐 여인은 이제 묻는 말에 고분고분 응대해 온다. 두산이 등에서 봇짐을 벗으면서 다시 여인에게 퉁명스레 입을 연다.

"언제까지 그렇게 비 맞으며 서 있을 작정이우? 날이 아주 저물기 전에 밥두 짓구 불두 지펴야 허지 않소?"

여인이 그제야 비를 피해 처마 안 토방으로 올라선다. 두산이 봇짐을 끌러 작은 노구솥(여행용 작은 솥)을 꺼내 알곡을 두어 줌 퍼담는다. 서 있는 여인에게 솥을 건네주며 두산은 턱을 들어 집 뒤쪽을 가리킨다.

"저쪽으루 샘이 있으니 우선 쌀부터 씻어오시우. 그 동안 나는 아궁이에 불이나 지펴 놓으리다."

여인이 보퉁이를 내려놓고 그 대신 노구솥을 들고 집 뒤로 돌아간다. 두산은 곧 부시와 부시깃을 찾아들고 불씨를 일구기 위해 바람없는 부엌으로 들어간다.

부시깃이 눅은 탓으로 불씨를 일구는 데 애를 먹었다. 겨우 불씨를 내어 갈비에 불을 당길 즈음해서 여인이 쌀을 씻어 들고 부엌으로 들어온다. 그러나 노구솥이 워낙 작아 원래의 큰 솥구멍에 솥을 얹을 재주가 없다. 할 수 없이 두산은 돌덩이를 주워모아 그 위에 솥을 괴고 부엌 바닥에 불을 땐다.

불길이 크게 일어 젖은 몸에 따뜻한 불기가 느껴진다. 입성이 시원찮은 여인 쪽은 더욱 불기가 그리운 모양이다. 불 앞에 나란히 쭈그려 앉은 채 두 사람은 한동안 말들이 없다. 젖은 옷에서 김이 오를 무렵 뜻밖에도 여인이 먼저 두산에게 말을 건네온다.

"찍어 먹을 장이 없어 어쩌지요?"

"내게 소금이 있수. 맨밥 먹지는 않을 게요."

"장사님은 지금 어디루 가시는 길이세요?"

"내 갈 데를 알아 무얼 허려우?"

"죽을 목숨을 구해 주셨으니 제가 앞으루는 장사님을 곁에서 뫼시겠습니다. 행랑살이라두 괜치 않으니 저를 내치지 마십시오."

두산을 바라보는 여인의 눈이 간절하고 애절하다. 검댕이 묻었을 때는 예사로 보이던 여인의 얼굴이 검댕 지워진 지금은 몰라보리만큼 곱고 깨끗하다. 손 뻗으면 닿을 가까운 거리여서 두산은 여인이 내쉬는 가는 숨소리도 들을 정도다.

"댁네는 내 근본이 무엇인지나 알구 그런 말을 허는 게요?"

"근본이 무엇이든 제게는 이미 부질없는 일입니다. 군사들에게 저를 내어주시지 않은 것만으루두 이 사람은 장사님께 하늘같은 은혜를 입었습니다."

"은혜라구 말을 허는데 내가 댁네한테 무슨 은혜를 입혔는지 모르겠수. 그리구 진작에 일러두지만 내게는 벌써 정혼한 처자가 있수."

"제가 장사님을 곁에 뫼시려 하는 것은 장사님의 아랫것이 되어 주인으루 섬기자는 뜻입니다. 목숨만 잇게 해주신다면 이 사람은 장사님께 더 바랄 것이 없습니다."

고개 떨군 여인의 정수리를 두산은 한동안 말없이 내려다본다. 여인의 말을 대강 간추리면 두산의 계집종이 되겠다는 뜻인 것 같다. 많은 사람을 겪어보았어도 제 밑에서 종살이하겠다는 사람은 평생 처음 겪는 두산이다. 더구나 상대는 남자도 아니고 스무 살도 채 안되는 꽃 같은 젊은 아낙이다. 평생 처음 겪는 난감한 일이라 두산은 열없는 생각보다 두려운 생각이 앞서는 것이다.

"내 근본을 알구 보면 그런 말을 못허리다. 나는 무자리루 태어나서 이날 이 때까지 사냥질루만 잔뼈가 굵은 사람이우. 댁네가 내 밑에서 종살이를 하자 해두 지금 내 형편으루는 거둬먹이기두 힘들 지경이우."

"곁에만 거두어 주신다면 먹일 걱정까지는 아니 하셔두 되오리다. 쇤네 무슨 짓을 해서라두 제 한입치레는 닦을 수가 있을 것입니다."

"제일 큰 걱정은 내가 댁네 같은 계집종을 거느리면 양반네는 말할 것두 없구 우리 동아리들두 나를 바루 보려 않을 게요. 소두 언덕이 있어야 비빈다구 내게는 아예 따라붙을 생각을 마시우."

두산의 말을 알아들은 듯 여인은 더 이상 응대가 없다. 그러나 침묵이 길어지자 이번에는 두산이 불안하고 좀이 쑤신다. 그는 이 여인의 근본에 대해서는 아무것도 아는 것이 없다. 앞으로 줄곧 산중까지 따라붙는다면 여인을 내치기 위해서도 그녀의 근본이나 사는 곳을 미리 알아두는 것이 좋을 듯싶다.

"왜적들에게는 언제 무슨 일루 잡히는 몸이 되었수?"

"잡히기는 지난 달 중순이구 까닭은 마을에 불을 지른 때문이지요."

"마을에 불지른 것이 왜적에게 죄가 되는 까닭이 무어요?"

"장차 왜적이 마을에 들 것을 짐작하구 이 사람의 시아버지 되는 어른이 마을에 불을 놓아 마을을 온통 태워버렸지요. 마을에 양식이 있을 것으로 알구 왔다가 마을이 불탄 것을 알구는 왜적들이 우리 일가를 잡아들여 사내들은 모두 칼루 베어 죽였답니다."

"시댁 어른이 불놓은 것을 왜적이 어찌 알았답디까?"

"우리 집안에 앙심품은 작인 하나가 왜적의 괴수를 찾아가 일러바쳤다구 들었습니다."

"고을 이름이 어떻게 되오?"

"함안 고을에서 4십 리를 격한 대밭골이라는 고을이지요."

"칼맞아 죽은 남정네가 그래 모두 몇이나 되오?"

"시아버지를 위루 해서 아래루 아들 둘이 한꺼번에 변을 당했지요."

"변을 당한 아들 형제 중에 댁네의 바깥주인두 끼인 게로구려?"

여인이 고개를 떨군 채 타는 불꽃을 우두커니 지켜본다. 시아버지와 지아비를 왜적에게 빼앗기고도 이 여인은 살아남아 왜적의 부로가 되었다. 근본 있는 집안의 며느리라면 그런 참혹한 참변 후에는 살아남기가 쉽지 않다. 스스로 자문을 해서라도 죽은 지아비를 따르는 것이 아낙된 도리인 것이다.

"그 일 뒤에 더 참혹한 일이 그 다음날에 있었답니다."

묻지도 않은 일을 이번에는 여인이 먼저 입을 연다.

"시어머니와 손위동서, 그리구 시누이 되는 안식구들 셋이 각기 죽은 남정네를 따라 목을 찔러 자문을 했답니다."

근본 있는 집안일수록 안식구들의 자결은 필연적이다. 그들은 서방이 죽지 않았을 때도 피할 수 없는 위기가 닥치면 스스로 목숨을 끊어 몸을 깨끗이 지녔다. 살아서 왜적에게 몸을 더럽히기보다는 죽어서 욕 당하는 화를 먼저 면하자는 뜻인 것이다.

"집안의 안식구 셋이 한데 모여 자문을 하는 데두 이 사람은 집을 뛰쳐나와 숲에 몸을 숨겼답니다. 죽기가 두려웠지요. 죽을 때를 놓친 게지요."

죽음은 누구에게나 두렵다. 그러나 그 중에도 특히 죽음에 두려움이 많은 사람이 있다. 그들이 두려워하는 것은 죽음 그 자체가 아니다. 대부분의 사람들은 죽음의 의식이 두려운 것이다. 이 여인도 어쩌면 죽음의 의식에 두려움을 느꼈는지 알 수 없다. 갑자기 닥친 죽음의 당위에 그녀는 미처 마음의 준비가 없었는지 모른다.

"한번 때를 놓치고 나니 다시는 죽을 수가 없더군이요. 죽는다는 게 무서워서가 아니구 죽을 자리와 때를 잃은 게지요."

몸에 물기가 마르기 시작한다. 삭정이를 꺾는 여인의 손이 눈처럼 희고 매끄럽다. 상사람의 아낙과는 달리 물일을 해보지 않은 곱고 부드러운 손이다.

"숲으루 도망을 쳤다며 왜적에게는 어찌 또 잡혔소?"

"집안에 줄초상이 나서 누군가가 장례를 치러야 했답니다. 남들 따라죽지 못한 죄루 이 사람이 그 많은 식구들의 장례를 치르게 되었지요. 왜적들에게 사흘 말미를 받아 장례를 치르구는 다시 잡히는 몸이 되었습니다."

"왜적들이 사내 아닌 아녀자를 진중에 잡아두는 까닭은 무엇이오?"

솥 밑으로 불을 밀어넣으며 여인은 한동안 말이 없다. 그러나 곧 몸을 웅크리며 혼잣말하듯 입을 연다.

"나이 젊구 고운 아낙들은 왜장의 노리개루 잡아두구, 나이 들어 어중간한 아낙들은 밥짓구 빨래시키느라 진중에 잡아두구 있습니다."

두산은 더 묻고 싶었으나 그쯤에서 입을 다문다. 이 여인이 얼굴에 검댕을 칠한 것은 왜적의 눈을 속이자는 뜻이었을 것이다. 그러나 검댕을 칠했다고 해서 그 많은 왜적의 눈을 피했을 것 같지는 않다. 수많은 조선 여인들이 왜적에 의해 몸을 더럽히고 버려졌다. 근본 있는 집안의 아낙들은 몸을 더럽히면 대부분 목숨을 끊었다. 그러나 간혹 이 여인처럼 죽을 자리와 때를 놓쳐 살아남는 경우도 있다. 특히 상사람의 아낙들은 몸을 왜적에게 짓밟히고도 그대로 사는 예가 적지 않다. 스스로 죽으려는 그녀들을 그들의 남편들이 붙잡아 말리기 때문이다.

"공성해 온 왜적 중에 조선 아이들이 섞여 있던데 그 아이들두 왜적들에게 잡혀 있던 부로들이오?"

진주성을 공격해 온 왜적 중에는 조선말을 하는 아이들이 섞여 있었다. 그들은 무리를 지어 성 밑까지 다가와서는 성안 백성들이 들을 수 있도록 목청을 합쳐 커다랗게 외치곤 했다. 장차 성이 떨어지면 한 사람도 살아남지 못할 것이니 성중 백성들은 속히 성문을 열고 항복하라는 외침이었다. 조선 아이들의 외침이었기에 그 외침은 듣는 사람에게 절실했고 위협적이었다.

그러나 성안의 수성군은 성밖으로 화살을 날려 아이들을 성 밑에서 멀찍이 쫓아보냈다. 민심의 동요를 목적으로 하여 왜적들은 아이들까지 싸움터로 끌어들인 것이다.

"부로루 잡혀 있는 아이는 드물구 왜들이 밥을 먹여주며 진중에서 키우는 아이들이 많더이다."

"조선 아이들을 왜적들이 진중에서 거두어 키운단 말이오?"

"난중에 부모를 여의어 홀로 된 아이가 많았습니다. 그런 아이 중에 똑똑한 아이를 골라 진중에서 거두어 먹이며 잔심부름을 시키는 것 같더이다."

난을 당해 고초를 겪는 것은 사내 어른들과 아녀자들뿐만이 아니다. 난중에 부모를 여읜 아이들은 어른 못지않게 삶이 고달프고 비참했다. 그들은 힘이 없어 불한당이나 떼도둑도 될 수가 없었다. 거두어 먹일 어른이 없어 그들은 제 스스로 먹을 것을 찾고 잠자리를 마련해야 했다. 가장 그들에게 손쉬운 방법은 성한 고을을 찾아가서 행랑 딸린 큰 집 문전에서 밥을 비럭질하는 것이었다.

그러나 밥을 비는 것도 하루 이틀의 요행일 뿐. 너나없이 곤궁한 판에 비럭질이 수월할 리 없고, 우선은 밥을 빌 만한 넉넉한 집을 찾기가 어려웠다. 주림에 지쳐 떠돌던 그들은 급기야 두려움도 잊고 왜들이 둔취한 진막 근처까지 찾아갔다. 주린 배를 채울 수만 있다면 그들은 저 흉악한 왜적들도 두렵지 않았다. 왜들이 둔취한 왜진이나 진막 근처에는 어느새 밥 빌어먹는 조선 아이들이 떼거리로 몰려들게 된 것이다.

밥물이 끓기 시작한다. 여인이 불을 죽여 밥을 잦힐 준비를 한다. 밖은 이미 날이 저물어 코앞도 안 보이는 짙은 어둠이 깔려 있다. 밖의 빗소리가 커진 것은 빗발이 다시 굵어진 때문일 것이다. 솥뚜껑을 열어 밥물을 보고는 여인이 다시 차분하게 입을 연다.

"장사님께 다시 여쭙니다. 장사님은 장차 어디루 가실 요량이신지요?"

아까도 같은 말을 묻더니 여인은 다시 같은 질문을 하고 있다. 묻는 까닭을 알 수 없었으나 두산은 개의치 않고 수월히 대답한다.

"사냥질이 내 생화라 산말구 내가 어디루 가겠소. 진주성을 서둘러 떠난 것두 사냥철이 가까웠기 때문이우."

"산이라면 어느 산을 이르시는 것인지요?"

"이 근처 큰산이라면 남악 두류산을 첫손에 꼽소. 내가 겨우내 지낼 곳두 바로 그 두류산이우."

물기 마른 몇 가닥의 머리털을 여인이 손으로 쓸어 가지런히 뒤로 넘긴다. 산에 든다는 말을 듣고도 여인은 전혀 놀라는 기색이 없다. 막상 산에 든다고 생각하니 두산은 한결 마음이 가뿐하다. 예까지는 이 여인이 두산의 뒤를 따라왔지만 막상 인적없는 산에 들면 여인은 스스로 두산을 떠날 것이다. 산에서 살아보지 않은 사람은 산에서 살기가 수월치 않다.

벗어둔 봇짐에서 가죽 주머니를 꺼내 두산은 주둥이를 열고 소금 한 줌을 집어낸다. 마른 떡갈잎에 소금을 얹으며 두산이 다시 여인을 바라본다.

"맨밥 먹어본 일 있소?"

"······."

"나는 소금 한 줌으로 한 달을 산 일두 있수."

대꾸 없는 여인을 향해 두산은 계속 말을 잇는다.

"사냥철에 산에 들면 노상 먹는 게 소금밥이우. 소금은 그나마 다행이구. 어느 해는 소금마저 떨어져 보름이나 맨밥을 먹기두 했수."

불 쬔 옷 앞섶은 어느 틈에 물기가 다 말랐다. 물기가 마르며 추위가 가시자 이번에는 다시 시장기가 뱃속을 뒤집는다. 여인 역시 시장기를 느꼈던지 솥을 열어본 뒤 두산을 힐끗 건너다본다.

"밥이 얼추 다 된 것 같아요. 밥을 퍼야겠는데 쪽박이라두 괜치 않겠는지······?"

15. 진주성

"내게 바리가 있수. 나는 솥밥을 먹을 테니 댁네는 바리에 퍼서 드시우."

두산이 봇짐에서 바리와 나무 숟가락을 꺼내 여인에게 건네준다. 여인이 바리와 숟가락을 받아 솥뚜껑을 열고 뜨거운 밥을 퍼담는다. 많지 않은 밥을 퍼담고 보니 솥 안에 별로 남는 밥이 없다. 여인이 바리때를 두산의 앞에 내려놓고 자기는 치마로 솥전을 싸서 불로부터 빈 솥을 내려놓는다.

"드시어요. 샘에 다녀오겠세요."

"샘엔 무슨 일루 가려는 게요?"

"숭늉을 만들어야지요."

"내게 밥을 다 퍼주구 댁네는 아예 굶을 작정이오?"

"솥에 아직 누른 밥이 있어요. 전 그것으루 요기를 허겠세요."

말을 끝낸 여인이 솥을 들고 부엌을 나간다. 붙잡고 싶었으나 두산은 더 이상 여인이 하는 일에 간섭 않기로 작정한다.

바리때에 담긴 밥을 반 넘어 비운 뒤에야 빗속으로 사라진 여인이 다시 부엌으로 돌아왔다. 그 동안 두산은 아궁이로 불을 옮기고 바리때에 남긴 밥을 부뚜막 위에 올려놓았다.

"여태 밖에서 무얼 했소?"

"솥을 부셨세요."

건네주는 노구솥이 여인의 말처럼 밥티 하나 없이 깨끗하다. 솥을 받아 봇짐 속에 간수하며 두산이 턱을 들어 부뚜막 위의 바리때를 가리킨다.

"저 밥은 댁네 몫이우. 먹다 남긴 대궁밥이 아니우. 내 몫은 덜어 먹었수."

 바리때 속의 밥을 보더니 여인이 고개를 내젓는다.

 "저 밥은 장사님 몫이에요. 이 사람은 솥을 부시면서 누른밥으루 요기를 했답니다."

 여인과의 다툼질이 두산에겐 갑자기 부질없이 느껴진다. 벗어둔 봇짐을 집어들며 두산은 훌쩍 부엌 바닥에서 몸을 일으킨다.

 "난 아랫방에 내려가 잘라우. 일이 생기거든 그리루 날 찾으시우."

 대답 없는 여인을 두고 두산은 이내 부엌을 나와 아랫방으로 건너간다.

 설풋 개잠이 들었다가 두산은 문득 인기척 소리에 잠이 깬다. 날이 밝는지 문틈으로 뿌연 빛이 새어들고, 인기척은 어두운 방 안에서 무언가를 찾듯 조심스레 부스럭대고 있다.

 다리 쪽으로 손을 뻗어 두산은 바짓가랑이에 찔러둔 사냥칼을 더듬어 잡는다. 그러나 바지에서 칼을 뽑으려다가 두산은 손길을 멈추고 어둠 속으로 나지막이 입을 연다.

 "무얼 찾소?"

 "……."

 대답이 없다. 인기척이 뚝 멎은 것은 저쪽이 놀라서 동작을 멈춘 때문일 것이다. 두산이 다시 인기척을 향해 몸을 누인 채로 부드럽게 입을 연다.

 "봇짐은 내 발치에 있소. 댁네가 찾는 것이 양식 아니오?"

 "기침허시기 전에 아침을 지을까 생각했세요. 비두 그치구 날두 지금 밝구 있세요. 너무 곤히 주무시길래 깨우기가 민망했세요."

두산이 그제야 누인 몸을 자리에서 일으켜 세운다. 간밤에 그녀를 부엌에 남겨두고 홀로 방에 들어 쓰러져 잔 두산이다. 여러 날 계속된 진주성 싸움으로 무쇠 같던 두산의 몸도 지치고 곤했던 모양이다. 잠귀 밝은 그가 여인이 방에 든 것조차 미처 깨닫지 못할 만큼 그는 깊은 잠에 빠졌던 것이다.

"날이 샌 줄은 미처 몰랐소. 오랜만에 깊은 잠을 잔 것 같소."
"비가 그친 대신 날이 많이 추워졌세요. 아궁이에 불을 지폈지만……. 잠자리가 춥지나 않으셨는지……?"

그러고 보니 삿자리 깐 방바닥이 누린내가 날 만큼 뜨겁게 데워져 있다. 자신은 부엌에서 새우잠을 잤으련만 여인은 두산을 위해 구들에 불까지 지펴준 모양이다. 처음 겪는 여인의 마음 씀씀이가 두산에게는 새삼스레 고맙기도 하고 안쓰럽기도 하다.

"부엌 잠자리가 춥지는 않았소?"

무심코 말을 물어놓고 두산은 문득 쑥스러운 생각이 든다. 여인에게 이런 말을 묻기는 생전 처음인 박두산이다. 차차 어둠이 눈에 익으면서 여인의 모습이 뚜렷하게 드러난다. 비 맞은 간밤의 모습과는 달리 여인은 머리도 곱게 빗고 옷도 새것으로 갈아입은 듯하다. 말이 없는 여인을 향해 두산이 다시 입을 연다.

"오늘은 먼길을 갈 듯싶소. 점심 따루 지을 것 없이 아예 아침을 넉넉히 지으시우."

두산이 말과 함께 봇짐을 끌러 노구솥과 길양식과 소금 주머니를 꺼내놓는다. 여인이 쌀을 솥으로 퍼 담으며 고개를 외로 한 채 작은 목소리로 입을 연다.

"길 가시는 중간 참에 혹 주막에 들를 짬이 없으신지요?"

"가까운 산길루 질러갈 작정이라 오늘 잡은 길 중에는 주막이 없을 터인데?"

"산에 드시자면 양식 마련이 있어야 헐 터인데 이 사람의 입치레 몫은 따루 마련이 있어야 헐 듯싶어서……."

여인은 제 몫의 양식을 따로 마련하겠다고 말하고 있다. 그녀의 말이 무엇을 뜻하는지 두산은 언뜻 짐작이 가지 않는다.

"댁네를 내가 산중으루 데려가지두 않을뿐더러, 양식을 따루 마련하겠다니 어쩌자는 것인지 나는 도시 알 수가 없소그려?"

"제게 왜은倭銀 두 냥이 있답니다. 그걸 팔아 양식을 사면 한 겨울 나기는 어렵지 않을 듯싶사외다."

왜은이 두 냥이면 쌀 여러 섬을 사고도 남는다. 자기 뒤를 따르는 것을 염치없다고만 생각했더니, 여인은 자기 나름으로 깊은 속셈이 있었던 모양이다. 속생각이 깊은 여인의 마음씨에 두산은 새삼스레 놀랍고 대견한 마음이 인다.

"왜은은 어찌 얻은 물건이오?"

"집에 있던 것을 집 떠나며 몸에 지니구 나왔지요."

"지금껏 아끼던 물건을 이제 팔려는 건 무슨 까닭이오?"

"장사님을 곁에서 뫼시자면 달리 이 사람두 마련이 있어야 될 듯싶어……."

말끝을 흐리면서 여인은 고개를 깊이 떨군다. 잠시 죽을 때를 놓친 죄로 황량한 싸움터에 헌신짝처럼 버려진 여인이다. 무자리 출신의 자기에게 몸을 의탁해 온 이 젊은 여인에게, 두산은 어쩔 수 없는 가여움과 애틋함을 느낀다. 자기가 거두어 주지 않으면 이 여인은 이번에야말로 스스로 목숨을 끊을지도 알 수 없다. 난리가 만들어준 기묘한 인연에 두산은 그제야 비로소 허망한 결심을 한다.

팔을 뻗어 여인의 윗몸을 끌어당기자 여인은 무너지듯 사내의 품에 안겨온다. 병화가 아니었다면 감히 생심도 낼 수 없던 반가의 아낙이다. 그러나 지금은 난중이라 세상일이 온통 앞뒤와 위아래가 어지럽게 뒤엉켜 있다.

품에 든 여인의 옷을 벗기며 두산은 그제야 오래 잊고 있던 사내의 무서운 욕심을 되살린다. 드러난 여인의 희고 깨끗한 속살을 보자 두산은 무심중에 세상이 금하는 죄를 짓는 기분이 된다. 그러나 한편으로는 죄짓는 기분이기에, 여인을 탐하는 그의 욕심은 더욱 크고 거칠게 몸 속으로 솟구쳐 오른다. 무엇이 죄가 된다더냐? 이것이 바로 사람 사는 참모습인 것을.

움츠린 채 수줍은 듯 사내의 손길만을 받고 있다가 여인이 이윽고 몸을 열어 스스로 사내를 받기 시작한다. 여인의 깊은 살에 제 살을 묻으면서 두산은 그제야 비로소 이번 왜란의 다른 의미를 알 것 같다. 나고 살고 죽는 것이 근본 따라 다를 것이 없다. 숨결 높아진 여인을 굽어보며 두산은 반가의 아낙도 무자리의 아낙들과 다름이 없음을 깨닫는다.

굽이치는 여인의 몸이 높은 숨결로 더 크게 사내를 요구해 온다. 사내도 이윽고 혼신의 힘을 다해 여인의 뒤척이는 몸에 사납게 부딪쳐간다. 내일을 기약할 수 없는 난중이라 그들의 굶주린 욕망은 더 거칠고 사나운지 모른다.